KB236783

문학과문학교육연구소 연구총서

문학교육의 인식과 실천

문학과문학교육연구소 편

국학자료원

머리말

문학교육의 인식과 실천

문학교육은 시대의 변화를 수용하는 한편 변화를 추동하는 역동적 과정에 놓여 있다. 문학교육의 새로운 방법론이 모색되고 철학적 탐구가 지속되고 있는 시점이다.

이러한 변화에 발맞추어 문학교육의 인식을 새롭게 하고 문학교육의 실천 방향을 모색하기 위해 이 책을 마련하게 되었다. 이 책은 문학교육과 주체의 관계를 점검하면서, 문학교육의 실천 방안을 구체적으로 모색하는 도정을 보여주고자 했다.

이 책은 크게 네 영역으로 나누었다. 제1부는 문학교육과 자아의 성장, 주체의 자기 확립 등을 중심으로 문학교육을 바라보는 시각을 새롭게 마련하려는 의도가 담겨 있다. 문학교육에서 주체 문제는 주체의 자아형성이란 궁극적 목표에 닿게 된다. 그것은 자아 인식과 비판을 넘어 자기형성을 도모하게 된다. 이는 문학교육이 궁극적으로 인간의 성장을 도모한다는 원칙과 연관되는 사항이다. 문학교육에서 주체 혹은 자아 문제는 문학을 창작하고 수용하는 인간과 관련된다는 점에서 매우 중요하게 다루어야 할 문제이다. 근대 자본주의 사회에서 주체의 문학적인 성찰은 자아를 반성하고 세계를 점검하는 매우 중요한 기능이다. 그것이 실존의 문제와 관련될 때 새로운 힘을 발휘할 수 있다는 점에서도 강조할 필요가 있다. 주체 혹은 자아에 대한 포괄적인 검토를 거쳐 문학교육에서 지향해야할 자아를 제시하고 있는 글은 메타 성찰 주체를 비롯하여, 관계 주체, 비평 주체, 욕망 실현 주체를 구체적으로 모색하고 있다는 점에서 주체 문제에 대한 방향을 제시해주고 있다. 또한 주체 문제를 지나치게 정신의 문제로만 한정하는 현시점에서 신체성을 다룬 글은 육체와 정신 양 측면을 문제삼고 있다는 점에서 주목된다. 그리고 문학교육의 이념항으로서의 주체를 설정하고 주체와 타자의 변증논리를 통해 공존의 삶을 모색하고 있는 글은 자칫 간과하기 쉬운 이념과 주체를 연관시키고 있다는 점에서 소중한 글이다. 배경 지식의 문제를 다루고 있는 글은 문학적 지식에 대한 흔치않은 논의 가운데 하나라는 점에서 문학교육과 배경지식의 문제를 반성적으로 점검할 기회를 제공한다. 문학교육에서 문학능력의 발달을 밝히는 문제는 문학의 창작과 수용뿐 아니라 수준별 교육과정과 교재 개발 등과 연관된다는 점에서 소홀히 다룰 수 없는 것이다. 따라서 문학능력의 발달을 구체적으로 밝히고자 시도한 글은 일천한 연구사를 볼 때 의의 있는 작업이라 하겠다.

제2부는 문학교육을 문화 차원에서 바라본 글들로 엮었다. 우리 시대는 급격한 문화의 흐름 속에 개인들이 표류하는 정황에 처해 있다. 이러한 상황 속에서 문학의 위상을 점검하고 문학교육의 방향을 모색하는 것은 우리들의 중요한 과업임을 확인하게 한다. 근대(modern) 사회를 지나 소위 탈근대(post-modern) 사회로 진입하고 있는 현시점에서 문학이 해야할 역할과 방향이 무엇인지를 천착한 글은 현시점에서 문학교육의 위치를 점검하는 데 도움을 준다. 이와 더불어 영상매체 시대에 이어 전자매체 시대로 진입한 고도 정보 산업 사회에서 대중문학의 위상을 점검하는 것도 문학교육에서 매우 중요한 일이다. 문학교육이 학교라는 제도적인 차원뿐 아니라 사회교육

의 차원으로 확대되는 것이 마땅하다면 일반 대중들이 향유하는 문학현상을 문학교육의 시각에서 살펴보는 일도 간과할 수 없다. 그리고 문학 특히 소설에 대한 역사철학적인 시각이 갖는 한계를 검토하고 문화철학적인 시각에서 소설을 바라보는 글은 문학이 시대 문제를 어떻게 형상화하면서 해결해 나갈 것인가를 검토하고 있다. 이는 문학행위가 시대 문제와 문학주체들, 그리고 형식이 맞물려 있음을 보여준다는 점에서 문학문화 차원에서 소홀히 다룰 수 없는 문제이다.

제3부는 문학교육의 비평적 실천을 다룬 글들로 엮었다. 문학교육은 넓은 의미의 비평행위라고 할 수 있다. 전문비평과는 다소 차이가 있지만, 문학을 공부하고 배우는 과정은 학습자가 문학을 평가하고 수용하며 내면화하는 과정이다. 이러한 과정에서 학생들이 글을 읽고 쓰는 것은 스스로 비평활동을 해 보는 일이다. 학생 스스로 문학을 창조하는 체험까지 문학교육에 포함해야 하는 이유가 여기 있다. 여기에서는 비평교육이 다루어야할 방향과 원리를 구체적인 비평 텍스트 분석을 통해 제시하고 있는 글과, 비평교육이 다양한 영역들과 통합적으로 이루어져야 한다는 점을 강조한 글을 싣고 있다. 전자는 비평교육의 큰 틀을 주장하고 있다는 점에서 일반적인 관점을 견지한 것이라면, 후자는 실천 방안을 검토하고 있다는 점에서 구체적인 관점을 견지한다. 또한 읽기와 문학의 연관성을 천착한 글은 문학중심의 읽기가 읽기 능력을 신장시키는 데 매우 중요한 점을 지적하고 있으며, 다양한 교수·학습 방법을 소개하고 있다. 물론 이러한 문학중심의 읽기는 토론이나 토의 등을 통해 글쓰기로 연결된다는 점에서 비평활동의 영역과 상통하는 면이 있다.

제4부는 문학교육의 실천 국면을 다룬 글들을 묶었다. 문학을 연구하는 이들의 실천비평적 성격을 띠는 작업은 문학교육을 풍부하게

하고 영역을 확대하는 역할을 할 것이다. 그러한 점에서 문학의 실천 국면은 결국 문학교육의 기틀을 튼튼히 하는 일이 될 것이다. 소설을 통해 존재에 대한 성찰의 문제를 다룬 글은 이런 점에서 문학교육의 한 방향을 제시해주고 있다. 근대 혹은 탈근대 속에서 존재에 대한 성찰은 문학의 중요한 기능 가운데 하나라는 점에서 앞으로 지속적으로 구체적인 실천 방안을 모색해야 할 것이다. 소설 읽기의 문제를 국어교육의 차원으로 확장하고 있는 논의는 문학이 갖고 있는 속성을 통해 다양한 교육적 가능성을 탐색하고 있다는 점에서 의미가 있다. 문학이 갖는 풍부한 언어적 자원을 구체적인 국어교육의 실천 국면으로 이어가는 과제를 제시하고 있다. 모더니즘 작가로 알려진 소설가의 작품을 대상으로 글쓰기의 원리를 찾아 그것을 글쓰기 방법으로 발전시키고자 한 글은 문학교육의 실천 문제와 관련해 볼 때 지속적으로 천착해야 할 문제를 다루고 있다.

문학교육은 문학을 문화적으로 바라보고 학습자의 문화체험을 증대하는 작업이다. 이는 문학연구와 지향점을 공유하면서 구체적 실천을 이끌어내야 하는 매우 어려운 작업이다. 그러나 이러한 작업이 교육에 기여하는 한 우리는 노고를 아끼지 않을 것이다.

이 책에 귀한 논문을 실을 수 있도록 허락해 주신 필자들께 감사의 말씀을 드린다.

이천년 새봄에

<문학과문학교육연구소> 편집위원 씀.

목 차

제 1부 문학교육의 시각

제 2부 문학교육과 문화실천

제 3부 문학교육과 비평의 만남

제 4부 소설교육의 제국면

제 1부 문학교육의 시각

문학교육과 자아(自我)

박 인 기*

Ⅰ. 자아 찾아가기의 통로와 문학

자아란 말은 매력적으로 들린다. 사람됨의 본질에 대한 따뜻한 이해가 이 말을 통하여 실현되는 듯한 인상을 주기 때문이다. 그저 수단과 외양으로만 취급되던 우리 존재가 비로소 목적과 실체의 진정성을 통해 존재다움으로 자리잡게 해 주겠다는 배려가 이 말이 사용되는 장면에서 더러 발견되기 때문이다.

그런가하면 자아란 말은 늘 낯선 소통 또는 소통의 일그러짐으로 다가오기도 한다. 자아란 말의 사용 맥락에 따라서는 주관이 한껏 정당화되는 요소가 있기 때문일 터이다. 타자와의 보편적 관계나 상투적 순응을 단절하고자 할 때, 자아의 깃발이 높이 올려지기도 한다. 그 낯선 소통들끼리 서로가 서로를 상호규정하는 모습이 우리의 살아가는 모습이고, 그 속에 의미 있는 의도를 실현시키려는 것이 교육이다. 문학교육도 그 어디 쯤에 작용하고 있다.

자아를 개발하는 일은 교육의 기본 과제이다. 교육이 다른 어떤

---

*인천교대 교수

목적을 위한 수단으로 작용하지 않고, 그 본연의 목적에 충실할 때, 가장 먼저 등장하는 것이 자아의 형성일 것이다. 따라서 자아 개발의 과제는 교육의 본질에 해당하는 것이라 할 수 있다. 그런데 자아의 형성과 발달은 인간 성장의 총체적 궤적과 관련되는 것이어서 딱히 어떤 교육을 어떤 방식으로 구체화해야 자아를 잘 개발할 수 있는지를 딱 부러지게 적시하기가 쉽지 않다.

아니 애초부터 '자아개발의 전략'이란 것이 무슨 처방으로 존재할 수 있는 것인지도 의심스럽다. 자아의 형성과 개발은 그런 성질의 것이 아닐 것이라는 생각이 들기 때문이다. 자아란 단순히 지식의 성장이나 정서의 고양, 또는 사회적 행동 등으로 측정될 수 있다기보다는 인간의 어떤 내적 정신 기제의 작용상 전체를 통해 발현되는 면이 강하다. 자아란 양으로 환산될 개념이 아니라, 철저히 삶의 토양에 기반을 두면서 질적인 개념이고, 다분히 주관적인 요인을 가지는 개념에 가깝다고 할 수 있다. 이러한 이유로 인해서 삶의 총체적 궤적과 작용을 담아내는 문학교육은 자아의 발현과 성장에 다가갈 수 있는 매우 유익한 접근 통로라는 생각을 떨칠 수 없다. 그것의 신뢰로운 징후를 다음과 같은 구체적 문학 경험의 토로에서 쉽게 발견한다.

1950년대 기차도 다니지 않던 시골에서 초등학교를 마치고 서울에 온 나는 모든 것이 낯설고 신기하게만 보였다. 땅에 박힌 선로를 따라 달리는 전차는 그야말로 난생 처음 보는 신기한 쇠차이었다. 어디 그뿐이랴. 종로를 따라 늘어선 높은 빌딩들은 나 같은 시골 학생에게는 두렵기도 하고 놀랍기도 한 존재이었다. 낯선 주변의 이러한 변화 속에서 고향에 두고 온 부드러운 뒷산이 정답고, 졸졸 흐르는 시냇물이 사랑스러운, 그 시골 풍경이며, 꾸밈없이 어울렸던 친구들이 그리웠다. 나는 차츰 말을 잃어 가기 시작했다.

그때 내 마음을 두드린 친구는 헤르만 헤세의 작은 소설 '차륜(車輪) 밑에서'의 주인공이었다. 그는 출세가 약속된 일류 라틴어 학교에 들어 와 차츰 자신을 잃어 가는 비극적인 천재 소년이었다. 마치의 바퀴처럼 일정한 조직과 구조 속에서 기계적으로 움직이는 새로운 세계를 그의 어린 몸으로 이겨내기가 어려웠다. 차츰 그는 잊어버린 고향을 꿈꾸면서 새로운 자기의 세계를 만들어 간다.

어느 사이에 나는 그 소설 속의 주인공으로 변해 가고 있었다. 그리고 그때 그 주인공은 나의 가장 가까운 친구가 되어 내 가슴 속에 살아 있다. 책을 잃는다는 것이 그때는 나의 숨어 있는 생명을 다시 찾아가는 것 같은 진솔한 작업이었다.(이재정 (성공회대 총장), 「내 인생의 책」, 『중앙일보』, 1999. 4.10.)

이쯤 되면 문학교육이 자기교육의 속성을 지닌다는 것을 여실하게 확인시켜 준다. 자아를 계발하는 교육은 어찌보면 우리들 안에서는 가장 능동적인 작용을 수반하면서도, 제도로 전개되는 구체적 교실 활동으로서는 눈에 잘 뜨이지 아니하는 교육인지도 모른다. 내가 나를 찾아가는 과정이기 때문에, 내가 나의 주인됨을 경험하는 과정이기에 더할 수 없이 적극적이어야 한다. 그러면서 동시에 그것은 나만의 작용 공간을 필요로 하는 것이고, 공개하여 노출할 수 없는 '은밀성'을 당연히 요청하기 때문이다.

그렇다면 자아를 확보하려는 인간의 노력이란 무엇이라 규정할 수 있는가. 잘 알려진 그리스 신화 중 나르시소스(Narcissos)의 이야기에서 '자아'의 한 원형을 엿보기로 하자. '자아'를 논하는 마당을 문학 본원의 공간인 신화의 공간으로 잡아 봄으로써 우선은 논리적 설명보다는 '울림의 인식'으로 접근해 보기로 하자.

나르시소스가 아직 어렸을 때, 그의 어머니는 예언자 테이레시아스에게 아들이 오래 살 수 있을 것인지를 묻는다. 그러자 예언자는 이렇게 말한다.

"자기 자신을 모르면 오래 살 것이다."

당시에는 아무도 이 말의 뜻을 이해하지 못했다. 아름다운 청년으로 성장한 나르시소스에게 많은 사람들이 사랑을 호소하지만 그는 거

절한다. 이윽고 님프인 에코가 그를 사랑하게 되지만, 나르시소스는
이를 무시한다. 에코를 무시함으로써 나르시소스는 '자아도취'의 운명
을 걸머쥐게 된다. 즉 나르시소스는 헬리콘 산의 샘에 비친 자기 모
습을 들여다 보면서 자신의 모습에 도취한다. 자신에 대한 사랑에 빠
져 매일같이 샘만 들여다 보다가 죽는다. 신들은 그를 수선화로 변신
시켰다.

　자의식 과잉을 원형적으로 드러낸 이야기로 우리에게 이미 익숙해
있는 그리스 신화이다. 자기 자신을 유별나게 인식하지 아니함이야
말로 운명의 평탄함을 추구할 수 있는 보편의 덕성으로 통하는 것이
라는 것을 암시하는 이야기라고나 할까. 아니면 자아를 인식한다는
것이 본질적으로 집착과 고통을 수반한다는 것을 우회적으로 전한다
고나 할까. 가두어 두는 자아와 관계 속에 해방되는 자아의 대비적
상관을 보여 준다고나 할까. 자아를 찾아가는 젊은이들이 그 시절 젊
기 때문에 사람들이 흔히 빠지기 쉬운 미망(迷妄)의 늪을 경계하는
이야기라고 보면 어떨까? 어찌했든 '자아'를 들여다 보는 데서 존재
의 고통이 침잠하기도 하고, 비상(飛翔)의 날개를 달기도 한다. 그리
고 이런 모든 현상이 문학교육의 작용태(作用態)로 등장한다.

　그러니까 문학교육이 '자아'를 가르치는 문제와 관련해서 고민해
야 할 것은, 박제된 지식으로서 '자아'의 의미를 가르치는 데에 있는
것 같지는 않다. 오히려 진정한 문학교육은 이 나르시소스의 이야기
에서 예언자 테이레시아스가 말한 '자기 자신을 모르면 오래 살 것
이다'라는 명제를 끊임없는 감상의 화두(話頭)로 살아 있게 하는 것
이다. 물론 이는 이 신화 이후에 있어 왔던 숱한 문학 텍스트의 수용
공간에서 실제로 이루어져 왔다. 그리고 그것은 결국 삶의 화두로 전
이되어 온다. 문학이 마르지 아니하는 사유(思惟)의 연원으로 존재하
는 것은 바로 이러한 실천적 작용태의 모습을 지니기 때문이다. 이는
문학교육이 존재하는 의의 쯤에 해당할 것이다. 거시적 안목으로 보

면 이런 과정 자체가 교육이다.

Ⅱ. 자아의 개념 울타리

근대 이후, 자아에 대한 학문적 관심과 지성사적 패러다임 형성은 두 가지 갈래에서 그 연원을 살펴 볼 필요가 있다. 하나는 프로이트 정신분석학의 소산이고, 다른 하나는 실존주의 철학의 영향이다. 이들은 현대 심리학에서 주창하는 자아 개념의 분석적 정교함은 갖추지 못했으나, 인간 개체의 존재 양상을 존재 속에 내재된 의식을 기본축으로 해서 볼 수 있는 지평을 개척했다는 점에서 그 의의가 있다.

프로이트의 '자아(ego)'는 우리가 통칭하는 존재의 정신 정체로서의 '자아(self)'와는 상당히 다르다. 프로이트의 에고는 자아(self)의 전체적 기제에 작용하는 일종의 동기 근원으로 보는 것이 온당할 듯하다. 잘 알다시피 프로이트는 정신의 세 가지 활동 영역을 이드(id), 초자아(superego), 자아(ego) 등으로 나눈다. 이드는 무의식 속에 있고, 본능적 충동들의 수원지이며, 항상 쾌락 원칙(pleasure principle)을 통하여 그 본능들을 만족시키기 위하여 일한다. 초자아는 현실의 사회적 압력들을 이드에게 가하는 내적인 검열관이다. 이것은 도덕 원칙(moral principle)에 의해 지배받는다. 프로이트가 말하는 '자아(ego)'는 사회적 세계와의 접촉에 의해 일부 변화된 이드의 부분이다. 의식인 자아는 항상 사회적 압력(현실의 요구)을 가하는 초자아의 요구와, 욕망을 충족시켜 달라는 이드에서 생기는 리비도의 요구 사이에서 중재역을 해야 한다. 성숙한 자아는 현실 원칙에 따른다. 다시 말하면, 고통스러운 결과를 피하기 위하여, 즉각적인 쾌락을 부정한다. 더욱이 프로이트가 말하는 자아(ego)는 억압과 승화(昇華) 이외에 다양한 방어기제(防禦機制, defense mechanism)들을 가지고, 이드의 요구에 대항하여 자신을 보호한다.

프로이트의 자아(ego) 개념을 원용함으로써 우리는 자신의 숨겨진 동기의 원천인 무의식을 의미 있게 이해한다. 그리고 이를 통해서 나와 타인의 정체성의 심층을 보다 더 잘 설명할 수 있는 비평적 기능의 수단을 가지게 되었다. 자아에 대한 이해가 타자에 대한 이해와 결집점을 마련할 수 있는 것이다. 실제로 청년기 자아 정체성의 구체적 동기를 파악하는 데 프로이트의 중요성은 입증된다. 욕망을 동기화하는 문학 작품에서는 이드와 자아와 초자아는 영원한 갈등의 드라마를 구성한다. 예컨대 프로이트가 심리학이 상정한 오이디푸스 콤플렉스의 관계는 이미 그 속에 전형적 플롯 상황의 원형을 내재하고 있다고 볼 수 있다. 이를 통해서 문학을 감상하고 형상화 된 인물에 공감하거나 이입해 들어가는 문학교육의 과정과 현상은 '자아 모색'의 장면을 자연스럽게 내재화 한다.

자아의 개념을 들여다 보는 방법으로 실존주의적 관심을 들 수 있다. 이른바 실존으로서의 자아이다. 이는 인간이 파편화되고, 총체성이 해체되며, 비인간화와 소외가 극한으로 치닫는 20세기적 정황에 부합하는 인간관으로 볼 수 있다. 실존으로서의 자아관은 플라톤과 아리스토텔레스에서 시작하여 중세 스콜라 철학자 토마스 아퀴나스를 거쳐, 17, 18세기의 과학적 합리주의자들, 그리고 19세기 변증법적 합리주의의 형이상학자인 헤겔에 이르기까지 과거의 철학 체계들에 대한 일종의 저항이라 할 수 있다. 이들 전통적 철학 체계의 특징은 인간이 우주의 일반적 목적, 또는 본질의 일부를 형성하고 있으므로, 우주의 일반적 목적과 본질은 개인적 실존의 실제 사실에 선행해야 한다고 믿었다.

그러나 실존주의의 가정은 이에 대해 반발한다. 사르트르의 표현을 빌리면, "실존이 본질에 선행한다"는 것이다. 왜냐하면 인간은 끊임없는 초월적 결단과 선택을 거치면서 도약(跳躍)하는데, 그 도약을 통하여 자기 자신의 실존을 창조하고, 거기에 본질을 부여함으로써만이 실존할 수 있기 때문이라는 것이다. 인간의 실존은 대상이 아니라 인간의 주체에서 출발한다고 본다. 그리고 그 인간이야말로 생각하는 주체일 뿐만 아니라, '행위'의 주체이며 감정의 중심이라고 보는 것이다. 실존 철학의 진수와 상관없이 현대사회의 젊은이들이 가지는 사고나 행동 방식은 실존 성향이 강하게 드러난다. 자아가 중시되고 강조되는 일면을 보이면서도, 그 자아의 지속성이나 정합성에 대해서는 개의치 아니하는 성향이 그 예이다. 이러한 정황에서 문학 교육의 윤리성은 어떻게 추구되어야 할 것인지가 중요한 과제로 대두된다 하겠다.

자아의 개념은 전통적으로 철학에서는 주체(主體)의 개념과 상관을 가진다. 마르크스주의 인식론에서는 주체를 ①인식 능력과 인식 기능의 능동적 담지자(擔持者) ②사회적 실천을 바탕으로 목적 지향적으로 환경에 작용을 가하여 환경을 물질적·정신적으로 자기 것으로 만드는 '사회적 인간' 등의 뜻으로 사용해 왔다. 주관이라고 할 때는 ①의 측면이 강조되고, 주체라고 할 때는 ②의 측면이 강조되지만 보통 두 용어가 혼용되고 있다.

현대 철학에 와서는 '주체의 죽음', '인간의 죽음'이 중요한 쟁점으로 부각되어 왔다. 미셸 푸코는 누구보다도 강하게 '인간의 죽음', '주체의 종말'을 예고한 사람이다. 푸코의 논지는 '주체로서의 인간'의 출현은 근대의 새로운 지식의 배치를 통해 가능했고, 그러한 배치의 변화 또는 전환으로 인해, 그 결과로서 산출된 '주체로서의 인간'도 종말을 고할 수밖에 없을 것이라는 것이다. 라깡의 경우는 주체의 죽음 또는 종말을 말하지는 않지만 주체는 그 자체 근원적 존재가 아니라 시니피앙(기표)의 결과로서 구성된 주체임을 강조한다. 주체는 그 자신 스스로 자신을 생성시키는 존재가 아니라 타자(他者)를 통해서, 타자의 담론에 관여함으로써 주체가 된다. 타자는 나와 맞서 있는 타자뿐만 아니라 타자와의 상호주관성, 즉 상호인정, 금지와 허용을 담고 있는 문화의 규칙, 때로는 무의식과 상징적 질서일 수 있다. 주체는 그 자체가 자신의 근원이 아니라 언어, 법, 타자, 문화의 규칙 등을 통해 산출된 소산임을 강조한다.

문학교육에서 주체의 문제는 텍스트내의 주체를 판독하는 기초적 문학능력에서 문학텍스트와 세계를 조응하고 인식하는 주체(성숙한 독자)를 발달시켜 나가는 고급적 문학능력에 이르기까지 다면적이고 다층위적으로 개입한다. 특히 현실주의 문학 텍스트를 학습하는 과정에서 해석적 주체, 비판적 주체를 경험하고 마침내 세계 인식의 장을 능동적으로 마련하게 하는 과정은 그 자체가 문학교육의 방법적 모형으로 의미를 가진다.

문학을 포함해서 국어교육이 발전적으로 연장되는 공간에 문학(국어)교육의 문화교육기능이 고찰되고 있는데, 이는 달리 말하면 다양한 현대사회의 변화 속에서 의사소통적 주체가 다원적으로 작용함을 교육적으로 중시하여 통찰하고 반영하는 양상을 말한다. 이런 측면에서 '주체'와 관련한 국어교육의 방향은 더욱 실천적이고 개방적인 접근을 기해야 할 것이다.

현대심리학에서는 자아를 분석적 심리 현상의 단위로 다루는 데 관심을 보여 왔다. 행동주의 심리학은 일정한 반응 체계 속에서 인간의 자기 통어 방식을 과학적으로 구명하려는 노력을 기울였다. 인지심리학은 사고 주체로서의 인간 심리 현상을 조명하는 가운데 지식의 획득과 사용 주체로서의 자아를 훨씬 풍부하게 설명하도록 하는 데 기여했다. 피아제의 발달심리학은 인지적 자아의 형성 및 발달과 관련한 역동성을 구조화하는 데 기여했다. 근자의 문화심리학(cultural psychology)은 문화적 산물로서의 자아를 강조하여, 자아를 분석하는 방법과 범위를 확장할 필요를 강조한다(Richard A. Shweder, 1996). '자아'의 심리학적 개념들은 대개는 문학교육의 원리와 방법 속에 호응되어 있다고 볼 수 있다. 이는 인식론의 거시 패러다임 변화 속에서 문학, 교육학, 심리학 등이 일정한 상호성을 가지고 호응되어 왔다는 점에서 확인이 된다. 또 80년대 후반 이후 우리의 문학교육이 학적 정체성과 그에 걸 맞는 방법론 및 실천 원리들을 개발하는 과정에서 비교적 바람직한 상호성을 구축하는 방향으로 이루어져 왔다는 데서도 확인된다.

Ⅲ. 문학교육에서 '자아'의 자리매기기

'자아'의 개념과 관련하여 다소 장황했던 내용을 정리해 보는 뜻으로, 문학교육의 의미망 속에서 자아의 개념역을 편의상 다음 네 가지로 구분해 본다. 물론 이들 네 범주는 동등 동질의 범주로 분류된 것은 아니다. 경우에 따라 서로 중첩된 영역을 가지기도 한다. 또 그 본질은 같으면서도 작용의 차원이 다름으로 해서 달리 분화한 것도 있다.

1. 메타 성찰의 주체로서 자아

자아란 우리 각개 개체가 스스로 자신을 완전 지배하는 공간에 서 있을 때 비로소 성립되는 개념이다. 자신에 대해서 초월적 자아가 완전한 주인의 자리에 서는 상태를 이른다. 즉 생물학적 존재, 심리적 존재, 사회적 존재로서의 자신에 대해 이를 메타적으로 인식하는 주체를 '자아'라고 한다. 이러한 메타 성찰은 본질상 자아를 절대의 공간으로 몰고 가기도 한다. 엄정한 성찰과 도야(陶冶)의 과정을 내적으로 수반한다. 흔히 동양 문화에서는 참선(參禪)의 문화로 접근되는 데서 그 전형을 볼 수 있다.

메타 성찰의 주체를 형성하고 함양하는 데에 문학은 성찰의 질료를 다양하게 제공한다. 보통 교육 과정에서는 정선된 에세이 텍스트가 이러한 기능을 담당하며, 명상적이면서도 잠언의 성격이 강한 시 텍스트들 역시 그러한 기능을 한다. 이러한 과정에서 '나는 누구인지'를 반추하고, 나의 나다움을 추구하는 사색의 공간을 만들어 나가는 모습을 볼 수 있다.

메타 성찰의 자아가 잘 형상화된 전형으로서 다음 시를 들 수 있다. 산정묘지라는 상상 공간 속에서 절대 자아의 한 형상을 관념적으로 밀어 올리고 있는 모습이 보인다. 산정묘지는 '저자의 아귀다툼과 비정, 거리의 속기(俗氣)와 지린재, 요컨대 우리가 사는 세속 도시의 역상(逆像)'이다. 극한의 염결(廉潔)로 자기 존재를 밀어 나가려는 성찰적 자아를 엿볼 수 있다. 문제는 이러한 방식으로 추구하는 자아의 가능태를 문학교육이 더 풍성하고 의미있게 추구할 수 있어야 한다.

> 얼음 한 조각 들고 내 처음 올라온 길 찾아 내려가네.
> 구름은 신발만 남긴 채 천길 낭떠러지로 뛰어내리고,
> 모든 무덤들은 훗날 기억되기 위해서
> 더 깊고 추운 골짜기 속으로 망각되어 가리.
> 살아 있는 그대들 또한 잊혀져 가리.
> 地上에서 山頂으로 올라간 오랜 안식자들.
> 만년을 고요로 채우기 위해
> 누구나 한번은 오르다 내려오는 本鄕길.
> 마자막 날 바라볼 하늘을 누구나 잔등에 조금은 적셔 두고 싶은
> 것처럼.
> 그대들, 살아 있는 자들 또한 조만간 잊혀져 가리.
> 그토록 오랜 세월 그대를 헤매게 하고 방황하게 한 세상으로부터.

> 우리 또한 이토록 사랑하고 소비하게 한 세상으로부터 결국은 잊
> 혀져 가리.
>
> (조정권, <산정묘지> 중에서)

자기 성찰의 주체로서의 자아는 문학 창작의 글쓰기를 통해서 보다 적극적으로 형성될 수 있다. 청소년기에는 자기 혼돈의 경험이 성찰의 전제 조건으로 놓이기도 하는데 이는 언어 사용의 일탈로 나타나기도 한다. 청년 시절 철학이나 문학의 정신을 표명한 담론이나 전단 등에서 이러한 모습은 잘 드러난다. 이렇게 보면 자신이 자신에게만 열어두는 습작, 일기, 수필 등은 이러한 류의 자아를 확충해 나가는 데 큰 영향을 미친다. 되도록 많은 혼돈을 의미 있게 경험하고 문학으로 표상해 보게 하는 것이 중요하다.

2. 관계 주체로서 자아

자아란 타자(他者)와의 관계를 인식하고, 그 인식의 결과를 다시 자기 자신에게 투사할 수 있을 때, 성립되는 개념이다. 특히 문학 경험 공간에서의 타자 인식은 자아 의식을 확장하고 확립해 나가는 데 유익하다.

관계 주체로서의 자아가 문학교육에서 합당한 명제가 될 수 있음을 딜타이(Wilhelm Dilthey, 1835-1911)의 생철학 배경에서 그 연원을 구해 볼 수 있다.

딜타이의 생철학은 종래의 철학 주류가 이성을 중심으로 하던 것에서 체험의 직접적 소여성(所與性)에 토대를 두고 생의 이해를 꾀한다. 이러한 딜타이 철학에 의하면 예술은 '인생 이해의 기관(das Organ des Lebensverstandnisses)'으로서 의의를 가진다. 딜타이는 체험의 에네르기를 기초로 하여 상상력에 의해 생의 여러 표상들을 변형·결합시키는 형성과정을 시적 창작이라고 한다. 이러한 시적 상상력

은 생체험의 관계들을 성찰하고 투사하게 하는 것이다. 때로는 이들 활동이 감정의 지배를 받고, 꿈이나 광기처럼 현실을 자유롭게 초탈할 수 있지만, 강력한 정신의 에네르기가 건전하게 작용한다는 점에서 꿈이나 광기와는 완전히 다르다. 그래서 이러한 상상력의 소산인 시는 일상적인 경험을 초월하면서도 그것을 대표하고, 생의 감정 중에서 본질적인 것, 유형적인 것을 표현하기 때문에 보편성과 필연성을 띠게 된다. 타자와의 관계적 주체란 결국 균형된 통찰을 지향하는 자아인지도 모른다.

현실 세계에서 타자와의 관계는 진정한 관계와 왜곡된 관계로 대별될 수 있다. 우리는 그 각각의 자리에 서 봄으로써 '관계 주체'로서의 '나'는 어떠해야 할 깃인지를 발견해 나갈 수 있을 것이다. 문학의 윤리성 가운데 하나가 바로 독자들로 하여금 '진정한 관계 주체'를 꿈꿀 수 있게 하는 것이라고 본다. 특히 소설을 비롯한 서사체는 관계의 미학을 창출하는 장르이다. 서사는 그것이 생산되고 수용되고 소통되는 가운데 무수히 다양한 타자들의 면모를 드러내어 보인다. 그리고 이러한 서사들이 독자 공동체 속에서 '어떤 일정한 의미를 공유'하게 하는 작용(일종의 문화 작용)을 한다. 문학교육과 문화교육이 일정한 경계 영역에서 상호 변전되는 장면을 연출하는 것이다. 이런 좌표에서 문학교육은 어떤 책무성 같은 것을 자연스럽게 구현하게 된다.

영문학자 김성곤은 타자와의 관계 망실을 새로운 시대의 문제로 지적한다. 그러면서 영화 보기의 한 준거로 '타자 이해'의 문법을 말한다. 그는 영화를 통한 타자 이해가 절실하다고 강조하면서, 우리가 길러 나가야 할 자아로 타자와의 진정한 관계를 회복할 것을 말한다.

새로운 천 년을 맞기 위해 선행되어야 할 반성 중 가장 절박한 것으로 학자들은 '타자(他者)'에 대한 부정과 편견을 든다. 즉 문화적 차이를 상호 인정해 주고 자기중심적 시각이 아닌, 상대방의 시각으로 사물을 보고 이해해야만 한다는 것이다. (김성곤, 『비디오 오딧세이』 중에서)

3. 세계에 대한 비평 주체로서 자아

자아란 세계의 총체상(總體相)을 발견하고, 이해하며, 그 세계와 교섭하는 데서 필연적으로 거치게 되는 일종의 검색 기제이다. 자아를 이렇게 자리매김하는 입장은 삶과 현실 속에서 무언가 의미 있는 실천에 의의를 두는, 바로 그런 인간을 지향하는 것이다.

리얼리즘은 문학이 지니는 항구한 자질이다. 현실을 진정하게 반영한다는 리얼리즘의 정신이 있기 때문에, 세계에 대한 비평 주체로서의 자아를 우리는 지향할 수 있다. 이럴 경우 문학 경험은 늘 실천의 명제와 표리 관계를 이룬다. 동시에 문학 교육은 일종의 사회화의 기능과 과정을 제공해 주는 자리에 선다. 문학교육은 결국은 비판적 지성이 자라고 숨쉴 수 있는 중요한 통로를 마련해 주는 교육이다. 특히 자본의 힘과 실용의 가치가 거대하게 우리의 정신계를 지배하는 현대 사회에서 우리는 어떤 자아로 깨어 있어야 할 것인지를 고민해야 할 것이다. 그렇기 때문에 현실 삶에서 진정성의 왜곡을 고발하는 파수꾼과 같은 인간을 기르는 교육은 절대로 필요하다.

예컨대 '장길산' 읽기의 중요한 원칙으로서 역사에 대한 비평과 삶에 대한 총체적 전망하기를 포기할 수 없다. 그 대서사의 공간 속에서 어떤 비평적 자아도 구현하지 못한다면, 그러한 문학 읽기의 생산성은 문제가 있다. 그러한 자아를 각성하도록 이끌지 못하는 문학교육은 문제가 있는 것이다.

앞의 항에서 언급한 '메타 성찰로서의 주체'가 관념적 절대성과 순수를 추구하는 자아라면, '세계에 대한 비평 주체로서의 자아'는 실천적 도덕성을 추구하는 자아라고 할 수 있다. 이 모든 스펙트럼을 문학교육의 공간이 제공한다. 구체적 문학 교육의 맥락에 따라 이 스펙트럼은 다양하게 조합될 수 있어야 하는 것이다.

4. 욕망 실현 주체로서 자아

자아란 개체의 내적 욕망(포부)을 형성하고 실현하는 기제이다. 동시에 그 욕망 기제를 한 단계 높은 데서 변별하고 추동(推動)하는 근원으로서의 힘 또한 자아의 개념에 포함되어야 한다. 이러한 입장에서 자아를 드러내게 되면 범상한 표현으로서는 '개성적 자아'를 떠올리게 된다. 그러나 이러한 자아 추구가 가치 있는 것이 되려면 철학의 토대가 단단해야 한다. 그러니까 여기서의 '욕망 실현 주체'라는 것은 억압의 질곡에서 자기를 해방할 수 있는 자아의 개념 정도가 더 정확한 표현이 될지도 모르겠다.

욕망이 문학이론의 중심 영역에 편입된 것은 새삼스러운 일이 아니다. 그러나 '자아'의 문학교육적 실현과 관련해서는 후기구조주의의 난해한 여러 욕망 이론 이전에 크로체(Benedetto Croce, 1886-1952)의 예술철학 등에서 그 연원을 구해 볼 수 있다. 그것은 달리 말하면 예술가의 직관적 힘과 생체험의 현장성에 가치를 부여하는 것으로 집약된다.

크로체의 예술철학은 직관과 표현의 중요성 속에서 '예술적 자아'의 모습을 강조하게 된다. 그리고 미를 예술활동의 정신적 가치로 본다. 그렇기 때문에 예술은 결코 물리적 사실로서의 '아름다운 사물'을 가리키는 것이 아니라는 것이다. 자연미라는 것도 자연을 바라보는 사람에게 예술가의 안목이나 창조력이 작용하지 않으면 미라는 것 자체가 존재할 수 없게 된다고 본다. 가치란 자유롭게 자기를 전개하는 데 성공한 활동이라 한다면, 미적 가치는 '하나의 성공한 표현'으로 본다. 여기에서 개성적 욕망의 가치가 자리를 잡을 수 있다고 본다. 크로체 미학을 '순수 직관 속에서 개별은 전체의 생(生, vita)에 의해 맥박이 뛰게 되고 전체는 개별의 생 가운데 있다. 모든 진정한 예술적 표현은 그 자신임과 동시에 보편(universo)이다'는 명제로 정리된다. 이는 예술가의 본질을 이야기한 것이지만 결국은 자아를 표상하는 모든 활동에 해당되는 이야기라 할 수 있다.

이런 수준의 개성적 자아(곧 욕망적 주체)를 각성하게 해 주는 데는 문학을 비롯한 예술교육 전반의 진지한 노력과 새로운 지평 만들기가 있어야 할 것이다. 아울러 교육과 시대와 매체와 문화를 함께 묶어서 비평하는 일련의 작업들이 문학교육의 범주 속에 들어 와야 할 것이다.

문학 속에서 욕망 실현의 형상화는 자주 분신의 모티브로 구체화된다. '분신(分身)'이란, 한 인물을 두 개의 독특하고도 상반되는 인물로 분리시키는 수법을 말하거나, 또는 그런 식으로 분리시킨 인물을 가리킨다. 콘래드(J. Conrad)의 '비밀 동참자(The Secret Share)'에서는 어떤 인물의 자아를 복제시켜 분신을 만든다. 또는 스티븐슨의 '지킬 박사와 하이드 씨의 이상한 사건'에서처럼 한 인물을 두 개의 독특하고도 상반되는 인물로 분리시키는 경우를 볼 수 있다. 이러한 방식 자체는 문학교육에서 욕망 실현 주체의 각개 양상을 구체적으로 탐구하는 자료와 방법으로 유효할 수 있을 것이다.

IV. 자아 고양(自我高揚)의 문학교육을 향하여

이상에서 보듯이 대개 문학교육에서 추구하는 자아는 자기 성찰의 노작으로 나아가고, 타자와의 진정한 관계를 추구하고, 삶의 왜곡에 대해서 비평적 실천을 게을리 하지 않으며, 진정한 욕망의 실현을 추구하는 존재이다. 이러한 지향의 대전제는 말할 것도 없이 자아의 내적 가치를 스스로 연마하고, 자유 가운데서 높은 격조로 자기를 다스림을 실천하는 것이다. 이런 지향을 위한 문학교육의 원리를 제안해 본다.

첫째, 수도원과 시장터로서의 문학교육 공간

문학교육의 공간은 수도원의 역할과 시장터의 역할을 함께 펼쳐 보일 수 있어야 한다. 수도원의 역할이란 자아를 정밀하게 가두어 두는 공간이다. 문학 교육은 그것이 읽기의 공간이든 창작의 공간이든 정밀한 자기만의 사유 공간을 배려할 필요가 있다. 시장터의 역할을 해야 된다는 것은 무수히 다양한 타자와의 관계를 경험하는 문학 교육 공간을 제공해 주어야 함을 의미한다. 물론 이 양자는 상호회귀적인 작용을 한다. 자아의 정련은 비유적으로 보면 쇠의 정련과 상동한지도 모른다.

니이체의 예술철학에 유사한 관점이 있다. 니이체는 '비극의 탄생'에서 예술 창작의 근본 유형을 ①아폴로적 유형 ②디오니소스적 유형으로 구분한다. 니이체는 디오니소스적인 것이 아폴로적인 것으로 변환되는 과정을 이렇게 설명한다. 넘쳐 흐르는 생명력으로 고무되고 생성을 향한 갈망으로 디오니소스적 광기에 휩싸인 예술가는 생존의 일상적 한계를 초월하여 마침내 스스로 디오니소스적인 것으로부터 벗어나 영원하고 관조적인 아폴로적인 경지에 도달하게 된다. 아폴로적인 경지란 생성, 생명, 광명의 이미지로 표상된다.

이러한 주장에서 나타나듯이, 니이체는 예술을 생의 고양과 힘의 감각으로, 또한 이것에 의해서 인간을 실존적 단계로 높여 나가는 것으로 생각하여 예술에 대한 적극적인 평가를 하고 있다.

둘째, 자아 속에서 심리(주체)와 사회(타자)가 변증법적으로 통합되기

‘자아’란 개념은 인간 개체의 총체적 정신 현상을 전제로 하는 개념이고, 온전한 인간을 설명하는 개념이다. 문학 연구의 방법이나 감상의 한 독법으로 심리적 영역과 사회적 영역이 나뉠 수는 있지만, ‘자아’ 자체를 염두에 두는 문학교육의 방법이라면 심리적 자아와 사회적 자아의 조화로운 통합을 기하도록 한다. ‘자아’는 주체와 타자의 교섭 맥락에서 보면 어디까지나 전인(全人)의 이상을 담고 있는 개념이기 때문이다.

심리와 사회의 통합은 필연적으로 ‘주체와 타자의 진정한 관계 맺기’로 이어져야 한다. 현실적 자아는 주체와 타자의 진정한 관계를 확립하는 존재이다. 물론 어떤 자아가 타자와의 상관성을 고려하지 않고 그 자체의 고립적 완성을 꿈꿀 수도 있겠지만(헤르만 헤세의 ‘유리알 유희’ 주인공처럼), 그것은 이미 현실적 자아는 아니다. 문학교육 역시 교육의 한 현실태를 담당하는 것이라면 주체와 타자의 관계를 진정하게 회복하는 자아를 목표화 할 필요가 있다.

셋째, 기표의 미로 속에서 세상 바로 보기

포스트 모던한 징후와 환경 속에서 욕망과 개성을 바르게 실현하는 문제, 자유의 의미를 개별 자아의 실천 원리로 구체화하는 문제가 만만치 아니한 과제가 되었다. 가짜 욕망과 복제된 개성에 휘둘리는 모습이 도처에 만연될 것이다. 위장된 자유와 중개된 욕망이 진정한 자아의 실종을 부추길 것이다. 문학이 무엇을 할 수 있을지를 생각해 보아야 한다. 문학교육이 어떤 살아 있는 감응력을 새롭게 발휘해야 할지를 철학과 전략의 양면에서 생각해 보아야 한다.

대안적 접근으로 다소 막연한 감이 없지 않지만, 문학 경험과 일상성의 친화하기를 강조하지 않을 수 없다. 문학의 존재 방식을 텍스트 실체 위주로만 추구하지 말고, 문학의 작용이 미치는 일상 전반을 문학교육의 마당과 수단으로 개발해 나가야 할 것이다. 특히 문학교육은 일상성 속에서 그 교육적 작용을 확장할 수 있는 기제를 더욱 확장해 나가야 할 것이다. 실용적 글쓰기와 문학교육의 연결 코드를 생각해 보아야 할 것이고, 우리들의 일반 문화 체험 자체를 문학교육의 장에서 다루어 주는 전략 등이 변화되어야 할 문학교육의 지평으로 보인다.

그만큼 앞으로의 삶과 사회에서 우리의 '자아'는 튼튼한 정체를 확보하기가 더 힘들어 진다는 증거가 아닐까 생각해 본다.

문학교육과 신체성

문 영 진*

I. 문학의 위기 문제

근대 사회는 지칠 줄 모르고 어딘가로 달려가기를 계속하고 있다. 이 질주의 흐름은 자신 속에 있는 무엇 하나 그대로 놓아 두는 법이 없다. 지상에서 이 흐름과의 만남을 거친 후에도 변화를 면제받는 사물은 존재하지 않는다. 문학은 이러한 거대한 변화 과정의 원활함에 대한 기여라기보다는 그 흐름 자체에 대한 의미 부여나 문제제기 쪽을 자신의 본령으로 하고 있다고 할 수 있다. 그러나 이런 속성을 지닌 문학이라고 하더라도 근대 사회 자체의 질주의 논리, 곧 근대성과 무관한 지평에 자리하고 있기는 힘들다. 근대 사회가 지닌 속도, 원활함의 요구, 화폐의 논리 앞에서 근대의 각 부문별 제도는 그에 적합한 자신들의 고유한 대응방법을 강요당하지 않을 수 없다. 문학도 그리하여 근대 사회의 제도의 한 지절인 하나의 상품이라는 모습으로 근대 사회 속에서 자신의 모습을 들이밀 수밖에 없다. 문학이 상품이라고는 해도 자신이 지닌 문제제기적 속성으로 인하여 문학은

____

*서울대 강사

조금 유별난 상품의 모습을 하게 된다. 어쨌든 문학도 나름대로 합리화된 모습을 취하게 되는 것이다.

물론 문학이든 다른 예술이든 정신적 형성물은, 그것이 소통과정으로 들어가서 그 정신적 가치를 필요로 하는 사람들에게 구체적이고 실제적인 작용을 가하려면 물질적 형태로 탈바꿈하는 물질화 과정을 겪거나 적어도 물질적 형태의 도움을 받지 않으면 안 된다. 근대 사회에 들어선 이후로 문학작품을 둘러싼 물질적 형태와의 관계맺기 과정은 변모를 거듭하여, 오늘날 문학 텍스트를 만드는 측과 그것을 독서물로 대하는 측은 대부분 직접적인 교섭을 거의 상실하게되었다. 인쇄된 문학이 대량 복제의 방식으로 다른 모든 상품과 마찬가지로 소통되기 시작한 것이다. 이 과정은 문학에 달라 붙어 있던 모종의 신비로운 특성을 벗겨내는 식으로 이루어졌다. 문학은 한편으로 자신이 갖고 있던, 알 수 없는 매력을 일부 상실하기도 했지만, 다른 한편으로는 보다 민주적인 특성을 획득하게 되었다. 독자는 자신이 괜찮다고 생각하는 작품의 정신적 내용과 그다지 힘들이지 않고, 자신이 원하는 곳에서 만날 수 있게 되었다. 말하자면 문학도 시민사회의 다른 모든 제도들과 같은 위상에서 자신의 '역할'을 하는 것으로 기능하게 되었다. 문학의 독자측 입장에서 보아 문학작품은 오락의 역할에서 시작하여 삶의 심원한 이해, 표현자로서의 역할에 이르기까지 다양한 역할을 수행할 수 있었다.

오늘날 자본주의가 고도로 발달된 서구 사회는 물론이고 우리 나라에서도 문학의 위기를 운위하는 것은 거의 일반화된 현상으로 되었다. 여기에는 정치, 경제, 사회 등 거대적인 요인은 물론이고 그 사회 속에 구체적 개인들로 존재하는 독자의 경험 양식의 변화라는 미시적인 요인이 동시에 개입되어 있다. 특히 텔레비전과 컴퓨터라는 강력한 매체의 확산 앞에 문학은 자신의 존재자체가 근저에서부터 위협을 받을 정도로 위축되고 있다. 이러한 현상은 문학작품 독서 기회의 축소에서부터 문학의 역할 축소에 이르기까지 다양하고도 깊은 범위에 걸쳐서 나타나고 있다. 가령, 많은 뛰어난 청소년들로부터 문학이 미래의 '업'(業)으로 생각되는 정도는 이전에 비해서 크지 않은 듯하고, 뛰어난 신세대 작가들 중 남성의 비율은 상당히 축소해 가고 있다. 물론 인쇄 문화가 다른 매체에 비해서 영원히 우세해야만 된다는 법은 없으며, 그런 한 청소년들의 문학 지망의 감소가 문제로 될 것은 없다고도 할 수 있다. 그러나 후자의 경우는 조금 다르다. 남성 작가의 비율 축소는 다른 측면에서 보면 여성 작가의 진출이 많다는 이야기가 되며, 이는 사회적으로 보아 문제될 것이 아무 것도 없다. 왜냐하면 이러한 현상은 여성의 사회적 진출에서 앞서가고 있다는 점을 보여주는 징후로서 그 자체로 바람직한 일이기 때문이다. 그러나 우리 작가들이 쓴 작품이 80년대와 같은 정도의 중요성을 가지면서 생활의 국면 속에서 작용을 하며, 또 그 작품의 독자층의 범위가 어디에까지 뻗어있는가 하는 질문에 이르면 상황은 간단하지 않다. 물론 이에 대한 보다 정확한 실상의 파악은 더욱 상세한 문학 인류학 등을 통한 실증적인 연구를 참고해서 조심스럽게 이루어져야 하겠지만,[1] 요컨대 개개인의 삶의 과정에서 문학의 상대적 및 절대적 중요성이 감소하고 있다는 것, 그리고 그 정도가 심각하다는 것은 아무래도 사실일 듯하다.

결국 문제는 작자층의 충원구조나 내부 구성에 있다기보다는 문학이 사회 속에서 차지하는 위상이 계속적으로 저락하고 있다는 점에 있을 것이다. 그리고 이러한 저락현상은 문학에만 해당되는 것이 아니라 그 사회에 사는 사람들이 살아가는 삶의 질을 관념적인 방식으

---

1) "아직도 국어와 문학 담당 교사는 중등학교 학생들에겐 제일 큰 관심과 기대의 대상"이라는 점을 글의 모두에 내세우고 있는 다음 글을 참조할 것. 원종찬, 「삶을 가꾸는 문학교육」, 『민족문학사연구』 12호, 1998. 91쪽.

로 그리고 대단히 구체적으로 파악하는, 기압계의 역할을 하는 비용구적(非用具的)인 작업 모두에 해당될 것이다. 문학의 위기에는 용구성 이외의 범주는 몸둘 자리가 없이 점점 위축되어 가고 있다는 것, 이것이 문제의 근원이라고 할 수도 있을 것이다. 이와 같은 현상은 근대 사회 자체가 지닌 논리로부터 생겨나오는 것이며, 특히 세계화라는 사회의 전반적인 분위기를 타고 더욱 확산되고 있는데, 인문학 일반의 위기, 나아가서 문화의 위기에까지 이어지는 문제가 되고 있다. 곧, 상품의 논리 혹은 효율성, 업적주의와는 다른 운명을 가진 범주들이 경향적으로 위축되는 것, 이것이 문제인 것이다. 문학이 이러한 사정에 있다고 한다면, 문학을 배우고 가르치는 일, 곧 문학교육 현상이 제도적으로 행해지고 있는 학교 쪽의 사정도 큰 틀에서는 문학 쪽의 사정과 그다지 다르지 않을 것이다.

이렇게 문학과 문학교육의 위기를 먼저 거론하는 것은 위기에 대한 즉각적 처방을 구하려는 데 목적이 있는 것은 아니다. 결국 이러한 상황 자체는 문학교육의 조건이자 목표 실현 혹은 내용과 관련이 있는 항목이기 때문이다. 이런 상황에서 신체성 개념을 들고 나오는 것은 혼란만 가중시키는 것은 아닌가 하는 의문을 가질 수도 있다. 그러나 문제가 심각할수록 역설적으로 과제도 더욱 커져야 하는 것이고 도달하려는 목표와 현실과의 낙차도 커진다고 생각할 수도 있다. 그리고 신체성이라는 화두는 이 시대의 문화적 상황과 관련해서도 의미가 작지 않다고 생각된다.

물론 신체론과 관련해서 문학교육을 생각하는 것이 그것이 현재의 위기를 타개할 참으로 유력한 실마리가 되는 방법론으로서 의미가 있다고 주장하기에는 아직 연구가 시작단계에 머무른 느낌이 없지 않다. 다만 문제의 깊이를 확인하고 이를 극복하기 위한 방법을 모색하는 한 시도로서 우리는 신체론과 문학교육의 문제를 찬찬히 생각하는 기회를 갖는 것으로 만족하고자 한다.

Ⅱ. 신체, 문학 및 교육

신체와 문학 그리고 교육이라는 세 범주 사이에 어떤 관련을 설정할 수 있는가. 문학과 교육, 신체와 문학, 신체와 교육, 이 세 개의 범주쌍 중에서 처음 두 쌍은 그 범주가 현실적인 것으로 존재하고 있으므로 다시 새삼스럽게 문제삼을 필요까지는 없을 것이다. 결국 문제가 되는 것은 뒤에 있는 두쌍 범주의 관계이다.

먼저, 교육과 신체 사이에는 어떤 관련을 설정할 수 있는가. 가령 체육이나 무용의 교과 탐구의 장 등에서 신체에 관한 탐구들이 상당히 이루어지고 있다. 그것은 이 분야가 바로 신체 자체를 대상으로 하는 측면이 주를 이루고 있기 때문이고, 실제로 체육이나 무용교육 등에서 신체는 주로 일상적인 의미 그대로 물질적인 측면을 중심적인 것으로 보고 그와 관련된 여러 가지 측면들이 탐구되고 있다. 교육, 나아가서 문학교육과 신체와의 사이에 직접적인 관련을 맺기는 쉽지 않다. 그러므로 그에 걸맞는 적당한 매개적 작업들이 행해져야 할 것이다.

다음, 신체란 개념은 그 자체로 언듯 보아 문학과는 관련이 없는 범주로 생각될 수 있다. 신체와 문학과의 관계에 대한 물음에 대답하는 것은 쉽지 않은 문제이고, 이런 사정으로 이 문제에 접근하려면 예비적으로 몇 가지를 살펴 둘 필요가 있다. 신체란 원래 의학이나 생물학 나아가서 형질인류학 등의 학문에서 등장하는 개념이다. 그런데 이 분야에서 문제가 되는 것은 정신적 특질과 연결되는 신체의 개념이 아니라 오로지 물질적 속성의 의미가 강한 외적 대상으로서의 신체인 것이다. 이러한 신체의 개념은 자연과학에서 사용되는 개넘이지 인문·사회과학에 그대로 적용 가능한 개념인 것은 아니다. 문화적 현상으로서의 신체의 특성과 관련된 분야를 다루는 학문 분야를 신체론이라고 한다면 이 신체론의 중심 범주는 신체성이 된다. 신체성(身體性, corporeality)의 개념은 일반적으로 '사람들이 살고 있는 일상 생활 세계, 인간의 일상적인 존재의 방식, 인간과 세계의 관계, 타자 등을 이해하는 실마리로 되는 체험된 신체의 특성인 것'으로 규정된다.2) 신체성이라는 범주를 매개로 해서, 비로소 신체는 인문·사회과학적 탐구 속으로 진입할 여지가 마련된다.

문학을 포함한 예술 일반의 성격에 대한 탐구를 주로 하는 미학은 원래 신체에 관한 관심에서 출발했다고 지적된다. 미적인 것(the aesthetic)은 계몽주의 시대에 생거나고 지리난 시민적인 개념이다. 이 범주는 시민 사회 초기 단계에 문화적 생산을 자율적인 것이 되도록 해 주는 물질적 과정과 밀접하게 연관되어 있다. 이러한 미적인 결과물이 자율적인 문화적 산물로 독립되는 것은 그것이 시장의 생산물로 되었던 사정과 관계가 있다. 이 경우 미적인 것은 두 가지 상반된 의미를 갖게 된다. 미적인 것은, 한편으로는 감각적 신체로 창조적으로 전회하는 것, 즉 구체적 특수성에 대한 관심을 대표한다. 다른 한편으로 미적인 것은 신체에 억압적인 것을 교묘하게 각인하면서도, 허울좋은 보편주의의 형식을 대표하는 것이 된다. 그리고 문학작품을 접하고 그것에 작용을 가하기 위해서는 신체적 차원에서 텍스트를 자기화하는 것이 필요하다. 이를 위해서는 문화적 축적물들을 동화(同化)해야 하지만, 이 과정의 바탕에는 주어진 텍스트를 신체적인 의미로 자기화 하는 과정(동화)이 전 과정에서 전제되어야 한다.3) 그

---

2) 森木淸美 外 編, 『新社會學事典』, 有斐閣, 1993, 789쪽(밑줄 - 인용자)
3) 피아제가 말하는 同化의 의미에 관해서는 J. Piaget, tr. P. A. Wells, *Psychology and Epitemology: Towards a Theory of Knowledge*, Penguin Books, 1972. 74쪽 참조.

리고 이러한 동화적 접근은 '클라리넷 소리가 어떻게 나는가를 아는' 데서 요구되는 '앎'의 성격과도 관련시켜 볼 수 것이다. 이 경우 '앎' 은 다른 일반적인 지식의 소통과 이질적인 접근, 즉 신체적인 접근 을 통해서 비로소 이해할 수 있을 것이다.4)

문학, 교육, 신체 등 개념간의 연관에 대한 이해는 이들 범주에 대 한 일반적인 수준에서의 이해에는 데 유용한 것이 될 수 있다. 그러 나, 구체적인 문학작품을 이해하고, 그에 대해서 작용을 가하고자 하 는 상황에서는 이보다는 훨씬 구체적인 접근이 요구된다. 이 점을 더 구체적으로 살피기 전에 신체론을 문학교육 연구에 도입하는 것의 필요성 혹은 의의를 간략히 살펴보자. 대체로 다음과 같은 몇 가지 사항에 대한 고려에서 그 필요성을 거론하는 것이 가능하다.

첫째, 문학의 구체적인 작용의 측면에서 문제가 거론될 수 있다. 문학작품, 특히 소설은 개인들의 욕망, 의지, 힘들의 각축장이라는 성 격을 갖고 있다. 이런 항목들의 이해는 작품을 이해하는 데 본질적으 로 필요하다. 텍스트를 구성하는 이러한 힘들의 작용을 이해하려면, 가시적인 것뿐만이 아니라 사회적으로 관계지워진 신체성의 작용양 상이나 그것에 근거한 무의식의 이해가 필수적이다. 둘째, 역사적 상 황의 변화. 전자 매체의 광범한 확장에 따라서 직접적 체험보다 표상 적인 체험이 증가하고 있는 현실에서 직접적인 체험의 바탕을 이해 할 필요성이 점점 더 커지고 있다. 체험의 방식이나 욕망의 충족 방 식들의 비중이 전자 매체들 쪽으로 이동하면서 체험의 간접적인 작 용의 비중이 높아지고, 또 신체 자체에 대한 시장 논리에 개입이 점 점 심화되어 가고 있는 현실에서 그 바탕이 되는 힘에 대한 이해를 위해서 필요한 것이다. 결국 욕망의 특성이나 체험의 구조에 대한 파

---

4) L. 비트겐슈타인, 이영철역, 『철학적 탐구』, 서광사, 1994. 66쪽. 물론 이러 한 과정만을 극단화할 경우 직관적 이해에 대한 일방적인 강조로 나아가 면서, 신비적인 방향으로 빠질 위험성도 있을 수 있다.

악은 근대성 자체에 대한 비판으로서의 의의도 가질 수 있다. 마지막으로, 이성에 대한 과도한 강조. 일반적으로 신체는 이성에 대하여 타자라고 이야기된다. 그것은 이성이 자신의 의지대로 안 되는 것을 대표하는 것이기 때문이다. 수면, 음식, 성 등에 대한 욕구가 이성으로 통제하기에는 지나치게 강력한 존재인 것에서 우리는 이 점을 볼 수 있다. 신체는 일반적으로 이성에 대해서 아주 낮은 지위만이 주어져 왔다. 특히 이성중심주의에서 그러하다. 근대 이후 이성은 다분히 도구적 이성으로 대표되어온 감이 있고, 이에 대해서는 본격적 반성이 가해질 필요가 있다. 비판적인 특성을 잃어버릴 때, 이성은 더 이상 이성으로서의 기능을 할 수 없다. 현상학의 학문적 실천에서 볼 수 있는 것처럼 신체성에 대한 관심은 사실상 이러한 반성 방식의 일환으로 인문학에 등장했다. 이성중심주의 미학이 문학 논의에 있어서 그간 총체성에 대한 담론이나 미래에 대한 전망의 제공자 역할을 한 것이 사실이고, 그 한계가 여러 가지 방식으로 지적되어 왔지만 한층 내적인 반성의 기회가 필요하다. 이러한 반성 행위는 일종의 균형감각 회복을 위한 노력을 의미한다. 이리하여 욕망 등과 같은 개념에 보다 적극적인 의미가 부여될 필요가 있다. 그렇다고 신체성에 대한 강조가 일면적인 것으로 되어, 미학적인 국면에 대해서 생물학적으로 재단하는 생물학주의로 흐르거나 쾌락주의 등 소위 극단적인 디오니소스주의로 흐른다면 그 또한 올바른 방향으로 보기는 힘들 것이다.

아직 문학 연구나 문학교육에 신체성을 도입하려는 시도는 이론이 뚜렷이 정초된 것이 없다고 보아도 과언이 아닐 것이며, 그런 점에서 이러한 시도는 가설적인 단계를 벗어나는 것으로 보기가 힘들다. 문학의 장르상에서 보더라도 시나 극 장르에서의 적용은 아직 시도된 것이 없는 듯하다. 소설 읽기 및 쓰기라는 관점에서의 탐구도 그다지 활발하지 않은 듯하다.

Ⅲ. 신체론적 읽기의 관점

위에서 살펴 본 신체성에 대한 규정은 지나치게 일반적인 것이어서 논의를 위해서는 아직 단서를 제공한 것에 불과하다. 우리가 살핀 신체성의 개념은 겨우 인문·사회과학적 적용을 위한 단초를 마련한 것에 지나지 않기 때문이다. 신체성을 중심으로 소설에 대한 읽기의 방법을 구안하기 위해서는 학제적(interdisciplinary)인 접근을 바탕으로 한 몇 가지 전제의 마련이 필요하다. 첫째, 욕동은 서사의 기본적인 추동원리가 된다.5) 둘째, 데카르트적 철학에서 협소하게 의식으로 처리했던 좁은 의미의 정신과는 달리, 무의식을 포함한 '정신'은 주로 신체에서 근원을 두고 있는 것으로, 인물의 행위나 작가의 서사 동기와 보다 심층적인 관련을 맺고 있다. 셋째로, 사회적인 것의 규정력 속에서 인물의 활동(수난을 포함한)은 인물의 신체의 움직임을 제외하고는 생각하기 곤란하다.6) 넷째, 체험은 소설에서 결정적인 요소라 할 수 있다. 소설가 E.M. 포스터는 소설에서 주로 다루어지는 '인간생활에서 중요한 사실'로 '출생, 음식, 수면, 애정, 죽음'을 들고

---

5) P. Brooks, *Reading for the Plot*, Vintage Books, 1985 참조. 여기서 부룩스는 욕망(desire)을 중심으로 읽기 방식을 탐구하고 있다. 욕동(欲動, drive)은 흔히 충동 혹은 본능으로 번역되며 그 강조점이 조금 다르다.

6) 이 말을 '모든 활동은 신체의 움직임이 있어야 가능하다'고 생각해서는 곤란하다. 신체론자 중 가장 급진적인 방식으로 신체성을 강조하는 학자격인 들뢰즈도 사건, 변화, 생성을 일으키는 동인으로 언어와 신체(body)의 두 가지 차원을 언급하고 있다. 다만 그는 언어적 측면을 언급할 때는 '신체'가 아닌, 즉 '비신체적인incorporeal'이란 부정적인 표현을 흔히 사용한다. G. Deleuze, tr. M. Lester e.a., *The Logic of Sense*, Columbia U. P., 1990. 4-11쪽 참조.

있는데[7], 이것들은 '의미있는 체험의 기록'인 문학에서 본령이 되는 중요한 체험들이라 할 수 있는데, 이들은 신체적인 것과 관련을 맺고 있다. 이와 같은 사실을 근거로 해서 소설 읽기-쓰기라는 차원에서 세 가지 층위를 설정하는 것이 가능하다. 첫째, 둘째 항은 지금의 읽기 방식 중에서 '정신'의 층위로, 셋째 항을 '행위'의 층위로, 마지막 항을 '체험'의 층위로 각각 부를 수 있을 것이다. 이 층위들은 서로 다른 측면에서 작품의 구성적 동인이나 결합방식을 드러내기 위해서 마련된 것이다. 그런 점에서 이러한 읽기-쓰기의 관련을 두고 '신체성의 시학'이라는 이름을 붙이는 것도 가능할 것이다.

한편의 문학 텍스트에서 작가는 직접 독자에게 말하는 것은 아니리 텍스트를 매개로 해서 말을 하게 된다. 물론 텍스트가 스스로 말을 하는 것은 아니다. 독자의 읽기란, 텍스트만을 남긴 채 숨어버린 작가가 말하는 바를 독자의 입장에서 다시 써 내는 역동적인 과정을 말한다. 이런 점에서 읽기란 결국 쓰기와 다른 것이 아니라고 할 수 있다. 독자와 작가가 텍스트를 매개로 해서 '쓰기-읽기-쓰기'와 같은 과정을 통해서 만나는 행위는 결국 이 과정에서 독자가 작가가 말하려 한 바를 자신의 문화적 자원(資源) 모두를 동원해서 재구성해 내는 것을 말한다. 한 편의 문학 작품은 그 중요성과 가치로 인해서 '교육'될 필요가 있는 것이다. 학습 독자가 그 '한 편'만을 배우려는 것이 목표가 아닌 것은 물론이나, 상당히 '중요하다고 자처하는 그 작품'의 입장에서 보면 '나조차 이해를 할 수 없으면서 어떻게 문학의 이해'를 말할 수 있느냐고 항의를 표현할 수 있다. 작품 자체가 독자에게 행하는 요구라고 할 수 있다. 독자가 한 작품이 말하는 바에 도달했는가, 그 내용은 어떤 것인가를 확인하는 것(넓은 의미의 교육 평가)은 일률적인 것은 아니며, 매우 다양한 분포에 걸치는 것

---

7) E. M. 포스터, 이성호역, 『소설의 이해』, 문예출판사, 1991. 54쪽 참조.

이겠으나, '이상적 독자'라면 적어도 작가가 말하려는 문제틀에 어느 정도는 도달해야 할 것이라고 상정할 수 있다. 반면에 '학습 독자'의 입장에서 이러한 작품이 요구하는 높이에 도달하는 것은 쉬운 일이 아니다. 학습독자에 대한 주매개자의 역할을 해야 하는 문학교사도 이와 같은 작품의 요구에 맞서는 것이 결코 쉬운 일이 아니다. 문학을 가르치려는 많은 사람들이 문학을 좋아하면서도 그 가르치기의 어려움에 대해서 상당히 고통을 받지 않는가. 그 어려움은 작품이 요구하는 문화적인 높이에의 요구 그리고 학습자의 흥미와 발달 수준에 맞는 교육적 상황을 구성하고 그에 알맞는 문제제기와 교통정리 등의 요구에서 생겨나는 것이 주를 이룰 것이다. <흥부 놀부 이야기>와 <흥부전>은 그 '작가'가 텍스트를 통해서 말하려고 하는 바가 각기 다를 것이며, 각각의 문제틀에 도달하기 위해서 요구되는 문화적 도식(Schema)의 수효, 내용, 복잡함의 정도는 다른 것이 될 수밖에 없다. 만약에 후사에서 선형 악제담, 판소리의 특이한 구성 방식, 작품 구조의 불통일성, 희극적 구제(comic relief), 유랑 민중층의 삶의 방식, 근대직 임노동 관계의 발생 등의 도식들을 숙지한 상태가 아니라면 작품이 말하려는 바 '어떤 수준'의 요구에 제대로 도달한다고 하기 힘들 것이고, 많은 경우 전자, 즉 민담 수준의 이해로 떨어져 버릴 가능성에서 자유롭지 못하다. 물론 <흥부전>을 읽는 데서 위의 도식들이 '반드시' 등장해야 하는 것은 아니며 절대적인 것은 더더구나 아니다. 단지 개인적 체험 경로의 다양성에 따라서 그리고 이용할 수 있는 문화적 자원의 풍부함에 따라서 작품에 대한 반응이 보여주는 풍부함의 수준이 다르다는 점은 강조될 필요가 있다. 이런 점을 고려할 때 학습독자로서 다른 과목들에 대한 이해는 필수적이다. 역으로 작품에 대한 이해는 다른 인간적 체험의 이해·해석에 도움을 주며, 이러한 상호성은 해석학의 가르침을 떠올리지 않더라도 우리가 상식적으로 잘 알고 있는 바이기도 하다.

위에서 이야기한 점에 대한 고려에 스스로 약간의 위안을 구해 보면서, 학제간 연구의 전제 위에 서 있는 '신체성의 시학'의 세 층위에 대한 이야기를 해 나가기로 한다. 신체성의 시학에서 요구되는 자원은 현상학과 정신분석학 그리고 사회학 등 인접 학문들에 대한 일정 수준의 지식이므로 이를 어느 정도 전제하면서 다가갈 준비를 할 수밖에 없다.

첫째, 정신의 층위. 정신이 신체와 관련을 맺고 있다는 주장은 얼핏 보아 억지처럼 들린다. 물론 정신이 신체와 직접적이고 가시적인 관련성 여부를 가지고 논한다면 억지라는 판정은 맞다고 할 수 있다. 그러니 정신 개념의 발생사를 추적하면 문제는 간단하지 않다.

> "신체와 정신은 그것들의 체험으로부터 추상물들이다. 그러한 구별은 역사적으로 획득된 정신의 '자기의식'과 정신이 자기의 고유한 동일성을 확립하기 위해 부정(否定)한 것[신체-인용자]과 결별했음을 반영한다. 모든 정신적인 것은 신체적인 충동이 변조된 것으로 그런 변조는 단순히 존재하지는 않는 것으로서의 질적인 전환이다. 쉘링이 통찰한 바와 같이 충동은 정신의 선행 형식이다."[8]

여기서 두 가지 사실을 확인하게 된다. 우선, 신체나 정신과 같은 개념은 양자의 통일체인 인간의 활동으로부터 추상화된 양쪽 극단이라는 것, 이 양자 중 어느 하나를 중심으로 극단화하는 것은 일면적 고찰이라는 것을 확인하게 된다. 이런 의미에서 정신이나 신체를 극한(極限) 개념이라고 하는 것이다. 다음, 정신이 신체적인 충동(즉 욕동)과 밀접한 관련을 갖고 있다는 것이다. 아울러 여기서 정신과 신체가 체험으로부터의 추상물이라는 사실로부터, 이 체험을 하나의

---

8) T. W. Adorno, tr. E. B. Ashton, *Negative Dialectics*, The Continuum Pub. Co., 1994. 202쪽.

독립적인 고찰의 중심으로 보아 정신과 신체 두 항이 연관의 양쪽 끝에 놓인 것을 보게 된다.

> "프로이트는 욕동의 개념을 심리적인 것과 신체적인 것의 사이의 개념적 경계로 정의내린다. 사실상 육체적인 흥분은 욕동 속에서 반드시 심리적으로 나타나는 것이고, 우리는 단지 전형적인 표본에 의해서만 욕동을 인식한다. 결국 영혼과 신체라는 이분법은 무효화되고 만다. 이러한 개정은 기본이 된다. (중략) 그리고 이렇게 매우 복잡한 조직은 정신생활의 발동기인 무의식적인 욕망으로 연결된다."[9]

신체적인 흥분이 욕동을 통하여 심리적으로 반드시 표현된다는 것, 욕동은 정신과 신체의 개념적 경계라는 점이 제시되어 있다. 욕동들로부터 생겨 나온 에너지의 통제되지 않은 힘을 사용해서 인간은 다양한 일들을 벌이고, 실현해 나가는 것이다. 이 욕동의 원천 노릇을 하는 것이 성욕동을 발동시키는 힘으로서의 리비도이다. 리비도는 무의식을 벗어나 의식에 떠오를 때 상징의 형태를 취하기 때문에 생물학적인 것과 문화적인 것을 구체적으로 매개하는 정신적 기관의 하나가 된다. 소설 속 인물의 지향성과 강렬성을 가늠하려고 할 때 리비도의 강도와 방향이 중요한 것으로 된다.

한편, 욕망desire은 서사행위의 동력학(動力學)이 된다.[10] 이 때 욕망이란 서사적 주제이자, 서사적 모터motor로서, 말하는 행위로서의 욕망을 의미한다. 말하는 행위란 단순한 호기심뿐만 아니라 말하는 행위 자체가 삶의 기로가 되거나 죽음의 계기가 되는 이야기의 욕망을 말한다. 이 욕망들이 자아의 욕망과 관련해서 아주 변형된 하나의 모티프로서 신체의 이미지를 형성하고, 특이한 구성을 산출해 내는 것이라고 볼 수 있다.[11] 이러한 욕망의 힘에 비해서 보다 원초

---

9) M. 콜랭, 박윤영역, 『인간과 욕망』, 예하, 1989. 109 - 110쪽.
10) P. Brooks, 위의 책, 43쪽.

적이며 보다 신체적인 특성을 가진 것이 위에서 살핀 욕동인 것이고, 욕동이 욕망을 포괄하는 보다 근원적인 서사의 추동원리가 된다고 볼 수 있다. 생물학적인 차원에서 매 순간 삶의 욕동과 죽음의 욕동의 투쟁의 결과가 생명 운동을 구성한다고 할 수 있듯이, 사회적인 삶의 과정도 이러한 두 가지 경향간의 대립을 근거로 이루어진다고 할 수 있다. 요컨대 삶 자체는 두 가지 욕동 간의 대립을 바탕으로 영위되어 간다고 할 수 있다. 서사 또한 삶의 이러한 양상과 다르지 않다. 개별적인 서사의 장에서 서사 자체를 추동하는 원리 그리고 사회적인 차원에서 서사의 소통 자체를 가능하게 하는 동력도 두 가지 욕동과 그것들간의 대립을 바탕으로 하는 것이다. 가령,『천일야화』의 이야기에서 볼 수 있듯이 서사에 대한 관심과 흥미는 바로 삶 그 자체에 대한 흥미와 관심의 표현으로 나타난다. 결국 두 가지 욕동의 결합 방식이 소설이나 민담과 같은 서사물로 결과한다. 요컨대 이 두 개의 욕동의 대립과 그것들의 다양한 결합 방식은 작품 구성의 원리로 작용할 수 있다. 예컨대 이태준의 단편인 「사냥」(1942)[12]을 예로 든다면 주인공인 '곤색 조끼 청년'은 다른 인물들의 현실원리에 입각

---

11) 피터 브룩스의 이론의 약점은 욕망과 욕동의 혼용에 있다고 지적된다. J. Clayton, "Narrative and Theories of Desire", Critical Inquiry 16, Autumn, 1989, 39면 참조. 그러나 욕동은 보다 포괄적인 범주로 욕망을 포괄할 수 있다고 생각된다. 실제로 브룩스는 프로이트의 에로스, 죽음의 욕동, 반복강박, 철저조작 갈등working through conflict 및 전이 등의 개념에 상응하는 서사원리를 발견할 수 있다고 한다. J. Clayton, 위의 논문, 38쪽.

12) 이야기는 작가인 '한'이 며칠 간의 사냥 여행에서 겪은 사건을 중심으로 전개된다. 사냥에 참가한 사냥꾼들과 마을사람은 멧돼지 사냥에 성공하는데, 다음날 멧돼지의 쓸개가 없어진 것을 발견한다. '늙은 포수'는 자신의 꾀로 '곤색 양복 청년'을 범인으로 지목하고, 잡아내는 데 성공한다. 그리하여 그 청년이 늙은 포수가 요구하는 '배상금' 100원을 못 물고 콩밥을 먹을 위기에 처한 순간, 친척이 배상하라고 준 돈마저 챙긴 채 모든 사람의 기대를 깨고서 기차를 타고 도망을 가버린다. 전체 이야기는 '한'의 독백에 싸여진 액자형을 취하고 있다.

해서 자신들의 욕망을 절제하는 식으로 행동하는 데 반해 자신의 욕망을 최대한 실현하려는 식으로 행동한다. 결국 쾌락원리의 우위에 의한 죽음의 욕동을 실현하려는 방향으로 접근하게 된다. 마을 사람들로 대표되는 현실 원리의 추구방식은 긍정적인 원리로 되지 못하고 대단히 굴종적으로 드러나며, 이를 통해 자각되지 않은 '노예화'된 삶의 실상을 드러내 보이게 되는데, 이는 저 '삐딱한' 인물인 '곤색 조끼 청년'의 피카로(picaro)적 특성으로 인해 가능한 것이다.

둘째, 행위의 층위. 신체성의 시학에서 이 층위는 신체의 직접적 작용으로서, 타자와의 만남에서 결과하는 것을 포착하기 위해 설정된 것이다. 행위에는 신체가 등장하기 마련이고, 신체의 활동은 행위의 본질적인 항목이 될 수밖에 없다. 이러한 행위가 노동과 실천의 원천이고 다른 모든 생성의 기본이 된다는 점을 굳이 강조할 필요는 없을 것이다. 신체와 정신은 보편적 매개의 관계를 가지면서 세계에 대한 자신의 동의 혹은 반대의 태도를 내보이게 된다. 이러한 발상은 리쾨르의 행위와 수난의 변증법은 서로 연관되어 있다. 리쾨르는, 브레몽이 '이야기란 행위자agents와 수난자sufferers에 대한 것'이라고 주장한 점에 우선 주목한다. 그는 인간을 행위하고 수난당하는, 말하자면 '행위되는' 존재로서 파악한다. 이러한 행위와 수난의 토대는 물질적이고 지상적인 조건에 종속된 채로 남아 있다고 그는 파악한다.13) 곧 행위의 능동과 수동라는 측면의 주목하고 그 전개 방식에 따른 작품의 구성적 원리에 접근할 수 있다. 행위에서 수난에 이르는 행위의 다양한 방식들이 여기서 발견될 수 있을 것이다. 여기서는 행위의 내적 동기보다는 행위가 일어나는 사건의 장에서 길항 관계를 중심으로 접근하게 된다. 「사냥」에서 '곤색 조끼 청년'은 식민지 규

---

13) P. Ricoeur, tr. K. Blamey, *Oneself as Another*, The U. of Chicago P., 1992. 140 - 168쪽 참조.

율권력의 포획에 맞서서 그로부터 목숨을 건 탈출행위를 감행하는
것으로 되어 있다. 이는 마을 사람들의 무구한 수난에 대립되어 복잡
한 의미망을 그리면서 드러난다.

  셋째, 체험의 층위. 정신의 층위가 주로 행위자의 외부에서 내부로
이르는 측면과 관계되고, 행위의 층위가 신체의 내부에서 외부로 향
하는 측면을 지칭하는 것으로 볼 수 있다면 신체라는 중심 속에서
신체와 정신의 중간, 곧 직접적인 지향적 측면과 표상적 측면의 중간
에 위치하는 것을 체험의 층위라고 할 수 있다. 체험은 행위자가 여
러 가지 사건을 반성적, 비판적인 측면에서 겪는 일과 관계된다. 소
설의 독자는 소설의 이야기를 통해서 보여지는 인물들이 겪는 체험
의 복합적 결들과의 만남 속에서 자신과 자신이 속한 사회를 새롭게
발견하고 성찰하는 기회를 가지게 된다. 체험은 그 기술 단위에 따
라 다른 단위 방식들을 설정할 수도 있지만, 이 체험들을 근대 초입
에 어느 정도 '원형적'인 형태로 나타나는 본래적 체험과 사물화된
체험으로 나누어 본다면, 이것을 가지고 작품의 구성단위로 설정하
는 것이 가능할 것이다. 본래적 체험이 체험의 주체가 사물의 '본래
적'인 목적에 걸맞게 행위하는 데서 얻어지는 체험의 방식(사용가치
적인 것에 가까운)을 말한다면, 사물화된 체험은 근대성의 논리에 순
응하는 방식의 체험, 말하자면 교환가치적인 것에 가까운 체험을 의
미한다. 이들의 다양한 결합방식에 따라 작품의 의미망을 구성하는
것이 가능할 것이다. 「사냥」에서 '곤색 조끼 청년'과 포수-마을 사람
들의 대립은 전자가 사물화된 세계 속에서 그로부터 탈출하려는 것
을 보이는 데 비해 포수는 극단적인 사물화된 체험의 방식을 대표한
다. 마을 사람들도 예외가 아닌데, 포수와 이해관계는 거의 정면으로
대립하지만 여기서는 서로 의존하는 관계로 설정되어 있다. 일종의
아아러니 구조인 셈이다. 여기서는 이 상이한 체험들을 결합적으로

병치시키면서, 직접적으로 저항할 수 없는 현실 속에서 사물화된 세계의 의미를 드러내는 방식을 취하고 있다.

이제 신체성은 '현실세계의 신체성과 소설의 구성 속에서의 신체성의 유비관계를 가정하는 바탕에서 소설미학적으로 변용된 신체성'을 의미하는 것으로 재정의된다.[14] 결국 소설 구성방식이 역동적인 과정이라면 이 신체성의 원리도 이러한 과정에 상응하여 역동적인 원리가 된다.

Ⅳ. 신체론적 접근의 의의, 한계 및 딜레마

신체론적으로 읽기나 쓰기에 접근하는 것은 심층적인 심미적 체험을 기대할 수 있다는 점에 우선적인 의의를 둘 수 있다. 해서학저 접근방법이 작품의 고유한 총체적 의미를 파악하려 하고, 개념적 파악 방식에 대해서 강하게 반발하면서도, 다소 반과학주의적이며 역사적 사회적 상황에 대해서 다소 맹목적인 점을 포함하고 있다면[15] 이러한 학제간 접근에 기반한 신체론적 접근은 사회적이고 역사적인 상황 자체를 탐구의 전제로 하면서도 작품이 지닌 고유한 체험적 측면을 신체적인 차원에서 접근하면서 보다 총체적인 접근을 지향하려고 한다. 문학교육이 내용면에서 자신들의 삶의 운명에 영향을 미치는 '생동하는 이슈'를 발견하게 하고, 방법면에서 이 이슈에 대한 인문

---

14) 현실세계의 신체성과 소설 구성에서 볼 수 있는 신체성의 유비관계는 J. Clayton의 앞의 논문에서 시도한 P. Brooks의 욕망의 서사에 대한 해석 및 F. Jameson, *The Political Unconsiousness*, 1981에서 말하는 '모든 해석은 알레고리'라는 주장에 근거한 것이다.

15) 대표적으로 R. 팔머, 이한우역, 『해석학이란 무엇인가』(문예출판사, 1988)을 들 수 있다.

학적 접근법과 대응양식을 모색하는 교육이어야 한다16)고 한다면 이 경우 신체론적 접근은 이러한 요구 사항을 잘 충족시킬 만한 것으로 기대될 만하다. 물론 이러한 것은 대학에서의 문학교육을 상당히 염두에 둔 것이기는 하지만 학제간 접근의 강점, 인문학적 접근의 확대와 같은 것은 문학, 문화, 인문학의 위기에 대한 처방을 지향하는 접근법이라 할 만하다. 그것은 신체론적인 접근 방식이 많은 한계와 문제점을 가지고 있는 상황에서도 (그 잘못들이 교정될 수 있다는 전제 하에서) 마찬가지라 할 것이다.

그러나 이러한 의의는 문학교육의 기초적인 부문을 형성하는 중등학교의 상황을 고려하면 문제가 달라진다. 현재의 문학교육에 관한 연구들은 메타적 연구들을 제외하면 크게 보아 담론이론, 문화론 등의 방법론을 사용하면서, 결과보다는 과정으로, 교사보다는 학습자 중심의 방향을 취하고 있는 듯이 생각되며, 이에 대해서 어느 정도는 합의를 이루어 가고 있는 듯이 보인다. 이러한 흐름들은 5차, 6차 교육과정 이념을 구체화하려 한 것으로 보아 크게 무리가 없다. 이런 일반적인 흐름에서 보면 위에서 우리가 살펴 온 방법이 지닌 한계는 뚜렷해 보인다. 위의 방법을 텍스트에 대한 '해석'의 측면에만 한정할 경우 문제가 발생할 수 있기 때문이다. 우선, 학습독자의 가능성과 읽기의 주체라는 측면. 만약에 이 경우에 읽기의 주체가 직접 현재의 학습자로 될 수 없다면 이는 교사의 역할이 비대화되는 것으로 문제라고 할 수 있다. 그리고 인식대상(내용)과 인식과정(방법)의 결합에서도 후자에 대한 해결 과제를 미완으로 남겨놓았다17)는 비판에서 자유롭지 못할 듯하며, 사정이 이러하다면 이는 해결 과제로 삼아

---

16) 도정일, 『시인은 숲으로 가지 못한다』, 민음사, 1994. 325쪽.

17) 발표시기가 훨씬 이전의 것이긴 하지만 김중신, 「인식·소통론과 문화적 담론의 문학교육적 함의」, 『국어국문학』 115호, 1995. 161-185쪽에서 이상의 비판을 개진한 바 있다.

야 할 것이다.

그런데 이 문제를 문학교육과정의 이념이나 목표에 비추어 생각해 보자. 이 문제는 문학이 지속적인 위기를 맞고 있고, 극단적으로 사물화가 진전되어 가는 이 시기에 문학교육이 대체 무엇을 할 수 있고, 무엇을 해야 하는가에 대한 문제와 연관되어 있다. 스탕달을 따라 문학을 '행복에의 기억'이라고 할 경우, 행복은 그런 행복을 가능하게 하는 사회에 대한(과거나 미래의) 기억의 그림에 근거해서만, 즉 관념적으로 의식되는 것으로 생각해 볼 수 있다. 그것은 작품의 구조 전체를 통하여 말해진 바, 아직 행복하지 않은 세계에 대한 적시를 통해서 관념적으로 이룩될 수 있다는 의미이다. 이 관념적으로 구성된 세계 속에서만 행복의 한층 구체적인 상(像)을 구성하는 것은 가능하다고 할 수 있을지도 모른다. 물론 행복의 기준은 주관적인 것이고 작품의 의미가 모든 사람에게 동일한 것일 수는 없고 그렇게 되어서도 곤란하다. 그러나 작품이 문제삼고자 하는 바에 대한 가능한 동의의 범위가 무제한적인 것이 될 수 없음도 사실이다. 작가가 그린 허구적인 거울을 통해서 독자는 자신의 처한 세계에 대한 현재의 모습을 다시 구성할 수 있다. 그리고 경우에 따라 독자는 자신이 타자인 노예임을 발견할 수도 있을 것이다. 이런 경로를 거쳐서 독자는 현재의 자기 자기의 위상에 도달할 수 있는 것이다.

이렇게 자신의 행복에 대한 기억을 포함하는 문학을 기억의 문학이라 한다면, 이러한 문학은 위안으로서의 문학과는 거리를 가진다. 독자들이 만나는 많은 작품들에서도 양자의 측면을 어느 정도씩 섞여 있을 수도 있다. 그러나 기억으로서의 문학의 정수와 접하고 자기 것으로 만드는 기회를 갖는 것은 중요하다. 환상을 통하여 실상은 행복을 가능케 하지 못하는 사회에 존재하면서도, 그것을 호도하거나 감내하는 문학이 아니라 자신의 자신됨을 기억하는 것으로서의 문학이야말로 이제는 어쩌면 그날 그날을 살아가기에 바쁜, 한 때 문학소년이었던 우리들이 과거에 꿈꾸었던 문학의 모습은 아닌가.

독자가 <흥부전>과 만나는 경우 등장할 법한, 전술한 문화적 도식들은 작품 이전에 주어진다는 의미에서 작품의 외부로부터 주어지는 것이다. 그런 점에서 이것은 학습 독자 자신들이 스스로 창조적으로 설정해 낸 도식은 아니다. 그러나 이것들은 외부에서 주어진다고 하더라도 독자들 내부에서 솟아나온다는 것도 사실이다. 새로운 체계의 구성 계기는 대체로 외부에서 주어지는 것이며, 이것을 통합하여 다른 하나의 도식으로 재구성하는 것은 개인의 자발적 활동의 결과로만 이루어진다. 단지 새로운 도식들이 주어질 때 그 도식을 마주해서 깨어진 정신적 평형들을 다시 재구성(피아제의 용어로는 '동화' 혹은 '조절')하는 방식은 자발적으로 이루어져야 한다. 물론 이러한 도식들로부터 가능한 전체적인 다시 쓰기의 체계가 동일한 것일 필요는 없고, 실제의 학습독자의 읽기의 장에서는 위에서 제시한 도식과 아주 다른 것이 될 가능성이 있다. 이러한 차이들은 구체적인 수업의 장마다 수업의 방식마다 다른 모습으로 생겨날 수밖에 없을 것이다.

정작 문제는 학생중심이냐 과정 중심이냐 하는 데 있는 것이 아닐 수도 있다. 궁극적으로 중요한 문제는 문학교육 이전에 삶의 질이 어떠한가 하는 문제일 수도 있으며, 이 문제는 문학교육 내부에서 보자면 학생들의 취미와 견해를 어떤 식으로 어떤 수준으로 향상시키는가 하는 것이라고도 할 수 있다. 학습자의 주체적 특성에 대한 고려가 필요한 것이라 해도 이러한 행위를 통해서 문학이 지닌 어찌할 수 없는 매력이 학습 독자에게 감동의 순간을 통해서 학습자 내부에 힘차게 각인되지 않는다면, 학습자의 문학에 대한 자력은 상승하지 않을 수도 있을 것이고, 그런 경우 학습자 개인들이 지닌 문학능력에 대한 추상적인 상승의 합으로 나타나는 (대단히 불균등하고 복잡한 과정을 통해서 이루어지는 것이긴 하지만) 사회적인 차원에서의 문학능력의 상승을 기대하기는 힘들 것이다. 독자 스스로건 교사의 매개를 통해서건 텍스트에 대한 전율의 순간을 경험한다는 것은 학습자 위주의 수업만큼이나 동등하게 중요한 것으로 고려될 필요가 있다.18) 이렇게 다층면적이고 불균등한 방식으로 나타나는 사회적인 차원의 문학능력 확장 방식을 고려하지 않고서 일방적으로 한편만을 강조하는 것은 그 자체 '학습자 중심' 이데올로기일 가능성도 있다. 사실 미국에서 생활 중심 교육과정에서 학문 중심 교육 과정으로 옮아갈 때도 이전의 교과중심 교육과정의 한계를 극복한다는 점에서 학생 중심이라는 점을 강조했음을 상기할 필요가 있다. 그러나 이러한 교육과정의 변화가 스푸트니크 충격이나 현대사회의 증가하는 지식에 대한 요구라는 외부적인 상황에서 그 동인을 구하면서 학생 중심이라는 점을 내세우기는 했지만 실상 전체적인 매라에서 경험중심 교육과정에 비해서 발전이라고만 본다면 아무래도 동의하기 힘들다. 문제는 당시 확장기에 있던 자본으로 대표되는 사회의 요구가 교육과정의 변화를 선택하는 주체였다는 점이고, 상황이 이러한 한 '학습자 중심'의 요소의 효과란 찻잔 속의 폭풍 이상은 되기 힘들 것이다. 그렇다고 오늘날 우리 나라에서 강조되는 학습자 중심의 요소가 학문중심적 교육과정 수준을 답습하고 있다는 이야기는 아니다. 세계화가 강조되고 기능주의적 교과관이 중심적인 듯이 보이는 오늘날의 교육과정에서 교수 방법 등에서 부분적인 진보 이상을 보면서, 이것이 전체적인 차원에서의 진보라고 규정하려 한다면 문학의 위기와

---

18) T. 토도로프·S.두브로브스키 편, 윤희원역, 『문학의 교육』(서울대, 1996) 중 S. 두브로브스키, 「문학과 행복」에서의 전율 체험과 쟝 베리에, 「소설 읽기」가 말하는 학생 중심의 수업 방식은 각각 전자와 후자의 경향을 대표하는 것이라 할 수 있다.

관련된 부분을 설명할 수 있어야 한다. 국어과목이나 문학과목의 경우 이러한 교육과정 일반과는 거리가 있다고는 하나, 그렇다고 대항적인 교과에까지 나아가고 있는 것이 아님도 또한 사실이다. 이것이 현재 우리가 서 있는 자리라는 점을 확인하는 것이 필요할 듯하다. 학습자를 주체 위치에 올려 놓는 것은, 대중을 끌어올린다는 점에서 보면 중요한 일이지만, 상황에 따라 제약되는 부분이 있음을 고려하는 것도 또한 필요할 듯하다.

결국 학생들의 흥미와 자발성을 한 축으로 하고 작품 혹은 문화 자체가 요구하는(사실은 '요구한다고 해석'하는 것이지만) 수준에의 요구를 다른 한 축으로 한, 두 축 간에서 생겨나는 딜레마가 문제로 된다. 이를 문학 교육에서 위로부터의 요구를 강조하는 길과 아래부터로의 흥미와 자발성을 강조하는 길 사이의 딜레마로 단순화할 수도 있을 것이다. 위로부터의 요구나 아래로부터의 요구는 자신의 진정한 본질, 조금씩 다른 길을 갈 수도 있지만 삶의 많은 국면에서는 일치할 수도 있는 행복에의 약속이라는 전제 하에서 각각의 정당성이 토론적으로 검증될 수 있는 장이 마련될 수 있다면 좋을 것이다. 요컨대 문학이 개인의 삶에 적대적인 힘들 그리고 반문화적인 것에 맞서는 대항 과정 속에 존재하는 것이고, 그것이 개인에게는 삶의 보람일 수 있는 것에 동의할 수만 있다면 수준의 문제와 자발성의 문제는, 교실의 구체적인 장 속에서 자주 서로가 토라져 버리는 경우가 있다고 하더라도 결국은 다른 것은 아닐 것이다.

주체 형성으로서의 문학교육

김 상 욱*

I. 문학 교실의 두 양상

두 유형의 문학 교실이 존재한다. 하나는 전통적인 교실로 지식을 중심으로 교육이 이루어지는 교실이다. 여기에서 교사는 문학 텍스트를 둘러싼 다양한 수준의 지식을 가르친다. 작가의 전기적 사실을 가르치고, 문학이론에서 활용되는 다양한 개념들을 익히게 하며, 구체적인 텍스트의 표현에 내재된 수사법을 가르친다. 이 교실에서 교사는 모든 것을 알고 있는 존재이며, 학생들은 아무 것도 모르는 피동적인 존재들이다. 학생들은 선생님의 설명을 받아 적고, 암기하며, 시험을 치른다. 다른 교실 또한 상정할 수 있다. 새롭게 형성되기 시작하는 새로운 교실에서는 활동을 중심으로 교육이 이루어진다. 교사와 학생들은 텍스트를 중심에 두고, 다양한 활동을 전개한다. 때로는 소설의 뒷이야기를 써 보기도 하고, 텍스트에 관한 감상을 돌려 읽기도 한다. 주도적으로 수업을 이끌어 가는 사람들은 교사가 아니라 학습자 자신이며, 학습자 자신의 경험과의 관련 속에서 텍스트

---

* 춘천교대 교수

읽기를 권유한다. 이 교실에서는 특정한 해석의 전범이 존재하지 않는다. 모든 학생들은 저마다 자신들의 경험 세계 안에서 다양한 방식으로 텍스트를 감상하며, 어떠한 해석이나 평가가 특별한 우위를 점하지도 못한다. 다만 구체적인 개인에게 안겨주는 울림의 풍부함, 깊이가 다를 뿐이다. 이 교실에서는 어디에도 정답이 존재하지 않으며, 학생들의 견해는 저마다 자신의 정당성을 부여받는다. 틀린 답은 없고, 다만 다른 답이 여럿 존재할 뿐이다.

이 두가지 서로 다른 교실 가운데 지금에 이르러 특히 문제시되는 것은 오히려 후자의 경향, 곧 ‘열린 교육’, ‘학습자 중심’, ‘반응 중심’ 등으로 지칭되는 경향이다. 실증적인 지식의 체계를 전달하고자 하는 전자가 비록 현실적으로는 여전히 맹위를 떨치고 있으나 실질적으로는 역사의 저편으로 소멸해 가는 것을 목도하기 때문이다. ‘대학 수학능력시험’이라 지칭되는 평가의 방식이 읽기 중심으로 변화되었으며, 6차교육과정 이래 교재 역시 목표 중심으로 재편되어 있는 것은 이러한 경향을 더욱 강화해 나갈 것이다. 물론 이들 읽기 중심, 목표 중심의 방향성에 내재된 문제점들이 적지 않은 것은 사실이나, 결코 예전과 동일한 형태로 회귀할 수 없는 지점에까지 깊숙이 나아가 있는 것 역시 현실이다. 그러나 자칫 이들 경향을 극단에까지 밀고 갈 경우, 우리는 예기치 않은 새로운 도전에 직면하게 될 것이다.

그것은 곧 무엇인가 이루어지고 있다는 믿음과는 달리 실제 교실에서는 가시적인 어떠한 성과도 없이 시간만 허송하게 될지도 모르는 일이다. 초등학교에서 활발하게 논의되는 ‘열린 교육’에 내재된 문제점은 이러한 경향의 미래를 단적으로 입증해 준다. 활동 중심으로 이루어지는 열린 교육은 교사의 설명에 이어 학생들은 코너를 돌며, 상이한 활동을 경험하고, 그 활동의 결과를 발표하는 식으로 이루어지는 것이 일반적이다. 이러한 수업의 방식은 점차 중등학교에까지 확산될 전망이다. 그러나 문제는 이들 수업의 과정에서 교사의 역할이 모호하다는 점이다. 어쩌면 대부분의 교사는 이들 학습의 과정에 개입하지 못한 채 교실 사태를 팔짱을 낀 채 관망하거나, 활동의 결과 역시 그저 다 함께 들어보고 간단하게 촌평하는 것으로 그칠지 모른다. 학습자 중심의 활동이 희화화될 경우 그동안 학교가 담당해 왔던 기능은 전적으로 개인의 몫으로 돌려질 것이다. 그리고 개인적 능력에 맡겨진다는 것은 필연적으로 현존하는 사회적 계층 구조를 고스란히 재생산하기에 이를 것이다. 몇몇 창조적 소수만이 자신들의 가능성을 마음껏 펼쳐 나갈 것이며, 지금까지 그러했던 것처럼 대다수의 학습자들은 무엇이 진행되고 있는지 명료하게 이해하지도 못한 채 학교문을 나서게 될 것이다. 이렇게 진행되다가는 최근 서구에서 제기되는 '기본으로의 복귀'를 외치는 목소리가 우리나라에서도 조만간 현실적인 영향력을 지닌 채 교실 사태를 장악하게 될 것이다.

그렇다면 이를 피해갈 방도는 없는 것인가? 경직된 지식을 전수하기에 급급하거나 개별성을 확대 해석한 나머지 무정부주의적인 혼란에 빠지는 두 가지 경우의 수 말고는 없는 것인가? 서구의 예에서처럼 때로는 자유주의적 발상으로 경사되었다가, 때로는 원점으로 회귀하고야 마는 끊임없는 악순환의 이항대립을 해체할 제 3의 길은 어디에도 없는 것인가? 이 글은 그 대안을 조심스럽게 모색해 보는 작업의 일환이다.

Ⅱ. 문학교육 이념항으로서의 주체

모든 교육은 전승과 창조라는 두 가지 계기를 끌어안고 있다. 이들은 교육을 지탱하는 주요한 두 축이기도 하지만, 서로가 서로를 끊임없이 잠식하고자 하는 날카로운 긴장과 대립 속에 존재하는 것도 사실이다. 작금에 이루어지는 모든 교육적 기획의 근저에도 전승과 창조의 긴장이 내재되어 있기는 마찬가지이다. 전통적인 문학교실이 전승을 강조하는 입장이라면, 새롭게 불어오는 학습자 중심의 문학교실은 창조적 계기를 강조하는 편이다. 물론 이들 두 계기는 강조점의 차이일 뿐이지, 어느 한 쪽을 일방적으로 희생한 결과 얻어질 수 있는 것은 아니다. 다만 그 진폭이 지나치게 넓은 것이 문제라면 문제일 터이다. 이는 그동안 문학교육을 장악해 왔던 전승적 입장이 지나치게 완강했던 탓도 있다. 그러나 문제는 어느 한 편의 손을 들어주는 것이라기보다, 두 이항대립의 축을 양항에 설정하고 적절한 지양의 방식들을 모색하는 것이 되어야 할 것이다. 마치 줄다리기와 같은 이항대립이 아니라, 두 축을 밑변에 놓고 새로운 꼭지점을 찾아보는 작업이어야 한다.

그 꼭지점을 찾는 작업은 문학교육을 근저에서 반성적으로 살펴볼 것을 요구하며, 이를 위해서는 무엇보다 문학교육을 관통하는 철학으로부터 생각을 시작할 수밖에 없다. 철학이란 현상의 본질을 탐구하는 사유의 방식이자, 개별 학문과 실천이 자신의 집을 올려나가는 지반이 되기 때문이다. 더욱이 오늘날의 문학교실에서 드러나는 두 가지 편향들의 이면에는 교육을 보는, 혹은 교육적 사태 속에서 수수되는 '지식의 형식'을 바라보는 각기 상이한 인식론이 또아리를 틀고 있기도 하다. 그리고 이들 상이한 층위들, 곧 철학, 교육, 문학교육으로 중층적으로 구축되는 현상의 중심에는 '주체'라는 담론이 완강하게 자리잡고 있다.

근자에 필자는 문학교육의 이념을 '주체 형성'이라고 정식화한 바 있다. 다행스럽게도 이러한 인식은 암묵적으로 승인되고 있는 듯이 여겨진다. 그럼에도 한 걸음 더 나아가 본다면, '주체 형성'이란 여전히 슬로건에 불과할 뿐, 그 구체적인 이미지가 불투명한 것도 사실이다. 그 추상성을 덜고자 비판적인 주체 혹은 창조적인 주체에 관한 논의들이 막 개화하기 시작한 것은 고무적인 일이나, 자칫 문학교육을 교육 일반으로 치환해 버리거나 '지식의 구조'로 다시금 일원론적으로 환원하고 말 우려를 지닌다. 주체를 다시금 문학교육의 지평으로 불러 들여 논의하는 것도 출발선에서 명확하게 그 의미를 공유함으로써 향후 전개될 간극들의 폭을 좁혀 나가고자 함이다.

그렇다면 이념적 수준에서 문학교육이 형성하고자 하는 주체는 어떠한 존재인가? 우리는 철학의 창을 통해, 그 얼개를 구성해 볼 수밖에 없다. 철학과 교육으로부터 유리된 채, 구성된 주체는 문학교육이란 주관적 틀 속에서 구성한 것이며, 나무에 둘러싸여 숲을 보지 못할 위험성을 다분히 내함하고 있기 때문이다.

철학적 논의에서 주체는 '역설적이게도' 주체의 해체가 광범위하게 논의됨으로써 비로소 집중적인 조명을 받게 된 개념이다. 포스트 모더니즘이 적극적으로 주체의 분열과 허위의식을 폭로하고자 근대의 철학사를 주체라는 벼리로 파악하고, 자신들의 탈근대적인 표지로 주체의 해체를 상정하게 됨으로써 가능해 진 개념인 것이다. 이들 포스트 모더니스트들에 따르면 데카르트 이후 서양의 근대 철학, 특히 인식론은 주체와 객체의 이항대립으로 구성된다는 것이다. 물론 주체와 객체 중에서 중심항은 데카르트의 '나는 생각한다. 그러므로 나는 존재한다.'라는 언술에서처럼 주체에 놓여 있다. 이 주체는 자신만이 갖는 고유한 능력인 사유를 통해 실재하는 대상 세계인 객체를 명료하게 파악할 수 있다는 것이다. 그 실체의 연원이 구체적인 경험을 통해 인식된다는 경험론이나 인간의 관념 속에 내재되어 있다는 합리론 모두 대상 세계로서의 객체가 주체의 인식을 통해서야만 비로소 존재하게 됨을 전제하고 있다는 점에서는 조금도 다를 바가 없다. 심지어 마르크스주의 인식론 역시 인식 주체와 인식 대상의 일치를 전제하고, 대상을 주체가 전유(Aneignung : 自己化)한다는 점에서는 근대적 주체로부터 한 치도 비껴나 있지 않다.

그러나 인식 주체와 대상 세계라는 이원적 인식, 그리고 이 이원적 인식에 따른 대상의 전유는 필연적으로 대상 세계를 부차적으로 간주하는 이른바 대상화가 불가피하다. 대상을 소외시킴으로써만이 주체의 인식은 가능해진다는 것이다. 대상을 대상화함으로써 비로소 인식 주체는 자율적이고 이성적인 주체로 존립할 수 있게 되는 것이다. 결국은 이들 대상 세계, 나아가 타자에 대한 억압을 통해 보편적 주체만이 정당성을 부여받기에 이르며, 보편적 주체로부터 비껴난 여타의 존재들은 모두 타자로 전락하고 만다. 이로부터 백인, 남성, 부르주아 계층을 제외한 유색인종, 여성, 비부르주아 계층은 타자로 편입된 채, 마치 인식 대상이 그러하듯 전유의 대상으로만 그 위치를 부여받기에 이르는 것이다.

포스트모더니즘의 역동성은 바로 여기에 있다. 전통적인 절대 주체를 해체함으로써 열등한 존재로 상정되어 왔던 타자들의 의의를 인정한다는 사실이다. 그들에게는 근대적 주체 개념에 상응하는 어떠한 인식의 중심도 존재하지 않는다. 모든 중심은 텅빈 채로 존재하는 것이다. 이 텅빈 중심의 변경에서 저마다 낮은 목소리로 자신들의 욕구와 욕망에 충실하기만 하면 된다는 것이다. 이들에게 모든 중심은 거대서사로 폄하된다. 무릇 서사가 평형 상태에서 결핍으로 다시 충족으로 진행되는 것처럼 거대서사는 근대적 주체의 평형 상태를 억압적인 양상으로 추구해 나간다는 것이다.

그러나 모든 주체들이 중심에 서 있지 않고, 주변으로 내몰리는 것은 일견 근대적인 초월적 주체를 해체하고, 그동안 타자화되었던 개별 주체들의 자리를 찾아 준다는 점에서는 해방적이기도 하다. 하지만, 다른 한편 '주체의 해체는 동시에 개별 소수 주체들마저 해체해버릴 수 있는 위험성을 내포'[1]하고 있다는 점에서 문제적이다. 주체의 해체 이면에는 모든 주체를 뭉개버릴 위험이 상존하고 있는 것이다.

오늘날 문학 교실에서 이루어지는 문학교육의 양상도 이러한 초월적인 근대적 주체와 현실적으로 무의미한 탈근대적 주체가 개별적인 교실에서 자신의 모습을 관철시켜 나가는 양상의 변주쯤으로 생각해 볼 수 있다. 전통적인 문학교실이 일정한 틀 안에 주물을 부어 빚어내듯이 개인으로서는 도달하기 힘든 고정된 초월적 주체를 형성하고자 한다면, 새로운 문학교실은 그에 대한 역편향으로 어떠한 주체도 형성하기를 거부한 채, 개별적인 주체를 소박한 개인으로 전락시켜 버리는 오류를 범하고 있는 것이다. 결국 문학교육을 통해 형성하고자 하는 이념적인 주체는 근대적인 초월적 주체도 탈근대적인 몰역사적 개인도 아닌, 이들 양자를 지양한 형태의 주체임은 명확하다. 포스트모더니즘의 탈근대적인 무정형한 개인에 동의하지 못하는 것은 문학교육 역시 교육의 하위 범주로 자신의 위치를 설정해야만 하기 때문이다.

Ⅲ. 주체와 타자의 변증

무릇 모든 교육은 목표지향적이다. 어떤 상태에 놓여 있는 인간을 다른 상태로 변화시켜 내는 것이 교육의 본원적인 기능이기 때문이다. 변화시키고자 하는 다른 상태, 곧 목표를 상정하지 않는 교육은

---

1) 윤효녕 외, 『주체 개념의 비판』, 서울대학교출판부, 1999. 5쪽.

교육이 아니다. 그리고 그 목표는 특정한 주체의 형성을 지향하며, 필연적으로 거대서사에 몸을 기댈 수밖에 없다.

문학교육 또한 다르지 않다. 문학교육의 결과 기대되는 인간상에 대한 기획이 없다면, 제도로서 이루어지는 문학교육은 성립되기 어렵다. 문학교육의 실제, 곧 문학교육의 목표, 교육과정의 구안, 교재의 구성, 교수학습방법 및 평가 도구의 개발 등이 여하히 적절하게 제시되었는지를 가늠하는 척도로서 이 인간상에 대한 기획이 작동한다. 이 기획이 없거나 불명확하다는 것은 다른 한편 이들 다양한 교육적 계기들을 정당하게 자리매김 할 근거가 없거나 불명확함을 의미한다.

물론 문학교육이 기획하는 인간상은 주체다. 그것이 비판적인 주체이든 창의적인 주체이든 주체의 형성을 떠난 문학교육이란 교사와 학습자 모두를 피동적인 개인으로 전락시킬 뿐이다. 문학교육은 학습자를 주체로 구성하는 것뿐만 아니라, 교사 역시 주체로 탈바꿈해 나갈 것을 요구한다. 교사는 앵무새와 같은 지식의 전달자인 개인이 아니라, 함께 지식을 형성해 나가는 능동적인 주체로 자신의 위치를 설정해야 하는 것이다.

그렇다면 단순한 개인이 아니라, 사회적 존재로서의 주체가 되기 위한 조건은 무엇인가? 알튀세는 이들 개인과 주체를 엄격하게 구분하고, 그 기준으로 이데올로기를 들고 있다. 이른바 '이데올로기가 개인을 주체로 호명한다'[2]는 알튀세의 정식이 그것이다. 그리고 여기에서 말하는 이데올로기는 정치적 관점에서 허위의식을 지칭하는 것이 아니라, 오히려 문화적인 관점에서 '사고와 행위의 체계적인 표상'을 통칭하여 일컫는다. 이데올로기야말로 개인들로 하여금 자신이

---

2) '모든 이데올로기는 주체의 범주가 기능을 발휘하도록 만들기 때문에 구체적 개인들을 구체적 주체들로 불러내거나 호명한다'

누구인지를 명확하게 말할 수 있게 만드는 장치인 것이다. 나아가 이 이데올로기는 오직 언어를 통해, 언어 안에서만 존재할 수 있다. 따라서 주체 역시 언어를 매개로 자신을 구성해 나가는 것이다. 더 한층 정확하게 말하자면, 언어 일반이 아니라 담론을 통해 스스로를 구축해 나간다. 담론, 담론으로 표현되는 이데올로기, 이데올로기를 통해 구성되는 주체의 형성이야말로 문학교육의 궁극적인 이념인 것이다.

　이는 문학교육이란 제도적 실천이 궁극적으로 도달하고자 하는 이상일뿐 아니라, 그 자체가 문학의 속성이기도 하다. 무릇 모든 문학 작품이 특정한 담론 실천이기 때문이다. 문학 작품에는 한 세계의 체계적인 표상3)이 용해되어 있으며, 그 표상에 대한 명확한 가치평가가 개입되어 있다. 다음 시를 보자.

앞산을 보며

이렇게 살다가
나도 죽으리
나 죽으면
저 물처럼 흐르지 않고
저 산에 기대리
눈을 감고 별을 보며
풀잎들을 키우다가
언젠가는 기댐도

---

3) ‘체계적인 표상’이 단일한 하나의 세계를 의미하지는 않는다. 오히려 자신의 내부에 서로 일치하지 않는 다양한 모순적 계기를 함께 아우르고 있다고 보는 것이 적절하다. 표현된 것과 표현되지 못한 것 사이의 관계 속에서 문학텍스트의 의미를 탐색하고자 하는 징후적 읽기는 텍스트를 단일한 의미로 환원하지 않으려고 하는 노력들이다. P.마슈레이, 『문학생산이론을 위하여』, 백의,

'흔적도 없이 지워져서
저 산이 되리
　　　　　— 김용택,『그 여자네 집』, 창작과비평사

　무릇 모든 시가 그러하듯 이 시는 언어로 표현되어 있다. 그리고 처음과 끝으로 이루어진 하나의 특정한 담론으로 존재한다. 이 담론 안에는 명확하게 한 주체가 구성되어 있다. 삶이 무엇이며, 어떠해야 하는가가 당당하게 피력되어 있으며, 경계조차 지워져 마침내 산과 하나가 되는 한 아름다운 주체의 모습이 형상화되어 있다. 뿐만 아니라 이 시는 무엇이 아름다움인지를 명확하게 평가해 보이고 있다. 변화가 아니라 튼실하게 자신의 자리를 지키며, 그 자락에 풀잎을 키우는 것이 아름다운 삶임을 드러내고 있는 것이다. 결국 한 편의 시 속에 담긴 표상과 그 표상에 대한 가치평가야말로 문학 작품을 통해 우리가 건네받아야 할 진정한 실체이다.

　그러나 문학교육은 여기에서 멈추지 않는다. 이 아름다운 표상과 아름다움에 대한 평가를 이해할 뿐만 아니라, 이를 통해 스스로 특정한 주체로 구성되어야 한다. 교사와 학습자 모두. 그것은 곧 '나는 이 텍스트를 어떻게 수용하는가'라는 물음에 스스로 답할 수 있어야 하는 것이다. 문학작품에 표현된 표상의 체계와 그 표상에 대한 가치평가, 그리고 이들 모두에 대한 학습자의 새로운 평가가 덧붙여질 때, 문학교육은 완결된다. 시는 객관적인 실체로 존재하는 인식의 대상이 아니라, 그 자체로 주체와 주체의 마주침이어야만 하는 것이다. 시를 매개로 작가의 경험 및 인식의 세계와 독자의 경험 및 인식의 세계가 서로 충돌하면서 서로에게 말을 건네고 삶에 관여하는 것이다.

　여기까지 이르면 우리는 다시금 그 주체란 어떤 주체인가라는 물음과 대면하게 된다. 그 주체는 특정한 개인에게 초월적인 특권을 부여하는 근대적 주체가 아님은 명확하다. 그렇다고 해서 주체 자체를 지워버리는 포스트 모더니즘적인 주체가 될 수 없다는 것도 지금까지 살펴본 그대로이다. 그 이항대립을 넘어 구축해 볼 수 있는 주체는 데리다(J.Derrida)가 상정한 다중적인 개념의 주체이다. 데리다는 단일한 주체를 폐기하고, 그 자리에 다양한 가능 주체를 설정한다. 데리다에게 주체란 자기동일적인 존재가 아니라, 자신의 내부에 다양한 차이성, 이질성, 타자성을 고유하게 거느리고 있는 존재이다. 주체와 대상 세계의 이분법이란 관념적인 도식일 뿐이며, 실재하는 모든 존재는 다양한 타자성으로 구성되어 있다고 주장한다. 데리다와 함께 포스트 모더니즘의 이론적 토대로 거론되는 라깡(J.Lacan)의 주체 역시 타자를 자신의 거울로 삼고, 타자를 통해 역설적으로 주체를 구성해 나가는 '과정 중의 주체'이다. 결국 주체는 타자를 타자로 인정함으로써, 그리고 타자의 관점과 자기에 대한 타자의 견해를 고려함으로써 비로소 진정한 주체가 될 수 있다는 것이 이들 데리다와 라깡의 핵심적인 논지인 것이다.

문학교육에서 타자가 중시되는 것도 이러한 맥락에 뿌리를 내리고 있다. 주체의 형성이란 곧 타자를 전유의 대상이 아니라, 그 역시 또 다른 주체임을 적극적으로 인식함으로써 가능해 진다. 이는 곧 문학 작품을 둘러싼 해석과 평가의 다양성을 용인하는 것이다. 교사는 자신의 관점에서 텍스트를 해석하고 평가하며, 학습자들 역시 또 다른 주체로 텍스트에 관여하는 것이다. 그렇다고 모든 해석과 평가가 가능하다는 것은 아니다. 주체란 개인이 아닌 사회적 형성물이기 때문이다. 몇몇 가능한 주체들이 존재할 수 있듯, 몇몇 가능한 해석들과 평가들만이 존재한다. '해석의 공동체'가 허용하는 범위 안에서의 다양성들인 것이다. 더욱이 모든 담론들은 구체적인 상황 맥락 안에서 존재한다. 따라서 그 맥락에 조응하는 의미들이 명확하게 자리잡고 있기 때문에 다양성이 무한정 열린 다양성일 수는 없다.

　다음 시는 그 양상을 보여준다.

　　　묵화(墨畵)

　　　물 먹는 소 목덜미에
　　　할머니 손이 얹혀졌다.
　　　이 하루도
　　　함께 지났다고,
　　　서로 발잔등이 부었다고,
　　　서로 ○○하다고,
　　　　　　— 김종삼, 『스와니강이랑 요단강이랑』, 미래사

　이 시에서 ○○에 들어갈 말을 찾으라고 한즉, 학생들은 '불쌍하다', '가련하다', '쓸쓸하다' 등등으로 답하였다. 이들 다양한 정서들만이 맥락 안에서 가능하기 때문이다. 더욱 이들 응답은 더 한층 적절한 차원으로 상승되고 있다. '불쌍하다'가 주관적인 감정의 노출인데 반해, '가련하다'는 이 감정을 일반화하고 있다는 점에서 더 나은 대답이며, '쓸쓸하다'는 삶에 내재된 비극적인 면모를 포착하고 있다는 점에서 더욱 적절하다. 그러나 정작 이들의 응답은 시의 제목이 지닌 독특한 자질들을 검토하지 못하였다. 시인 김종삼은 '적막하다'로 표현함으로써 일상적 담론과 명확하게 구분되는 시적 담론의 통일성을 획득해 보인다. 결국 '불쌍하다'라고 응답하는 주체를 '적막하다'로 제시하는 주체로 끌어올리는 것이 문학교육의 목표인 것이다. 이 경우에는 자칫 단일한 주체로 시인을 상정하고 있는 듯이 보인다. 그러나 시인이 구성한 텍스트에 먼저 안착하는 것이 비판적인 주체로 자신을 드러내기 위한 전단계일 것이다. 그것은 곧 시적 담론의 특성을 인지하는 주체이며, 그 특성을 토대로 특정한 비판적으로 조명해 볼 수 있는 주체인 것이다.

Ⅳ. 주체와 타자의 공존을 위하여

주체와 타자가 함께 기거하는 문학교육을 확립하기 위하여 지금 여기에서 필요한 작업은 무엇보다 명확한 이항대립의 체계로 존재하면서, 저마다 자신을 독자적인 주체로 상정하고 있는 그릇된 발상을 무너뜨려야 한다는 것이다. 명확하게 분할된 영역들이 기실은 서로 삼투되어 마치 주체 속에 타자가 공공연히 깃들어 있듯이, 투영되어 있음을 알아야 한다.

예컨대 문학과 언어기능의 구분이 그러하며, 읽기와 쓰기 또한 그러하다. 문학은 여타의 언어기능과 달리 존재하는 것이 아니라, 그 자체가 언어기능과 동일한 담론으로 존재한다. 문제는 그 담론이 특정한 양상을, 특정한 규칙의 체계를 지니고 있을 따름이다. 그러나 그 특성조차 다른 다양한 담론의 유형, 예컨대 주장하는 글이나 설명하는 글이 각기 지니고 있는 특성과 동일한 정도의 특성이다. 따라서 담론이 일반적으로 지니고 있는 공통적 자질을 바탕으로 특수성을 파악하는 것이 필요하다. 읽기와 쓰기의 구분 또한 생각처럼 명료하지 않다. 읽기는 쓰기를 통해 완결되며, 쓰기 또한 수많은 읽기를 바탕으로 구축된다. 그러나 무엇보다 심각한 이항대립은 인식과 정서의 대립이다. 문학텍스트의 해석과 평가는 결코 분리된 활동이 아니다. 여기에는 필연적으로 인식과 함께 정서 또한 개입하고 관여한다. 정서적으로 반응하지 못하는 인식은 결코 온전한 문학교육의 주체를 형성하지 못한다.

무엇보다 현재의 문학교육에서 주목해야 하는 것은 문학을 특별한 예술작품으로 간주할 것이 아니라, 삶의 체험이 견고하게 내재된 텍스트로 인식해야 한다는 것이다. 작가의 경험이 텍스트를 통해 표출되고, 그 경험을 학습자들이 공유하게 해야 한다는 당연한 인식을 복원해야 한다는 사실이다. 체험의 의미를 반추하는 주체, 타자와의 교섭을 적극적으로 승인하는 주체야말로 문학교육이 길러내고자 하는 이상적인 인간형이기 때문이다.

문학교육에 있어서 배경 지식의 문제

최 혜 실*

Ⅰ. 서 론

　문학교육의 연구 방향은 첫째, 국어교육 속에서 문학교육의 위상에 대한 논의, 둘째, 문학교육의 목표와 방향 설정 및 현황 비판, 셋째, 문학교육의 이론 정립과 실제 적용 등으로 나눌 수 있다. 첫번째와 두번째의 연구 방향은 문학교육의 틀을 잡는 데는 기여할 수 있으나, 자칫 논의가 추상적으로 흐르거나 공리공론의 순환론에 이를 위험을 안고 있다. 따라서 이 위험을 극복하기 위해서는 세번째의 연구 방향이 귀납법적으로 앞의 견해를 충분히 뒷받침해야 한다고 생각한다.

　그런데 최근 들어 수용이론과 스키마이론의 도입은 문학교육의 이 세번째 연구 경향에 큰 활력을 불어넣고 있다. 문학작품의 수용은 텍스트와 독자의 상호작용을 바탕으로 한 '작가―텍스트―독자'간의 소통을 기본전제로 한다. 이때 독자를 학생으로 대체하면 학습자 중심의 문학교육 방법이 탄생한다. 일반 문학이론인 수용이론이 상당한

---

*과학기술대 교수

설득력을 갖는 이유는, 학습자가 사전에 갖고 있는 배경 지식이 독서에 큰 영향을 준다는 스키마이론이 교육학적으로 수용이론을 뒷받침해주기 때문이다. 이 논리에 의하면 독서는 독자의 의식세계에 크게 제약되므로 문학감상은 당연히 독자인 학습자 중심으로 이루어져야 하며, 교사는 학생이 능동적으로 문학을 감상할 수 있도록 하는 보조자의 역할을 해야 한다. 즉 교사는 학습과정에서 문학 감상에 필요한 기본 지식을 학생에게 확인시키고 그의 결손사항을 보완해 주어야 하며, 학생의 생활체험 속에서 형성된 스키마가 동원될 수 있도록 자극을 주어야 한다.

이런 스키마이론과 수용이론의 합일점을 근거로 하여 문학수업 방법에 관한 고무적인 연구 결과가 나온 바 있다. 먼저 김인환은 시교육이 교사의 박식과 재능을 과시하는 시간이 아니라 학습자의 수용능력을 신장시키는 시간이 되어야 한다고 주장했고,[1] 노창수는 동기유발―시 개관―직관적 느낌-시의 소재 파악으로 교수―학습 활동을 설계하고 있다.[2] 이런 개괄적이고 일반적인 견해에 힘입어 이향숙은 공백 메우기 기법에 의거한 주체적 텍스트 구체화 방법을 김동인의 <붉은 산>에 적용함으로써 이론을 실제로 적용하는 데 모범을 보이고 있다.[3] 이어 상상력 계발을 시의 교육적 의의로 보아 상상력의 환기, 조정, 확장 단계에 따른 지도법을 제창한 경우,[4] 「계획―수단―지도―평가―내면화」의 수업 모형에서 지도단계를 「전체적 접근―부분적 접근―종합 감상」으로 세분하여 <성탄제>의 수업과정을 도식

---

1) 김인환,『문학교육론』, 평민서당, 1979.
2) 노창수,「현대시 교재의 수용적 이해를 위한 전체적 접근단계의 수업전개 방법」, 미원 우인섭 박사 회갑기념 논문집, 집문당, 1986.
3) 이향숙,「소설교육의 방법 연구-수용이론의 적용 방법을 중심으로」, 서울대학교 석사학위논문, 1988.
4) 김주향,「시교육 방법 연구-수용이론의 적용 방법을 중심으로」, 서울대학교 석사학위논문, 1991.

화한 논문5) 등, 수용이론을 문학수업에 실제로 적용하려는 시도가 다양하게 나타나고 있다.

그러나 방법론을 문학교육에 적용하기에 앞서 우리는 끊임없이 그 방법론이 타당한 것인가를 검증하는 작업이 병행되어야 함을 잊어서는 안되겠다. 현재 문학교육의 역사가 일천한 상황에서 잘못 고착된 이론은 문학교육의 방향에 큰 문제점을 던질 수 있기 때문이다. 이 방법론의 문제점으로 첫째, 스키마이론은 간과할 수 없는 문제점을 안고 있다. 둘째, 스키마이론과 수용이론은 공통점도 있으나 중요한 차이점이 있다. 이 문제점을 짚고 넘어가야 비로소 올바른 수업 모형이 작성될 수 있을 것이다. 예컨대 연구사에서 살펴본 수업 모형들은 학습자 존중 경향이 너무 강한 나머지 문학 텍스트의 보편성, 사회 관련성을 무시하거나 교사의 역할을 지나치게 축소한 감이 없지 않은데, 이는 연구자들이 스키마이론을 극단적으로 적용시킨 때문인 것으로 보인다. 본고에서는 이 문제점을 점검, 보완하여 고등학교 소설교육의 한 방향을 제시하고자 한다.

Ⅱ. 스키마이론의 주관성과 그 보완책

1. 일반 글의 스키마이론 적용에 대한 비판

1970년대 이후 본격적으로 등장한 스키마이론은 그간의 독해이론에 새로운 방향을 제시한 것이 사실이다. 우선 이 이론은 독해력의 부진을 독서 능력의 부족으로 생각해 왔던 종래의 평가를 뒤집었다는 데서 의의를 갖는다. 스키마이론에 의하면 독해력 부진아들은 대

---

5) 강현재, 「시교육의 수용론적 방법 연구」, 서울대학교 석사학위논문, 1991.

부분의 경우 배경 지식의 부족에서 탄생하므로 교사가 그들에게 적절한 스키마를 제공할 경우, 이것이 해소된다는 것이다.6) 둘째로 스키마이론은 종래의 글 중심 접근 방법을 독자 중심 접근방법으로 변모시킨다. 기존에는 독해를 주어진 글을 머리 속에 그대로 옮겨놓은 것으로 생각하였으나 이 이론에 의하면, 의미는 문자에 있지 않고 독자의 머리 속에 있다는 주장이 대두되어 독해에서 독자의 역할이 중요시되었다. 또 이에 따라 수업 내용은 「교사의 시범-교사의 지도에 따른 학생의 연습-학생 스스로의 연습-교사의 교정 피이드백」으로 학생들의 능동적인 참여가 이루어지게 된다.

그러나 이런 이 점에도 불구하고 스키마이론은 그 개념의 모호성 때문에 자체에 많은 문제점을 안고 있음을 부인할 수 없다. 첫째, 스키마란 지식의 내용인가, 구조인가? 혹은 양장의 병행인가?에 대한 의문이 제기된다. 참고로 스키마에 대한 정의를 제시해 보겠다.

① 스키마는 여러 하위 변인들로 이루어져 있다 : '매매' 스키마 속의 매도자, 매수자, 상품, 화폐 등.

② 스키마는 여러 구체적인 내용에 대한 추상적인 지식이다 : '매매' 스키마의 상품 변인은 텔레비전, 가구, 집 등 여러 가지에 다 통용될 수 있다.

③ 스키마는 다른 하위 스키마를 내포하고 있다 : '얼굴' 스키마는 '눈' 스키마, '코' 스키마, '입' 스키마 등 여러 가지 하위 스키마를 내포하고 있다. 한 스키마의 변인은 곧 그 스키마의 하위 스키마로도 작용한다.

④ 스키마는 개념적 정의가 아닌 지식이다 : 구성 요소의 특징만으로 스키마를 규정할 수 없다. 죽은 동물도 동물로 간주된다.

⑤ 스키마는 지식의 능동적 활동 과정이다 : 따라서 일단 어떤 스키마가 작동이 되면 그 스키마는 계속해서 자동적으로 작용하여 연상, 세분화의 활동을 한다. ⑥ 스키마는 그 자체가 평가 역할을 담당

---

6) 노명완, 『국어교육론』, 한샘, 1988, 298쪽.

한다 : 따라서 어떤 스키마가 정보를 일관성 있게 해석해 주지 못할 때 독자는 그 스키마를 변형하거나 또는 다른 스키마로 대치한다.

위의 주장에 의하면 스키마는 구조의 측면을 갖고 있으나, 근본적으로는 단편적인 지식의 범주를 넘어서지 못하고 있다. 게다가 스키마는 경험의 소산이며 사람에 따라 다르므로, 모든 개인은 그가 갖고 있는 스키마에 따라 세상의 사건, 사물, 행위들을 해석한다 한다. 그렇다면 스키마는 세상에 대한 비공식적이며 사적인 지식에 불과하다는 말인가?

스키마에 배경 지식이란 문자 그대로의 뜻을 적용할 때, 이 이론은 당연히 비판을 받을 수밖에 없다. 독자가 사전 지식이 없는 상황에서도 문장간의 인과적·논리적 관계 파악, 필자가 자신의 의도를 독자가 올바로 이해할 수 있도록 제공한 여러가지 장치들을 확인하고 이해하는 것, 문장 상호간의 관계와 전체적인 글의 흐름을 인식하는 것 등에 의하여 독해가 가능하다.[7] 또 스키마를 학생에게 환기시켜 어떤 글의 독해를 도왔다고 해도 그것은 일회적일 뿐 다른 글을 읽는 데 도움을 주지 않는다.

물론 다른 글에서 스키마는 지식구조로 정의되기도 한다. 스키마에는 일회적 지식과 개념적 지식이 있는데, 전자는 어떤 특정한 경험과 연관되어 기억되는 지식이며 후자는 구체적·경험적 사실에서 추상화되고 일반화되어 남아 있는 지식이라는 것이다. 여기서 스키마는 단순한 정태적 개념이 아니라 동태적 재구조 과정까지 포괄하는 거시적 개념을 획득한다. 즉 스키마는 추론의 과정 등 읽기 기능까지 포괄하는 개념이 되는 것이다. 그러나 실제 독해이론에 적용할 때 스키마는 보통 전자의 개념으로 사용되고 있다. 이런 혼란을 바로잡기

---

7) 이성영, 「읽기 기능의 개념 정립을 위한 시론」, 서울대학교 석사학위논문, 1990. 58-59쪽.

위하여 스키마의 정확한 범주를 확정하는 일이 시급하다.

둘째, 과연 독해에 전면 방해가 될 정도로 이질적인 스키마를 갖고 있는 학생이 대한민국에서 몇 명이나 될 것인가? 언어는 사회적 규약으로서 그 코드를 활용하는 집단 구성원들에게 동일한 방식의 코드 사용을 강요하므로 광범위한 통용력이 발휘된다. 설사 작가와 독자로서의 학생 사이에 언어 코드 목록이 이질적이라 하더라도 그 것을 받아들이는 학생들간의 코드는 거의 동일하다. 가령 현재, 한국의 고등학교 1학년 학생들은 대부분이 한국에서 태어나서 한국에서 자랐으며, 거의 모든 학생이 한국의 초등학교, 중학교의 과정을 밟았다고 할 수 있다. 이들은 문교부 검인정 교과서에서 같은 내용의 교과를 배웠기 때문에 상당히 많은 지식을 공유하고 있다. 때문에 부모의 직업, 가정형편에 따라 나타나는 경험의 이질성 정도로 이들이 다른 스키마를 갖는다고 볼 수 없다.

그런데 여러 논문들에서 다루어지는 스키마의 차이는 이 정도의 차이를 의미하는 것이 아닌 데 문제가 있는 것이다. 참고로 스키마의 차이가 독해에 영향을 끼치는 예를 살펴보자. 어떤 실험에서 '집'에 대한 글을 도둑의 입장에서 읽었을 경우와 집을 사려는 사람의 입장에서 읽었을 경우, 기억 회상 과정에서 이 다른 입장은 뚜렷한 영향을 끼친다. 도둑에서 집을 사려는 사람으로 입장을 바꾼 독자는 입장을 바꾸기 전에는 기억할 수 없었던 정보를 더 기억해낼 수 있었다. 또 다른 실험에서 대부분의 독자는 어떤 묘사문을 감옥을 탈출하려는 죄수의 글이라고 해석하였으나, 레슬링을 공부하는 피험자 집단은 같은 글을 상대방 선수에게 잡힌 목을 빼고 빠져나가려는 레슬링 선수에 관한 글이라고 해석했다. 위의 두 실험은 독자가 갖고 있는 자연 상태에서의 스키마(지식, 흥미, 문화, 배경)에 따라 글의 의미 해석이 크게 영향을 받는 증거라는 것이다.[8]

그러나 과연 같은 학년의 한국 학생들이 이 정도의 이질적인 경험의 차이를 가질 수 있을 것인가는 의문의 여지가 많다. 물론 미국과 같이 다른 인종, 다른 풍습이 공존하고 특히 이민이 많아 전혀 다른 환경에서 자란 아동들이 한 교실에서 교육받는 경우 이 이론은 잘 맞아떨어진다. 결국 스키마이론은 독해의 부진을 개인의 열등감, 인종의 열등감으로까지 몰고 갔던 잘못된 미국의 교육풍토를 개선하는 데 일조를 하기는 했으나, 한국같이 단일민족에 동일한 교과서, 동일한 참고서는 사용하는 나라에서는 독해교육에 큰 도움을 주지는 않을 것으로 생각된다.

셋째, 스키마이론에 의하면 독해는 언어적 지식의 단순활용 이상의 인지력 과정이다. 독자는 단순한 메시지를 머리 속에 그대로 옮기는 것이 아니라 메시지와 자신이 갖고 있는 적절한 스키마를 연결시킴으로써 독해에 능동적으로 참가한다. 독자는 글에 진술되지 않는 내용을 자신의 경험으로 메꾸거나 내용을 추론 또는 확장하여 필요 없는 부분을 생략하고 적절치 못한 내용을 변형하여 이로간된 해석을 마련한다. 좀 극단적으로 말하면 독해는 독자의 의미 창조 과정이라고까지 말할 수 있다.

그런데 독자는 능동적 기능을 너무 강조할 때 우리는 큰 모순에 부딪치게 된다. 설명문이나 논설문 등은 독자가 자신의 의도를 올바로 이해할 수 있도록 작가는 여러 가지 세심한 배려를 한다. 필자가 바보가 아닌 다음에야 위의 두 예문처럼 정반대의 독해가 나오도록 쓸 이유가 없는 것이다. 필자는 함축미를 가진 언어는 가급적 피하고 지시적 의미, 개념적 의미의 언어를 써 모든 사람에게 같은 뜻으로 파악되도록 하는 데 전력을 다한다. 또 독자가 그 글을 읽고 다른 상황으로 오해하지 않도록 문맥을 조정한다. 그러므로 정확한 정보를

---

8) 노명완, 앞의 책, 272-277쪽.

전달하는 것을 목적으로 하는 이런 글을 지도하는 데 학생들의 개인적 배경이나 지식을 상기시킨다면 오히려 독해를 지연시키는 결과를 낳을 것이다.

2. 문학교육에 있어서 스키마이론의 중요성

그러나 좁은 의미의 정보 전달을 목적으로 하지 않는 문학에서 작품 수용시에 스키마의 개념은 큰 의미를 갖는다. 문학은 독자를 통한 의미의 실현이 가능한 한 관습적 구속력을 벗어날 수 있도록 짜여져 있는데, 그 이유는 문학 텍스트의 다음과 같은 특성에서 찾아진다.

a) 문학 텍스트는 일상의 언어규범으로부터 이탈하는 표현 수단을 사용함으로써 심미성이 발현되게 한다. 소통체 토대에서 자신의 기대가 좌초되는 것을 본 독자는 코드를 일상의 기준이 아니라 문학의 기준에서 해독하려 시도하는데, 이러한 가운데서 텍스트의 심미성이 발현된다.

b) 문학 텍스트는 내적 다기능성을 그 특징으로 한다. 이것은 문학 텍스트가 지닌 다의성이나 개방성에 의해 결정된다. 작가가 코드 목록에서 구성인자를 선택하여 배열한 텍스트 구조물은 불확정적 의미 지시의 기능을 지니고 있기 때문에 독자에 의해 실현될 수 있는 의미의 폭은 매우 넓다. 그리하여 의미를 구성하는 독자의 이해작용은 문학 텍스트에 있어서 꽤 넓은 재량권을 지닌다.

c) 표현 대상의 측면에서 볼 때 문학 텍스트는 현실세계의 경험을 가공화하여 이를 문학적으로 처리한 허구적 내용을 표현한다. 허구적 내용은 경험세계와 직접적인 상관관계에 있지 않기 때문에 독자는 현실세계의 논리나 판단구조를 가지고 표현 대상과 접할 필요가 없다. 오히려 독자는 자신의 상상공간 속에서 문학적 내용을 마음껏 가공 처리하는 자유를 누린다.[9]

a)에서처럼 문학 텍스트는 언어의 정보 전달에서 이탈하려는 속성을 보이는 경우가 많다. 이 성향은 흔히 낯설게 하기(defamilization)란 용어로 정의되는데 이 과정을 통해 우리는 관습화된 언어사용 때문에 자동화된 세계에 대한 인식으로 새롭게 한다. 즉 독자는 대상을 습관적 문맥에서 분리하고 본질적으로 다른 개념들을 함께 묶는 과정에서, 다른 논리적인 글을 읽을 때와는 달리 언어에 훨씬 능동적인 해석을 가하게 되는 것이다. 더구나 b)에서처럼 문학의 언어는 함축성을 갖고 있으므로 자연 독자는 불확정적인 의미 지시 기능에서 한 의미를 골라낼 수 밖에 없다. 게다가 c)에서처럼 문학은 허구적 내용을 표현하므로 독자가 그것을 현실과 엄밀히 비교·대조하기보다는 자신의 상상력 속에서 그 내용을 자유롭게 변모시킬 자유를 누린다. 따라서 문학의 텍스트에는 독자의 자의성이 개입될 여지가 많을 뿐 아니라 오히려 독자의 해석이 첨가되어야 작품이 제 기능을 하는 상황에까지 이르게 된다.

특히 문학 텍스트의 지식은 과학 텍스트가 의미하는 그것과는 다르다는 데서 독자의 해석은 더욱 가치를 갖는다. 과학 텍스트가 사실에서 진리를 찾는다면 문학 텍스트는 사실에 대한 느낌과 상상적인 것을 느끼는데 진리를 부여한다. 과학이 "―에 관하여 아는 것"이라면 문학은 그것을 통한 삶이다. 전자의 지식이 입증할 수 있는 설명 뿐 아니라 앞을 내다볼 수 있는 통찰력이라면 예술은 하나의 고유한 경험이어서 유추가 불가능하다. 우리가 그것을 경험해 보기 전에는 그것을 확인할 수 없다. 과학자들은 하나의 이론을 보편화시켜 그것을 계승, 교체, 발전시킬 수 있으나 문학에서 그것은 불가능하다. 왜냐하면 문학은 각각이 독창적인 창조이기 때문이다. 그렇기 때문에 문학 감상시에 문학작품과 작가, 독자의 생활체험 등의 배경 지식은

---

9) 권오현, 「문학소통이론 연구」, 서울대학교 박사학위논문, 1992, 80-85쪽.

그 글의 이해를 돕는 데 큰 역할을 한다. 독자는 작품 감상시에 자신의 고유한 경험을 하는 것이다.

그런데 우리는 여기에서 하나의 반론에 부딪힐 수 있다. 독자가 여러 배경 지식들을 가지고 능동적으로 텍스트를 해석하는 과정이 문학작품을 올바르게 이해하는 데 도움이 된다. 그러나 한 작품을 이해하는 데 필요한 지식-문학 언론의 지식, 작가의 전기적 사실, 시대적 배경, 독자 개인의 지식, 문학사적 지식 등이 언어 능력의 신장에 무슨 역할을 하느냐는 점이다. 이런 단편적인 지식은 무시하고 언어 수행에 도움이 되는 방향으로 문학 교육을 할 수는 없겠느냐, 즉 스키마의 중시는 언어예술로서 문학의 가능성을 희석화시킨다는 비판이다. 그러나 이 비판이야말로 문학을 비롯한 인문과학, 정신과학의 성격을 망각한 것이 아닐 수 없다. 인문과학의 지식은 자연과학의 지식인 인식이 아니라 이해이며 해석이다. 그것은 언어와 정보로 명료하게 나누어지는 것이 아니라 이해의 과정이 곧 지식이 되며 이 지식은 언어 속에 용해되어 분리시킬 수 없다. 인문과학의 텍스트는 언어와 사고의 비분리성을 가장 잘 설명해 주는 예이다. 그리고 문학 텍스트는 담론으로서 언어의 특성을 가장 집약적으로 보여주는 예술이며, 다양한 지식들이 어떻게 언어화되는가의 과정을 보여주는 텍스트이다. 문제는 주객이 전도되어 문학적 지식이 작품 자체보다 더 중시되는 상황인 것일 뿐이다. 종래 문학 교육은 여러가지 지식과 사고체계들을 언어와 분리시켜 그 자체에 중요성이 있는 것처럼 주입 교육을 시켜 왔다. 문학교육에서 이런 지식들이 중요한 이유는 이 지식이 담론구조의 과정에서 불가분리하게 나타나며 심지어 담론이 특성까지도 결정하기 때문이다.

예를 들어, 채만식의 <치숙>은 대화체의 담론구조를 가지고 있다. 이 구조는 체제 유지의 일상인과 체제 개혁이 이상가의 두 가치관

사잉에서 고민하는 작가의식과 상동관계를 갖는다.[10] <치숙>에는 일제 강점기의 모순된 사회구조를 교묘히 뚫고 나가 그것에 영합하는 조카와, 반대로 잘못된 제도에 정면으로 저항하다 옥살이를 하고 나온 아저씨가 등장한다. 조카는 건실한 생활인으로 볼 수 있다. 그는 일본인이 경영하는 가게에서 성실하게 근무를 하며 저축을 하고 행복한 가정을 꿈꾼다. 그러나 한 개인이 일상의 모든 일에 충실하더라도 그것이 잘못된 제도에 기반을 둔 것이라면 결국, 그 개인은 나쁜 제도가 존속하는 데 도움을 주는 억압자의 논리를 벗어나지 못하는 존재라는 사실을 조카는 알지 못한다. 반면 아저씨는 당대 사회의 모순을 절감하고 그것에 맞서 싸우다가 좌절당한다. 처음의 이상은 올바른 것이었으나 그 이상이 좌절당한 현실의 결과는 오히려 조카의 생활보다 못한 것이 되고 만다. 아저씨는 부인의 노동으로 그날그날 무위도식하는 폐병환자 룸펜에 불과한 존재이다. 아저씨는 잘못된 제노 속에서 고통받는 아내의 노농의 대가에 기생해서 살고 있는, 조카보다도 비양심적인 존재일 수 있다.

작가는 이 상반된 가치관 사이에서 지향점을 찾지 못하고 고민한다. 더구나 1930년대 말, 강화되는 검열 때문에 작가는 섣불리 아저씨의 세계관에 호응하루 수 없었다. 이 이중의 질곡 속에서 작가가 택한 가치관은 상호중립이었는데, 이것은 대화체의 담론구조로 나타난다. 이 작품은 작가의 주장이 끼어들 여지가 없는, 삼촌과 조카의 대화로 이루어져 있다. 작가는 두 인물의 상반된 가치관으로 빚어지는 담론을 제시함으로써 최종적인 결론을 독자에게 미룬다. 독자는 자신의 생활체험과 문학적 체험을 통해 축적한 배경 지식으로 이 작품의 의미에 대해 최종적인 해석을 내리게 된다. 따라서 대화체라는 담론구조는 이 소설에서 두 인물과 인용자(작가)간의 세계관의 차이

---

10) 최혜실, 「채만식 풍자소설 연구」, 『관악어문연구』 제11집, 1986.

에서 이해되어야 한다. 결국 문화에서 지식은 그 언어 구조와 분리해서 생각할 수 없다.

그러나 문학 수용에 있어 독자의 스키마는 독자가 담론구조에 나타나는 두 등장인물의 세계관의 차이를 명확히 이해한 연후에 작동되어야 한다. 다시 말해서 독자가 <치숙>에 나타나는 등장인물의 세계관을 정확히 해석한 후, 자유롭게 자신의 주관에 입각하여 작품의 최종 의미를 내릴 수 있는 것이다. 이 작품을 해석할 때 독자의 스키마는 부분적인 공헌만을 할 뿐이다. 따라서 문학의 해석시에도 스키마의 역할은 제한적이다.

Ⅲ. 문학작품 수용에 있어서의 객관성

문학작품을 해석할 때 독자가 무조건 텍스트에 자유로운 의미를 부여할 수 있는 것이 아니라는 점에서 수용 이론은 스키마 이론과 다르며 더한 장점을 지니고 있는 것으로 여겨진다. 수용 이론에 의하면, 텍스트의 수용은 수용하는 독자의 변수와 수용되는 텍스트의 변수에 의하여 공동으로 결정된다. 더구나 텍스트는 문학 소통의 주도권을 지닌 작가의 대리인으로 소통에 참여하기 때문에 독자에 비해 그 중요도가 클 수밖에 없다. 독자는 텍스트가 지시하는 바에 의하여, 보다 정확히 말하면 텍스트 속의 코드가 지시하는 의미영역 내에서만 텍스트를 구체화할 수 있다. 이러한 영역을 벗어나는 수용은 수용으로서의 가치를 지니지 못한다.

문학 텍스트는 수용의 소지(Rezeption vorgabe)로서 독자의 창조활동을 조정하며 텍스트와 교유하는 그의 자유를 제한한다.[11] 한 예로

---

11) 권오현, 앞의 책, 77-80쪽.

작가는 텍스트를 생산할 당시 하나의 내포독자(implied reader)를 상정한다.12) 내포독자란 경험적인 간섭은 하지 않고 문학작품이 그 영향을 끼치기 위하여 필요한 모든 바탕을 구현하고 있는 독자, 혹은 텍스트의 잠재적 의미의 선구조 과정과 독서 과정을 통해 독자가 이 잠재성을 현실화하는 것을 합한 용어이다. 즉 이 속에는 영향받을 독자에 대한 가정이 들어 있다.13) 작가는 의식적으로든 무의식적으로든 끊임없이 이전 수용자들의 현존을 가정하며 작품을 쓰기 때문에, 독자가 기본적으로 작가의 이 생산활동을 인정해야만 텍스트의 소통이 이루어질 수 있는 것이다. 독자가 텍스트 속에 담겨 있는 텍스트 내적 작가 의향을 올바로 파악하는 것이, 독자가 텍스트에 대한 적합한 구체화를 할 수 있는 조건이다.

그러나 독자가 텍스트 속에 작가 의도를 정확하게 파악하기란 사실상 불가능하다. 여기에는 텍스트외적 차원에서의 작가의 주장, 그의 전기적 사실을 동원하여 작가의 의향을 간접적으로 유추하는 방법 정도가 사용될 수 있을 뿐이다. 엄밀하게 말해서 독자가 이해하는 작가의 의도는 텍스트내적 소통 의도를 독자의 엄밀하게 말해서 독자가 이해하는 작가의 의도는 텍스트내적 소통 의도를 독자의 연관 영역을 따라 수용한 것이다. 그러므로 본고에서 말하는 객관성이란 독자가 텍스트 속에 나타나는 작가의 의도를 최대한 파악해야 한다는 의미이다. 독자의 수용이 중요하다는 의미는 우리가 그간 실재 작가의 행적을 작품과 무리하게 일치시키거나 독자의 해석을 일방적으로 주입시켜 학생이 능동적인 참여를 위축시킨 폐해를 비판하는 작업에서 나온 반성일 뿐이지, 학생의 자유로운 연상과 상상력, 자신의 생활체험에 입각한 모든 해석이 다 정당화 될 수 있다는 것은 아니

---

12) 박찬기 외, 『수용미학』, 고려원, 1992, 108쪽.
13) Holub Robert. C. 『수용이론』, 최상규 역, 삼지원, 1985, 130-131쪽.

다. 개인의 해석의 자유는 자신의 해석 코드가 작가의 소통 의도임직한 코드 중의 하나를 선택하는 자유이다. 따라서 학습자의 섣부른 인상 비평은 작품을 올바로 파악할 수 없게 만들 뿐만 아니라 학습자 자신의 이해 수준을 높일 수 없게 만든다.

예를 들어 이 정도의 자유는 허용된다고 볼 수 있다. 염상섭의 <만세전>의 경우, 독자가 텍스트에 제시된 직접적인 정보에 중점을 두어 해석한다면, 그 의미의 중심은 주인공 이인화가 3·1운동 직전의 비참한 식민지 상황에 절망하는 과정에 놓이게 된다. 그러나 이 작품을 구조의 측면에서 볼 경우, 해석은 상당히 다르게 나타난다. 소설에서 주인공의 여로는 동경에서 서울, 다시 동경으로 이어진다. 그는 여행 도중에 관찰한 일본인의 한인 차별에 분노하나 실제로 그들에게 저항하지 못하며, 조선인의 무지, 비겁함을 질타하는 쪽으로 심리의 방향을 돌리고 있는 형편이다. 그것은 본질적인 고뇌가 아닌 자기 변명일 뿐이며 조선인의 비참한 상황 묘사는 한갓 삽화의 차원에 머물 뿐이다. 그는 시대의 상황에 막연하게 구토를 느낄 뿐 결국 자신의 거점인 동경으로 되돌아간다. 이 소설의 공간적 지향점은 주인공의 가치관과 일치한다.[14] 그런데 독자가 이렇게 다른 해석을 내리는 근거는 독자 자신의 주관에서 나온 것이 아니라 독자가 텍스트 내의 어떤 의미인지를 강조하느냐에 있는 것이다. 다시 말해서 <만세전>의 구조를 세밀히 분석하거나, 염상섭의 저항 전력을 근거로 들고 나서는 것처럼 독자 자신의 주관성이 아니라 객관적인 증빙물을 갖추어야 하는 것이다. 독자는 텍스트 속에서 자신이 갖고 있는 연관영역을 강조하나 그 영역은 텍스트 속에 존재해야 한다. 또 하나, 독자의 판단은 자신의 집단이 갖고 있는 가치관, 역사적·시대적 상황과 연결되는 것이어야 한다. 수용자는 비록 개별적 독립체이기

---

14) 김윤식, 『한국근대문학 양식논고』, 아세아문화사, 1980, 156-168쪽.

는 하지만 사회적 유대가 일정 기간 지속되면 집단의식을 통해 유형화하면서 사회적 가치와 맞닿게 된다. 이 상황을 야우스는 기대지평으로 설명하고 있다. 기대지평이란 어떤 가설적인 개인이 텍스트를 접할 때의 정신 자세, 또는 민감하게 확대된 감성으로 일탈과 수정을 기록하는 정신 자세를 말한다. 이것은 첫째, 익히 알고 있는 규범과 그 장르의 내재적 시학에 의하여, 둘째, 문학사적 상황을 내포하는 작품들과의 함축적 관계를 통하여, 셋째, 숙독을 하는 독자라면 독서 과정 중에 언제라도 비교가 가능한 허구와 현실 사이 또는 언어의 시적 기능과 일상적 기능의 대립관계를 통해 구성된다.15) 독자는 새로운 작품이 기존의 기대지평과 차이가 생길 경우 이것을 변모시킨다.

결국 기대지평은 문학사의 일반적 흐름과 밀접한 관계를 가진 것이므로 올바른 문학교육은 단순히 교사가 학습자의 작품의 창조적 해석을 돕는 보조의 기능을 하거나 텍스트 수용에서 학습자의 능동적 기반을 강조하는 데 주안점을 주어서는 안된다. 중요한 것은 학생이 개인적 기대지평과 사회적 기대지평을 조화시켜 문학 텍스트를 올바로 이해하게 하는 것이다. 교사는 학생이 능동적으로 해석에 참여할 수 있도록 교육적 결정인자의 지나친 개입을 막아야 한다. 그러나 동시에 교사는 학생이 텍스트의 의미인자에 명백한 오독을 하지 않도록 텍스트에 대한 사전 지식을 제공해야 할 의무가 있다.

그렇다면 학생이 독자로서 창조적 자유를 누리면서 텍스트를 올바로 인식하는 방법은 무엇인가. 이 방법 중 하나는 학생에게 기존의 평가를 절대가치로도 동시에 부정적이고 극복되어야 할 것으로도 여기지 않는 균형감각을 심어주는 일이다.

---

15) Jauss H. R. 『도전으로서의 문학사』, 홍승용 역, 문학과 지성사, 1983, 151-218쪽.

문학에 대한 기존의 해석을 가다어는 선입관(Vorurteil)이란 용어로 설명한다. 여기서 선입관은 부정적 편견이나 특성이 아니라 앞질러 판단을 형성해 놓는 것이다. 이것은 역사적 현실에 소속되는 것이기 때문에 결코 이해를 가로막는 장벽이 아니다. 선입관은 이해를 가능하게 하는 하나의 조건으로서 우리가 과거를 접할 때 이미 일어나고 있는 일이 무엇인가 알아차릴 수 있는 의식이다.16) 이해의 행위는 개인의 지평선과 역사의 지평선의 합일인데, 물론 양자는 분리된 것이 아니다. 왜냐하면 우리의 역사적 의식이 역사의 지평선 안에서 한데 합쳐져서 거대한 지평선의 형성하기 때문이다. 이때 교사가 할 일은 학생이 능동적으로 역사의 지평선과 개인의 지평선을 합일시키는 과정을 도와주는 일이다.

Ⅳ. 문학교육 : 기존의 해석과 개인의 해석간의 합일점 찾기

앞의 장에서 논한 바와 같이 문학 감상은 개인의 창조적 자유와 기존의 해석의 습득, 어느 한쪽에만 존재하는 것이 아니다. 우리는 대상을 이해하는 데 항상 선입관과 전제를 갖고 있는 <세계-內-존재>이다. 우리는 사물에 대해 선-지(Vorhabe)와 선-견(Vorsicht), 선-개념(Vorgriff)을 기초로 갖고 있는데, 이 개념은 한 개인의 주관이 아니라 우리가 속한 역사, 사회적 상황과 연결하여 획득한 것이다. 따라서 해석은 개인적 기대지평과 역사적 기대지평의 상호고려 과정이다. 결국 올바른 해석의 관건은 개인이 새로운 텍스트를 접했을 때, 자신이 생활 체험 속에서 획득해 온 지식 기반을 토대로 그것을

---

16) Holub, 앞의 책, 69-72쪽.

해석하고 그것이 당대의 사회적 상황 속에서 추출될 해석군과 바람직한 관계를 가지느냐의 문제, 즉 자신의 해석이 보편적 해석과 일치하거나 그 해석에 발전적 역할을 하느냐 못하느냐에 달려 있다.

　이것을 문학수업에 적용시킬 때 교사는 학생들이 해석의 창조적 자유를 누리면서 동시에 보편 타당성을 획득하도록 도와주어야 할 이중 부담을 안게 된다. 이 이중성을 극복하기 위해 종래의 문학수업 방식에 다소 보완을 가할 필요가 있지 않을까 생각된다.

　학습에서 스키마의 활용을 도입한 학교 수업의 절차는 「계획－진단－지도－발전－평가」의 모델로 되어 있다. 최근에는 수용이론에 바탕을 두어 「계획－진단－지도－평가－내면화」의 수업모형이 개발되어 있는 상황이다.17) 후자의 것을 요약해 보면, 1) 계획단계 : 수업 목표를 설정한다. 2) 진단단계 : 학습자의 작품에 대한 지식, 텍스트와 관련된 체험, 인상깊은 부분들을 확인한다. 3) 지도단계, 4) 평가 단계 : 학습결과 평기, 5) 내면회 단계 : 학습체험의 심화와 학대로 되어 있다.

　이중 2) 진단단계는 학습자에게 자시이 이 소설에 대해 어떤 사전 지식을 갖고 있으며 소설 전반에 어떤 느낌을 지니는지를 확인시키고, 교사 자신도 학생들의 수준을 확인하는 단계이다. 여기서 교사는 학생들의 기대지평을 탐색하는 동시에 그 작품에 대한 일반적 기대 지평을 상기시키는 두 방법을 병용하게 되는데, 문제는 이 학습자의 지식을 확인하는 작업이 자칫 학습자에게 지식을 주입시키는 과정으로 변질될 수 있다는 점이다. 이렇게 되면 소극적이기 마련인 학습자의 태도가 처음부터 위축되어 수업은 교사 위주의 주입식 교육으로 변모될 수밖에 없다. 그렇다고 일반적 지식을 제시하지 않고 학습자의 상상력 등에 전적으로 의존하면 문학수업은 결코 학습자의 능동

---

17) 구인환 외, 『문학교육론』, 민지사, 1988, 232-233쪽.

적 해석의 능력을 계발시켜 줄 수 없게 된다.

이 모순을 해결하기 위해서 지금까지 통용되어 온 수업모형을 다소 바꾸어 볼 필요가 있다고 생각된다. 교사는 학습자가 처음에는 백지상태에서 소설을 감상하도록 자기진단 단계를 설정한다. 먼저 교사는 학습자에게 수업 단원을 읽히고 소설의 공간적·시간적 배경, 등장인물의 성격, 기본 플롯, 소설에 나타나는 가치관과 그것에 대한 학습자 자신의 평가를 요약하게 한다. 이때 상당한 오독이 나타날 수 있다. 예를 들어 고등학교 국어(상)에 게재되어 있는 <삼대에서>는 염상섭의 <삼대>의 첫 부분을 발췌한 것이다. 학습자가 이 소설에 대한 사전지식이 없을 경우, 그는 이 글이 일제 강점기 서울 중산층 집안의 이야기일 것이라는 예측과 주인공의 성격 정도를 짐작할 수 있을 뿐 전체의 줄거리는 파악할 수 없다. 사실이 단원은 <삼대>의 전편을 읽어야만 제대로 학습효과를 얻을 수 있다. 장편의 이런 제약 때문에 그간 학교의 소설교육은 단편 중심으로 이루어져 왔고, 소설 장르이 특징이 왜곡되어 전달되는 폐단이 있어 왔다. 이런 불합리를 시정하고 소설이 갖는 또다른 측면이 대상의 총체성을 그리는 방식을 파악하기 위하여 장편소설의 교육은 필수적이다. 따라서 제한된 지면에서 장편소설 교육을 하기 위해서는 몇 가지 보완책이 필요하다. 그 일환으로 교과서에 "문학과 현실"의 단원을 두어 사실주의 소설에 대한 전반적인 지식과 <삼대>의 줄거리 소개 및 문학사적 의의를 평가하고 있다.

그런데 문제는 전문가의 평론은 학습자가 소설을 보는 자신의 관점을 위축시킬 우려가 있다는 점이다. 즉 학습자는 <삼대>를 읽기 전에 이미 전문가의 평을 읽고 의식적으로든 무의식적으로든 그의 판단에 의하여 작품을 규정하게 된다. 교과서에 나오는 유일한 두 소설인 <삼대>와 <허생전>은 그 체제부터 학습자 중심의 교육을 하기 불가능하게 짜여 있는 셈이다. 이 모순을 시정하기 위하여 우선 교과서의 체제를 바꾸어야 하겠으나 지금으로는 불가능한 방법이므로, 본고에서는 "문학과 현실"의 단원이 없다는 전제하에 논의를 진행시키고자 한다.

교사가 사전 지식을 제시하지 않은 채 수업을 진행할 경우, 학습자는 장편 <삼대>의 극히 일부분을 읽고 불완전한 자료 속에서 논리적 유추와 상상력을 동원하여 공백 메우기를 하는 동안 작품에 대해 강한 흥미를 느끼게 된다. 교사는 학습자의 동기유발을 한 후, 장편 <삼대> 전체를 과제로 주어 읽어 오게 한다. 그 다음 차시에서 교사는 학습자 자신이 한 오독을 판단, 검증시킨 후 그 원인을 생각해 보게 한다. 그 다음 교사는 비로소 작가에 대한 전기적 사실, 당대 현실의 상황, 소설의 갈등구조 분석 등을 차례로 제시하며 학습자 개인의 기대지평과 연결시키는 작업을 한다. 다음 비로소 기존의 전체적인 비평문을 읽혀 학습자 자신의 평가와의 공통점, 차이점을 주지시킨다. 이 과정에서 학습자는 개인적인 기대지평을 능동적으로 문학사의 기대지평과 연결, 합일시킬 수 있게 된다. 요컨대 문학의 학습 시에는 진단 단계를 여러 차례 반복하는 수업모델이 필요하다.

V. 결 론

문학작품의 수용은 개인의 창조적 자유와 기존 해석의 습득 어느 한쪽에만 존재하는 것이 아니다. 작품의 해석은 개인이 자신의 생활체험 속에서 나온 지식 기반을 토대로 한 해석이 문학사적 기대지평과 능동적인 소통관계를 가질 때 비로소 올바로 성립되는 것이다. 따라서 문학교육에 있어 교사는 학생들이 해석의 창조적 자유를 누리면서 동시에 그것이 보편 타당성을 누리도록 도와주어야 하는 이중 부담을 안게 된다.

그런데 종래의 문학 수업모형은 교사가 보조자의 기능으로 머물러 학습자의 개인적 상상력, 연상 등 감정의 측면만을 강조함으로써(학습자에게 될 수 있는 한 지식을 주입시키려 하지 않으므로 당연히 학생들은 작품을 자신의 감상적 측면에서 받아들일 수밖에 없다) 문학 감상에 필요한 인지적 측면을 도외시하거나 그 문학이 문학사에서 차지하는 위치를 소홀히 하는 경향을 띠어 왔다. 또 어떤 경우에는 수업 초기에 전문가들의 비평을 소개함으로써 학습자의 능동적 참여가 위축되는 결과를 낳기도 하였다. 이 모순을 시정하기 위하여 본고에서는 문학 수업모형이 학습자가 배경 지식을 갖지 않은 상태에서 작품 감상하기→교사의 작품에 대한 객관적 지식 제시→학습자의 자신의 기대지평과 문학사적 기대지평과의 차이 비교→교사의 전문가의 비평 제시→학습자의 기대지평의 최종 점검이란 교사와 학습자의 상호작용으로 이루어져야 함을 지적했다.

참고문헌

강현재, 「시교육의 수용론적 방법 연구」, 서울대학교 석사학위논문, 1991.

구인환 외, 문학교육론, 민지사, 1988.

권오현, 「문학소통이론 연구」, 서울대학교 석사학위논문, 1992

김윤식, 『한국근대문학 양식논고』, 아세아문화사, 1980.

김인환, 『문학교육론』, 평민서당, 1979.

김주향, 「시교육 방법 연구—상상력 계발을 중심으로」, 서울대학교 석사학위논문, 1991.

노명완, 『국어교육론』, 한샘, 1988.

노창수, 「현대시 교재의 수용적 이해를 위한 전체적 접근단계의 수업전개

방법」, 미원 우인섭 박사 회갑기념 논문집, 집문당, 1986.

박찬기 외,『수용미학』, 고려원, 1992.

이성영,「읽기 기능의 개념 정립을 위한 시론」, 서울대학교 석사학위논문 1990.

이향숙,「소설교육의 방법 연구―수용이론이 적용 방법을 중심으로」, 서울 대학교 석사학위논문, 1988.

Holub, Robert C,『수용이론』, 최상규 역, 삼지원, 1985.

Jauss, H. R,『도전으로서의 문학사』, 홍승용 역, 문학과지성사, 1983.

문학 능력의 발달 구조와 문학교육의 통합성

김 창 원*

I 논의의 출발

1. 학습 주체로서의 학습자, 그 발달적 통합성

학습자는 교육의 처음이자 끝이다. 교사가 없는 교육이나 교재가 없는 교육은 가능해도[1] 학습자가 없는 교육이란 상상할 수 없다. 학습자가 요구하는 것, 또는 교육공동체가 학습자에게 기대하는 것을 제공하는 일이 교육의 역할이다.

문학교육에서도 사정은 마찬가지이다. 문학교육의 구조 변인을 실체·과정·배경으로 나누어 세밀하게 분석할 때에도(김창원/문학과문학교육연구소, 1996:163) 그 중심에는 학습자가 있다. 그 때의 학습자는 교육의 객체이기 이전에 하나의 전인적인 주체이다. 문학교육 과정(過程)으로서의 제반 활동은 그 주체 안에서 통합적으로 이루어진다.

모든 교육은 본질상 시간의 흐름에 따른 인간 발달을 문제삼는다.

---

*인천교대 교수

1) 이 때의 '교사'와 '교재'는 협의의 개념으로 썼다. 광의로 보면 명시적이건 잠재적이건 교사·교재가 없이 교육이 이루어지지는 않는다. 하지만 학습자는 광의·협의에 관계없이 교육의 필수 구성 요소이다.

그리고 학습 주체로서의 학습자는 탄생에서 죽음에 이르는 일련의 과정 중 어느 시점에 속해 있다. 구체적으로 학교 교육을 염두에 둔다면, 그/그녀는 6세에서 17세에 이르는 성장 과정의 어느 시점에 속해 있다. 교육은 그 시점에서 그/그녀가 개인적·사회적인 관점에서 보다 바람직한 방향으로 변화하기를 기대한다.

시간의 흐름을 인위적으로 나눌 수는 없지만, 인간은 삶의 편의를 위해 그 중간 중간에 매듭을 지어 놓는다. 초등교육과 중등교육의 분리도 같은 맥락에서 이해할 수 있다. 12년에 걸치는 발달 범위가 너무 넓기 때문에 몇 단계로 나누어 접근하는 것이다. 인간의 발달 속도가 일정하지 않아서 어느 시기는 급격하고 어느 시기는 완만하며, 어느 단계와 어느 단계는 현격히 다른 특성을 보인다는 점이 이러한 구분을 가능하게 한다.

하지만 그러한 구분은 언제나 '전인적이고 유일한 주체로서의 학습자' 개념을 바탕으로 이루어져야 한다. 한 단계의 학습자와 그 다음 단계의 학습자는 서로 다른 주체가 아니다. 그 동안 그만큼 발달했을 뿐이다. 중학생 김○○는 3년 전의 초등학생 김○○가 자란 주체이다. 교육은 '바로 그 학습자'를 계속해서 문제삼는다. 만일 초등교육과 중등교육이 서로 유리된 채 유기적으로 연결되지 못한다면 그 피해는 고스란히 학습자가 받게 된다.

초·중등 문학교육의 단절은 문학교육 자체의 손실일 뿐 아니라 학습자 개인과 교육공동체 전체의 손실이기도 하다. 과거와 달리 거의 모든 학습자가 중·고등학교에 진학하는 시점에서, 초·중·고 전체를 거시적으로 조망하여 문학교육 체계를 새로이 설계할 필요가 절실해졌다. 최소한 학교 교육 12년 동안은 비약이나 누락, 불필요한 반복 없이 체계적으로 문학교육을 받을 수 있도록 교육과정과 교재를 정비해야 한다.

2. 초등문학교육과 중등문학교육의 분화 원인

문학교육은 하나의 통합된 목표 지향적 활동이다. 그 최종 단계에는 '이상적인 문학 주체'[2]가 있다. 문학교육은 미숙한 주체가 이상적 주체로 발달할 수 있도록 자극하고 안내하며 발달 수단을 제공해야 한다. 그 과정에서 초등문학교육과 중등문학교육으로 단계를 나누는 것은 목표 달성을 위한 편의적인 방법일 뿐이다.[3]

그러나 현실은 그렇지가 못하다. 초등문학교육과 중등문학교육 사이에는 이념, 목표, 내용(김상욱/우한용 외, 1997:69) 면에서 건너기 어려운 간극이 있는 듯하다. 학습자는 초등학교를 마치고 중학교에 진학하면서 갑자기 달라진 문학교육에 속수무책으로 노출되고 만다.

그 원인은 아래와 같은 몇 가지에서 찾을 수 있다.

첫째, 교육제도의 불합리성. 현재의 6-3-3-4 학제는 학습자의 인지·정의·사회성 및 언어·심미·문화적 발달과 맞지 않는다. 교사들은 ─ 개인차는 있지만 ─ 초등학교 3학년과 4학년 사이, 중학교 1학년과 2학년 사이에 큰 비약이 있다고 말한다. 그에 비해 초등학교 6학년과 중학교 1학년 사이에는 학교급만 달라졌을 뿐 큰 차이가 없다고 한다. 그런데도 제도에 얽매여서 학습자의 발달 상황을 외면하고 초등문학교육과 중등문학교육에 다르게 접근하게 된다.

둘째, 초·중등 교육의 발달적 계열성에 대한 인식 부족. 초등문학

---

2) 이 때의 '이상적'이란 말은 '우리가 상정할 수 있는 최고 수준의'가 아니라 '12년 교육을 받은 상태에서 최고 수준의'라는 뜻이다.

3) 김이상(1994:80)의 다음 지적을 참고할 수 있다.

"흔히 국어교육의 현장에서는 초등국어교육과 중등국어교육을 현저하게 다른 영역으로 인식하고, 서로의 영역에 관해서는 언급을 피하는 현상이 두드러져 있다. 그러나 엄밀하게 생각한다면, 초등학교 6학년과 중학교 1학년의 관계는 초등학교 5학년, 6학년의 관계와 크게 다를 것이 없다. 단지 상급 학교라는 새로운 인식과 교과 담임의 수업을 받는다는 환경적 요인이 다소 정신적 긴장감을 가져올 수는 있지만, 그런 요인이 시를 지도하는 데 뚜렷한 선을 긋게 할 수는 없다."

교육은 초등문학교육대로, 중등문학교육은 중등문학교육대로 자체의 논리를 추구하다 보니 자칫하면 학습 주체가 같다는 사실을 잊게 된다. 단순한 학교급의 차이를 문학교육 본질의 차이로 오해하는 것이다. 하지만 학교급별 전문성 추구가 문학교육 전체의 본질에 앞설 수는 없다.

셋째, 문학교육은 논리적으로 계열화할 수 없다는 일반적 견해. 문학 교과는 다른 교과에 비해 선행 학습과 후행 학습의 관계가 모호하고 문학 능력도 객관적으로 측정하기 어렵다. 그러다 보니 목표와 내용의 체계화가 어렵고 '초등→중등'의 단계적 발달을 명시적으로 다루기도 어렵다.

넷째, 문학교육 연구 방법론으로서의 종적 연구 부재. 지금까지의 문학교육 연구는 대부분 이상적인4) 독자를 대상으로 그/그녀의 문학 행위를 문제삼았다. 특정 학령의 학습자를 염두에 둘 경우에도 해당 학령의 문학 행위에만 관심을 기울였을 뿐, 그 전 학령이나 그 후 학령의 문학 행위와의 관련까지 다루지는 못하였다. 자연히 문학 능력의 발달에 관한 이론적 기초가 허약하여 발달적 관점에서 문학교육에 접근하기가 어렵게 되었다.5)

다섯째, 연구 집단의 분리. 현재 우리 나라는 사범대학에서 중등 교사 양성을, 교육대학에서 초등 교사 양성을 담당하고 있다. 그러면서 은연중에 '사범대학=중등문학교육 연구', '교육대학=초등문학교육 연구'라는 등식이 통용되고 있다. 나아가 초등문학교육의 독자성을 강조하는 목소리도 자주 듣게 된다.6) 하지만 초등문학교육과 중등문

---

4) 이 때는 '우리가 상정할 수 있는 최고 수준의'를 의미한다.
5) 신헌재(1989)에서 교육과정 내용을 하나의 체계로 이해하려는 시도가 있었으나 이론이나 방향성 없이 단순 사실 기술에 그친 감이 있다.
6) 이런 목소리는 교육대학에 교과교육 전공자가 속속 자리를 잡아가면서 초등교과교육학의 독자성을 강조하는 경향과 흐름을 같이한다.

학교육이 그 실천면에서 차이가 난다고 해서 연구 집단에서도 그렇게 구분해야 하는가 하는 의문이 든다. 전인적인 학습 주체의 문학 행위 국면은 결국 같을 것이기 때문이다. 연구의 전문성을 고려한다 하더라도 현재의 문학교육 연구 수준이 그 정도로 세분화될 정도는 아니라고 본다.

II. 문학 능력의 본질과 발달성

1. 문학교육 내용으로서의 문학 능력

교육은 '인간의 인간화'를 추구한다.(김중신/우한용 외, 1997:162) 이 때 전자의 인간이 생물학적 인간이라면 후자의 인간은 철학적이자 윤리적이고 역사적인 동시에 사회적인 인간이 된다. 곧 교육은 지구 생태계의 일원으로서 한 인간이 세계와 조화를 이루어 가며 살아갈 수 있는 지식과 기능과 태도를 갖추도록 하는 일이다. 이러한 관점에 서면 문학교육 역시 그 최종 도달점은 '바람직한 문학 주체'를 형성하는 일이 된다. 문학교육은 문학텍스트를 다루는 데 머무는 것이 아니라 문학텍스트와 관련하여 이루어지는 학습자의 행위 일체를 다룬다.

여기서 '바람직한 문학 주체'의 모습을 한 마디로 그려내기란 쉬운 일이 아니다. 그는 아마도 문학에 대해 긍정적인 가치관을 지니고 적극적으로 반응하며, 풍부한 문학 지식과 경험을 지니고 있고, 문학의 담화 특성과 한국 문학의 관례에 정통한 주체일 것이다. 그는 또 문학적 상상력이 뛰어나고, 문학적 언어를 유창하게 사용할 것이다. 이러한 문학에 관한 태도·지식·경험·사고력·소통 능력 등이 포괄적으로 작용하여 바람직한 문학 주체를 형성하게 된다. 인간 행동의 여러 측면에 관련되는 이러한 특성들을 '문학 능력'이라고 부른다면, 문학교육은 결국 '학습자의 문학 능력을 신장시키기 위한 일련의 계획과 실천'으로 규정할 수 있다.[7]

문학 능력의 개념을 명확하게 규정하기란 매우 어렵다. 7차 교육과정 고등학교 문학 과목을 보면 '문학 활동의 일반 원리와 문학에 대한 체계적인 지식 이해', '작품의 수용과 창작 활동을 통한 문학적 감수성과 상상력 신장', '자아 실현, 세계 이해 및 문학과 삶의 통합', '문학 문화 발전에 기여하려는 태도 함양'을 하위 목표로 설정하고 있는데, 이는 '지식·수행·가치관·문화'의 네 방향에서 문학 능력을 범주화한 것이다. 그러나 이는 범주화의 폭이 지나치게 포괄적이고 인지적 영역과 정의적 영역의 문학교육이 별도로 이루어지는 것으로 해석될 소지가 있다는 점에서 한계를 지닌다.

여기서는 문학 능력을 인간의 행동 특성과 관련하여 문학적 소통 능력(문학 생산과 수용), 문학적 사고력(상상력을 포함하여), 문학 지식(개념적·절차적·전략적인), 사전 문학 경험, 문학에 관한 가치와 태도로 범주화하여 접근하고자 한다. 이는 문학 능력이 인간의 사고에 관한 능력이자 인간과 인간 간의 소통에 관한 능력으로서, 문학적 관례와 밀접하게 연관된다는 점에 지지를 받는다. 그 범주들은 문학 행위의 직접성과 관련하여 일정한 계층 구조를 이루는데, 그 중 가장 표층에 나타나는 것은 문학적 소통 능력이고, 문학적 사고력과 문학

---

7) 문학 능력의 문제는 컬러나 리파테르와 같은 구조주의 시학자들이 주로 다루었다. 김상욱(우한용 외, 1997)은 문학 능력을 언어 능력과 의사소통능력을 포괄하면서 문학텍스트를 적합하게 해석하는 능력으로 보고, 김창원(1995)은 독자의 관점에서 문학 능력과 텍스트 해석 능력을 동치로 놓은 뒤 세계 지식을 바탕으로 한 언어-기호 능력과 문화-기호 능력, 그리고 기호-소통 능력을 그 하위 범주로 설정하고 있다. 어떤 식이든 문학 행위에서 문학 능력의 기능을 전제하고, 문학 능력의 발달성을 용인한다는 점은 공통적이다.

에 관한 가치와 태도가 그것을 직접 뒷받침하며, 문학 경험과 문학 지식이 기본 층위가 된다.(김창원/우한용 외, 1997:110)[8]

2. 문학 능력의 발달성

교육은 인간 행동의 바람직한 방향으로의 변화를 추구한다. 문학교육도 마찬가지인데, 여기에서 '변화'란 시간의 흐름을 전제로 하는 말이다. 시간의 흐름에 따른 문학 능력의 변화 가능성을 받아들이지 않으면 문학교육 자체가 존립 근거를 잃게 된다. 그것을 문학 능력의 발달적 특성이라 부를 수 있다.

지금까지의 문학교육 연구는 대부분 발달성을 고려하지 않은 채 횡적 연구에 치중해 왔다. 학습자의 문학 능력은 어떤 단계로 발달하는지, '능숙한' 주체와 '미숙한' 주체는 문학 행위에서 어떤 차이를 보이는지, 학습자의 어떤 사고 및 행동 특성을 자극함으로써 문학 능력을 신장시킬 수 있는지, 문학 능력의 발달이 학습자의 자아 실현 및 문학적 문화 고양에 어떻게 기여하는지 등에 대한 고려가 부족했던 것이다. 따라서 문학 능력의 발달 관련된 종적 연구의 필요성이 더욱 절실해진다.

발달이란 체계적인 과정을 따라 이루어지는 일련의 변화를 의미한다. 발달은 연령 증가와 함께 나타나는 신체적 변화일 수도 있고 심리적 변화일 수도 있으며, 상승적 변화를 의미하기도 하고 감퇴적 변화를 의미하기도 한다. 또한 그것은 양적 변화일 수도 있고 질적 변화일 수도 있다.[9] (김태련·장휘숙, 1987:5) 아동기를 벗어나는 과정으

---

8) 여기서 교사가 '직접' 학생들에게 가르칠 수 있는 부분은 문학 경험과 문학 지식의 층위이다. 잘 계획되고 조직된 문학 경험을 제공하고 그에 필요한 지식을 공급함으로써 문학적 사고력을 기르고 가치와 태도를 함양하는 것이다.

9) 임규혁·이차숙(1989:15-22)은 발달의 특성을 아래와 같이 정리한다. 이러한

로부터 성인이 되기까지의 발달성은 학교 문학교육과정의 전개축이
된다.(박인기/우한용 외, 1997:302)

여기서 문제는 문학 능력의 발달 속도가 일정한가 아니면 학령에
따라 달라지는가 하는 점이다. 만일 발달 속도가 일정하다면 학교급
에 따른 문학교육의 차별성은 줄어들게 된다. 하지만 일정하지 않다
면 제 1안정기(그림의 B단계)와 발전기(C단계), 제 2안정기(D단계)…
하는 식으로 문학교육의 실천 구조가 달라야 한다. 단계화가 필요한
것이다. 학교급의 구분이 발달 단계 구분과 일치할 때 문학교육이 원
활하게 이루어질 수 있음은 물론이다.

수준

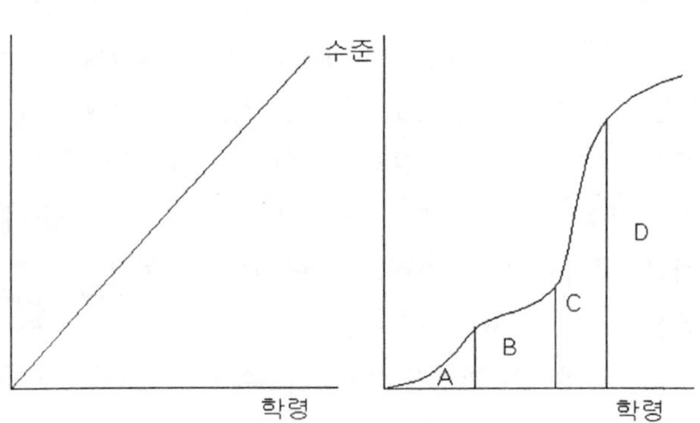

<문학 능력의 등속도 발달과 비등속도 발달>

발달 특성이 문학 능력의 발달에도 적용되는가 하는 점은 더 연구해야 할
과제이다. 특히 ①과 ② 항목에 관한 연구가 필요하다.
① 발달에는 일정한 순서가 있다.
② 발달에는 결정적 시기가 있다.
③ 발달의 각 측면은 상호 관련적이다.
④ 발달에는 개인차가 있다.
⑤ 발달은 분화와 통합의 과정이다.
⑥ 발달은 성숙과 학습의 산물이다.

문학 능력의 발달 구조가 어떠한가에 대해서는 별로 알려진 바가 없다. 현재로서는 발달 심리학의 일반 견해를 원용할 수밖에 없다. 널리 알려진 피아제의 인지 발달 이론을 보자.(김태련·장휘숙, 1987:16-18)

> 감각운동기(0~18월) : 환경에 대한 적응을 모두 감각운동에 의존하는 시기. 표상 기능 이전
> 전조작기(18월~5세) : 감각운동적 활동으로부터 내적·표상적 조작으로 이행하는 시기
> 구체적 조작기(6,7~11,12세) : 행동이 내면화되고 그것이 상호 밀접하게 관계하여 안정된 통합적인 전체 구조를 형성하는 시기
> 형식적 조작기(12세 이후) : 조작의 여러 구조가 구체적 사물이나 사상으로부터 분리되어 사고 활동 자체에 의존하게 되고, 또 서로 협응된 하나의 전체적 체계가 되는 시기.

여기서 대체로 초등학교 단계는 구체적 조작기, 중학교 단계는 형식적 조작기에 해당함을 알 수 있다. 이는 중학교 단계의 언어 및 인지 능력이 초등학교 단계의 그것과 다름을 의미한다. 형식적 조작이 가능하다는 것은 상징 표상으로서 언어와 대상의 관계를 인식하고, 허구와 실재를 분리하여 대응하며, 기호 체계로서의 문학텍스트를 능숙하게 다룰 수 있다는 것을 뜻한다.

셀만은 역할 수행 특성에 따라 아래와 같이 발달 단계를 구분했다.(김재은, 1990:86-87)

> ① 자기중심적 역할 수행(4~6세)
> ② 사회적 지식 역할 수행(6~8세)
> ③ 자기 성찰적 역할 수행(8~10세)

④ 상호적 역할 수행(10~12세)
⑤ 사회적·인습적 체계 역할 수행(12세 이상)

여기서 초등학교 고학년은 상호적 역할 수행 단계, 중학교는 사회적·인습적 체계 역할 수행 단계임을 알 수 있다. 사회적·인습적 역할 수행이란 사회의 구성원으로서 그 집단이 공유하는 사회적 체계를 받아들이고 능동적으로 조절하는 것을 뜻한다. 의사소통에서도 단순히 개인 대 개인의 의사소통이 아니라(=상호적 역할 수행) 집단, 문화의 관점에서 의사소통에 접근하기 시작한다. 문학의 관점에서는 문학을 하나의 제도, 또는 문화 양식으로 바라볼 수 있다는 뜻이다.

에릭슨 또한 심리사회적 관점에서 발달 단계를 분석하면서 6~11세를 학동기, 12~18세를 사춘기와 청년기로 구분하는데, 학동기는 근면성과 열등감의 길항을 기반으로 능력에 대한 관심이 심화되고 사춘기·청년기는 자아정체감과 역할상실의 길항을 기반으로 충성과 복종의 경향이 나타난다고 하였다.(김태련·장휘숙, 1987:33 및 임규혁·이차숙, 1989:76-80) 이는 학동기의 도덕적·교훈적 주제가 사춘기·청년기에는 더이상 통하지 않음을 의미한다. 대신 집단과 개인의 갈등, 민족의식 같은 주제가 매력적으로 느껴진다.[10]

발달 심리학의 이러한 이론은 모두 초등학교 저학년과 고학년, 그리고 중학교 단계에서의 발달 특성이 다르다는 점을 보여준다. 그 경계를 엄밀하게 구분하기는 어렵지만, 대체로 8세와 11,12세 정도에 발전기가 자리잡는다는 것을 알게 된다.[11]

---

10) 정서 발달은 인지나 사회성 발달 등에 비해 상세화하기가 어렵다. 개인적인 특성이 강하고 확실한 선후 관계를 찾기가 어렵기 때문이다. 하지만 정서적 특성도 다른 모든 행동 특성과 마찬가지로 성숙·학습에 의하여 발달한다는 점은 두루 받아들여지고 있다.(정양은, 1976:202)

11) 이는 초등학교 3학년과 초등학교 6학년~중학교 1학년으로, 초등학교 고학년과 중학교 저학년이 발달 단계상 큰 차이가 없다는 현장 교사들의 의

발달 단계에 따른 문학교육 접근 방법의 차이도 이미 지적된 바 있다. 김중신(우한용 외, 1997:189-190)은 발달 단계의 초기에는 문학 텍스트의 구성적 자질, 중기에는 심미적 효과를 얻게 하는 형상적 자질, 그리고 후기에는 비평적 자질을 교육 내용으로 체계화할 것을 제안하면서, 초기는 초등학교 저학년, 중기는 초등학교 고학년부터 중학교 저학년, 후기는 중학교 고학년부터 고등학교 고학년까지로 구분하였다.[12] 또한 블룸의 정의적 행동 특성 발달 단계를 바탕으로 인지 능력과 상상력, 경험의 문제를 포괄하여 '발견적 경험→교섭적 경험', '정보적 능력→해석적 능력→비평적 능력', '인식적 상상력→조응적 상상력→초월적 상상력'으로 단계화한 견해도 있다.(박인기, 1996:132) 하지만 이들 견해는 시간성의 문제보다는 반응의 질과 깊이에 주안점을 두는 한계를 지닌다. 따라서 이상적인 문학주체의 모습을 상정하고 거기에 접근해 가는 과정을 단계화하는 작업이 필요하다. 김상욱(우한용 외, 1997:83)이 제시한 학교급별 역할모델의 차별화와 같은 방안이 그것이다.[13]

문학 능력의 발달에 관한 정동화(정동화 외, 1991:270)의 논의는 특히

견과 일치한다.

12) 물론 이들 자질들이 선조적으로 이어지는 것은 아니다. 단계에 따라 비중이 달라질 뿐이다. 그 발달 모형은 아래와 같다.

13) 그는 스피로의 학습자 역할 모델을 바탕으로 문학 학습자의 역할을 작가, 능력있는 언어 사용자, 문학 연구자, 감식력 있는 독자, 문학 비평가로 구분하고, 학교급에 따라 그 역할 비중이 아래와 같이 달라진다고 하였다.

시간성을 구체적으로 고려했다는 점에서 보다 시사적이다. 그는 **Hildreth, 阪本一郎,** 그리고 자신의 연구 결과를 아래와 같이 제시한다.

<표1>

학교	초등학교						중학교			고등학교		
학년	1	2	3	4	5	6	1	2	3	1	2	3
연령	6	7	8	9	10	11	12	13	14	15	16	17
Hildreth		Primary Grade		Intermediate Grade			Higher Grade			Upper Grade		
阪本一郎	우화기		동화기	이야기기			전기기		문학기		사색기	
정동화	동화기			소년소녀소설기			문학기				사색기	

여기서 보듯이 세 사람의 단계 구분 시점이 모두 제각각이다. 이는 나라마다 문학 장르의 구분 방법이 다르고(예를 들어 '우화'와 '동화'를 별도로 취급할 것인가 등) 조사 시점이나 방법이 다른 데에 그 이유가 있다. 하지만 보다 근본적인 이유는 문학 능력의 발달이 칼로 두부 자르듯이 딱부러지게 단계화되지 않는다는 데 있다. 여기에 개인차까지 고려하면 어려움은 더욱 커진다. 초등학교 고학년으로 중학교 수준의 문학 능력을 지닌 학습자도 있고 그 반대의 경우도 있기 때문이다.(그림 참조) 따라서 문학 능력의 발달을 고려하여 단계화하더라도 단계간에 전이기를 둘 필요가 있다.

초등	작가	언어사용자	연구자	독자	비평가

중등	작가	언어사용자	연구자	독자	비평가

고등	작가	언어사용자	연구자	독자	비평가

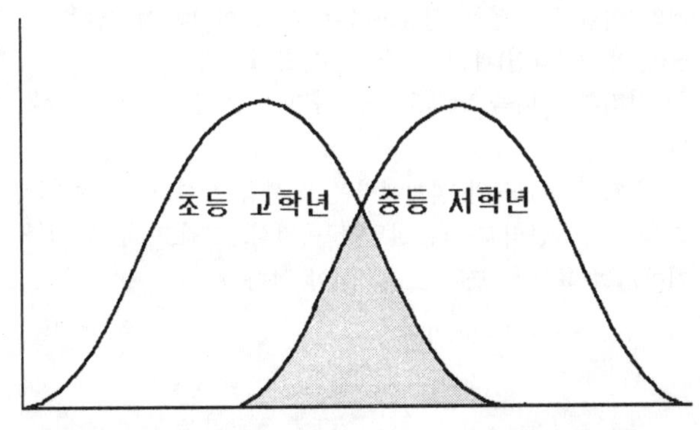

<개인차에 따른 학년과 문학 능력의 역전 현상>

이상의 논의에서 아래와 같은 몇 가지 제안점을 이끌어낼 수 있다. 문학교육과정의 설계에서 이러한 점을 고려하여 전체 틀을 재편하거나, 적어도 교재 구성과 실제 수업에서 발달성의 차이를 고려하여 통합하도록 하는 노력이 필요하다.

　　첫째, 문학 능력은 인지·정의·사회성 및 언어·심미·문화적 발달과 상호 교섭하며 발달하는 바, 학교 교육에서는 1학년(6세)~3학년(8세), 4학년(9세)~6학년(11세), 7학년(12세)~10학년(15세), 11학년(16세)~12학년(17세)으로 단계화하는 것이 바람직하다.14)
　　둘째, Ⅱ단계와 Ⅲ단계는 다른 방식으로 문학교육에 접근하는 것이 좋다. Ⅱ단계는 아동 문학의 관점에서,15) Ⅲ단계는 청소년 문학의 관

---

14) 이를 각각 Ⅰ단계(아동 문학 전기), Ⅱ단계(아동 문학 후기), Ⅲ단계(청소년 문학 전기), Ⅳ단계(청소년 문학 후기)로 부를 수 있다. 이 단계 구분은 개인차를 고려하지 않았으며, 단계와 단계가 엄밀하게 구분되는 것도 아니다.
15) 박인기(최현섭 외, 1996:385-389)는 아동의 문학 수용 특성을 ① 감정이입

점에서 특성을 살려 접근하여야 한다.

셋째, 초·중등 문학교육의 계열성 확보를 위해서는 II단계와 III단계의 학습자 특성을 명료화해야 한다. 이 때 학교급을 고려하면 7학년(중학교 1학년)과 10학년(고등학교 1학년)은 이전까지의 학습 결과를 정리하고 다음 단계로 도약하기 위한 전이기의 역할을 하여야 한다.

넷째, 문학교육의 설계에서는 초·중등 문학교육의 통합성, 초등문학교육과 중등문학교육의 발달적 독자성, 그리고 두 단계를 이어 주는 전이기의 특성을 모두 고려하여야 한다.

III. 문학교육의 발달적 통합을 위하여

학교 교육은 문학교육 실천의 중핵이다. 초등학교에서 중·고등학교에 걸쳐 제공되는 문학 경험은 한 개인의 문학에 대한 취향을 결정할 뿐 아니라, 문학 공동체의 역량을 결정하는 가장 중요한 요인이 된다. 이 때 문학교육과정과 교재가 계열성·위계성·통합성 등의 측면에서 얼마나 체계적으로 조직되는가의 문제는 문학교육의 성취도를 좌우하는 기본 변인이다. 따라서 문학교육과정과 교재는 발달 단계에 따라 일관된 체계를 갖추어야 한다.

제 1차 교육과정 제정 이후 6-3-3-4의 학제가 정착되면서 초·중·고의 문학교육과정도 순환적 발달의 원리에 따라 목표와 내용이 정비되었다. 그러나 학교급별 고유성이 강조된 나머지 전인적인 관점에서 문학 능력의 발달 문제는 소홀히 다루어 온 감이 있다. 그 결과 전체 문학교육의 관점에서 보면 비약이나 불필요한 반복, 누락, 역전

의 단순성 ② 플롯 개념의 미분화 ③ 배경의 비상세화 ④ 인물 중심의 기억망 ⑤ 동원 스키마의 제한 ⑥ 새로운 감수성에 의한 수용 경향을 들고 있다.

등의 현상이 나타나게 되고, 총체적인 문학 능력의 신장이라는 문학 교육 목표 달성에 어려움을 겪게 되었다. 특히 초등학교 문학교육과 고등학교 문학교육 사이에서 중학교 문학교육의 위치가 모호할 뿐 아니라, 초등문학교육의 경우에도 저학년은 유아문학과 변별되지 못하고 고등학교 문학교육은 성인문학과 거의 구분이 되지 않는 결과를 낳았다.

이와 관련하여 7차 교육과정에서 추구하는 '학습자를 고려한 수준별 교육과정'은 문학교육의 체계화에도 긍정적인 기여를 할 것으로 기대된다.16) 특히 1학년에서 10학년까지를 국민공통기본교육과정으로 정함으로써 초등문학교육과 중등문학교육의 연계성을 확보할 수 있는 근거를 마련하였다. 이는 학습자 개인에게는 개별화된 교육을 제공한다는 의의를 지니고, 문학이라는 교과로서는 10년간의 교육 프로그램을 체계화한다는 의의를 지닌다. 문학 능력을 그렇게 1년 단위로 세분할 수 있는 것인가 하는 의문이 들지 않는 것은 아니지만, 그러한 발달성을 고려하지 않으면 교육 자체가 혼란에 빠지는 것도 사실이다. 따라서 문학 능력의 발달에 관한 개념적 단계화와 실제 운용에서의 융통성이 조화를 이루어야 할 것이다.17) 또한 문학교육의 실천에서 수준을 세분하는 데 초점을 둘 것이 아니라 세분화된 수준이 학습자 안에서 유기적으로 통합되도록 한다는 데 초점을 두어야

---

16) 학습자 중심의 교육과정이란 학습자의 인지적, 정의적 발달과 그에 따른 성취도의 차이를 고려한 단계별, 수준별 교육과정을 뜻하는 것이다. 이는 학습자의 성장 단계에 따라 교육 내용을 체계화하는 '종적인 체계화'와 학습자의 개인별 수준 차에 따라 교육 내용을 체계화하는 '횡적인 체계화'를 요구한다.(김중신/우한용 외, 1997:165)
17) 이를 '경험적 단계화'라 부를 수 있다. 이와 관련하여 이인제(1997:135-136)는 학습자의 학습 능력과 성취 수준을 정할 수 있는 객관적 자료가 충분치 못한 상황에서 현재 각급 학교에서 사용하는 교과서를 정치하게 분석한 자료와 전문가의 전문적 식견과 건전한 상식으로 접근하는 것을 하나의 대안으로 제시한다.

한다.

이 글에서 논의한 내용을 요약하면 아래와 같다.

1) 문학교육은 학습자의 발달 단계를 고려하되, 학습 주체 안에서 통합되도록 체계화하여야 한다.
2) 문학교육은 학습자의 문학 능력 신장을 추구하며, 학령기의 문학 능력은 아동 문학 전기(1~3학년), 아동 문학 후기(4~6학년), 청소년 문학 전기(7~10학년), 청소년 문학 후기(11~12학년)으로 구분하여 접근할 수 있다.
3) 각 단계와 단계 사이에는 전이기를 두어야 하는데, 특히 4학년과 7학년에서 전이기의 특성을 잘 구현해야 한다.
4) 문학 교재는 교육적 변인과 문학적 변인을 고려하여 체계화하여야 하나 현재의 6차 교재는 초등학교와 중학교의 차별화에 치중했을 뿐 통합적 접근에 실패했으며, 특히 전이기의 특성을 살리지 못했다.
5) 문학교육 연구와 실천은 초등교육과 중등교육의 전문성을 살리는 동시에 전체적인 조망 아래 접근해야 한다.

구체적인 학습자와 텍스트 특성을 분석하지 못했다는 점이 이 글의 한계이다. 따라서 앞으로 설문, 면담, 관찰, 실험 등의 방법을 통해 문학 능력의 발달성을 체계화하는 연구가 필요하다. 하지만 이 방법은 장기적이고 광범위한 투자가 필요한 만큼, 우선 경험적 단계화를 위한 연구가 선행되어야 하리라고 본다.

참고문헌

김대행 외(1997),『21세기 국어과 교육의 지향과 수준별 교육과정』, 한국
　　　교육개발원.
김상욱(1996),『소설 교육의 방법 연구』, 서울대출판부.
김이상(1994),『시교육론』, 육일문화사.
김재은(1990),『아동의 인지 발달』, 창지사.
김중신(1995),『소설감상방법론연구』, 서울대출판부.
김창원(1995),『시교육과 텍스트해석』, 서울대출판부.
김창원(1996), "문학교육과정의 구조화 탐색",『문학교육과정의 연구와 실
　　　천 방향』, 제 7회 국어교육연구발표대회 자료집, 한국국어교육연
　　　구회.
김태련·박휘숙(1987),『발달심리학』, 박영사.
문학과문학교육연구소(1996),『문학교육의 탐구』, 국학자료원.
박인기(1996),『문학교육과정의 구조와 이론』, 서울대출판부.
신헌재(1989), "제 5차 초·중·고 국어과 교육과정의 영역별 지도 내용
　　　체계 연구",『교원교육』5권 1호, 한국교원대학교.
우한용 외(1997),『문학교육과정론』, 삼지원.
이인제(1997), "제 7차 국어과 교육과정의 구성 방향과 과제",『열린 교육
　　　과 수준별 교육과정 정책 세미나』, 덕성여대 열린교육연구소.
임규혁·이차숙(1989),『발달심리학』, 집문당.
최현섭 외(1996),『국어교육학 개론』, 삼지원.
高橋たまき & 平井久(1991),『발달의 제이론』, 백운학·임종익 역, 문음사.
Salkind, Niel J.(1992),『인지 발달과 교육』, 김남순 역, 창지사.

제 2부 문학교육과 문화실천

우한용, 문학교육의 현실대응력에 대한 고찰
최병우, 문학교육에서 대중문학의 위상
최인자, 최인훈 에세이적 소설 형식의 문화철학적 고찰

문학교육의 현실대응력에 대한 고찰
―포스트모더니즘의 문학교육적 수용 문제를 중심으로

우 한 용*

I. 현대의 문학적 상황

현대의 문학적 상황은 매우 이단적이고 복합적인 혼류 상태여서 주류를 파악하기조차 어렵다. 이는 일차적으로 문학을 둘러싸고 있는 사회상황의 특성과 연관되는 문제이다. 이데올로기의 종언을 논의한 데서 나아가 탈이데올로기가 논의되는 것은 물론, 탈이데올로기를 주장하는 것 자체가 하나의 이데올로기라는 역설적인 논의가 있기도 하다. 또한 사회구조가 산업사회 혹은 후기 산업사회를 지나 보드리야르가 말하는 소비사회로 치달아가고 있다.[1] 물질의 생산과 소비의 관계로 설명되던 고전 경제학의 개념으로는 설명이 불가능한 사회, 기호를 생산하고 기호를 소비하는 가운데 문화적인 유통이 이루어지는 사회에서 우리는 기호화된 욕망을 생산하고 소비하는 간접화된 삶을 살고 있다. 문학의 생산과 소비의 방식 또한 현대사회의

---

*서울대 교수

1) Jean Baudrillard, *La Société de consommation ses mythes ses structures*, 이상률 옮김, 『소비의 사회』, 문예출판사, 1991 참조.

이러한 구도를 벗어나지 않는다.

우리 사회가 후기 산업사회나 소비사회의 단계에 이르렀는가 하는데는 이론(異論)의 여지가 없지 않다. 그러나 우리 사회가 소비사회로 진행되어 가고 있는 징후가 각 분야에서 나타난다는 것도 부정할 수 없는 사실이다. 그런가 하면 우리 사회는 현대문화의 중심권으로 상정되는 서구의 제1세계와 문화적 주변부로 불리우는 제3세계의 특성을 아울러 보여주고 있는 이질적인 사회라는 인식도 널리 퍼져 있다. 이처럼 우리는 이질적이고 복합적인 사회에서 문학을 생산하고 소비하는 가운데 문학적 문화의 격심한 변혁을 체험하고 있는 것이다.

문화 내적으로는 문학 자체의 자기반성과 자기경신을 거듭하는 가운데 전통적인 문학개념이 변형·파괴되는 양상을 볼 수 있다. 시의 영역에서는 유하나, 황지우의 경우처럼 해체시가 시도되기도 하고 하재봉 같은 경우처럼 시의 퍼포먼스를 접하게도 된다. 소설에서는 고원정 등의 작업에서 볼 수 있는 바처럼 저널리즘과 허구가 함께 뒤얽히는 '뉴저널리즘'을 비롯하여, 복거일의 작업에서 확인되는 바 역사와 허구를 동렬에 놓고 작업을 진행함으로써, 기존의 소설에서 기본개념으로 통용되면 허구개념이 의문시되거나 깨어지는 양상을 나타내기도 한다. 또한 소설에 대한 소설의 자기반성을 소설의 방법론으로 하는 '메타픽션'에 대한 논의도 있고, 그러한 방법론에 의한 창작의 결과를 이인성이나 최수철 같은 작가에게서 확인할 수 있다. 소설에 시를 포함한다든지 아예 시와 소설의 경계를 의도적으로 무시하는 장르 혼효 양상도 나타난다. 문학 내적인 이러한 양상들은 앞에서 간단히 언급한 사회상과 정합적인 관계를 지니는 것이라고 잠정적으로 가정할 수 있다.

문학의 내외적 상황이 이렇게 격변하는 가운데, 포스트모더니즘에 대한 논의가 활발하게 이루어지고 있다. 논의의 방향이 찬반 양론의 대결양상을 드러내고 있는 것은 사실이지만, 논의의 열기는 매우 고조되어 있다. 포스트모더니즘은 우리들의 문화현실의 한 부분으로 자리를 차지하고 있는 것은 사실이다. 포스트모더니즘을 단지 흘러가는 유행의 한 조류라고 보기 어려운 이유가 여기 있다. 그에 대한 평가 여하를 떠나 일단 우리들의 문학적 현실로 다가와 있는 것이다.

　문학교육이 궁극적 목표로 지향하는 것이 독자의 자기교육 양태라면 문학교육은 현실대응력을 지녀야 한다. 자신이 처한 문학적 현실을 주체적으로 수용할 수 있는 문학문화의 감수성을 갖추어야 함은 물론 대응력을 갖추어야 한다. 이는 독자들이 문학에 주체적으로 참여하고 문학적 결단을 수행하는 데에 불가결한 요청이다. 그러한 점에서 포스트모더니즘 논의가 단지 세계적인 추세나 유행에 불과하다든지, 정통적인 문학과는 너무 이질적이어서 수용하기 어렵다든지, 우리 사회가 포스트모더니즘을 수용할 만큼 진전되지 않았다든지 하는 등의 이유로 문학교육에서 외면하는 것은 바람직하지 않다고 본다. 문학교육이 문학적 현실대응력을 실러주는 교육이라면 오히려 적극적인 태도로 접근하는 것이 올바른 방도일 것이다. 이는 문학교육이 비평행위의 일종이라는 점 때문이기도 하고, 문학현실에 대한 대응력은 비평적 대응의 성격을 띤다는 점에서도 그러하다. 결국 자기교육으로 성숙된 문학적 안목으로 문학현실에 대응해 가는 대응력을 기르는 것이 문학교육의 목표이기 때문이다.

　문학현실에 대한 적극적인 대응자세란 현재의 문학적 상황을 비판적으로 수용함을 뜻한다. 수용할 것은 수용하고 배제할 것은 배제하는 가운데 우리들이 처한 문학적 상황을 주체적으로 이해하고 현재의 문학으로 자리매김하는 자세와 능력이 필요하다. 포스트모더니즘에 대한 대응방식도 그래야 한다고 본다.

  포스트모더니즘 문학과 연관되는 논의는 매우 복잡한 양상을 띠고 있다. 문화·예술 각 방면에서는 물론, 정치, 경제, 과학에까지 포스트모더니즘의 다양한 전개가 이루어지고 있고 논의 또한 활발하다. 그러나 그에 대한 태도면에서는 대체로 두 가지 극단적인 경향을 볼 수 있다. 하나는 무비판적인 추수주의이고, 다른 하나는 국수적인 거부태도이다. 그러나 앞에서 언급한 바와 마찬가지로 문학교육에서 포스트모더니즘을 수용하는 데는 비판적 태도를 견지할 필요가 있다고 본다. 문학교육이 작품의 고답적인 분석과 감상을 통한 수동적인 수용만을 문제삼는 것은 아니다. 오히려 문학현상의 현동화(realization, actualization)를 지향한다는 점에서 현실에 대한 비판적 수용은 더욱 절실한 요구라 히지 않을 수 없다.

  문학교육에서 포스트모더니즘을 어떻게 수용할 것인가 하는 문제의 논의에는 여러 개념이 내포된다. 그 연원에서부터 모더니즘과의 상관관계, 포스트모더니즘 그 자체의 의미규정, 포스트모더니즘의 인식방법 등이 우선 문제될 것이다. 그리고 우리 문학현장에서 어떤 작품들이 포스트모더니즘으로 규정될 수 있는가 하는 점검도 필요하다. 포스트모더니즘 문학이 이전의 문학으로서는 한계로 인식되던 바를 어떻게 능가할 수 있는가 하는 방법론의 가치 또한 검토되어야 할 것이다. 그러나 이러한 문제는 논의의 범위가 너무 광범하여 여기서 다 다룰 수는 없다. 여기서는 포스트모더니즘과 현대사회의 내적인 상관성을 검토한 다음 모더니즘과 포스트모더니즘의 상관관계, 포스트모더니즘의 인식방법 등을 검토해 보고, 포스트모더니즘(이론)이 문학교육과 어떠한 연관을 가지는가 하는 점, 즉 포스트모더니즘의 문학교육적 함의를 살펴보는 데에 논의를 한정하기로 한다.

Ⅱ. 현대사회의 포스트모더니티

어느 시대를 막론하고 그 시대를 대변하는 문학적인 조류가 있기 마련이다. 이는 넓은 의미에서 문학이 시대의 산물이기 때문이다. 포스트모더니즘 문학은 현대사회의 포스트모더니티가 문학으로 전이된 양상이라 할 수 있다.[2] 포스트모더니즘 문학은 현대사회의 구조와 상동성을 지니는 것으로 가정할 수 있는 이유가 바로 그것이다. 또한 문학적 추구가 한 시대를 극복하고자 하는 정신적인 작업이라는 가정에서 본다면 포스트모더니즘 또한 현대사회의 조건을 초월하려는 여러 가지 의지의 발현양상 가운데 하나라고 볼 수 있을 것이다. 아무튼 포스트모더니즘은 현대사회의 포스트모더니티와 밀착되어 있는 것만은 틀림없고, 따라서 현대사회의 포스트모더니티를 먼저 검토하고 분학과의 연관을 살펴보는 것이 순서일 듯하다.

포스트모더니즘에 접근하는 시각은 대체로 두 방향이다. 하나는 인식론, 역사, 해석학, 과학철학 등의 방향에서 출발하는 것이고, 다른 하나는 문학을 중심한 문화 일반에서 출발하는 것이다. 이 둘 사이에는 엄격한 의미의 상동성이 존재한다기보다는 '친족류사성'이 겨우 확보된다고 보는 것이 일반적인 경향이다. 그러나 이 둘의 관계는 정합적으로 파악되어야 한다. 사회구조와 문학양식 사이의 관계가 일대일로 대응된다고 전제할 수는 없다. 문학은 최소한 세계상에 대한 형상적인 전환표현이기 때문이다. 그렇다면 현대사회의 포스트모더니티와 문학상의 그것이 어떻게 연계되는가 하는 매개개념이 필요

---

2) 문학의 한 방법론으로 정착된 경우를 포스트모더니즘이라 한다면 현대사회의 포스트모던한 경향은 '포스트모더니티'라는 용어로 지칭할 수 있을 것이다.

할 것이다. 더구나 당대의 유의미적 선택의 성격을 띠는 교육과 포스트모더니즘을 연관지어 논의하기 위해서 이 두 영역의 상관관계는 보다 더 섬세하게 짚어져야 한다. 먼저 현대사회의 특징을 개념적으로 살펴보고 그것을 다시 문학상의 포스트모더니즘과 유비적인 관계로 설정해 보기로 한다.

포스트모더니즘과 현대사회의 구조특성을 연관지어 검토할 경우 몇 가지 국면으로 한정하는 것이 편리하다. 현대사회와 지식의 구조를 연계짓는 료타르(J.F. Lyotard), 현대사회와 욕망의 구조를 검통하는 들뢰즈와 가타리(G. Deleuze & F. Guattari), 현대사회의 소비사회적 특성을 이론적으로 설명하는 보드리야르(J. Baudrillard)등의 주요 개념 몇 가지를 현대사회와 포스트모더니즘 문학의 관계를 이해하는 데에 도움이 되는 범위에서 언급하기로 한다.

현대사회의 특징 가운데 가장 먼저 지적할 수 있는 것은 '거대구조에 대한 불신'을 들 수 있다. 이는 현대사회에서 지식이 어떠한 위상을 보여주는가 하는 문제와 연관된다. 이 분야에서는 현대사회의 특성을 지식의 시대적 상황과 연관지어 설명하는 료타르의 견해를 참조할 수 있다.

료타르에 따르면 지식은 단지 지식으로 머무는 것이 아니라 사회적인 대응력을 갖기 위해서는 정당화되어야 한다. 다시 말하면 시대의 이념이라든지 시대의 방향을 제시하는 실천적인 역할을 해야 한다. 지식이 정당화되는 방식에는 두 가지가 있다. 하나는 과거에 표준을 두는 신화적이고 전통적인 기원의 이야기 형태가 그것이고, 다른 하나는 기독교나 마르크시즘처럼 미래의 관점에서 지식을 정당화하는 것이다. 지식을 정당화하는 구체적인 방식은 '서사' 형태를 띤다.3) 이들을 료타르의 용어로는 '거대서사(grand narratives,

---

3) 여기서 말하는 서사(narrative)는 이야기라고도 할 수 있는 것인데 넓은 의미

metanarratives)'라 한다. 이들 '거대서사'는 보편적 '궁극성'을 지향한다는 것이 특징이다. 서사시나 소설 같은 데서 한 인간이나 국가의 운명이라든지 역사 전망 등을 논하는 논법이 그러한 거대서사에 해당할 것이다.

현대의 지식이 보여주는 특성은 이러한 거대서사가 붕괴된다는 데에 있다. 이는 보편성에 대한 회의에서 비롯되는 사고이다. 거대서사에 대한 반성은 니체에서 비롯되어 비트겐슈타인 등의 논의를 거쳐 파이어아벤트(P. Feyerabend)의 '인식론적 무정부주의 epistemological anarchism'로 이어지는데, 료타르에 따르면 어떠한 담론이라도 그것이 '거대서사에 대한 회의'를 포함하는 경우라면 포스트모던의 측면을 지니는 것으로 설명된다. 그런데 이 거대서사에 대한 회의는 정보사회화의 촉진에 따른 수행성의 증대로 인해 도전을 받게 된다고 한다. 즉 보편적 궁극성에 대한 회의가 일반화되는 한편, 그것을 대중화하고 조작하는 정보사회의 특성으로 말미암아 또다른 양상의 기대서사로 환원된다는 것이다. 그 결과 정보화의 촉진은 지식을 권력의 도구로 이용하려는 권력 소지자의 욕구를 촉발한다는 것이다. 그 과정에서 효율성을 높이기 위해 지식의 당사자가 제거당하고 '절차'만 남는다는 것이다.

거대서사와 단절된 포스트모던 시대의 지식은 상상력, 창의성, 이의(dissent) 그리고 패러독스의 추구 등으로 요약되는 페럴로지(paralogy)에 의해 정당화된다. 이는 합의를 도출하는 것이 아니라 이의를 바탕으로 한 지식의 정당화 방식이 현대의 특성이라는 설명이다. 의미핵의 일원화가 아니라 다극화라 할 수 있다. 이는 문화·예술 영역 뿐만 아니라 과학을 설명하는 데도 유용한 관점이다. 과학에

에서 談論(discourse)의 의미로 읽어도 상관이 없을 것이다. 사건을 포함하는 언어체가 아니라 대상에 대한 의미부여의 방식으로서의 이야기이기 때문이다.

서도 합의에 의한 진리(truth)보다는 오히려 정의(justice)가 문제된다는 것이다. 이는 패럴로지를 중심으로 한 민주적이고 다원적인 미시 정치학(micropolitics)을 지향하는 방향으로 나아간다. 거대구조보다는 개인적이고 다원화된 의미의 분산을 중시하는 것이 현대에서 지식이 통용되는 특징이라는 설명이 된다.

료타르의 설명은 크게 보아 현대라는 사회에 대한 담론의 대응양상이 달라졌음을 지적하는 것이라 이해된다. 탈중심화와 탈전체성을 포스트모던 시대의 사회상의 특징으로 지적하는 것이다.

현대사회의 포스트모더니티는 욕망의 발생과 그 왜곡으로 특징지어지는 면을 볼 수 있다. 들뢰즈와 가타리는 『안티외디푸스』에서 '대중들에게서 욕망의 왜곡'을 설명하려 한다. 그들은 욕망을 하부구조의 부분으로 설정하고 출발한다. "욕망하는 기계" "욕망의 생산"이라는 개념을 이용하여 육체 차원의 미시 분석을 사회구조나 제도 차원에서의 거시 분석과 통합하려고 한다는 점이 이전의 방법론과 다른 점이다. 그들은 욕망이 상징적인 이미지가 아니라 구체적인 흐름(flux)의 한 과정으로 본다. 따라서 욕망은 그 자체가 생산적이고 생성적 성격을 띠게 된다.

이들의 이론은 자본주의에 대한 비판으로 연결된다. 객관적인 제 관계를 물상화시키는 지배적인 경향과 모든 특수성이나 차이를 단 하나의 교환과정으로 전복한다는 것이 자본주의에 대한 비판의 내용이다. 그들은 관계의 물상화와 특수성이나 차이를 무시하는 것을 탈영역화(deteritorialization)라 규정한다. 이는 개인들의 행동 근거에 대한 설명으로 연결되는데, 개인의 행동이 코드화(coding)에서 탈코드화(decoding)로 이행된 것이 현대사회의 특징이라는 설명이다. 개인의 모든 행동이 규칙을 따라 이루어지던 원시 부족사회와는 달리 자본주의 사회에서는 개인은 자신의 육체를 자유로이 통제할 수 있는 자유가 주어지고 그것이 생산과 부에까지 연결됨으로써 "더이상 거룩한 것이나 믿음에 호소할 필요가 없는 냉소주의로 기울게 되었다"는 것이다. 이는 개인이 자율적인 욕망에 의해 활동하는 것이라기보다는 "관습의 도덕에서 해방된 자율적이며 초도덕적인 군주적 개인이 됨으로써" 역사의 실패를 자초하게 되었다는 것이다. 이러한 논지는 자본주의의 핵심이 노동과 성의 생산력을 해방시킴으로로써 욕망을 강화했다는 논리에 닿아 있는 것이다. 성, 돈, 노동, 언어 등이 차별성을 상실하고 추상적 보편성에 굴복하게 되었다는 비판이다. 개성과 자유를 추구한 결과가 보편성에 굴복하는 역설로 전환된 것 그 자체가 자본주의 사회의 구조 특성이며 이러한 지적은 곧 자본주의 사회에 대한 비판의 의미를 띤다.

현대사회에 대한 이러한 설명은 마르크시즘의 방법을 욕망의 차원에 전이시켜 적용한 것으로 이해할 수 있다. 포스트모더니즘 사회의 한 국면을 설명하고 있기는 하지만 그것이 포스트모더니즘 문학과 직접 연결되지는 않는 듯하다. 개인의 자유가 간접화되고 진정한 가치가 상실되었다는 것이 현대사회의 특징이라는 점에서 질서잡힌 사회가 질서를 상실하고 애써 추구한 자유가 속전으로 전환되는 역설적 구조를 밝혀내었다는 점에서는 충분히 의미있는 작업으로 읽을 수 있다. 그러나 이러한 논지를 문학과 연관지어 설명하는 데는 많은 매개개념이 필요한 것은 물론이다.

현대사회의 포스트모더니티를 소비의 행태를 통해 분석하여 기호론적인 특성을 밝히고 있는 보드리야르의 논지를 보기로 한다. 보드리야르는 현대사회를 기존의 경제학적 개념으로는 설명할 수 없다는 관점에서 생산/효용성/기능성 등의 개념보다는 교환/기호/상징성 등의 개념으로 현대사회의 특성을 설명하고자 한다. 문화적인 것이 물질성 내지 사회경제적인 것을 규정하는 힘을 갖는다는 논리이다.[4] 이는 교환가치와 사용가치의 관계가 시니피앙과 시니피에의 관계로 전환된다는 것인데, 이를 도시하면 Ev/Uv=Sa/Sé라는 도식으로 요약된다. 달리 말하자면 교환가치가 사용가치의 기호론적인 구조는 일상 생활에서 기표와 기의의 관계를 규제하는 기호론이 된다. 이는 동형 반복적인 시뮬레이션과 리얼리티에 대한 낯설게 하기로서 하이퍼리얼리티 등의 개념과 함께 포스트모더니즘 문화의 핵심적 의미구조를 이룬다.

일상의 기호론에서는 생산물로서의 상품을 소비하는 것이 아니라 기호를 소비하는 구조로 바뀐다. 따라서 상품의 가치는 기호가치(sign-value)로 전환된다. 가치에 대한 관념이 이러한 전환을 수용하는 데시 마르크스주의자들이 말하는 사용가치 혹은 본질적 가치에 대한 비판이 가능해진다. 이러한 입장에 서게 되면 사용가치를 본래적으로 주어진 것이 아니라 '대상물과 욕구를 합체시키는 형식'으로 파악한다. 교환에 선행하여 이루어지는 대상물의 형식화/코드화가 '대상형식 object form'이라는 용어로 지칭되는데 이는 효용성의 등가물이 된다. 대상물과 의미의 생산은 그들의 형식 때문에 비로소 관련되는 것이지 선험적으로 존재하는 것이 아니라는 논리가 된다. 이러한 과정에서 상품은 단지 교환가치를 가지는 것이 아니라 가치의 교환을 질서지우는 하나의 코드로 전환된다.(49쪽) 어떤 유형의 옷이나 차의 스타일은 그들 소유자나 소비자의 사회적 지위나 내용을 의미화하면서 각기 차별적인 위광을 얻어 '과시적 소비'의 형태를 띤다. 여기서 소비행동은 시니피앙의 놀이로 일원화되어 기존의 기호체계는 변화되지 않을 수 없다. 이왕의 시니피앙과 시니피에 그리고 레퍼런트가 이루던 삼각구도의 기호체계가 시니피앙으로 일원화되는 것이다.

물품의 실질적인 사용가치는 물론 교환가치까지 기호의 생산과 소

---

4) 김성기, 『포스트모더니즘과 비판사회과학』, 42쪽 등 참조

비로 환원된 이러한 사회에서 주도권을 행사하는 것은 '상징적 교환 (symbolic exchage)'이라는 형식이다. 상징적 교환은 자발적인 교환 내 지 소통의 양태인데, 코드에서 지배적인 논리인 일반적 등가논리에 의존하지 않으며, 이와 반대로 열려진 자율적인 소통을 지향한다.(p. 52) 상징적 교환이란 인류학자 모스(M.Mauss)와 바타이유(G.Bataille) 에서 차용한 용어이다. 현대사회의 소비구조의 특성은 원시 공동사회 에서 이루어지던 선물교환(gift exchange)이나 무상의 소비(expenditure), 포트라치(potlach), 저주받은 몫(the accursed portion)과 상통하는 특성 을 나타낸다는 설명이 된다. '순수한 희생 내지 낭비의 원리'에 해당 하는 소비형태를 띤다는 것이다. 희생과 낭비의 원리가 작용하는 상 징적 교환은 사회적 과정에서 등가형식의 지배를 파괴하는 힘으로 작용한다. 이러한 소비구조 가운데 생성되는 욕망은 코드화되는 것 도 아니고 체계화되지도 않기 때문에 궁극적으로 충족될 수 없는 욕 밍이다. 따라서 결핍에 의해서만 지배적인 등가의 형식을 파양할 수 있다는 아이러니적 구조를 이룬다. 효용성과 교환의 등가성이 상실 되고, 무엇으로든 충족될 수 없는 주체의 '충족률 하락'은 결국 주체 의 고갈(exhaustion of subject) 현상을 나타내게 된다.5)

　보드리야르가 지적하는 소비사회(la société de consommation)에서는 기존의 모든 경계, 영역, 구분들이 내파(implosion)되어 외양/실제, 고 급문화/저급문화 등의 이항대립이 무의미해짐으로써 근대사회의 특 징으로 지적돼 온 분화와 구분, 경계와 영역 등이 무의미해지고 따라 서 탈분화의 원리(de-differentiation)를 보여준다는 것이다. "산업사회 에서는 생산이 핵심적 요소였지만, 탈현대사회의 경우에는 시뮬레이 션(모사 : simulation)의 과정이 사회적으로 지배적임에 따라서 새로운 종류의 하이퍼리얼리한 사회질서를 구성하게 된다고 주장한다."(p.

---

5) 김성기, 앞의 책, 56-57쪽.

59) 문제는 이 모사를 통해 만들어진 이미지〔스팩타클〕가 사실보다 더욱 사실적으로 개인에게 의미부여를 하기 때문에 삶의 실상에서 멀어진 허상의 삶을 살아가게 된다는 점이다. 이를 하이퍼리얼리즘이라고 한다.[6]

전체를 상실하고 부분품을 가지고 놀이하는 사회가 포스트모던 사회라는 주장은 그의 다른 저서『소비의 사회-그 신화와 구조』에서 지속적으로 견지된다. 그러나 그의 이론이 허무주의적 색채를 띤다는 것은 어쩔 수 없는 한계라고 할 수밖에 없다. 이는 포스트모더니즘 일반의 경향과 맞물려 있다.

넓은 의미에서 포스트모더니즘은 전위주의(avant-gardisme)한 양상이다. 모든 전위주의는 한시성이 본질적인 특성이다. 어떤 이념이나 운동을 주도하기는 하지만 그것이 정착되면서 전위는 이미 전위가 아닌 다른 것, 예컨대는 또 다른 보수의 성격을 띠게 된다. 그러한 전위주의가 나타나게 되는 데는 사회적인 배경이 문제된다. 이른바 탈산업사회니 후기산업사회 혹은 소비사회니 하는 용어들로 표시되는 현대사회의 특징이 문학적으로 전환되어 나타나는 것이 포스트모더니즘 문학이다. 현대사회의 문제로 환원하는 데서 문학적인 대응력을 갖출 수 있을 것이다. 그러나 현대사회의 포스트모더니티를 문학교육에서 어떻게 수용할 것인가 하는 데는 여러 가지 문제가 있다. 탈중심화를 기본 원리로 하는 포스트모더니티는 교육에서 기본적으로 전제하는 교양의 이념에 대해서는 대극적인 위치에 놓이는 것이기 때문이다. 문학교육에서 이를 어떻게 수용할 것인가 하는 문제도

---

6) 하이퍼리얼리즘(hyper-realism)은 미술에서 먼저 개발된 기법이다. 대상의 전체적인 의미를 고려하는 구도를 짜는 것이 아니라 부분의 극단적인 디테일을 부각시킴으로써 이전의 미적인 인식과는 다른 인식을 가능하게 하는 방법이다. 문학에서는 어떤 대상의 부분을 전체와 연관짓지 않고 과도하게 자세히 묘사함으로써 낯설게 하는 방법으로 드러난다.

같은 시각에서 비판적 대응이 이루어져야 함은 물론이다.

Ⅲ. 모더니즘과 포스트모더니즘

모더니즘과 포스트모더니즘의 관계에 대해서는 단절론과 지속을 강조하는 논지가 있다. 포스트모더니즘의 접두사 포스트(post)가 단지 시간상의 전후를 뜻하는 것인가 아니면 모더니즘을 극복한 것인가 하는 데에 따라 논의의 양상이 달라진다. 포스트구조주의(poststructuralism)를 '후기 구조주의'로 번역하는 경우와 '탈구조주의'로 번역하는 경우가 있는 것처럼, 후기적 승계의 측면을 강조할 것인가, 극복으로서의 이탈을 강조할 것인가 하는 관점에 따라 모더니즘과 포스트모더니즘의 관계 논의도 양상이 달라진다.

모더니즘과 포스트모더니즘의 관계는 일차적으로 승계의 관계로 보아야 한다는 것이 필자의 견해이다. 모더니즘이나 포스트모더니즘이나 당대에는 모두가 아방가르드적인 양상이라는 점에서 그러하다. 앞에서 지적한 바 있지만 아방가르드는 안정권에 속하는 문화의 전위부대 역할을 하는 것이다. 변화와 지속의 역학관계 속에서 변화를 주도하는 세력은 일단 변화의 방향이 잡히기 시작하면서 변화를 촉발하는 힘을 잃게 되고 의의를 상실하거나 다른 변화 주도 세력에 자리를 내주게 된다. 그 과정에서 변화를 주도한 세력이나 경향이 지속의 측면을 유지하기도 하고 다른 변화에 극복되기도 한다. 1930년대 우리 문학에서 논의되던 모더니즘이 문학의 현대적인 방법으로 인식된 이래 아직도 지속적인 면모를 보이고 있다고 할 수 있다.

모더니즘과 포스트모더니즘 사이의 공통점을 살펴본 다음 포스트모더니즘의 방법으로 모더니즘을 극복한 것으로 평가되는 항목에 대

해 검토하고자 한다.7)

첫째, 전통과의 단절을 선언하고 나온다는 점을 들 수 있다. 여기서 말하는 전통과의 단절이란 주로 서구의 휴머니즘 전통을 비판함으로써 대항문화의 성격을 띤다는 점을 지적하는 것이다. 인간이 세계의 주체가 되어 세계를 움직여가는 주도적인 세력으로 작용할 수 없다는 인식을 바탕으로 해서 모더니즘은 진행된다. 모더니즘의 주체의 능력에 대한 부정은 인식론상으로 주관주의의 탈피를 뜻한다. 이는 문학적 전통으로 리얼리즘 전통에 대한 도전과 비판이라는 의미를 지닌다. 서구 근대 리얼리즘 소설처럼 소설장르가 인간 삶의 역사 철학적인 조건과 연관된다는 헤겔, 루카치, 골드만 등의 전제를 거부하는 것이다. 여기서 모더니즘의 비역사성과 비정치성이 드러난다. 역사의 단절과 전통의 거부 태도는 혁신적인 태도의 일반적 속성이기도 하다.

둘째, 불확정성(indeterminacy)을 강조하는 인식방법이 모더니즘의 한 특징으로 지적될 수 있다. 이는 서구의 논리중심주의(logocentrism)에 대한 회의로 이해할 수 있다. 또한 자연과학의 학문 경향에 깊은 영향을 받은 것이기도 하다. 즉 물리학과 수학 등의 자연과학에서 모호성과 불연속성을 강조하는 사고방식과 연관되는 점이다. 다른 방향에서는 다원성과 상대성의 문제에 연관되는 사고이다. 일원론과 절대성을 배격하는 관점인데 문학에서는 복수시점의 방법을 중시한다든지, 완벽한 구조를 지향한다기보다는 개방 결말을 지향한다든지, 다성성(多聲性)이나 이어성(異語性) 등의 방법을 통해 진실에 접근하고자 하는 태도를 보여준다.

---

7) 이 논지는 주로 이합 핫산의 견해를 참조하고 김욱동이 정리한 것을 보충하는 방식을 택하기로 한다. (정정호·이소영 편, 『포스트모더니즘 개론』, 한신문화사, 1990 및 김욱동, 『포스트모더니즘의 이해』, 문학과지성사, 1990 참조)

셋째, 파편화와 편린화(fragmentation)를 추구하는 경향을 볼 수 있다. 예컨대 료타르(J.F. Lyotard) 같은 이는 "총체화에 선전포고를 하자. 제시할 수 없는 것의 증인이 되자. 차이를 활성화하고 차이의 명예를 구해내자."고 외친다. 이는 이전에 총체성이나 종합을 지향하던 문학의 경향을 벗어나 해체나 분해를 지향하는 새로운 방향이라 할 수 있다. 역사의 이성이라든지 세계의 전망 등을 지향하는 것이 거대 서사의 한 양상이라는 점을 생각하면 이러한 경향은 당연한 논리라 이해된다. 이는 리얼리즘의 방법론에 대한 반성의 의미를 지니는 것인데, 몽타주나 콜라주 등의 기법으로 구현되기도 하고, 현실의 거대한 흐름을 포착하기보다는 심리 내면의 세계를 추구해 들어가는 의식의 흐름이라든지, 내면독백 등의 방법을 통해 구체화된다. 20세기 초의 서구 심리소설을 중심으로 해서 개발된 이러한 문학의 기법이 모더니즘의 방법과 연관된다는 점은 널리 알려진 바이다.

넷째, 모방이론에 대한 도전으로서의 반리얼리즘의 경향을 들 수 있다. 이는 비제시성이나 비재현성(unrepresentable) 혹은 재현불가능성을 긍정적으로 강조하는 입장이다. 모방이론에 대한 도전으로서의 이러한 경향은 전체성에 대한 거부나 회의 그리고 언어의 한계에 대한 인식과 연관되는 것이라면 언어와 사물에 대한 관계의 반성이라는 의미를 지니는 것이다. 료타르의 경우 "제시할 수 없는 것들에 대한 증언"으로서 문학의 기능을 강조하고 있다.

다섯째, 전위적 실험성은 모더니즘의 인식방법과 연관되는 점이다. 이는 정신적 차원에서는 부르조아 정신의 자기만족에 대한 파괴라는 노선과 연관된다. 러시아 형식주의에서 비롯되는 낯설게 하기라든지 탈자동화 같은 것이 예에 행당한다. 리얼리즘 극에서 동일시 효과를 강조하는 것에 비해 소격효과를 방법으로 함으로써 전위적 실험정신을 드러낸다. 그 결과 전통적 의미에서 소설의 죽음을 초래하게 되었다는 설명도 정당성을 지닌 논지로 보인다.

여섯째, 문학형식과 인식의 방법으로서 아이러니와 패러독스를 선호하는 경향을 들 수 있다. 이는 기존의 언어가 사물과 언어 사이를 일대일 대응관계를 상정한 것이라면 그러한 견고한 구조를 반성한 결과라 할 수 있다. 즉 외양/실제, 기대/결과, 사건/문맥 사이의 정합적인 상관관계보다는 양자의 간극과 불일치를 긍정하는 인식태도라 할 수 있다. 이는 모순, 상충의 결합을 시도하는 방법으로 나타나기도 하고 인간경험의 복합성과 다양성을 부각시키는 방향으로 나아가기도 한다.[8]

Ⅳ. 포스트모더니즘의 인식방법

포스트모더니즘은 그 개념을 일목요연하게 정리하기 어려울 정도로 다양하고 복합적이다. 포스트모더니즘이 아직은 문학사조상의 주류를 형성하기 이전이고 그 방법론의 분명한 인식이 이루어지지 않는 까닭이다. 따라서 포스트모더니즘으로 논의되는 개별적인 사항들을 열거하고 귀납하는 가운데 특성을 드러내는 것보다는 포스트모더니즘의 인식방법을 검토하는 것이 손쉬운 일일 터이다. 여기서는 주로 문학에 대한 포스트모더니즘의 인식방법과 연관되는 인식소(épistémé)들을 살펴보기로 한다.[9]

---

8) 아이러니나 패러독스의 방법에 대한 평가는 이중적인 방향에서 이루어지고 있다. 하버마스, 벨, 제임슨 등은 비판적인 입장에 서고 핫산, 허천 등은 긍정적인 견해를 보여준다. 허천은 메타픽션에서 '사료적 메타픽션'을 방법론으로 채택함으로써 역사성을 확보할 수 있다고 본다. 그러나 역사성이라는 용어는 양편에서 의미의 편차를 드러낸다는 점에 유의할 필요가 있다.

9) 인식소(épistémé)란 미셸 푸코(Michel Foucault)의 용어이다. 지식의 고고학이란 방법론으로 알려져 있는 『말과 사물』에서 사용한 용어이다. 이는 토마스

포스트모더니즘은 탈정전화(decanonisation) 혹은 탈중심화로 특징 지어진다. 그렇다고해도 이론가들 사이에 공통되는 초점을 추출하여 선명한 용어로 일원화하기는 어렵다. 앞에서 본 바와 마찬가지로 모더니즘과 공유되는 특징을 지닐 뿐만 아니라, 이론가들이 포스트모더니즘의 공통적인 특성을 일정한 방향으로 규정함으로써 중심화가 이루어지면, 포스트모더니즘의 탈중심화 지향성으로 인해 그 작업은 포스트모더니즘의 본질에서 멀어지기 때문이다. 여기서는 앞에서 언급한 모더니즘과 공유되면서 한 걸음 나간 개념을 정리하기로 한다.10)

첫째, 포스트모더니즘은 자아의 주관성에 대한 새로운 입장을 천명한다. 이는 구체적으로 개인적인 에고의 제거와 자아의 분산을 주요 방법론으로 하는 것이다. 서구의 지적인 전통으로 보자면 데카르트의 이원대립성을 중심으로 하는 논리중심주의 즉 코기토(cogito)에 대한 반역을 수행하는 셋이다. 객관수의 철학에 대한 주체의 허구성을 논한 니체의 논리를 수용하는 것이라 할 수 있다. 이는 크게 보아 총체화, 중심화에 대한 반성의 양상으로 나타난다. 널리 보자면 엘리어트(T.S.Eliot)의 몰개성론에 연관되기도 한다. 이러한 논지를 극한으로 밀고 나가면 문학에서 이른바 '작가의 죽음'에 도달하게 된다. 작가가 자신의 주관을 유지하면서 논리적으로 자기 세계를 구축한다든지 세계상을 반영하는 일 자체가 불가능해지는 것이다.

쿤의 패러다임 이론과 유사하면서 다른데, "어떤 시기에 인간의 모든 앎의 형태를 밑받침하는 '심적 하부구조'"(김현, 『미셸푸코의 문학비평』, 문학과지성사, 22쪽)라고 규정되는 개념이다. 김현이 설명하는 바에 따르면, "모든 앎의 형태는 객관적 지식의 지역적 분산이지, 객관적 지식을 향한 과정이 아니다."(22쪽)

10) 여기서는 주로 김욱동이 정리한 틀을 바탕으로 하여 이합 핫산의 견해를 참조한다. 김욱동, 『포스트모더니즘의 이해』, 문학과지성사, 1990, 하산 저, 정정호 · 이소영 편, 『포스트모더니즘개론』, 한신문화사, 1991 참조

둘째, 포스트모더니즘에서 중요한 문학적 기법으로 인식한 것으로 패러디와 패러디가 더욱 극단화된 페스티쉬 등을 들 수 있다. 이는 우선 탈정전화, 탈중심화에서 유래하는 방법론이다. 소설이라면 소설 외적인 텍스트에 대한 반영 논리를 추구하던 방식을 벗어나 다른 작품에 대한 패러디를 통해 소설 내적인 세계 즉 언어적인 텍스트 내부로 소설세계를 일원화하는 것이다. 이는 전체성을 거부하는 가운데 반영이론을 부정하는 논리라 할 수 있다. 작품소재에 대한 고갈이란 측면에서 이해할 수도 있는 이러한 경향은 세계의 경계가 상실됨으로써 기호로 일원화되려는 경향을 반영하는 양상으로 이해된다. 이러한 방법이 모더니즘에서도 사용하지 않은 것은 아니다. 그러나 모더니즘 문학에서는 암시적, 산발적, 부정적, 파괴적인 방향으로 이러한 기법을 구사하였다면, 포스트모더니즘에서는 이러한 기법을 명시적으로 일관성있게 사용함은 물론, 긍정적으로 수용하고 그 자체에 대해 중립적인 태도를 취한다는 점이 구분되는 점이다. 이러한 기법은 필연적으로 외적인 레퍼런스가 상실됨으로써 비력사적인 성격을 나타내게 되는데 이에 대한 논의는 간단치를 않다. 그러한 패러다임으로 역사를 바라볼 수 있다는 것 자체가 역사성을 띠는 것이기 때문이다.

셋째, 행위와 참여(performance, participation)를 강조하는 것이 포스트모더니즘이 모더니즘과 다른 측면이다. 이는 예술의 놀이개념이 도입된 결과인데 근본적으로 구조를 강조하는 입장에서 과정을 중시하는 입장으로의 전환이다. 우리 문학의 경우 마당극에 대한 관심과 퍼포먼스에서 그러한 실례를 볼 수 있다. 이는 예술이 모방이나 재현이 아니라 본질적으로 구성이라는 구성주의적 경향이라 할 수 있다. 이는 포스트모더니즘이 모더니즘에서 한결 더 진전된 면모라 할 수 있는 점인데, 모더니즘이 고립과 무관심 그리고 형식 중심의 논리라면 포스트모더니즘은 참여와 관심 그리고 실천을 중시하는 경향임을 보여준다. 문학에서는 독자의 창조적 참여를 유도하는 견인력으로 작용할 수 있는 점이다. 글쓰기에 대한 능동적 참여 요구의 방향이 되기도 한다. 바슬미의 『백설공주』에서는 작품 문면에 독자를 향한 질문을 삽입하기도 한다. 그러나 이러한 경향이 반드시 독자의 문학에 대한 진지한 참여를 유도하는가는 의문이다.

넷째, 포스트모더니즘의 특성 가운데 하나는 유희성을 띤 임의성과 우연성이다. 이는 일단 질서와 조화를 중심으로 하는 보편성 추구에 대한 반작용으로 이해된다. 그 결과 언어에 대한 반성을 촉구하게 되는데 언어의 선조적 사용과 직선적인 의미전달을 목표로 하는 서사형태는 무시되기도 한다. 소설의 경우 **cut up, fold-in** 등의 방법이 시도되면서 이는 보편성과 특수성의 종합과 지양이라는 양상으로 전이될 수도 있는 것이기는 하지만, 진지성보다는 유희성을 띠는 것이 사실이라서 얼마나 문학의 정통적인 방식과 교류가 이루어질 수 있는가 하는 의문이 있다.

다섯째, 주변적인 것의 부상을 포스트모더니즘의 특성으로 지적할 수 있다. 이는 탈경전화 경향과도 밀착되는 것인데 료타르가 말하는 거대서사(**masternarrative**)가 미세서사(**minority discourse**)로 전이되는 양상이다. 가장자리 만세!를 외치는 가운데 전통적 계급질서의 붕괴와 새로운 계급의 출현을 보게 되었다. 이는 계층의 전환이라는 세계적인 추세와 연관되는 점이다. 즉 소수민족의 부상을 들 수 있는데 미국의 경우 흑인미학, 인디언문학의 등장, 아일랜드계나 동양민족의 문학 중심권으로의 부상 등을 들 수 있으며, 청년문화의 대두, 대중문화의 부각 등도 이러한 맥락에서 이해될 수 있는 일이다. 레슬리 피들러의 문화간격 메우기라는 주장도 여기 해당하는 것이다. 성의 해방과 외설 출판물의 남발을 사회현실로 인정하는 입장에서는 에로

틱 비평과 외설적 상상력을 강조하는 비평가가 나오기도 한다. 이는
또한 페미니즘 문학 운동의 전개로 구체상을 보여주기도 한다. 남성
문화의 중심권에서 멀어져 있던 여성문화의 중심 차지하기가 하나의
문화적인 현상으로 부각되는 것이다. 이는 정치적 측면에서 제3세계
에 대한 인식이 고조되는 계기가 되기도 했던 것이다.

여섯째, 탈장르화와 장르 확산(hybridization) 혹은 장르간의 이중혼
합을 포스트모더니즘의 인식방법으로 고려할 수 있다. 이는 길먼이
말하는 '영역의 혼동'11)으로 드러날 수 있는 점이다. 여기서 장르의
식 자체가 붕괴되고 장르간의 혼합과 절충주의적 확산이 이루어지게
된다. 김지하의 <대설 남>처럼 소설과 시의 결합을 볼 수 있으며, 나
보코프의 <창백한 불꽃> 같은 데서는 시를 해설하는 소설을 보게도
된다. 장편소설과 단편소설의 경계가 불분명해지면서 연작소설이 등
장하기도 한다. 창작과 비평 영역의 혼재현상이 나타나기도 하는데
창조적 비평을 강조하면서 소설에서 비평으로 되돌아가기를 시도하
는 가운데 '장르상의 패러디'를 추구하는 경향을 볼 수도 있다. 그런
가 하면 허구비평(critifiction)이라는 새로운 양식을 시도하기도 한다.
또한 문학과 역사, 문학과 철학 등의 혼재현상을 볼 수도 있는데 '신
역사주의(new historicism)'라든지 '뉴저널리즘(new journalism)', '넌픽
션소설(nonfiction novel)' 등의 예가 그것이다. 이는 소설 시대의 종언
을 예언한 시점으로부터 적어도 두 세대는 뒤늦게 나타나는 현상이
라 할 수 있다.

끝으로 문학의 자기반영성이 포스트모더니즘의 인식적 특성으로
지적되어야 한다. 이전이라고 소설가의 이야기를 소설로 쓰는 메타
픽션이 없었던 것은 아니다. 그러나 문학의 외부에서 내부로 시선을
돌림으로써 방법적 자기반성을 해가는 의미의 메타픽션이 유행하게

---

11) 김욱동, 앞의 책, 454쪽 참조

된 것은 포스트모더니즘의 영향을 벗어나서는 설명하기 어렵다. 이러한 형상에 대해 "예술적 자위행위"라는 비난을 퍼붓는 이가 없는 것은 아니다.[12]

이상에서 포스트모더니즘의 인식소를 거칠게 일별하였다. 이러한 양상이 우리 문학에 어느 정도 위력을 나타내고 현대문학의 본류가 되는 사조인가 하는 데는 여러가지 설명이 추가되어야 할 것이다. 그러나 이러한 징조가 나타나는 것은 물론, 이러한 특성을 반영하는 창작물이 구체적으로 생산되어 나오는 한 문학교육의 현실대응력이라는 측면에서 도외시하고만 있을 수는 없다.

V. 포스트모더니즘의 문학교육적 함의

현대는 주체의 혼란 시대이다. 문학이 자연과 인간의 원만한 관계를 반영한다든지, 문학을 통해 주체의 방향 잡힌 삶 즉 역사전망을 그릴 수 있는 시대는 아니다. 이미 주체성의 위기를 체험한 지 오래다. 물질의 생산과 교환을 통해 욕망을 충족시키면서 자아의 실현을 도모하기에는 주체가 너무나 타자의식에 감염되어 있다. 자신의 편의를 위해 인간이 만들어 놓은 제도가 인간을 억압한다는 지적은 오히려 낡은 이야기에 속한다. 삶은 간접화되고 매스미디어의 언어에 따라 조작되고 있는 것이 현실이다. 그러한 현실을 눈감아 버리고 문학 속에서 사랑과 이상을 꿈꾸는 것이 성스럽지만은 않다. 오히려 그것은 자기 파멸로 이끌어가는 자기 기만을 즐기는 행위가 될 수도 있다. 여기에 현대의 문학적 상황에 대한 문학교육적 시각이 필요하다.

---

12) 김욱동, 위의 책, 458쪽.

문학교육은 이러한 상황을 진단하는 데서 머물지 않는다. 현실 상황의 극복을 지향한다. 어지럽게 전개되는 포스트모더니즘의 물결에 색인력 긴장력을 동시에 유지할 수 있는 것은 자아의 위기에 대한 자기점검에서 비롯되는 교육적 시각 혹은 비평적 시각 때문이다. 포스트모더니즘에 대한 시각도 전면적 거부나 맹목적 추종이 아니라 이전의 문화체험과 그것이 동시병발적 현상이라는 시각이 필요할 것이다. 포스트모더니즘에서 문학교육에 시사하는 몇 가지 사항을 고려해 보기로 한다. 이는 문학교육을 교사와 학생의 상호작용으로 이루어지는 구체적인 장을 상정하는 논의는 아니다. 양편을 모두 '독자'로 보는 입장을 견지하면서 문학의 자생력을 옹호하는 관점에서 살펴보려 히는 것이다.[13]

첫째, 문학과 현실의 관계에 대한 기존의 시각을 반성적으로 검토할 수 있을 것이다. 이는 현실을 구성하는 주체들의 의식과 세계상의 관계가 이전과 다른 논리로 설명될 수 있다는 자각을 불러옴을 뜻한다. 주체와 세계 사이의 이항대립적인 관계를 설정하는 것이 불가능한 시대라는 인식이 그것이다. 이는 리얼리즘에서 집요하게 추구하는 전체성의 신화가 우리 시대에 어떤 의미를 가지는가 하는 반성으로 연결된다. 우리는 전체주의적인 절대화의 세계를 원치 않는다. 그러나 절대성의 추구를 포기하는 것이 또 다른 구속으로 작용하는 아이러니를 반성하는 가운데 인간존재의 근본적인 이념이 어떠한 것이어야 하는가 하는 방향의 모색이 가능해지는 것이다.

둘째, 이는 앞의 논지와 상통하는 것인데, 인간 존엄성의 신화가 허구라는 인식을 가능하게 할 것이다. 세계의 중심을 인간으로 설정

---

13) 포스트모더니즘의 이론을 교육과정에 포함할 것인가의 여부라든지, 포스트모더니즘의 작품을 학생들에게 가르칠 것인가의 여부, 교사가 포스트모더니즘의 시각을 가져야 하는가의 여부 등은 문제삼지 않는다. 이 글은 그러한 구체적 처방을 위한 것이라기보다는 전제적인 점검을 위한 것이다.

하는 주관적인 낭만주의나 논리중심주의에 대한 반성이 포스트모더니즘을 통해 이루어질 수 있다. 이는 인간과 세계의 관계는 형식개념을 통해 상호주체적으로 구성해 가는 것이란 인식을 가능하게 하고 따라서 인간성 옹호로 전화될 수 있을 것이다. 분열되고 파괴되는 자아의 모습을 현실로 수용하면서 동시에 비판적으로 대응할 수 있는 양면적인 긴장력을 지니는 존재가 인간이라는 깨달음을 포스트모더니즘을 통해 얻어낼 수 있을 것이다.

셋째, 문학에 대한 고정관념을 불식함으로써 문학의 자유로움에 대한 인식을 새롭게 할 수 있을 것이다. 장르의 혼성과 재편성을 통해 문학에 관한 한 고정관념이 있을 수 없다는 점, 문학의 장르개념이 교조적으로 통용되는 율법이 아니라는 점을 깨닫는 것은 문학의 본질 이해에 해당할 것이다. 또한 문학의 중심부와 주변부의 교체가 가능하다는 인식은 문학의 역사에 대한 재의미화를 촉구할 수 있을 것으로 여겨진다. 포스트모더니즘의 비역사성에 비한다면 억설적이지만, 포스트모더니즘의 비역사성을 수용하는 입장에서는 문학의 개방성은 문학을 파괴하는 것이 아니라 문학을 새롭게 형성하는 근본적인 힘으로 작용한다는 자각을 환기할 수 있기 때문이다.

넷째, 인간과 언어의 관계를 새롭게 설정할 수 있을 것이다. 이는 인간 삶의 기호론적 구조에 대한 새로운 인식을 뜻한다. 기왕에 허구/사실, 문학/역사, 반영/창조 등 이원대립적으로 생각하던 언어와 삶의 관계를 근본적으로 수정할 수 있게 된다. 즉 인간의 삶이 사용가치나 교환가치의 관계로 설명될 수 있는 영역 외에 '상징적 교환'에 의존하고 있다는 인식이 가능해진다. 여기서 가치란 무엇인가, 의미란 무엇인가 하는 데 대한 기본 관념을 수정할 길이 열린다. 따라서 언어에 질서를 부여하는 것이 문학이라는 도전적인 사고틀에 대한 반성이 가능해진다.

다섯째, 포스트모더니즘 문학의 활성화는 리얼리즘의 대타의식을 촉발할 수 있다고 본다. 전체성과 역사전망을 강조하며 역사의 이성적 전개를 기본항으로 하는 리얼리즘에 대해 삶의 파편성과 임의성에 대한 인식을 되돌려줄 수 있을 것이다. 이는 인간 삶의 구도에서 '전체'라는 것을 상정하지 않고는 행복한 삶을 추구할 수 없게 되어 있는가 하는 점에 대한 반성이 가능하다는 것이다. 탈중심화를 지향하는 비역사성 자체가 역사 안으로 포괄됨으로써 주체와 객체 사이의 대화관계가 이루어진다는 인식은 문학의 다양화와 깊이를 재고하도록 하게 된다.14)

여섯째, 문학의 텍스트 연관성을 증대함으로써 해석의 폭을 넓혀줄 수 있을 것이다. 문학작품에 대한 기존의 해석 방법과 다른 해석이 가능해질 것이다. 이는 단지 문학체험의 증대를 문학교육의 가장 착실한 방법이라는 논지와 닿아 있는 것이다. 즉 어느 시대를 풍미하는 하나의 사조나 경향만으로 문학현상의 모든 의미가 규정되는 것이 아니라는 인식에 도달하게 할 것이다.

포스트모더니즘 논의는 인간의 전체를 지향하고 미래를 소중히 여기는 이념적인 존재인가 아니면 분열과 고립을 숙명적으로 수용할 수밖에 없는 임의적이고 우연적인 존재인가 하는 인간관의 문제로 귀착된다. 문제는 그러한 인간관이 사회적으로 규정되는 것이라면, 우리 사회가 어떠한 형태를 지니기 때문에 문학의 그러한 변화가 초래된 것인가, 그리고 우리 사회는 어떠한 방향을 잡아 나가야 하는가 하는 제반 문제에 대한 성찰을 그치지 말아야 한다. 그리고 이러한

---

14) 포스트모더니즘은 결국 리얼리즘과 대타적인 관계에서 파악하지 않을 수 없을 것이다. 리얼리즘 자체 안에서도 그로테스크 리얼리즘이니 마술적 리얼리즘이니 혹은 포스트모더니즘은 포스트리얼리즘이니 하는 논의가 이루어지고 있다. 이는 기호의 일원화를 지적하는 포스트모더니즘의 논리와 구조상 동일한 것이라 할 수 있다.

시각은 문학교육에서 정당하게 수용되어야 한다. 포스트모더니즘을 텍스트상의 기법으로 한정하는 논의에 한계가 있는 것은 이러한 때문이다.

문학교육을 받은 개인들 편에서 본다면 당대의 모든 텍스트는 무방비상태로 노출되어 있다. 학교에서 가르치지 않아도 학생들은 자발적으로 각종의 텍스트를 선택해 읽고 그에 대한 논의에도 접하게 된다. 이러한 사태에서 포스트모더니즘의 긍정적인 측면을 수용할 수 있도록 해 주어야 함은 물론, 그에 대한 眼目의 형성도 문학교육에서 고려하지 않으면 안된다. 포스트모더니즘이 문학사의 한 항목으로 고정될 때까지 기다릴 수는 없는 일이다.

현재 포스트모더니즘을 공정인 교육기관에서는 긍정적으로 수용하지 않을 뿐만 아니라, 교육과정에서 그것을 고려할 즈음에는 이미 포스트모더니즘이란 화제는 사라지고 말지도 모른다. 현실을 앞서가는 문학에 대한 과도한 기치를 부여하는 나머지 서기 몰두하는 것은 문학교육의 시각에서 바람직한 현상이라 할 수 없다. 그러나 그러한 변화를 무시하지도 말아야 한다. 문학교육은 현실대응력을 가져야 하기 때문이다. 텍스트에 대한 독자의 비판적 안목을 갖추도록 하는 배려가 문학교육 편에서 필요한 것은 이러한 때문이다. 이러한 논지는 문학교육이 자신의 삶에 대한 메타인식을 지속적으로 확대해 가는 과정이라는 논지와 맞물려 있다.

문학교육에서 대중문학의 위상

최 병 우*

Ⅰ. 문학교육의 목표와 대중문학

문학교육의 장에서 대중문학에 대한 배려가 전무하다고 하여도 과언이 아니다. 이러한 문학교육에서 대중문학의 배제에는 문학교육은 한국문학사를 대표하는 문학작품, 즉 한국문학사의 온존한 모습을 드러내 보일 수 있는 정전을 중심으로 한국문학의 위대한 전통이 가르쳐져야 한다는 문학교육관이 전제되어 있다. 물론 중·고등학교에서의 문학교육에서 우리나라 문학사를 대표할 만한 고전적인 작품을 중심으로 가르쳐야 한다는 지적을 전면적으로 부정될 수는 없는 일이다. 그러나 문학교육의 이러한 목표 설정을 백분 인정한다고 하더라도 어느 문학교과서를 열어 보아도 그 책으로 공부를 해야 하는 학생들의 삶과는 멀리 떨어져 있는 시대의 작품들만 수록되어 있다는 것은 문제가 아닐 수 없다.

필자는 1999학년도 1학기에 「한국문학과 현대사회」라는 교양선택 과목에서 1970년대의 시를 대학생들과 함께 읽어본 결과 1970년대란

---

* 강릉대 교수

그들이 태어나기도 이전이어서 주어진 시들에 대해 실감을 느끼지 못한다는 것을 알았다. 필자로서는 시를 보다 심도있게 감상시키기 위해 당시의 정치, 경제, 사회적인 여러 정황들을 상세하게 이야기 해주려고 노력하였지만 일정한 한계를 노출할 수밖에 없었다. 산업 화가 한창 진행되고, 전통 사회가 급격히 붕괴되며, 독재 정권에 항 거하던 그 시대의 이상한 열기를 이해하지 못하는 학생들로서는 그 시대의 시를 읽고 이해하는 것이 알 수 없는 문자를 맞추고 있다는 느낌을 받는 듯하였다.

　이러한 현상은 중·고등학교 학생들에게는 더 심각한 문제로 다가 올 수 있다. 1990년대에 성장한 학생들에게 일제강점기나 1960년대는 전혀 감이 잡히지 않는 아버지나 할아버지의 세계이다. 남편이 운수 좋게 돈을 벌어오는 순간 아내는 굶어죽는다거나(현진건, <운수좋은 날>), 마름집 눈치를 보느라 전전긍긍하는 모습(김유정, <동백꽃>) 등 은 경제적 궁핍을 모르는 우리 시대의 학생들로서는 도저히 이해할 수 없는 세계이다. 더욱이 감수성 예민한 중·고등학교 학생들에게 인생을 거의 다 산 사람들의 삶에 대한 달관의 자세를 보여주는 고 답적인 작품들은 읽기 꺼끄러울 수밖에 없는 일이다.

　현행 6차 교육과정에 의한 16종의 고등학교 문학교과서에 실린 작 품을 열람해 보면 현재 우리나라 고등학교에서 가르쳐지고 있는 문 학작품이 얼마나 한정되어 있는지 쉽게 알 수 있다. 고전 작품의 경 우에는 원래 작품의 수에 한정이 있기는 하지만 우리의 귀에 익은 적은 수의 작품들만 수록되고 있을 뿐이다. 향가가 6편만 실리고 조 선시대 소설이 18편만 실려 있고, 작품에 따라서는 10개가 넘는 교과 서가 집중적으로 수록하고 있는 점은 문학사적인 가치를 고려한 결 과이다. 그렇지만 고전 작품의 경우 우리 시대와의 시간적 간격이 존 재한다는 점과 교육 목표 상 조상들의 전서와 문학 세계를 이해한다는 점이 강조된다는 것을 생각하면 학생들의 취향이나 수준보다는 문학사적 의의를 고려하는 것도 의미가 있다.

그러나 현대문학의 경우에는 조금 다른 설명이 가능할 것으로 보인다. 우리가 문학교육 나아가 국어교육에서 우리 시대의 문학을 다루는 것은 문학사적 의의만을 고려한 것일 수 없다. 교육과정에 제시되고 있는 문학 교과의 교육 목표를 살펴보자.

<문학>

2. 목표

문학의 수용과 창작 활동을 통하여 문학 능력을 길러, 자아를 실현하고 문학 문화 발전에 능동적으로 참여하는 바람직한 인간을 기른다.

가. 문학 활동의 기본 원리와 문학에 대한 체계적인 지식을 이해한다.

나. 작품의 수용과 창작 활동을 함으로써 문학적 감수성과 상상력을 기른다.

다. 문학을 통하여 자아를 실현하고 세계를 이해하며, 문학의 가치를 자신의 삶으로 통합하려는 태도를 지닌다.

라. 문학의 가치와 전통을 이해하고 문학 활동에 능동적으로 참여하여 문화 발전에 기여하려는 태도를 지닌다.[1]

문학교과의 목표 설정에 보이는 '문학적 감수성과 상상력을 기르고 문학의 가치를 자신의 삶으로 통합하고 나아가 문화 발전에 기여하려는 태도를 지니는 것은 아무래도 우리 시대의 문학에 기댈 수밖에 없다. 즉 현대문학을 가르치는 이유는 이러한 목표에 도달하기 위한 것이며, 동시에 문학교육의 일반적인 목표라 할 수 있는 문학적 감식력을 확보하는 데 현대문학 교육의 목표가 놓이는 것이다. 그러나 이러한 문학교육의 목표에 도달하는 것은 문학에 대한 관심과 애

---

1) 『제 7차 국어과 교육과정』, 151쪽.

정에서 비롯된다. 따라서 학생들이 문학에 가까이 다가올 수 있도록 하여 문학을 자신과 친숙한 무엇으로 받아들이는 것이 이러한 목표 실천에 전제된다 하겠다.

그런데 현행 문학교과서에서 주를 이루는 작품들은 개화기와 일제 강점기의 작품들이다. 물론 문학사적으로 검증을 받았다는 점을 무시할 수는 없지만 이 시기 작품들에 일방적으로 치우치고 있는 것은 문제라 아니할 수 없다. 문학교과서 집필 지침을 보면 5차 교육과정의 경우 1950년대 작품까지를, 6차 교육과정의 경우에는 1960년대 작품까지를 수록의 대상으로 잡고 있다. 그리고 1988년 월북작가들에 대한 해금이 있었지만 이런저런 이유로 하여 6차 교육과정까지는 정지용이나 김기림 그리고 박태원이나 이태준 등과 같은 이데올로기적으로 별 문제가 없는 작가들만이 수록의 대상이 되고 있다. 그러다 보니 한국근대문학사에서 교과서에 수록될 수 있는 작가, 작품은 엄청난 한계를 가질 수 밖에 없다.

그 결과 현대소설의 경우 16권 전체에 실린 작품의 수가 해방 이전의 작품이 31편밖에 되지 않으며, 해방 이후의 작품이 45편뿐이다. 즉 권당 평균 수록 작품의 수가 약 4.5편밖에 되지 않는다. 이것은 통상 한 교과서에서 10편에 가까운 작품을 싣고 있다는 점을 생각할 때 중복되는 작품의 정도를 짐작할 수 있다. 그 단적인 예로 해방 이전 작품 중에서 전체의 25%인 4권 이상의 책에 수록된 작품이 11편이나 되고, 해방 이후의 작품에서도 무려 5편이나 된다. 이것은 교과서 집필 지침에서 '수록 작품은 문학사적으로 문학적, 교육적으로 공인된 평가를 받은 것으로 선정'2)하라는 지침에 의해 모든 교과서 집필자들이 문학사적인 중요성을 고려하여 교과서를 편찬한 결과인 바,

---

2) 교육부, 「제 7차 교육과정에 따른 2종 교과용 도서 집필상의 유의점(고등학교)」, 1999. 5, 52쪽 참조.

학생들이 교과서를 통해 접할 작품의 양을 한정시킨다. 더욱이 이 작품들조차 가장 최근에 발표된 작품이 김원일, 이청준, 김승옥, 조세희 등의 작품으로 1960년대에 발표된 작품들이라는 점은 더욱 큰 문제이다.

고전문학과 달리 현대문학은 학생들에게 문학에 즐겁게 다가가고 문학을 향유하는 능력을 기르며 나아가 문학적 문화를 기르는데 있다3)는 점을 생각하면 일단 학생들이 문학 작품을 친숙하게 접할 수 있도록 하는 것이 매우 중요하다. 자신들이 잘 알지 못하는 내용을 담은, 잘 이해할 수 없는 표현으로 되어 있는, 너무나 진지하고 고답적이어서 접근하기 어려운 글들이 문학이라는 이름으로 제시된다면 학교에서의 문학교육이 오히려 학생들을 문학으로부터 멀어지게 하고 문학에 염증을 느끼게 하는 요인이 될 수 있다.

현재 중·고등학교에서 교육을 받는 학생들은 20세기의 말과 21세기를 살아가는 세대들이다. 소위 X세대를 거쳐 Y세대 그리고 N세대라고 불리는 세대들인 것이다. 그들은 70년대 이후 고도 성장의 결과 도달한 경제적 풍요를 누리는 세대들로 해방 이후의 혼란기와 6-70년대의 고도성장기를 살아온 기성세대들과는 삶의 조건이 출생 때부터 다를 밖에 없다. 그러니 당연히 그들의 가치관이나 세계관은 기성세대들의 그것과는 크게 달라져 있다. 실상 한국의 최근세 30년 정도의 역사는 서구 문명이 300년에 걸쳐 이룩한 농업 사회에서 산업 사회를 거쳐 정보화 사회로 나아간 역사와 일치한다. 즉 우리는 최근 30년 동안 300년을 살아버렸고 그러다 보니 자아 정체성이 혼란에

---

3) 구인환외, 『문학교육론』(삼지원, 1988)에서는 문학적 문화의 고양을 문학교육의 핵심적인 목표로 설정한 바 있다. 또 우한용은 문학교육이 최종적으로는 문화교육으로 이어져야 한다는 점을 강조하고 있다. 우한용, 「문학교육에서 문화와 상상력」(『문학교육과 문화론』, 서울대출판부, 1997), 33쪽 이하 참조.

이르게 된 것이다.4) 이러한 사회적 급변에 대한 일정한 고려가 없이
는 인간의 정서와 상상력을 가장 중요하게 다루는 문학교육은 벽에
부딪힐 수밖에 없게 된다.

Ⅱ. 7차 교육과정과 대중문학

7차 교육과정은 국어교육의 역사에서 아주 커다란 변화를 보여주
고 있다. 그것은 언어교육에 있어 매체언어에 대한 관심의 본격화로
요약될 수 있다. 이것은 매체가 지배하는 현대 사회에서 국어의 사용
이 매체언어의 그것을 반영하지 않을 수 없다는 자각이다. 현행 고등
학교 2-3학년에 해당하는 11-12학년에 과해지는 「국어생활」에서 매체
언어의 교육을 제시하고 있는 바, 매체언어와 관련하여 교육과정에
서는 다음과 같은 내용을 제시하고 있다.

<국어 생활>
(가) 바른 국어 생활 (이하 생략)
(나) 문화 속의 국어 생활
 1. 국어 생활과 전통 문화(이하 생략)
 2. 국어 생활과 생활 문화(이하 생략)
 3. 국어와 매체 환경
  ① 현대인의 언어 생활에 영행을 끼치는 여러 가지 매체의 작용을
   이해한다.
  ② 지식 정보 사회에서 멀티미디어를 이용한 의사 소통의 특성을 이
   해한다.
  ③ 여러 가지 매체 속에 나타나는 다양한 텍스트를 이해하고 감상한
   다.

---

4) 김진경, 『삼십년에 삼백년을 산 사람은 어떻게 자기 자신일 수 있을까』, 당
 대, 1996, 참조.

④ 대중 매체로 표현된 국어 사용 현상을 비판적으로 평가한다.
⑤ 여러 가지 매체를 이용하여 효과적인 국어 생활을 한다.
(다) 창조적인 국어 생활(이하 생략)5)

국어교육에 있어 매체언어의 문제가 전체 8개 영역의 하나로 포함되어 있다. 이는 일상 언어 생활에서 접하는 매체언어의 빈도를 고려할 때, 그 비중이 그리 큰 것은 아니라는 지적이 가능하다. 하지만 매체 언어의 문제를 국어교육과정에 포함시킨 것만으로도 진일보했다는 평가가 가능할 것이다. 특히 내용 면에서는 매체언어의 특성과 매체언어 활용 그리고 비판적인 능력 그리고 매체를 이용한 국어 생활에까지 걸쳐 그 깊이와 폭을 확보하고 있는 점이 눈에 뜨인다. 이를 바탕으로 지속적인 논의를 통해 매체언어를 이해하고 적극 활용할 수 있는 능력을 함양하는 교육을 통해 정보화 시대를 살아갈 수 있는 능력을 갖춘 학생들을 길러내는 방안을 모색할 수 있게 된 것이다.

문학교육에 대해서도 이러한 전향적인 자세가 필요하다. 언어교육에서 매체언어가 우리 일상 언어 생활에서 아주 중요한 부분을 차지한다는 점에서 교육과정 속으로 편입되어 들어가듯이 우리들의 문학 생활 나아가 문화적인 활동이 주로 대중매체를 통해 이루어지며 우리는 수시로 대중문화적인 속성을 지닌 작품들을 접하고 있다는 점에서 이러한 대중문화를 올바로 이해하고 이를 건전한 방향을 접근해 나아갈 수 있고 나아가 대중문화를 창조해 낼 수 있는 역량을 갖춘 인물을 만들어내는 데 학교 교육이 일정하게 기여할 수 있어야 한다는 것이다.

그러나 7차 교육과정에서 문학의 내용 체계에서 '문학과 문화'의 하위 항목으로 '문학의 인접 영역'을 두고 ①문학은 인접 예술을 비

---

5) 교육부, 『제 7차 국어과 교육과정』, 120쪽.

롯한 사회·문화 현상과 밀접하게 관계됨을 이해한다. ②문학이 현대 사회의 다양한 매체와 결합하여 수행되는 양상을 이해한다.6)고 정리하고 있다. 여기에서는 문학과 다른 예술과의 관계 그리고 문학이 매체와 결합하여 변화하는 양상 등에만 관심을 갖는다. 즉 사실로서 존재하고 있는 대중문화적 현상에 대해서는 전혀 관심을 갖지 않고 있는 것이다. 즉 정전에 해당하는 문학 작품을 가르치는 데에만 목적을 두어 예술적 가치가 떨어지는 대중문학 작품들은 철저하게 소거시킨 것이다.

하지만 대중문학이 나아가 대중문화가 인간의 높은 문화적 가치 체계를 온존하게 반영하지 않고 표피적인 쾌락만을 추구한다는 논리만을 가지고 대중문학을 대중으로부터 격리시키거나 학생들을 대중문학으로 다가가게 하지 않을 방법은 없다. 대중문화는 이미 우리 삶의 일부가 되어 버렸고 의도적인 교육이 이루어지기 이전에 잠재적으로 우리의 문화의식에 커다란 영향을 미친다. 따라서 대중문화가 지배하는 현실을 현실로 인정하고 그 상황을 보다 나은 방향으로 변화시키고자 하는 노력이 필요하다.7)

인간의 가치관을 총체적으로 다루는 문학을 교육하기 위한 교과서에 수록할 작품을 선정하는 방안은 몇 가지로 생각해 볼 수 있을 것이다. 그 첫째는 현행 교육과정에서 선택한 방식대로 한국문학사를 대표하는 정전을 선택하여 가르치는 것이다. 누가 무엇이라 하든 가장 이상적인 형식의 문학을 가르침으로써 학생들에게 우리 문학과 문화의 정수를 이해하고 그러한 문화적 가치를 전수시키자는 것이다.

---

6) 교육부, 『국어과 교육과정』, 153쪽.
7) 대중문화가 영행을 미치고 있는 문화적 현실에 대해서는 음악과 쪽에서 먼저 적극적으로 대처하고 있다. 이미 음악 교과서에는 <아침이슬>이나 <예스터데이>와 같은 노래들이 들어가기 시작했고 실제 수업 상황에서는 더 많은 대중 음악들이 활용되고 있다.

정전을 선택하기 위해서는 문학사적 검증의 과정이 필요하므로 당대의 작품은 제거될 수밖에 없다. 그러다 보니 학생들의 경험세계와는 너무나 유리된 작품들이 문학교과서에 실리게 되는 것은 당연한 일이다. 교육이라는 것이 즐거운 것이 아니고 늘 고통스러운 과정을 통해 문화를 전수받는 것이라는 점을 생각하면 이러한 제재의 편성은 일정한 정도의 타당성을 확보하게 된다.

둘째로는 정전 중심의 교육을 그대로 유지하면서 문학에 대한 학생들의 관심의 유도하기 위한 단계로서 학생들 수준에서 창작된 작품들을 동원하는 방안이 있을 수 있다. 이러한 방식은 우선 학생 작품을 바탕으로 학생들의 관심을 유도하여 문학에 대한 흥미를 느끼게 하고 이를 바탕으로 본격적인 문학 작품에 접근해 간다는 전략적인 방법으로 현재 많은 교사들이 교과서와 관련 없이 시범적으로 이를 시도하고 있는 바이다.8) 이 경우 교과서에 필요한 작품을 수용할 수도 있고 교사들에세 개방적으로 석설한 작품을 동원할 수 있는 여지를 마련해 주는 방안이 있을 수 있을 것이다. 학생들의 흥미를 유발하여 문학을 자신들의 삶과 관련시킬 수 있게 한다는 의의는 있으나 이를 본격화하여 학생 수준의 글을 싣다 보면 지역에 따라 문학교과서가 달라져야 한다는 문제가 발생할 수도 있다.

세째로는 대중문학 작품의 수준을 고려하여 정전에 해당하는 작품과 동시에 다루게 하는 방안이다. 이는 대중문학 옹호론자들의 주장인 대중문학을 통해 독자들의 문학에 대한 관심과 흥미를 유발하여 결국은 대중문학의 수준이 올라가게 한다는 주장을 적극적으로 반영한 것이라 하겠다. 우리 시대는 대중문학과 대중문화의 시대이다. 우리 주위에 고급문화를 복제한 문화 상품들이 범람하고, 상업적 목적

---

8) 김은형, 나의 시 수업 −문학교육− 장(場)의 새로운 구성을 위하여」, 한국문학교육학회 제14회 학술대회 발표요지, 1999. 2, 137-152쪽.

으로 만들어진 수많은 문화 상품들이 쏟아져 나오고 있다. 이러한 대중문화의 범람 속에서 문학의 온존한 가치를 추구하기 위해서는 이같은 대중문화를 가르치고 그에 적극적으로 대처하는 방안을 가르치는 것이 효과적이라는 주장도 가능하다. 즉 대중매체에 의해 제작된 많은 작품들을 문학교육의 장에 끌어 들임으로써 문학과 문화에 대한 이해를 심화시킬 수 있다는 생각이다.

그러나 어떠한 관점에 서든 문학교육의 장에 대중문화에 대한 고려를 완전히 소거시킬 수는 없다. 학생들이나 교사들이나 모두가 대중매체에 의해 상업적으로 제작되는 문화 상품의 홍수 속에서 적극적이든 소극적이든 대중문화를 접하며 살아간다. 우리가 문학교육에서 나아가 국어교육의 장에서 대중문화와 대중문학에 관심을 가져야 하는 것은 대중의 문화 수용과 지배 현상이 우리 시대 문화의 중요한 한 특성이 되고 있기 때문이다. 언어교육의 영역에서 우리가 수시로 접하고 또 사용하고 있는 매체 언어의 특성을 배우고 또 그것을 이용하는 방법을 가르치듯이 대중문학이나 대중문화에 대해서도 포용적인 자세를 취하여 할 것이다. 학생들의 관심을 끌어들이기 위해서이든 현실로 존재하고 있는 대중문학과 대중문화를 이해하고 비판하는 능력을 함양하기 위해서든 존재하고 있는 현실을 완전히 무시하는 것은 올바른 접근 방법은 아닌 것이다.

Ⅲ. 문학교육에서 대중문학의 처리 방안

문학교육의 장에서 대중문학과 대중 매체에 의해 이루어진 작품들을 어떻게 활용할 것인가에 대해서는 아직 무어라 확실하게 말할 수 있지 못하다. 현장의 교육 방향에 지침을 정해주는 교육과정에서 아직 대중문학에 대해 거부적인 자세를 취하고 있기 때문이다. 따라서 여기서는 대중문학을 문학교육의 장으로 끌어들이기 위해 먼저 전제해야 할 몇 가지 사항들을 검토해 보기로 한다.

먼저 대중문학을 문학교육에 포함시키기 위해서는 어떤 대중문학 작품들을 문학교육의 장으로 끌어들일 것인가의 문제가 선행되어야 한다. 대중문학이 문학교육의 장으로 들어가기 위해서는 먼저 고급문학과 대중문학을 구분하는 기준이 필요하다. 그러나 대중문학과 고급문학을 구별할 정확한 구분의 근거가 존재하지 않는다. 우리는 쉽게 대중문학이라는 말을 사용하지만 무엇인 대중문학인가 또 어떤 작품을 대중문학에 포함시키고 어떤 작품은 제외시킬 것인가 라는 구체적인 문제에 부딪히면 누구도 쉽게 대답할 수 없게 된다. 대중문학과 고급문학을 구별하는 것은 그 작품이 발표된 매체에 의해서도 아니고 문학 작품이 사용하고 있는 기법에 의해서도 아니며 그 작품이 담고 있는 내용이나 주제에 이해서도 아니다. 어찌 보면 매우 막연한 근거를 가지고 우리는 문학 작품을 대중문학이라거나 고급문학이라거나 구분짓고 있는 것이다. 따라서 문학교육에 있어 대중문학의 처리 문제를 논의하기 위해서는 이에 대한 정확한 기준을 설정해야 한다.

이러한 작업이 있은 후에야 우리는 대중문학 작품 중에서 학생들이 접할 수 있을 만한 작품을 선정하는 작업이 이루어질 수 있다. 우리가 문학사적으로 정전이라고 정한 작품과 그렇지 못한 많은 작품들 가운데서 우리는 정전을 보다 효과적으로 가르치기 위해 필요한 많은 작품들을 선정하여야 할 것이다. 그리고 아직 문학사적인 평가 작업이 끝나지 않은 최근의 작품들을 어떻게 다룰 것인가에 대해서도 많은 논의가 필요할 것이다. 이외에도 애초에 대중매체를 이용하여 대중의 소비문화 취향을 겨냥한 텔레비전 드라마, 영화, 비디오 그리고 만화와 같은 장르들에서 문학교육의 장으로 끌어들일 작품들을 선택하는 기준을 마련하는 작업도 만만치 않을 것으로 생각된다.

다음으로 생각하여야 할 것은 대중문학 작품으로 무엇을 교육할 것인가의 문제이다. 우리가 문학교육에 대중문학과 대중문화 작품을 포함시키는 데에는 문학을 가르치기 위한 한 방법이라는 것이 전제되어 있다. 대중문학이 드러내고 있는 대중적인 가치관이나 흥미 위주의 이야기 전개 방식 등을 가르치기 위한 것은 아니다. 따라서 우리가 대중문학을 문학교육의 장으로 끌어들이기 위해서는 대중문학의 본질과 특성을 가르치는 즉 대중문학에 대한 본격적인 교육으로 나아갈 것인가 아니면 정전으로 확립된 문학 작품을 가르치기 위한 효과적인 학습 제재로 활용할 것인가가 먼저 정리되어야 할 것이다. 대중문학은 대중문학 나름의 규칙이 존재하는 부분이 없지 않지만, 대체로 고급문학의 문학 규칙을 완전히 부정하는 것은 아니다. 단지 고급문학이 사용하는 문학적 장치의 어느 한 부분을 비상하게 강조하거나 약화시켜 소위 재미를 창출해 내는 것이다. 이러한 대중문학의 규칙을 아는 것이 중요한 것인가 아니면 이들 작품을 통해 문학교육에서 가르쳐야 할 작품들을 이해시키는 방향으로 나아가야 할 것인가는 진지한 논의가 필요한 부분으로 생각된다.

문학교육은 문학작품에 대한 이해와 감상 즉 수용 능력의 신장이라는 측면을 강조해 왔다. 그러나 7차 교육과정에서 창작교육이 일정한 정도로 강조되고 있다. 물론 이것은 전문적인 작가를 기르기 위한 것이 아니라 이해와 감상의 수준을 함양하기 위한 방법으로 선택된 것이기는 하다. 그러나 대중문학이나 대중문화의 경우 그것을 향유하는 것만으로 교육을 끝마친다면 그것은 개인적인 감상의 수준을 넘지 못하게 될 우려가 있다. 이것을 넘어서는 과정으로 학생들에게 대중문화 작품을 생산하게 하는 과정까지 나아갈 것인가의 문제인 것이다. 대중가요의 생산, 대중문화 작품에 대한 비평문 쓰기, 대중적인 문학 작품 만들어 보기, 인터넷 등에 문학 작품 올려 보기 등 다양한 방안이 고려될 수 있을 것이다.9) 이러한 작업을 통해 대중문학에 대한 이해와 감상과 아울러 창조의 길로 나아가게 할 수 있을 것이다. 그리고 이러한 감상 교육과 창작 교육의 병행은 고급문학 교육에도 활용할 수 있는 것이기도 하다.

대중문학 작품을 문학교육의 장에 포함시키려는 시도는 아직은 시기 상조일 수 있을 것이다. 그러나 우리 시대를 살아가는 사람들의 대다수를 차지하는 대중들이 즐겨 향유하는 대중문학을 고상한 기준에 의해 일방적으로 사상시키는 것은 매우 위험하다. 현재 우리 민족의 중요한 문화 유산으로 취급하는 민요나 탈춤 등도 당대에는 고급문화의 주변에 맴도는 저급한 문화로 취급되었다는 점을 생각하면 대중문학에 대한 일방적으로 폄하가 갖는 위험성을 일깨워 준다. 교육이 선대의 문화를 진수하는 보수적 기능과 함께 미래의 문화를 창조해 나가는 진보적인 기능을 갖는다는 점을 생각하면 우리 시대의 문화적 특성 대중성을 교육한다는 것은 그 나름의 커다란 의의를 갖는 것이라 하겠다.

Ⅳ. 매체 문화 이해를 위한 제재로서의 대중문학

문학교육이 고답적인 정전의 교육을 벗어나 보다 자유로운 문학적 체험을 가능하게 하고 학생들이 자발적으로 문학에 다가서게 하기 위해서는 학생들의 취향과 관심을 고려하는 개방적인 교재관이 필요

---

9) 이러한 작업은 학생들이 대상 작품에 흥미를 갖는다는 점에서 고급문학 작품을 대상으로 할 때보다 호응이 높을 것이라는 예상이 가능하다.

하다. 이를 위해서는 대중매체의 발달과 더불어 등장한 대중문화의 취향문화적인 속성으로의 변화를 생각해 볼 수 있다. 매체의 발전과 더불어 대중문화는 세분화하기 시작한다. 즉 이전까지 모든 일반 대중을 상대로 하던 대중문화 상품이 점차 소수의 대상들의 취향을 고려하는 방향을 발전해 나가는 것이다. 즉 텔레비전 프로그램이 온 가족을 상대로 하기보다는 십대, 주부, 남자 성인, 노인 등 세분화된 소비자를 겨냥하고 있으며, 케이블 티브이와 같이 매체가 발전해 가면 갈수록 점차 아주 작은 매니아들을 상대로 하는 프로그램이 개발된다. 즉 대중문화의 취향문화적 속성이 강화되어 가는 것이다.

문학교육도 정전을 중심으로 제작된 교과서를 일방적으로 학생들에게 강요하는 방식을 벗어날 필요가 있다. 즉 개방적인 교재관이 필요한 것이다. 이를 위해서 우선 고등학교 문학 교과서가 300면짜리 두 권으로 이루어져야 한다는 외형적인 제한이 제거될 필요가 있을 것이다. 이러한 제한이 제거되지 않는 상황에서는 가급적 교과서에 수록되는 작품을 다양하게 하고 읽어야 하거나 참조해야 할 작품들을 많이 나열하고 가능하다면 그 작품들에 대한 간결한 해석을 제시함으로써 간접적으로라도 교과서에서 언급되는 문학 작품의 수를 최대화할 필요가 있는 것이다.

다음으로 교과서에서 학생 수준의 작품에 대한 고려가 있어야 할 것이다. 초등학교에서 동시 수준의 시를 읽고 중학교에 들어온 학생들에게 김종길의 <성탄제>나 김현승의 <플라타너스>는 이해하기 쉽지 않은 작품일 것이다. 또 오영수의 <요람기>와 같은 작품은 이미 한 세대 전의 사람이 자신이 어릴 적의 이야기를 하고 있는 것으로 학생들에게는 너무나 현실감이 떨어지는 내용일 수밖에 없다. 따라서 하나의 단원의 교육 목표가 설정되면 목표에 도달하는데 필요한 학생들의 작품을 준비 학습이나 소단원 처음에 살피게 하는 방법을 모색할 수 있을 것이다.

또 대중매체에 의해 생산되는 많은 작품들이나 대중문학을 적절히 활용할 수 있도록 교과서를 편찬할 필요가 있다. 대중문학의 경우 문학의 기법을 교육하는 데는 좋은 재료로 활용될 수 있다. 탐정소설이 가진 플롯의 완결성이나 서술자의 역할 등은 소설 기법의 극단적인 면모를 보여준다. 그런 점에서 대중문학은 문학교육의 좋은 재료로 활용될 수 있다. 그리고 영화나 텔레비전 드라마와 같은 대중문화도 언어로 된 문학과 영상 매체 사이의 차이를 인식하게 한다거나 예술의 변용과정을 이해시키기 위해 적극적으로 활용되어야 할 것이다. 즉 문학이 문학만을 가르치는 것이 아니라 문학적 감수성 나아가 문화를 가르치는 장치라는 인식의 전환이 필요하다.

이러한 인식의 전환이 있을 때 문학교육은 단지 문학의 교육을 벗어나 문화 교육으로 나아갈 수 있을 것이며 그것은 우리 시대 문화의 핵심이 되고 있는 매체문화에 대한 교육으로 진전할 수 있는 길을 마련해 줄 것이다. 문학교육에서 매체문화 교육을 포함시키는 것은 매체문화에 대한 이해에서 시작하여 매체문화를 통한 교육 나아가 매체문화 비판 교육으로 발전해 나아갈 것을 전제한 것이다. 문학교육이 문학에 대한 이해를 넘어서 상상력을 세련시키고 문학적 문화를 고양하는 기능을 담보하듯이 매체문화에 대한 교육은 우리 시대의 문화 전반에 대한 비판적 성찰을 가능하게 하는 데까지 나아갈 수 있어야 할 것이다.

참고문헌

강현두편,『대중문화론』, 나남, 1987.
구인환외,『문학교육론』, 삼지원, 1988.
김대행,『국어교과학의 지평』, 서울대출판부, 1995.
김진경,『삼십년에 삼백년을 산 사람은 어떻게 자기 자신일 수 있을까』,
　　　　당대, 1996.
대중문학연구회편,『대중문학이란 무엇인가』, 평민사, 1995.
우한용,『문학교육과 문화론』, 서울대출판부, 1997.
제 7차 국어과 교육과정, 교육부 고시 제 1997-15호.
제 7차 교육과정에 따른 2종 교과용 도서 집필상의 유의점(고등학교),
　　　　1999. 5. 교육부.
최병우,『한국현대문학의 해석과 지평』, 국학자료원, 1997.

최인훈 에세이적 소설 형식의 문화철학적 고찰
― 〈소설가 구보씨의 일일〉을 중심으로

최 인 자*

Ⅰ. 서론: 소설 형식의 문화철학적 차원

글쓰기는 인간이 자신과 세계를 드러내는 문화 행위의 하나이다. 문학도 결국은 글쓰기 양식의 제도화된 형태라고 한다면,1) 문학의 각 형식들은 정태화된 틀로 존재한다기보다 인간이 세계와 관련을 맺어 가는 문화 행위의 하나로 작용하고 있다고 할 수 있을 것이다. 여기서 문화란 인간이 환경에 대해 능동적인 자기 실현을 펼쳐 나가는 과정(process)2)이라고 하는, 그 역동성에 초점을 맞춘다. 본고에서 사용한 '문화철학'이란 개념도 이러한 '과정'에 대한 원리적 탐색이란 의미를 담고 있다. 지나치게 포괄적이라고 할 수 있는 이런 용어

---

*서울대 박사
 1) 물론 여기서의 글쓰기란 문자에만 국한된 것이 아니라 모든 언어 행위 일반을 포함한다.
 2) 이는 문화론에서 인문주의적 입장을 견지하려고 하는 견해이다. 반 퍼슨 강영안 역, 『급변하는 흐름 속의 문화』, 서광사, 1995. 이러한 문화 개념으로 문학교육에 접근한 논문으로는 다음이 있다. 졸고, 「성장소설의 문화적 해석」, 『문학과 논리』 5호, 1995.

를 끌어 들여 온 이유를 문제의식 차원에서 설명해 보도록 하겠다. 루카치는 소설의 내적 형식을 역사 발전의 유토피아적 비전이라는 역사철학적 틀로 설명한 바 있다.3) 이는 역사의 자기 전개라는 보편적 존재를 상정하고, 소설 형식을 이해하는 방식이다. 그런데 이 경우, 인간의 사회 문화적 실천을 미리 상정된 역사 전개의 도식에 맞추는 방식을 취함으로써, 오히려 문학 형식이 인간의 행위와 관련 맺는 개별적이고 다양한 계기들을 포착할 수 없게 된다. 다시 말해 문학 형식의 기능에 대한 전제가 너무 승하여, 살아 있는 개별태를 충분히 고찰해 낼 수 없다는 것이다. 그래서 본고에서는 인간이 세계와 대응해 나가는 다양한 양태를 모두 포괄할 수 있는 범주로, '문화철학'이란 개념을 설정하고자 하였다. 이러한 개념은, 글쓰기 방식과 내용 즉 '어떻게'와 '무엇'이라는 문제를 '왜'라는 질문과 만나게 함으로써, 문학 형식의 문화적 기능을 논의의 중심으로 끌어 올 수 있다는 장점이 있다.

　이러한 관점을 바탕으로 본고가 소설의 형식을 이해하는 방식은 다음과 같다. 즉, 소설 형식은 당대의 사회 문화적 지배 문맥에 대한 길항작용의 결과이며, 특히 당대의 사회 언어적 특징 및 여기에 함축되어 있는 이념에 대한 가치평가의 작용태라고 할 수 있다. 바흐찐 이후, 소설이 다양한 사회언어적 장르를 수용, 변형하면서 당대적 사회문화와 대결해 가는 양상을 예리하게 고찰할 수 있게 된 바 있다. 이는 소설 형식이 자기 완결적 폐쇄 회로의 산물이 아니라, 당대의 광범위한 담론적 상황을 기록하고, 실험하고, 문제삼는 의미화의 사건임을 의미한다.4) 좀 더 적극적인 표현이 허락된다면, 소설의 형식은 당대 사회문화적 문맥에 능동적으로 대응하는 글쓰기 전략의 결

---

3) G. 루카치, 반성완, 『소설의 이론』, 심설당, 1984.
4) D. 라카프라, 여홍상 편역, 「바흐찐, 마르크스주의, 그리고 축제적인 것」, 『바흐찐과 문화 이론』, 문학과지성사, 1996, 205쪽.

과이다. C. 그래퍼는, 문학 형식의 변화가 지배 담론들의 교체 과정에서의 능동적인 대응임을 영국 19세기 소설들로 증명하면서, 다양한 형식 실험을 당대 이데올로기에 대한 메타적 인식과 관련지어 이해할 것을 주장한 바 있다.5) 이렇게 보면, 소설 형식은 현실의 반영이거나, 내적 언어 구조물이 아니라 당대적 이데올로기와 다양한 형태의 상호작용의 결과인 셈이다. 우리는 이러한 관점으로 특정의 글쓰기 형태가 주체들의 문화적 대응 방식과 관련 맺는 지점들을 확인할 수 있을 것으로 보인다.

본고의 관심은 최인훈이 <총독의 소리> 이후 꾸준하게 실험하고 있는 에세이적 글쓰기에 있다. 현대 소설의 특징적인 양상이라고도 할 수 있는 이 에세이적 형식은 계몽주의자들의 설득적 글쓰기로 등장한 이래, 낭만주의자들의 당대의 사회 가치에 대한 비판의 형식으로 개발되어 현대소설로 이어지고 있다. 물론 에세이는 '무형식의 형식'을 구가하는 자유로운 글쓰기 양식이다. 그러나 에세이가 다른 장르와 변별되는 지점 역시 존재하는데, 그것은 체계나, 일관된 논리에의 부담 없이 순간적이고, 파편적인 사유의 흐름을 보여준다는 데에 있다. 여기서는 어떠한 해결이나, 결론적인 확정을 목적으로 하지 않으며, 오히려 단편적이고, 순간적이며, 우연적인 자신의 사고를 신뢰한다.6) 때문에 모든 가치, 생각을 '시도' 혹은 '가능성'의 차원으로 돌려 놓음으로써 기존 사유와 단절하고 자유로운 사고를 실험하는 특성을 가지고 있으며, 이 때문에 '수필'은 '유우머와 위트'의 문학이라고 불리워지기도 한다 이것이 에세이가 '문명 비판의 주관성' 형식

---

5) C. 그래퍼, *The Industrial Reformation of English Fiction*, The University of Chicago Press, 1980.
6) 낭만주의자들의 '단장'(Fragment)이나 니이체의 '경구' 형식은 이런 글쓰기 형식을 잘 보여주고 있다. Kathleen M. Wheeler, *German aesthetic and literary criticism : The Romantic Ironists and Gothe*, Cambridge Uni Press, 1984, 20-21쪽.

으로 발전해 온 이유이며, '에세이적인 것'이 단지 글쓰기 형식만의
문제가 아니라 특정의 정신적 자세의 문제로 확장되는 이유이기도
하다.7) 루카치가 "기성의 것을 지속적으로 반추"8)하는 비평정신으로
본 것도 이 때문이다. 비체계적이고 자유로운 관찰을 통해, 개인적인
경험과 비도그마적인 성찰을 제시함으로써 비판적 의견 형성의 출발
로 삼자는 에세이의 이러한 의도에는 급진적인 비판적 사유의 싹이
담겨져 있다. 그러나 이런 의견들은 아도르노나 뷔르거 등, 이상적인
에세이형을 제시하고자 했던 입장에 근거한 것9)이고, 우리의 관심은
특정의 소설가가 이 형식을 어떠한 목적 속에서 글쓰기 전략으로 이
용하였으며 이를 통해 어떠한 의미 생성의 방식을 개척하고 있는가
하는 점이다.

　최인훈은 50년대의 허무주의적 문명 비판에서는 다루지 못했던 이
데올로기 문제를 본격적으로 끌어 들였다는 문학사적 평가를 받고
있다. 그러나 그의 문학사적 새로움은 소재나 이념의 확대에만 그치
는 것은 아니다. 그의 진정한 새로움은 새로운 형식의 글쓰기 실험을
통해 소설의 현실에 대한 대응력을 높여 나갔다는 점에 있다고 생각
한다. 그러한 형식 실험을 대표할 수 있는 것이 바로 '에세이적'10)

---

7) 에세이를 내적 형식으로 패러디한 것을 관념 소설이라고 한다. 황순재, 위
　의 책.
8) G. 루카치, 반성완, 심희섭 역, 「에세이의 본질과 형식」, 『영혼과 형식』, 심
　설당, 1988.
9) 우리는 에세이 형식에 대한 긍정적, 부정적 평가를 함께 고려해야 할 것
　이다. 아도르노나 무질, 보러와 같은 비판 미학의 입장에서는 기존 이데올
　로기부터 벗어날 수 있는 비판적이고도 이단자적인 특성을 성찰하고 있음
　에 반해, 후흐나 빈딩 등은 에세이의 유토피아적 과거 지향을 강조하여 문
　화 보수적 기능을 보여준다. 빅토르 츠메가치, 디터 보르흐마이어 편저, 류
　종영/백종유/이주동/조정래 공역, 『현대문학의 기본 개념 사전』, 솔, 1996,
　319- 325쪽.
10) '에세이적'이라고 명명한 것은, 에세이를 양식적 특징으로만이 아니라 특정
　의 정신적 자세와 관련지어 논의하려는 의도에서이다. 이는 하스의 견해에

소설 형식이다. 그의 '에세이적' 소설 형식에 대한 논의는 오현일[11]이 있었고, 대부분은 '서술기법'이나, 소설의 내적 형식들, 예컨대 '환상성', '시공성' 등에 대한 논의 속에서 함께 이루어지고 있다. 특히 본고가 대상으로 하는 「소설가 구보씨의 일일」은, 주로 박태원의 소설과의 관련 속에서 다루어졌고[12], <서유기>나 <회색인> 등에 비해서는 비교적 연구자들의 주목에서 비켜 서 있었다. 연구사에서 가장 문제가 되는 것은 최인훈 소설의 '관념'적 경향을 어떻게 이해할 것인가에 있다. 연구 초기에는 "개인주의로의 퇴행, 외적 상황에 대한 니힐리즘"인 반사실주의냐[13], 아니면 "인간의 내면적 실상을 중시하는 상상적, 시적 사실주의"[14]냐 하는 도식적인 이분법의 틀로 날카롭게 나누어진 바 있으나, 이제는 이분법을 지양하고 그의 관념성과 내면성 속에서 사회성을 찾으려는 방향으로 선회하고 있다.[15] 본 연구도 기본적으로는 이러한 문제의식에 공유한다. 그러나 이는 서술이나 미적 장치의 문제만이 아니라 그의 기본적인 발상법을 해명함으로써 구체적인 해결책을 찾을 수 있을 것이라 생각한다. 미적 장치

근거한다. (G. 하스, 오현일 역,『現代 에세이論』, 삼중당) 한국 현대 소설에서는 주로 관념 소설에서 이 에세이적 양식을 도입한 바 있다. (오현일, 「소설 속의 에세이적인 것에 관한 연구」, 고려대학교 박사학위, 1979. 황순재,『한국 관념소설의 세계』, 태학사, 1996.)

11) 오현일, "소설 속의 에세이적인 것에 관한 연구", 고려대 대학원, 1979.
12) 김외곤, 「소설가에 의한 소설, 소설가의 존재방식에 대한 탐색」,『문학정신』, 1992. 9.
     우한용, 「 '구보씨'네 자식들의 행로」,『문학정신』, 1992. 12.
     박진, 「최인훈의 <소설가 구보씨의 일일> 연구」, 고려대 대학원, 1995.
13) 염무웅, 「<상황과 자아>」,『우리 시대의 작가 총서-최인훈』, 은애출판사, 1979, 23-24쪽.
14) 이태동, 「문학의 인식작용과 야누스의 얼굴」,『한국 현대문학 전집』해설, 1979.
15) 양인, 「최인훈 소설의 서사형식과 사회적 담론 연구」, 서강대 석사, 1995.
     황순재,『한국 관념소설의 연구』, 태학사, 1996.

는 결국 기본인 발상에서 나온 것이기 때문이다. 최인훈은 자신의 문학이 한국 현대사에 대한 탐색에서 출발한 것이며, 다채로운 형식 실험은 당대의 정치적 현황에 대한 나름의 자기 발언이었다고 고백한 바 있다. 가령, 이 「소설가 구보씨의 일일」의 경우도 당시로는 금기시되었던 박태원의 소설을 패러디함으로써 5·16 군사 독재 정권에 저항하고자 했다는 것이다.16) 물론, 의도의 오류는 경계해야 할 것이겠지만, 작가의 형식이 현실 문맥에 대한 어떠한 전략이었는지를 문제 삼는 우리의 관점에서는 눈여겨 볼 대목이라고 생각한다.

　본고는 최인훈의 에세이적 형식들이 산업화라는 사회 문화적 맥락에 대한 비판적 대응 전략이라고 보고, 이것의 글쓰기 방식과 의미 생성 원리를 중심으로 살펴보고자 한다.

Ⅱ. 최인훈의 에세이적 글쓰기 방식 : '파편'들의 대위법

　최인훈의 '소설가 구보씨의 일일'은 1969년 11월 하순부터 시작하여 1972년 5월 하순에 이르기까지의 근 1년 6개월의 시간을 배경으로 '구보'라는 소설가의 서울 생활을 담고 있다. 이러한 소설의 구조는 이미 박태원의 '소설가 구보씨의 일일'이 실험해 보였던 것이다. 그럼에도 최인훈의 소설이 우리에게 낯설게 느껴지는 것은 이 소설의 에세이적 형식때문이다. 이 소설은 철저히 반(反)소설적 형식을 취하고 있는데, 이런 설명이 가능한 이유는 제반의 서사 진행이 반인과론적이고, 반목적론적으로 이루어지고 있기 때문이다. 우리가 일반적으로 소설이 시민사회의 인식론과 윤리와 상관성을 갖고 있다고 논할 때, 그 발생학적

---

16) 최인훈·한기 대담. 「광장과 밀실 사이 또는 예술가의 초상」, 『문학정신』, 1991, 12.

근거와 관련되는 소설의 형식적 특징으로 인과율이라든가, 시공간의 핍진성, 줄거리를 이루는 목적론적 서사 등을 거론한다.[17] 그러나 최인훈의 소설은 이러한 특성들로부터 매우 멀리 떨어져 있다. 줄거리를 정리할 수 없는 사건의 방만함, 주인공 성격의 애매모호함, 시작과 끝이 없는 순환 구조는 전통적인 서사성으로 해석될 수 없는 부분이다. 사건 전개의 인과성이나 통일성은 애당초 존재하지 않으며 단지 병렬적 흐름 속에서 구성되고 있을 따름이다. 즉, 이 소설은 주인공 소설가의 하루 일과를 기본 단위로, 15개의 삽화가 나열되고 있으며, 각 단위 삽화들도 단편적인 개별 사건들로 병렬되고 있다. 따라서 여기에는 전통적 소설의 원근법, 즉 사건을 선택하고 배열하여 의미 구조를 창출하는 관점(perspective)이 존재하지 않으며, 때문에 중요한 것과 중요하지 않은 것, 본질적인 것과 부차적인 것 등이 가치 선택의 프리즘을 거치지 않은 채 개별적인 사실들의 집합적 다발로 존재한다.

이러한 형식적 특징을 도시에 살고 있는 무기력한 소설가의 반복적인 일상과 관련지어 '순환구조'로 해석한 견해[18]가 있었다. 그러나 이러한 외적 형식의 내적 논리를 따져 본다면, 다른 해석도 가능하리라 본다. 필자가 보기에 이 작품이 불연속적인 개별적 사실들의 나열로만 이루어진 것은 서사 전개의 동력이 주인공 내면의 주관적인 사유 흐름으로 이루어지고 있기 때문이며, 따라서 전체 구조 해석도 이러한 내면 사유 흐름을 포착해야 정당하게 진행될 수 있다고 보여진다. 줄거리를 이끌어 가는 구보는 '사유의 주체'로서 세계의 객관적

---

17) 물론, 소설을 특정 형식으로 연역한다는 것은 무리한 일이 아닐 수 없다. 하지만 모든 장르적 규칙이 그러하듯이 전통화된 관습이 존재할 수밖에는 없는 것이다. 전통 리얼리즘 소설에 대한 이러한 개념은 지만의 견해를 참조하였다. P. 지마, 서영상, 김창주 역, 『소설과 이데올로기』, 문예출판사, 1996.
18) 김우창, 「남북조 시대의 예술가의 초상」, 『소설가 구보씨의 일일』, 문학과 지성사, 1976. 이외에도 황순재(1996) 등이 동감하고 있다.

인 질서에 얽매어 있는 현실적 존재의 인격체라기보다, 이로부터 거리를 두고 상대적으로 자유로운 위치를 차지하고 있는 존재이다. 그는 객관적인 현실 질서를 무시한, 주관적이고도 순간적인 우연의 원리로 내적 흐름을 만들어 나간다. 가령 6장 <마음이여 야무져다오>를 보자면, 다음과 같은 일련의 흐름을 발견할 수 있다.

구보씨가 김순남씨의 가게에 들렀다.→ 김순남씨와 함께 보낸 대학 생활을 회상한다.→ 강의 시간에 '용병체험'이란 말을 처음 들었을 때의 강렬한 인상이 떠오른다.→ 현재의 김순남씨를 보고 그를 '용병'으로 생각해 본다.→ 이러한 생각에서 자신의 가학적 사랑법을 느낀다.→ 김순남씨와 적십자 교류에 대한 생각을 나눈다.→ 후배 결혼식에 참여하기 위해 서울 거리를 걸으면서 사람들과의 낯선 거리의식을 느끼고 자신의 피난민 의식을 다시금 확인한다.→ 결혼식이 끝나고 한태백씨와 명동으로 간다.→ 전후 시절의 명동을 생각하고 현재의 명동거리가 오히려 폐허라고 생각한다.→ 다방에 들려 공비 침투 사건을 듣는다.→ 자신의 6. 25 체험을 떠올린다.→ 평화 출판사에 가서 편집장과 공비 사건에 대해 이야기 한다.→ 편집장과의 자기 책에 대한 광고 문안을 살펴 보던 중 영상 시대 활자문화의 운명에 대해 사유한다.→ 김순남씨를 만나러 가는 길에서 서울 거리를 피난시절의 부산과 비교한다.→ 공비사건은 우리나라의 공군 특수범들의 범죄 행각이었음이 드러난다.→ 김순남씨와의 대화에서 우리 현실에 깔려 있는 반공 이데올로기를 확인하고, 적십자 교류가 성사되지 않을 것임을 깨닫는다.→ 대화 도중 세계사의 흐름이 강대국 중심의 논리임을 사유한다.→ 종전대로 통행금지임을 확인한다.

이렇게 장황하게 요약한 것은, 개별 사건의 파편적 구성이 주인공의 내면적 사유 흐름에 충실하기 위한 형식임을 보여주기 위해서이다. 아주 평범한 하루, 그것도 주로 매일 반복되는 '소설 노동자'의 일상이 별 의미있는 사건의 출현도 없이 흘러간다. 그러나 이 일상을 살고 있는 주인공의 내면 의식은 과거와 현재, 세계적 보편과 한국적 특수성을 종횡무진 자유롭게 넘나들면서 주어진 현실 질서들에 의문을 제기한다. 장사꾼이 된 역사학도 친구를 '용병'이란 말의 이미지와 비교함으로써 그의 외면적 평온함을 뒤집어 보기도 하고, 또 화려한 외관을 취하고 있는 명동 거리를 지나면서는 전쟁 후의 명동의 열정적인 삶과 대조해 봄으로써 현대 문명의 허구성을 되짚어 보기도 한다. 또 공비 소동을 겪으면서, 그리고 스스로의 마음 속에서 느꼈던 공산주의와 전쟁에 대한 공포감을 확인하면서는 신문 지상을 뒤흔드는 남북 적십자회담이나, 미. 중의 외교 수교 등의 탈이념의 화해 무드가 우리 현실과는 거리감 있는 '이데올로기적 담론'에 불과함을 깨닫는다. 이러한 일련의 과정은 일견 평화롭고, 단순하게 흘러가는 듯이 보이는 일상사에 균열과 틈새를 발견하고 문제를 제기하는 매우 역동적인 흐름이다.

그리고 이러한 역동성을 최대한 실현하기 위한 작가의 글쓰기 전략이, 바로 '파편적인 것들의 대위법'적 구성이다. 대위법(counter point)은 구별되는 다양한 사물들의 동시적 결합을 추구하는 구성원리이다.[19] 주인공이나 서술자는, 이미 정해진 자신들의 단일한 견해로 생각을 통일하여 주장하기 보다, 순간순간에 떠오르는 생각의 파편을 동시적으로 결합하여, 사유들 자체의 대화공간을 만들어 주는 방식인 것이다. 가령, 제 5장 '홍콩부기우기'장에서는 미국과 중국의 화해 무드를 타고 불어오는 탈이념 시대에 대한 성찰을 보여주고 있는데, 이는 구보의 완결된 특정의 이념소로 통일되기보다는, 기대와 걱정의 교차, 기성 관념과 현재 상황과의 대화, 비관론과 낙관론의 대결, 제도적 담론과 자신의 경험과의 논쟁적 대결 등 다양한 관점들 속에서 유동하는 과정을 그 자체로 보여주고 있다. 여기서 현실은 주인공 구보의 명료한 이념으로 구조화되지 않는다. 때문에 현실은

---

19) 김용수, 『영화에서의 몽타주 이론』, 열화당, 1996, 참조.

파편적이고도 개별적인 이미지들로 나누어져 버린다. 그러나 그의 불명료한 이념은 오히려 체계로 포괄할 수 없는 현실적 경험의 부정적 이미지들의 다채롭고도 부정적인 역동적인 모습을 보여주는 순기능적 역할을 하고 있다. 이 기능에 대해서는 3장에서 더 자세하게 논의하도록 하겠다.

따라서 파편들의 대위법적 구성은 무질서나 몰가치적 지향과는 성격을 달리하고 있는 것임을 확인할 수 있다. 즉, 우연한 사건으로 비체계적인 구성이 이루어지고는 있지만 이는 파편적인 해체가 아니라 다른 방식으로의 재구성인 것이다. 이는 이른바 '비체계성' 그 자체를 구성원리로 삼는 것으로 모순의 화해와 지양 대신에 그 자체의 대립과 모순을 강조하는 방향의 구성[20]이라고 힐 수 있는데, 최인훈은 이러한 구성을 위해 경계선적(marginal) 인물을 설정하고 있다는 점이 흥미롭다. 주인공 '구보'는 이북에 고향을 둔 실향민이라는 아웃사이더 의식과 그럼에도 남한의 체제에 기반하여 일상을 유지하는 '소설가 노동자'의 생활 의식을 대립적으로 가지고 있다는 점에서 경계선적 인물이다. 체제 내에 존재하기도 하지만, 체제 밖에도 존재한다는 점에서 양가적 존재인 것이다. 작가는 구보의 일상이 내면 속에 은폐된 "지하실의 목소리"와 사람들에게 "어울리는 표정"의 억지 화해로 이루어져 있음을 보여주고 각각의 불일치한 목소리들을 들려줌으로써 단일한 사유 체계를 거부하고, 모순들의 대립을 그 자체로 생

---

20) 이는 모순과 대립을 바라 보는 두 입장, 헤겔과 칸트의 견해 중 칸트의 견해에 해당한다. 그의 반성적 판단력은 바로 오성과 구상력, 개념과 이미지 사이의 대립을 전자의 자기 동일성으로 지양하지 않고, 새로운 질서를 꾀한다는 점에서 에세이적 사유의 인식론적 기반을 마련하고 있다. 아울러 지마식 분류에 따르면, 청년 헤겔주의에 해당하는 바흐찐 역시 이러한 대립과 경쟁을 그대로 인정함으로써, 자기 동일적 독백주의를 거부하고, 타자의 개입에 의한 다성적 대화를 열어 놓는다. P. 지마, 허창운, 『문예미학』, 을유문화사, 1993.

생하게 보여준다.

> 구보는 학생들이 일어서서 나가는 양대를 약간에 앉아 기다리면서
> 창밖을 내다보았다. 스님 차림을 한 사람이 뜰을 지나간다. 이 학교는
> 불교 재단이 움직이는 학교였다. 구보는 불교, 하고 뇌어 봤다. 그 정
> 묘한 관념의 체계의 한 부분을 가지고 그럼직한 미학의 이론 하나 만
> 든 사람이 없다는 것을 생각해 본다. 천년이요, 이천년이요를 들여 몸
> 에 익힌 버릇에서 실오라기 하나 건지지 못하고 시대가 바뀌면 미련
> 없이 「팔만대장경」을 나이론 팬티 하나와 바꿔 버리는 풍토. 구보는
> 문득 부끄러움을 느꼈다. 벌거숭이 된 내 마음. 오, 초토에서 이방인
> 들의 넝마라도 주워 입어야 했던, 벌거숭이 된 내마음. 문화사적인 분
> 노의 전사라는 포즈를 지어 보는 감상에 젖으면서 구보는 겨우 그 부
> 끄러움에서 빠져 나왔다. 어쩌란 말인가. 그렇지 못할 내 인연이기에
> 이렇게 법의 울타리 밖에서 그나마 멀리 우러러보는 것으로 용서해
> 달라. 그는 적반하장을 샤카무니에게 슬쩍 들여보였다.21)

대학생들의 강연을 별다른 생각 없이 마치고 난 뒤, 우연히 '스님' 한 분을 보면서 떠 오른 생각들로 구보의 내면은 혼란스러워진다. 그 생각은 지나가는 한 단상에 불과한 것이 아니라, 자신의 존재론적 위치에 대한 매우 본질적인 문제제기이기 때문이다. 급속한 근대화의 물결에 휩쓸려 전통의 흐름을 서둘러 없애버린 주변부 근대국가 지식인의 자의식, 즉 자신은 '벌거숭이 된 마음'에 불과하다는 것을 내면의 한 자아는 끊임없이 인식시킨다. 이로써 생활의 자아는 외면적인 평온함에도 불구하고, 자신에 대해 끊임없이 불일치를 선언하는 또 다른 자아를 마주함으로써 그의 내면은 언제나 치열한 내적 대화가 이루어지는 공간이 되어 버린다. 물론 이러한 역동화는 외면적으로는 생활의 자아의 동일화로 귀착되어 버리기 때문에 어떠한 새로운 행동이나 사건도 이루어지지 않는다. 그러나 이 이질적 파편들의

---

21) 최인훈, 『소설가 구보씨의 일일』, 문학과지성사, 1976, 15쪽.

대위법으로 현실은 다면적이고도 다채로운 통찰로 재의미화 되며, 이로써 기성화된 현실의 질서는 의문투성이로 전환된다.

이로써 <소설가 구보씨의 일일>은 반복되는 일상과 이를 역동화하는 내면적 성찰이 긴장감 넘치는 대결을 벌여나가는 소설임을 알 수 있으며, 이는 바로 에세이적 형식의 수용에 의해 가능했던 것임이 드러났으리라 본다.

Ⅲ. '순간'적 지각에 의한 의미생성 방법

'파편들의 대위법'이라는 에세이적 글쓰기 방식의 발상법은 무엇인가. 즉, 최인훈의 상상력의 기본 원리는 무엇인가. 그리고 그는 어떠한 미적 장치로 이를 실현해 나갔는가.

그의 기본적인 발상의 원리는 '순간'(moment)적 지각이라고 볼 수 있다. '순간'은 시간의 직선적 흐름을 거부하는 의식이다. 모더니즘 소설의 핵심적인 시간 형식이라고도 할 수 있는 순간은, 과거-현재-미래로 이어지는 연속적 시간의 흐름을 단절하고, 과거와 현재, 시작과 종말, 어제와 지금을 주관적이고, 상상적이며, 심미적으로 재해석함으로써 새로운 시간 체험을 개척한 문학적 시간화(literary temporalization)의 한 양상이라고 할 수 있다. 이러한 시간의 주관화는 근대 합리주의가 제도화한 객관적이고, 추상적인 시간의 공허함에 저항하는 전략이며, 과거, 현재, 미래라는 단선적 연속성으로 반복되는 동질화된 시간의식22)을 거부하고 주체의 유토피아적 소망을 드러내려는 방식이다. 다시 말해, '순간'은 불연속적 '단절'과 유토피아

---

22) 근대의 대표적 시간의식이라고 할 수 있는, '진보'(progress) 개념은 선취된 미래로 과거와 현재의 경험을 호출함으로써 다양한 경험들을 괄호시킨다는 점에서 이데올로기이다.

적 '재구성'의 계기를 갖고 있으며, 단순히 유아론적인 개념이 아니
다, 근대 합리주의에 대한 급진적 비판의 계기를 갖는, 즉 미학적일
뿐 아니라 정치적 성격23)을 갖고 있는 시간의식이다.

최인훈은 '순간'의 미학과 정치학을 창조적으로 실현하고 있는 작
가라고 할 수 있다. 그의 「서유기」는 독고준이 불과 30계단을 걸어
올라가는 몇 분 사이에 상상한 무한대의 시간이었고, 「총독의 소리」
역시 환청의 순간을 상상력으로 확장하고 있다. 「소설가 구보씨의 일
일」에서는, 현실체험에서 받은 인상을 회상과 자유연상, 환상과 결합
하여 자유자재로 재구성하여, 창조적이고 신선한 내면적 사유의 흐
름을 만들어 나가고 있다. 에세이적 글쓰기 방식, 즉 그의 일상질서
를 역동화하는 파편들과 그것의 대위법적 구성은, 바로 이 순간적 지
각들의 '단절'과 재구성'의 원리에 의해서 진행되고 있다. 구체적인
개별의 장치들을 설명하면서 그 양태를 살펴보도록 하겠다.

1. '기억'에 의한 反의미화

'기억'은 모든 서사 행위를 규정 짓는 본질적 행위이다. 삶의 단편
들은 기억 속에서 의미화되고, 일련의 질서로 표현될 수 있기 때문이
다. 그러나 여기서 언급하는 기억은 이러한 포괄적인 개념이 아니라,
현재와 과거, 지금과 그때를 이어주는 시간적 개념에 가깝다.

실향민인 구보씨는 언제나 마음만은 고향을 잊지 않고 있기에 서
울 살이의 순간순간들이 과거 시절과 고향에 대한 기억과 연결된다.
이는 경직된 도시 생활에서 황폐화된 내면을 일깨우는 활력소이다.
그런데 우리에게 중요한 것은 이 기억의 방식과 그 성격이다. 그에게

---

23) 최문규, 「역사성+심미성으로서의 <순간>」, 『탈현대성과 문학의 이해』, 민
    음사, 1996, 167쪽.
    K H. Bohrer, Trans.Ruth Crowley, *Suddenness*, Columbia University Press,
    1981, 201-205쪽.

기억은 과거의 행복했던 시절로의 돌아감이나, 혹은 이를 통해 잃어
버리 주체성을 회복할 수 있는 [illegible] 신이 처하고 있는 현실과의 단절감을 들추어 내고, 그 질서로부터 거
리감을 두게 하는 일종의 비판적 성격을 띠고 있다. 즉 단순히 과거
로의 복원이 아니라 오히려 현재와의 비판적 대립에 있는 것이다.

> 두 사람은 명동 성당 앞으로 올라갔다. ―구보씨가 명동을 처음 본
> 것은 두 번째 뺏겼던 서울이 되찾아지고 난 직후였다. 그 무렵에 명
> 동은 전쟁 때 부숴진 대로였다. '실존주의'가 처음 사람들 입에 오르
> 내릴 땐데 말하자면 실존주의적인 거리였다.――구보씨 느낌을 기준으
> 로 삼는다면 지금의 이, 외국에 가 본일도 없는 구보씨조차 그닥 겁
> 나지도 않게 쓸데 없이 되살아난 이 거리보다는 그때의 허물어진 터
> 가 훨씬 건강하였다. 그 허물어진 터에는 날카로움이 있었다. 개화기
> 이래 명동이라는 이 땅뙈기를 덮어 온 껍질이 한 번 부숴지고, 맨살
> 이 이 땅의 벌거숭이 얼굴이 싱싱하게 드러나 있었다. ―그 무렵의
> 지령의 전사들은 지금은 모두 골동상으로 월부판매원으로 물러 앉았
> 다. 지령은 그러나 '感覺' 속에도 '觀念' 속에도 임하시지 않는다. 어
> 디에 있는 것일까. 이 세상의 비밀과 맞뚫린 삶이 모습은 이룰 길은
> 없는데 맛만 알고 말았다는 것은 괴로운 일이다. 어디에 있는가? 그
> 렇다. 그런 것은 없다. 어디도 원래 없다. 그런 것이 있기 위해서는
> 마음이 한 없이 가난하지 않으면 안 된다. ―구보씨는 너무 지루하게
> 서 있는 우상들을 바라보았다. 등기소에 한 번 올랐다는 까닭으로 <u>이
> 폐허의 숨구멍을 막고 있는 이 숱한 집들. 아차, 이것은 지하실의 그
> 작자들 목소리였다. 조금 한 눈을 팔면 이렇다니깐. 구보씨는 죄수들
> 을 지하실로 몰고 내려가서 쑤셔박아 놓고 올라왔다.</u>24)

여기서 우리가 확인할 수 있는 것은, '기억'의 부정적 성격이다. 무
심코 길을 가다가 떠 오른 '명동'에 대한 주인공의 과거 기억은 단순
히 자신의 과거를 회상함이 아니라, 현재에 관습화된 사유들을 부정

---

24) 최인훈, 위의 책, 25쪽.

하는 방향으로 작용한다. 현재의 우뚝 선 건물들이 발전이 아닌 퇴
보, 우상, 불건강함에 불과하며 오히려 과거가 우리 자신의 건강한
맨 얼굴이라는 기억의 내용은, 현재 일상을 유지하는 상식에 대한 가
치전도를 내포하고 있다. 즉, 현재의 발전된 문명이 오히려 '폐허'가
되고, 전쟁 후의 '폐허'는 오히려 건강함이라는, '폐허'의 일반화된
관념에 의미론상의 부정과 대립의 논리를 제기하는 것이다.

이는 그의 기억 방식이 과거로의 지향이 아니라, 순간 속에서 과
거와 현재를 동시에 결합하는 방식으로 이루어짐을 보여주는 대목25)
이다. 즉, 현재와의 연속성 속에 놓여 있는, 영향사적 의미에서의 과
거 기억이 아니라, 현재와 어떠한 인과관계도 갖지 않는 불연속적인
과거의 기억을 특정 순간에 현재와 대립적으로 재구성하는 순간의
기억인 것이다. 이는 벤야민식의 용법을 빌면, 스쳐 지나가는 과거의
상을 통해 현재의 위기를 일깨우는 것이며, 이로써 이미 만들어진 전
통의 질서 대신 새로운 "복수의 전통"을 구상하는 방식인 것이다. 이
러한 설명이 가능한 것은, 그의 기억이 이중화된 자아 위치 중에서,
아웃사이더의 '대립적 목소리'(opposing voice)26)를 복원하여 현실에
대해 '음모'를 도모하는 것과 관련되기 때문이다. 이 목소리는 실향
민 구보씨의 과거 경험을 담고 있는, 현재적 자아를 통제, 관리하고
있는 이질적 존재인 것이다.27) 아도르노가 지적한 바와 같이, 모든

---

25) 최문규, 「역사성+심미성으로서의 <순간>」, 『탈현대성과 문학의 이해』, 민
음사, 1996, 164쪽.
26) Roger Fowler, 「Anti-language in fiction」, *Literature as Social Discourse*,
Billing & Son, 1981, 143-144쪽. 이 개념은, 반(反)사회적 존재가 지배 이데
올로기에 통합되기를 거부한 채 경쟁적인 담론을 제출하는 의미 주체를
말한다.
27) 이렇게 보면, 그의 기억은 주체에 의해 대상을 완결된 총체성 속에서 재
구성해내는 마르쿠제가 말한 생산적 기억(Erinnerung)이라기보다, 객관 그
자체에 대한 경건한 돌이킴을 통해 주관적 힘들과 객관적 힘들의 차이와
비동일성을 회복시키는 회상(Gedachtung)의 개념에 더 적절할 것이다. M.

[illegible]
[illegible]
의 논리이기 때문이다. 이는 일상의 자기 동일성을 유지하는 대가로,
종합적 기억들을 배반한다. 그러나 최인훈의 구보처럼, 현재의 존재
를 문제적 상황으로 몰아 넣는 이러한 순간적 기억은, 과거로의 돌아
감이라기 보다 오히려 '깨어남'의 형식이라 할 수 있을 것이다. 그는
자신이 묻어 둔 경험과 역사를 되돌아 본다. 따라서 이 소설이 집요
하게 반복하고 있는 전통, 과거에 대한 기억은, 근대적 질서의 자기
동일적 의미화에 이의를 제기하고자 하는 대립적 의미 생성의 논리
로 이해될 수 있다.

물론 최인훈 소설에서 이 단절은 적어도 기억의 순간에서는 급진
적이지 않으며, 또 다른 차원에서의 재구성으로 이어져 유토피아적
비전으로 확장, 발전되지 않는다. 하지만 그렇다고 연속성의 흐름으
로 동화되지도 않는다. 오히려 작가는 화해할 수 없는 대립적 긴장을
유발하여 기성관념과 새로운 현실, 세계사적 흐름과 민족적 상황, 근
대 문명과 전통적 기억 간에 대화적 소통 공간을 구성하고자 하며,
이를 통해 현실과 이념을 그 어떠한 예정된 답으로도 결론 내리기를
거부하고 다면적인 관점에서 성찰하고자 하는 것이다. 그의 말대로
그의 소설은 '삶의 도식화에 대한 해독제'이자 '보완'인 것이다. 여기
서 '기억'은 근대 보편사의 흐름이라는 공허한 동질의 시간, 그 우상
화된 시간 속에서 자신의 "삶을 잊어버리지 않기 위한 몸짓"이며
"자기가 자기임을 유지하기 위한 되풀이"28)라는 저항적 전략의 성격
을 갖는다.

제이 최승일, 『아도르노』, 지성의 샘, 1995, 96-97쪽.
28) 최인훈, 위의 책, 44쪽.

2. 연상의 몽타주에 의한 再의미화

자유 연상은 의지적 추론이나 인과론적 사유, 즉 오성의 논리에 포섭되는 사유가 아니라 구상력의 자유로운 유희로 새로운 사유를 만들어 가는 방식이다. 구보씨는 길을 걷다가, 혹은 일을 하다가 이 자유 연상으로 몰입해 가는데 이 글에서 가장 자주 쓰이는 방법이다. 특히 최인훈은 동음이의어에 의한 어희(語戲), 이미지들의 몽타주, 새로운 사유 경로를 트는 위트의 발상법, 어휘들의 재문맥화 등을 이용하여 참신하고, 세련된 자유 연상의 기법을 보여주고 있다.

> 거기는 칠면조였다. 옆 우리에서 벌어지는 일에 아랑곳 없는 그 새는 뒤룩거리는 불그죽죽한 혹이 달린 머리를 멍청하게 쳐들고 가만히 서 있었다. ― 구보씨는 칠면조 고기를 먹어 본 적이 없다. 별 새가 다 있단 말이야. 우리가 닭 잡아 먹는 식으로 서양 사람들은 저걸 잡는단 말이지? 서양 장모들은 사위를 부면 저 놈의 모가지를 비트는가? 사위. 반가움. 칠면조. 모가지. 조건 반사의 그런 버릇. 문화란, 조건반사의 묶음이다, 라는 생각. 반가움을 위해서 무엇인가의 모가지를 비튼다. 괴로움의 바다로군. 불난 집이란 말이지. 좋으면 좋았지 왜 남의 모가지는 비트누. 치맛바람을 일으키며 쇄도해가는 장모. 비틀거리는 닭 모가지. 캑. 쯧쯧, 무언가 있어. 반갑다는 감정이 남아 있다는 사실이 화가 나서 개 옆구리 차는 식으로 누군가에게 분풀이라를 한다는 느낌이 든단 말이야.29)

'칠면조'를 본 뒤의 자유 연상은 인과적 계열체가 아닌 은유와 환유의 통합체의 원리로 발전된다. '칠면조-서양 사람들의 장모와 사위의 관계-우리나라 장모의 닭 잡기 행위-비틈의 조건반사적 행위-문화의 역설적 모순 발견'로 진행된 일련의 사유 진행은 '칠면조와 닭'의 유사성에 일단 기반한다. 그런데, 구보의 연상의 새로움은 '반가움'이

---

29) 최인훈, 위의 책, 30쪽.

라는 이미지가 사실은 '모가지 비틈'이라는 대립적 이미지로 묶여 있다는, 그 이미지들의 충돌 양상을 보여줌으로써 공인된 관습을 비판하는 데 있다. 즉 오히려 동일 대상에 내재한 두 이미지의 충돌을 몽타주30)함으로써, 타인에 대한 우호적 관계의 표면 밑에는 타자에 대한 살인 행위라는 이면 논리가 존재하고 있음을 보여주는 방식이다. 이는 매우 다양하게 사용되는데 예를 들면 다음과 같다. '庶民'이라. '嫡庶'의 '庶'잔데 언제 어떻게 생긴 말인지 굉장한 말이다. 신문 같은 데서 덮어놓고 이 말을 쓴다. —모두 첩의 자손이란 말인가."(266쪽)에서는 '서민'이란 말의 대립된 이미지를 발견하고 있다. 또 한편으로, '홍콩 부기우기'라는 장에서는 일반 서민 주택의 대립되는 두 이미지를 역설적으로 보여주고 있다. 즉, 외견상으로는 차분한 "앉음새"의 집으로 안전하게 문단속을 하고 있는 듯이 보이지만, 사실은 많은 광고문안들의 세례로 스스로 문을 열어 놓고 있는 역설적 모순이 드러나는 것이다. 현대인들이 대량의 문화공세에 의해 자기정체감을 상실하고 있는 모습을 선명한 이미지 대립으로 보여주는 것이다.

이와 같은 자유 연상의 사유는 구상력의 다양한 활용 방식으로 진행된다. 즉 대상을 특정의 개념적 전제에 의해 '유목적적'으로 이해하기보다, 이미지와 감각의 '무목적적' 유희 충동을 최대한 실현하는 가운데 새로운 인식에 도달하는 것이다.31) 이것이 에세이적 형식의 발상법 원리로 이용되는 것은 다음과 같은 이유일 터이다. 즉, 특정의 개념적 전제로 대상을 이해할 경우 특정의 담론적, 문화적 질서에의 동일화 계기가 포함되는데 반해, 구상력의 자유 연상은 대상간의 새로운 결합을 시도함으로써, 기성 문화 관습의 분류화, 위계화의 질

---

30) 김용수, 『영화에서의 몽타주 이론』, 열화당, 1996, 109쪽.
31) 이는 E. Kant의 '반성적 판단력'에 기반하고 있는 것임을 밝혀둔다. E. Kant 이석윤 역, 『판단력 비판』, 박영사, 1974.

서에 전면적인 재구조화를 시도하는 것이다. 분류화, 위계화는 물질적 현실을 구성하는 사유방식의 가장 기본 문법이다. 각기 다른 이데올로기는 다른 방식의 분류화 체계를 갖는다.[32] 그러나 최인훈은 이 자유연상을 통해 분류화 질서를 재조정하며, 이를 통해 관습적 질서에 대한 유연하고도 새로운 해석을 시도하고 있다.[33] 위 예문의 경우는, 인간과 인간과의 관계 속에서만 이해되었던 문화 개념을, 인간과 자연의 관계로 재분류함으로써 문화의 폭력성이라는 이면을 통찰하기에 이른다.

3. '환상'성에 의한 의미 전도

최인훈은 환상을 '나와 세계를 초월해 있다는 상태로서의 의식형태'[34]라고 설명한 바 있다. 환상성은 그의 글쓰기 전략에 가장 핵심적인 요소로 이 자체로도 매우 광범위한 연구가 될 터이지만, 본고에서는 환상의 의미 생성 기능으로 '급진적인 의미 전도'에 대해서만 초점을 맞추어 논의하도록 하겠다. 토도로프는 환상성의 특징을, 현실과 허구, 물질과 정신, 나와 너, 주체와 객체 등 사이의 분리된 거리들을 침범, 경계를 넘나드는 '비모순적 모순'의 긴장감에서 찾은 바 있다.[35] 환상성은 현실의 시공간과 문화 규범으로부터 초월할 수 있으며, 관념과 현실을 상호 교체하여 제반의 사유들을 현실로 재문맥화할 수 있다는 점에서, 사고의 자유로운 실험을 추구하는 에세이적 글쓰기의 주된 장치로 활용된 바 있다.

최인훈은 이러한 환상성을 현실 위반(transgression)의 장치이자 유

---

32) Robert Hodge & Gunther Kress, *Language as Ideology*, Routledge & Kegan Paul, 1979, 62쪽.
33) 재문맥화, 위트의 발상법 등은 지면 관계상 다음 기회로 미룬다.
34) 최인훈, 「인간의 Metabolism의 3형식」, 『작가세계』, 1990 봄, 120-126쪽.
35) Z. 토도로프, 이기우 역, 『환상문학 서설』, 1996, 288-300쪽.

토피아적 계기로 사용하고 있다는 점에서 특징적이다. 환상성의 가
장 큰 장점은, 앞서 말했지만 '물질성'과 '관념성'의 모호한 경계에
있다. 즉, 분명 초현실적인 것인데 가장 현실적인 모습으로 나타는
것이다. 이는 과거와 현재, 미래의 경계가 무너지는 '순간'의 지각형
식을 효과적으로 이용할 수 있는 장치인데, 최인훈은 현실의 금기와
한계를 위반하고 대안적인 제 2의 현실을 보여주기 위해 이 방법을
사용한다.36) 주인공 구보는 각 상황에 처해, 자신의 욕망이나 생각에
따라 여러가지 모습으로 '변신'한다. '단테', '병아리 감별사', '하숙집
여주인' 등으로 변신하여 주어진 상황의 구속으로 벗어나 자기 욕망
을 실현하기도 하고, 현실의 문제를 직접 해결해 보기도 한다. 이는
문화적 구속으로부터 초래된 결핍을 보상하고자 하는 욕망 실현의
장치임과 동시에, 현실의 본질을 꿰뚫어 보고 이를 자발적으로 해결
해 보려는 인식론적 장치이기도 하다. 가령, '단테가 되는' 환상체험
은 반란자가 되지 못하는 피난민의 무기력감이 환상을 빙자하여 대
리 만족하는 것이기도 하겠지만, 아울러 철저하게 폐쇄된 현실의 부
정성을 적나라하게 드러내려는 의도와 맞물려 있는 것이다. 즉 非常
한(extraordinary) 플롯을 만듦으로써 외면적인 현실에 가려 있는 이면
의 현실을 보여주려고 하는 것이다.

> 구보씨는 그 순간, 확 풍기는 닭똥 냄새를 맡았다. 과연 그래. 그는
> 넌지시 손을 코에 갖다 댔다. 훅 끼치는 닭똥 냄새. 그럴 것이었다. 껍질
> 을 깨고 나와서 살겠다고 비악비악 거리는 숱한 병아리들을 만지지 않
> 았는가. 현상소설의 원고지 사이에서 풍겨 나오는 그 비릿한 냄새는 분
> 명히 닭똥 냄새였다.37)

---

36) 아도르노는 환상을 자발성에서 떼어 놓을 수 없으며, '해결책의 여러 가능
   성에 대한 무제한의 처리 능력'이라고 설명한 바 있다. T. W. 아도르노,
   『美學理論』, 문학과지성사, 1984, 274쪽.
37) 최인훈, 『소설가 구보씨의 일일』, 문학과지성사, 1976, 26쪽.

신문사에서의 신인 투고 심사위원을 하면서 느낀 자의식을 환상성의 방법으로 서술하고 있는 대목이다. 구체적인 후각으로 확인되는 닭똥 냄새는 사실은 주인공의 관념일 것이다. 그러나 그 관념은 환상 속에서는 물질성을 획득한 구체적 현실이 되어 버린다. 토도로프의 견해[38]에 따른다면, 환상 주체는 일상의 주체로부터는 분열된, 그러나 완전히 벗어날 수는 없는 일종의 '거울' 속에 비친 존재이다. 그는 거울 속에서 '거꾸로 세워진 현실'을 바라보듯이 현실을 역투사하여, 그 이면을 드러내는 것이다. 위 예문으로 설명하자면, 기성 문단에서 어느 정도의 위치를 차지하고 있는 구보의 문인 생활이란 다른 사람들로부터 강연 초청도 받고 원고 청탁도 받겠지만 기껏해야 감별사이고, 거지에 불과한 것이다.

이외에도 환상과 현실을 탈문맥적으로 인용, 직접 대조하는 방식으로 현실의 이면을 성찰하기도 한다. 고궁의 문화재를 보면서 우리의 조상들과 샤갈의 만남을 상상해 보는 장면, 유토피아의 이상을 꿈으로 재현하면서 현실의 '난세'적 삶에 대한 대안을 모색해 보는 장면 등이 그것이다. 이러한 환상의 장치 등은 작가의 말대로, 현실에 갇힌 인간이 문학을 통해 자신의 구속으로부터 탈출하기 위한 현실 부정의 방법[39]인 셈이다. 그는 현실에서는 불가능한 자신의 유토피아적 해결책을 자유롭게 발산하고 이를 현실화하는 환상의 장치를 통해, 우리 사회가 만들어 놓은 금기의 범주를 깨거나 선명히 한다. 이는 그의 환상이 현실을 위반함으로써 현실의 이면을 드러내려는, 닫힌 사회와 대응하는 한 전략임을 보여준다.

---

38) 토도로프, 위의 책, 230-239쪽.
39) 최인훈, 「문학과 현실」, 『문학을 찾아서』, 현암사, 1970.

Ⅳ. '피난민'의 근대 문화에 대한 비판적 성찰

우리는 앞서 최인훈의 에세이적 글쓰기의 특징적인 양상과 그것의 의미 생성 방식을 고찰해 보았다. 이제, 우리의 질문은 이러한 에세이적 형식이 현실과 어떠한 대응 방식으로 선택된 것인지를 묻는 자리에 와 있다. 즉, 소설이 그리고 작가의 글쓰기가 현실을 드러내고 재현함을 넘어서 현실과 대결하고 대화하는 것이라면, 즉 그 자체가 세계내적 존재로서 행사하는 삶의 구체적 행위라면, 우리는 작가의 형식 선택을 문화철학의 관점으로 투사해 볼 필요가 있을 것이다.

최인훈은 이 작품이 5. 16 이후 군사 정권이 들어 선 이후, 그들의 질서가 현실적 관성을 수립하였을 때, 현실과 '숨바꼭질'하면서 쓴 작품이라고 설명한 바 있다.40) 60, 70년대의 한국 사회에 대한 엄밀한 지식이 뒤따라야 하겠지만, 이 때는 분단 국가 상황에서의 강력한 메카시즘 열풍과 국가 주도형의 근대화 과정으로 매우 권위적이고도 획일적인 문화질서가 팽배했던 때라는 것만은 분명하다. 이는 현실적 검열의 문제를 비롯하여 직·간접으로 작가 글쓰기가 이루어진 문맥을 형성했을 것이며, 최인훈의 에세이적 형식 역시 이와 대결하는 한 전략으로 볼 수 있다.

에세이적 양식은 앞서 살펴보았던 것처럼 현실 세계에 대한 일종의 우연적이고, 즉흥적이고, 순간적인 반응을 중시하는 주관적인 글쓰기이다. 이는 일관된 논리나 체계를 갖추지 않은 것이고, 따라서 세계를 통일적인 안목으로 거대 서사를 엮어내는 작업과는 반대의 편에 서 있다고 할 수 있다. 주인공 구보씨에게 세계는 언제나 총체

---

40) 한기·최인훈의 대담, 「광장과 밀실 사이 또는 예술가의 초상」, 문학과정신, 1991, 12. 21쪽.

적인 인식이 불가능한 '아리송한 것'이었다. 그러나 이러한 이해 불가능성은, 이른바 '난세'라고 이름한 바 있는, 급격한 세계사 흐름에 따른 지적 혼돈의 반영으로 볼 수 있다. 구보씨는 이념의 대립으로 고향을 상실했고, 지금도 고향에 대한 열망이 유일한 낙이다. 그런데 이제는 이념 자체가 문제시 되지 않는 시대, 그리고 우리의 행복을 보장했던 근대가 철저한 이율배반의 얼굴을 드러내는 시대가 되어 버린 것이다. 이러한 시대, 현실과 기존의 인식적 전제를 날카로운 의구심과 불신감으로 끝까지 밀어 붙이는 사유의 힘을 제공하고 있는 것이 바로 에세이적 형식이다. 즉, 체계성의 강요로부터 자유로울 수 있기에 어떠한 이념도 전제하지 않고, 기성의 현실과 이념에 대해 유연하면서도 근본적인 의구심을 표명할 수 있는 것이다. 최인훈의 작품이 성취하고 있는, 문명비판과 근대 보편이념의 허구성—그의 말대로 하면, '집단미신'—이 매우 폭넓고 다양하면서도, 구태의연하지 않은 것은 이러한 이유이다. 그는 에세이의 단편적이고도, 순간적인 지각의 다양한 결합 방식을 실험함으로써, 현실과 이상, 허구와 실제, 발전과 퇴보, 보편과 주변 등의 근대적 이항 대립을 급진적으로 해체하고 이를 통해, '집단미신'의 권위적 구심화로 동화될 수 없는 주변부 집단의 목소리를 복원하고 있다. 때문에 그의 서사성의 폐기와 현실에 대한 체계적 '인식'의 부재는, 회의주의나 무기력이 아니라 위기의 시대를 맞이한 '성찰'의 표현으로 볼 수 있다.

이 성찰은 '뿌리 뽑힌 자'라는 주변부 집단이 중심화된 문화의 허구성을 자각하는 매우 능동적이고 긴장감 넘치는 행위이다. 최인훈이 작품에서 "의심많은 마음이여, 그대야말로, 우리들의 詩心이다."[41]라고 고백한 것도 이 성찰 행위와 관련될 것이다. 특히 '구보'의 피난민 의식을 포함하여, 주변부 자본주의의 근대 문명에 대한 비판적

---

41) 최인훈, 『소설가 구보씨의 일일』, 문학과지성사, 1976, 139쪽.

성찰을 본격으로 시도하고 있다는 점이 그의 작가적 장점이라고 생
각한다. 일반적 의미로 새겨볼 때, 피난민은 자신의 기억과 삶의 원
천으로부터 쫓겨나 남의 땅과 시간에서 타자화된 삶을 살아가는 사
람들이다. 타향과 고향은 타자와 자아라는 개념과 유비적 관계에 놓
고 생각할 수 있는데, 고향이 자신의 경험과 역사가 존재하는 그리하
여 친연감을 가진 공간이라면, 타향은 자신의 경험이 존재하지 않는
낯선 곳이다. 특히 우리나라의 경우, 실향민은 근대 이념 투쟁과 관
련되는 '전쟁'과 '분단'의 직접적 산물이라는 점에서 더욱 문제적이
다. 구보가 '분단에 의한 실향민'이라는 것은, 구보 자신이 근대라는
발전 과정에서의 문제점을 스스로의 존재론적 문제로 고스란히 넘겨
받음을 의미한다. 구보가 세상의 '어질머리'의 핵심이 자신에게 있다
고 생각한 것도 이 때문이다. 그는 이 어질머리에 골몰함으로써, '보
편'이라고 생각했던 것이 단지 '서구'의 것에 불과하였음을 성찰한다.

> "公은 워싱턴에 모스크바에 있는 것이라는 것을 배운 세월이 구보
> 씨의 피난 살림이었다."42)

　전통과 기억에 대한 그의 애착도 이러한 맥락에서 해석될 수 있다.
전지구적 기획으로서의 자본주의는, 시공간의 구체성을 추상적 이성
의 보편성으로 대신하여 세계를 합리화하였으며, 이 과정에서 세계
는 보편사의 전망 속에서 일률적으로 통일되었다. 그러나 이러한 보
편사란 결국 허구였고, 서구사에 불과하였다는 것, 우리는 '풍문'과
'미신' 속에서 살았다는 것, 그 모순을 순간적이고 단편적인 파편들
로 끊임없이 들추어내는 것이 이 작품의 핵심이다.
　이와 같이 최인훈에게 에세이적 형식은, 근대의 보편적 이념에 의

---

42) 최인훈, 앞의 책, 139쪽.

해 자기 경험을 기만당하고, 타자화 되었던 주변부적 위치의 자아가 자신만의 질적 특수성, 혹은 경험을 되찾는 일종의 대화과정이라고 할 수 있다. 즉 자신의 성찰을 거치지 않은 채 '미리 주어진, 기성화된' 이념들을 거부함으로써 허위의식과 거리감을 둘 수 있는 비판의식의 장치인 것이다. 이것이 명료하게 드러나는 부분은 신문 지상에서 발표된 탈이념의 담론 역시도 중심화된 하나의 '풍문'에 불과하다고 자각하는 장면이다.

> "깨어난 눈에 보이는 그 모든 것들은 왜 그런지 눈물겨웠다. 분하도록, 분하도록 눈물겨웠다."[43]

이 탄식은 현실의 모순을 모순 그대로 이해하려 함에서 출발하고 있다는 점에서, 단순한 해체나 파괴가 아니라 해체적 재구성을 통한 현실에 대한 성찰이다. 이념적 틀이 해체되었기에 인과율로 세계를 구조화할 수는 없지만, 오히려 이 인과율에 포섭되지 않은 파편적이고 순간적인 사유를 유연하게 재구조화함으로써 현실의 역동적 모순을 성찰해 낼 수 있다. [44]이는 주체가 자신이 믿고 있던 기성 관념이 현실에 의해 완전히 해체됨을 경험한 이후에도 파멸되지 않고, 다시 현실과의 능동적인 대결을 벌일 수 있는 힘이라 할 수 있다. 주체의 수동성이란, 세계를 고정된 대상으로 물화하는 것이라면, 에세이스트는 어떤 개념적 구속에도 얽매이지 않는 유연한 구심력으로, 대상에 대해 끊임없는 가치평가적 응답(addressivity)[45]의 시선을 보내고 있는

---

43) 최인훈, 위의 책, 140쪽.
44) 아도르노는 에세이의 나직한 온순함이 담론적 사유의 자동화된 사유에 비해, 오히려 매순간 자신에 대한 성찰을 열어 놓는다는 점을 지적하고 있다. 그가 후기 자본주의 사회의 주체위기에 대한 극복 대안을 에세이 형식에서 찾는 것은 이 때문이라 할 수 있다. Adorno, "The Essay as Form", *Notes to Literature*, Columbia U. press, 1958.
45) M. 바흐찐, 『도스또예프스키 시학』, 정음사, 1996, 56쪽.

것이다.

이와 같은 점에서, 에세이 형식은 주체 위기의 시대에 이성과 구상력의 균형잡힌 성찰로 주체성을 회복할 수 있는 문화적 대응으로 이해된다.

V. 결 론

본고는 최인훈 소설의 에세이적 형식이 근대 문명에 대한 부정적 성찰의 하나이며, 주체성 발현이라는 문화적 전략의 하나임을 보여주고자 하였다. 그동안 최인훈 소설은 특유의 반사실주의적 경향 때문에, 현실적 문맥과의 관련 속에서의 논의가 충분히 이루어지지 않은 감이 있다. 이에 대한 세밀한 논의를 위해서는 무엇보다 소설 형식, 특히 새로운 형식의 실험을 어떻게 이해할 것인가 하는, 언어관과도 관련되어 있는 문제에 나름의 관점을 가져야 한다고 생각한다. 본고는 소설 형식이 당대의 사회 문화적 문맥과 관련 맺는 상호작용의 양상으로 이해되어야 할 것으로 보고 이를 바탕으로 작품 분석을 하였다. 물론 이러한 연구는 특정의 글쓰기 방식이 과연 특정 시대, 어떠한 문화적 기능을 갖고 있는가에 대한 탐구를 궁극적인 목적으로 삼는다.

연구 결과에 따른다면, 최인훈의 에세이적 소설은 명료한 반소설적 의식을 가지고 쓰여졌으며, 그것의 구체적인 양태는 목적론적 인과율을 포기하고, 대신 '다양한 관점의 대화적 병치'라는 구성원리를 차용하였다는 점이다. 이는 반합리주의적 발상법에 기인하는 것으로, 이성의 과학적 인식에 기반하여 자기 동일적인 체계성을 성취하는 대신, 오성과 구상력의 자유로운 유희를 통해 개념 체계로 포섭되지 못하는 모순의 생생한 국면을 적나라하게 드러낸 비체계성을 지향하고 있음이 발견되고 있기 때문이다. 그것은 구체적으로 자유연상, 순간적 기억, 환상 등의 비합리적 발상에 기반한 글쓰기 방법으로 이루어지고 있었으며, 이들은 소설 내에서 문제삼고 있는 현실의 기성 담론을 부정하거나, 차이화하고, 그 지속적인 흐름으로부터 단절하려는 의미 생성 원리로 작용하고 있음도 밝혔다. 이러한 기성 담론과의 비판적 대결 양상은, 「소설가 구보씨의 일일」이 비록 순환구조에서 벗어나고는 있지 못하지만, 지배적 담론에 대한 역동적인 성찰행위임을 보여주는 예이다. 특히 최인훈은 '피난민'이라는, 한국적 근대화의 특수 계기를 포착하여, 산업화된 1970년대의 근대 도시 문명을 능동적으로 성찰하고 있다.

최인훈의 소설은 에세이 형식이 가진 잠재력을 충분히 발휘하고 있다고 생각한다. 모든 것을 '가능성'과 '문제'로 되돌려 놓는 에세이적 글쓰기는, 이념의 도그마로부터 빗어나 현실을 유연하고도 새롭게 이해함으로써 지배적 이데올로기들과 대결할 수 있는 능동성을 가진 글쓰기 방식이다.

참고문헌

김용수, 『영화에서의 몽타주 이론』, 열화당, 1996.

여홍상 편역, 『바흐찐과 문화 이론』, 문학과지성사, 1996.

염무웅, 「<상황과 자아>」, 『우리 시대의 작가 총서―최인훈』, 은애출판사, 1979.

오현일, 「소설 속의 에세이적인 것에 관한 연구」, 고려대 대학원, 1979.

이태동, 「문학의 인식작용과 야누스의 얼굴」, 『한국 현대문학 전집』 해설, 1979.

정혜영, 「최인훈 소설의 환상성 연구」, 숭실대 석사, 1992.

최문규, 『탈현대성과 문학의 이해』, 민음사, 1996.

최인훈·한기 대담. 「광장과 밀실 사이 또는 예술가의 초상」, 『문학정신』, 1991. 12.

B. 츠메가치, D. 보르흐마이어 편저, 류종영/백종유/이주동/조정래 공역, 『현대문학의 기본개념 사전』, 솔, 1996.

E. 칸트, 이석윤 역, 『판단력 비판』, 박영사, 1974.

G. 루카치, 반성완, 심희섭 역, 「에세이의 본질과 형식」, 『영혼과 형식』, 심설당, 1988.

G. 하스, 오현일 역, 『現代 에세이論』, 삼중당, 1976.

M. 제이, 최승일, 『아도르노』, 지성의 샘, 1995.

M. 바흐찐, 『도스또예프스키 시학』, 정음사, 1996.

P. 지마, 허창운 역, 『문예미학』, 을유문화사, 1993.

P. 지마, 서영상, 김창주 역, 『소설과 이데올로기』, 문예출판사, 1996.

P. 뷔르거, 「에세이에 대하여」, 『지배자의 사유』, 인간사랑, 1996.

Z. 토도로프, 이기우 역, 『환상문학 서설』, 1996.

Grapher, C, *The Industrial Reformation of English Fiction*, The University of Chicago Press, 1980.

Wheeler, K. M, *German aesthetic and literary criticism : The Romantic Ironists and Gothe*, Cambridge Uni Press. 1984.

Bohrer, K H, Trans.Ruth Crowley, *Suddenness*, Columbia University Press, 1981.

Hodge, R, & Kress, G, *Language as Ideology*, Routledge & Kegan Paul, 1979.

Fowler, R, "Anti-language in fiction", *Literature as Social Discourse*, Billing & Son, 1981

Adorno, T, "The Essay as Form", *Notes to Literature*, Columbia Uni. press. 1958.

제 3 부 문학교육과 비평의 만남

한철우, 독서와 문학의 통합적 접근
임경순, 비평교육에 대한 일 고찰
김성진, 비평의 논리로 본 문학 수행 평가의 철학

독서와 문학의 통합적 접근

한 철 우*

독서와 문학은 통합되어야 하는가? 이 물음의 제기는 이미 독서와 문학이 따로 논의되고 있음을 시사한다. 또한 독서와 문학이 통합되어야 할 필요성과 당위성을 함축하는 물음이 되기도 한다. 그 동안 독서라는 읽기 기능은 학문적 이론의 취약함 때문에 독립되어 논의될 만큼 독립성을 확보하지 못했었다. 독서는 다른 언어 기능과 마찬가지로 항상 이론이 없는 실천적(기능 훈련) 문제였지 이론 탐구의 대상은 아니었다. 이러한 언어 기능이 학문 탐구를 금과옥조로 여기는 대학에서 소외되어 왔음은 주지의 사실이다. 국어교육을 연구하고 실천해야 할 국어교육과에서 더욱 그러했다. 그런데 이제 독서 등의 언어기능 분야가 학문적 이론을 내세우며 국어교육에서의 중요성을 강조하자 위상 정립이 문제가 되기 시작했다. 특히 국어교육의 목표를 언어사용 기능의 신장으로 강조하게 되자 언어기능과 문학, 국어학과의 관계가 무엇인지 연구 검토할 필요성이 제기되어 왔다. 또 영역 사이의 분리주의에 대한 위험성이 지적되기도 하였다. 독서와 문학의 통합가능성을 새삼 논의하고자 하는 연유가 여기에 있다고

---

* 한국교원대 교수

할 것이다.

독서와 문학은 국어과 교육의 한 부분을 구성하고 있다. 언어기능, 국어학, 문학 등 국어과 교육의 세 영역이 유기적으로 통합되어 있는 상태인지 느슨한 연방적(?) 관계를 형성하고 있는지는 보다 깊은 논의를 요한다. 미국의 경우 초등학교에서 문학은 독서 속에 포함되어 있다. 독서 속의 많은 읽기 자료는 문학 작품이거나 이야기글에 가까운 생활문이다. 중등학교 영어교육에서는 문학이 강조되고 독서는 문학 읽기 속으로, 비문학 독서는 사회 과학 등 다른 교과 속으로 포함되는 경향이 있다. 최근 뉴욕 주 교육과정은 읽기와 문학을 통합하고 있다. 그러나 본고에서는 현상을 찾기보다는 현상 뒤에 숨어 있는 유기적 관련성을 알아보고, 독서와 문학이 어떤 관계가 있으며, 상호 통합 가능성이 있는지를 살펴보고자 한다.

I. 독서의 과정과 문학의 과정

독서 교육과정과 문학 교육과정은 그 내용 체계가 다르다. 독서 교육과정의 내용 체계가 독서의 본질, 독서의 원리, 독서의 태도 등으로 나누어지는데 비해 문학 교육과정은 문학의 본질, 문학의 수용과 창작, 문학과 문화, 문학의 가치화와 태도 등으로 구성되어 있다[1]. 독서의 본질과 내용은 언어를 이해하는 심리적 과정과 기능 자체이나 문학의 본질과 내용은 언어 이해의 심리적 과정보다는 문학 지식 체계가 중심을 이룬다. 문학의 본질의 내용은 문학의 특성, 기능, 갈래, 가치 등 지식이며, 문학과 문화도 한국문학과 세계문학의

---

1) 교육부, 『고등학교 국어과 교육과정 해설』, 서울: 대한교과서 주식회사, 1995.

흐름과 특성 등으로 지식이 중심을 이룬다. 독서와 문학이 만나는 곳은 독서의 원리와 문학의 수용이다. 문학의 수용은 곧 읽기에 다름 아니다. 독서의 원리는 문학 읽기를 포함한다. 문학의 수용은 문학에서 주창하는 문학 읽기이다. 그러나 문학의 수용은 결국 심리적 과정이기에 독서의 심리적 과정과 통합 가능성을 열어 준다.

1. 독서텍스트와 문학텍스트

독서를 위한 텍스트는 다양하다. 흔히 작문론에서 논의되고 있는 텍스트는 설명문, 논설문, 전기문, 보고문, 기사문, 일기, 편지, 시, 소설, 희곡, 수필 등이다. 이를 크게 나누면 문학텍스트와 비문학텍스트로 나눌 수 있다. 그러나 전기, 일기, 편지 등이 훌륭한 문학 작품인 경우도 있기 때문에 이를 문학텍스트와 비문학 텍스트로 나누는 것은 그리 간단치 않다. 텍스트 언어학은 기술텍스트, 논술텍스트, 서사텍스트, 시텍스트 등으로 분류하며, 문학텍스트는 기술, 논술, 서사텍스트의 집합으로 보고 있다.[2] 독서심리학에서는 크게 설명텍스트와 서사텍스트로 나누어 연구가 이루어져 왔다.

서사텍스트의 구조는 흔히 이야기 문법으로 나타내진다. 이야기 문법의 다시쓰기 구조는 배경 + 주제 + 구성 + 해결의 네 부분으로 이루어지며, 배경은 인물 + 장소 + 시간으로 구성된다. 이 구조는 이야기의 위계가 나타나도록 수형도(樹型圖)로 그려질 수 있다. 수형도에서 최상위에 있는 것은 인물, 장소, 시간 등이 포함되는 배경, 기본 주제, 구성의 중요 사건 등이다. 하위 층위에는 주변 인물이나 중요 사건을 이루고 있는 작은 사건들이 배치된다[3]. 이야기 문법에 따라

---

2) 김태옥, 이현호 공역, 『담화・텍스트언어학 입문』, 서울: 양영각, 1991, 175-177쪽
3) G. Thomas Gunning, *Creating reading instruction for all children* Needham heights, MA: Allyn & Bacon, 1996, 241-242쪽

서사적 텍스트의 독서를 지도한다면 다음과 같은 질문을 할 수 있다.
① 사건은 언제 어디서 일어나는가? ② 주요 인물은 누구누구인가? ③ 주인공들이 직면하는 문제는 무엇인가? ④ 주인공은 문제를 해결하기 위해 어떤 일을 하며, 그 행동의 결과는 어떠했는가? ⑤ 문제는 어떻게 결말이 났는가?

설명텍스트는 여러 가지 유형의 구조를 가진다4). 첫째 열거/기술(description) 구조이다. 이 구조는 인과 관계가 없이 단순히 여러 항목들을 나열한다. 즉, 예를 들거나, 개념을 정의하거나 기술(記述)하는 구조이다. 둘째 시간 구조가 있다. 열거 구조와 비슷하나 시간의 선후가 있다. 첫째로, 마지막으로, 일찍이, 전에는, 후에는 등의 신호어가 사용된다. 셋째, 설명/과정 구조이다. 설명은 그것이 어떻게 만들어지고, 엔진이 어떻게 작동하는지, 회의는 어떻게 진행되는지 등 일이 일어나거나 만들어지는 과정을 설명한다. 이 구조의 신호어는 시간 구조의 신호어와 유사하다. 넷째, 비교/대조 구조가 있다. 이 구조는 유사점과 차이점을 드러내는 구조이며, 그러나 다른 점은, 한편 등의 신호어가 사용된다. 다섯째, 문제/해결 구조가 있다. 여섯째, 원인/결과 구조가 있다. 인과 구조는 왜냐하면, 그러므로, …… 때문에 등의 신호어를 사용한다. 설명적 텍스트를 이해하는 방법은 필자가 내용을 조직하는 방식을 찾아내는 것이다. 필자는 일련의 이유와 원인을 열거하거나, 장소를 기술한다. 또 내용이 구조를 제약하기도 하므로 내용의 특징을 살필 필요도 있다.

일반적으로 서사텍스트인 동화나 소설은 과학이나 정치, 사회 방면의 글보다 읽기가 쉽다. 동화나 소설 등의 이야기글은 어릴 때부터 듣거나 읽기 때문에 일찍 익숙해지는 반면, 과학 등의 설명적 텍스트는 학교 교육이 시작된 후에 읽기 시작한다. 그래서 설명텍스트는 서

---

4) Thomas G. Gunning, 위의 책, 1996, 243-244쪽.

사텍스트보다 훨씬 후에 학습된다. 그리고 설명 텍스트는 여러 가지 구조 유형을 가지고 있지만 이야기 텍스트는 선형적(linear)이다. 이야기의 대부분은 발단, 전개, 갈등, 위기, 절정 등의 사건 전개 구조를 갖는다고 인식되고 있다. 이런 선형적 구조 때문에 이야기의 전개는 설명적인 글의 내용 전개보다 예측하기가 편리하다.

2. 독서의 과정과 문학 감상의 과정

독서의 과정과 문학 감상의 과정은 같은 위치에 놓고 논의할 성질의 사항은 아니다. 독서는 비문학 텍스트와 문학 텍스트 모두를 읽는 것이다. 독서의 과정은 문학 감상의 과정까지를 포괄한다. 그런데 독서의 과정은 비문학 텍스트를 읽는 것으로, 문학 감상은 문학 텍스트를 읽는 것으로 인식되는 면이 없지 않다. 본고의 제목이 '문학과 독서의 통합적 접근'인 것도 이러한 이분법적 사고의 산물이라고 할 수 있다.

텍스트 이해 과정을 밝히려는 심리학적 모형의 연구는 대표적인 두 가지 텍스트 즉 설명텍스트와 서사텍스트에 집중되었다. 설명적 텍스트는 사회나 과학 등 교과서의 글, 기기(機器)들의 사용 설명서, 요리 방법이나 행동 요령 등의 설명적인 글을 가리킨다. 서사텍스트는 이야기 글을 가리킨다. 설명텍스트는 정보를 알리는 데 목적이 있으며, 서사텍스트는 정보를 알리기보다는 읽고 즐거움을 얻는 데 그 목적이 있다. 그러나 두 가지 텍스트를 명료하게 구별하는 것은 쉽지 않으며 특히 독해 과정에서는 유사성이 더 많다5).

설명텍스트이든 서사텍스트이든 텍스트 이해의 기본적인 과정은 유사하다. 글을 이해하기 위해서는 글의 단어를 해독하고(decoding),

---

5) Weaver, Charles A. and Kintsch, W. Expository text. In *Handbook of reading research Vol. II*. New York, NY: Longman, 1991.

그 단어의 뜻을 파악해야 하며, 또 그 글의 주제를 이해하기 위해서는 글과 관련된 어느 정도의 배경 지식과 독서 동기가 있어야 한다. 글을 읽을 때 능숙한 독자는 단어의 뜻을 파악하고 문장을 의미 있는 구로 나누며, 개별 문장의 의미를 이해한다. 그 후 독자는 각 문장에서 가장 중요한 생각이나 단어를 선택하고 이어지는 문장을 해석하며, 개개의 문장들을 하나의 전체로 통합한다. 모든 문장을 하나로 묶어서 하나의 의미덩어리로 요약하며, 모든 세부 사항들을 기억하지 않는다6).

독서 과정에 영향을 미치는 가장 중요한 요인 중의 하나는 독자가 가지고 있는 스키마 즉 배경 지식이다. 배경 지식은 내용 지식(content knowledge)과 텍스트 지식(text knowledge)으로 나누어지는데, 독해 과정에서 내용 지식을 통한 추론은 설명텍스트나 서사텍스트에서 모두 중요한 비중을 차지한다7). 독자는 이야기를 읽고 내용을 이해할 때 다양한 지식을 바탕으로 추론을 하게 된다. 소설의 공간적 배경이나 구조, 소설 속에 나타나는 사물의 특징, 소설에 등장하는 인물들의 특성, 인물들의 신념과 지식, 인물들이 행동을 하게 하는 행동 목표와 계획, 인물의 행동과 태도, 사건의 원인, 앞으로 일어날 사건의 예측, 독자의 감동과 반응 등등에서 모두 독자가 가지고 있는 지식을 바탕으로 추론을 하게 된다. 우리는 소설 속의 인물을 쉽게 이해할 수 있으며 생략된 내용들을 추론할 수 있다. 서사텍스트의 내용이나 사건들은 우리가 하는 일상생활의 모습과 일치하거나 유사하기 때문이다. 그러나 설명텍스트는 개념적 지식을 포함하므로 다르다. 소설을 이해하는 데 필요한 배경 지식이나 개념은 성인 독자에게는 낯설지 않다. 독서의 과정에서 배경 지식이 영향을 미친다는 것은

---

6) 한철우, 천경록 공역, 『독서지도방법』, 서울: 교학사, 1996, 5-7쪽.

7) B. K. Britton, and A. C. Graesser, *Models of understanding text.* Mahwah, NJ: Lawrence Erlbaum Associates, Inc., Publishers, 1996, 11쪽.

오히려 문학 텍스트에서, 특히 이야기(동화나 소설) 텍스트에서 더 진실성을 가진다.

독서의 과정에서 또 하나 중요한 요인은 능숙한 독자는 텍스트의 구조를 인식하고 텍스트의 구조를 활용하여 효과적으로 글을 이해한다는 것이다. 텍스트는 내용과 내용을 조직하는 구조로 나누어진다. 독자는 글을 읽을 때 내용에 대한 배경 지식도 있어야 하지만 텍스트 구조에 대한 지식도 필요하다[8]. 독서의 과정에서 텍스트의 구조를 인식해야 하는 것은 서사적이든 설명적이든 두 텍스트에서 모두 필요하다. 다만 두 텍스트의 구조적 특성이 다르기 때문에 이를 인식하는 방법이 다를 뿐이다.

Ⅱ. 독서와 문학의 통합 가능성

독서 교육이 지향하는 목표는 독해 능력을 발달시키고 평생 독서하는 사람을 기르는 데 있다. 문학교육의 목표는 문학 능력을 신장시키고, 문학 활동을 즐기도록 하는 데 있다. 독서와 문학의 목표는 다르기도 하지만 공통되는 부분도 있다. 그 만나는 접점을 밝히면 문학과 독서의 통합 가능성을 찾아낼 수 있을 것이다.

1. 독서지도와 문학읽기

학교 수업에서 국어 시간의 독서(읽기) 지도는 대부분 단편적인 글을 다루며, 그마저도 단락 정도로 끊어 단락 읽기를 지도하게 된다. 교과서 단원의 비문학적인 글들이 6-8쪽이지만 그러한 글들마저 단

---

8) Thomas G. Gunning, 앞의 책, 1996, 238쪽.

락별로 끊어 단락의 중심 내용이나 핵심어 찾기, 어구풀이 등 짧은글 읽기 지도를 하고 있는 것이다.

연구에 의하면 문제 풀이식 읽기 지도, 단편적인 글의 독서는 독서 능력 향상에 큰 영향을 주지 못한다. 반대로 전 텍스트를 많이 읽으면 읽을수록 그에 비례하여 읽기 능력이 향상된다고 한다. 미국의 경우, 학교 교육의 약 70%는 문제풀이 학습에 보내지고 있으며, 하루에 10여 쪽의 책을 읽는다고 한다. 그래서 **Anderson** 등9)은 학교에서 일주일에 적어도 2시간 정도의 문학 읽기를 권장하고 있다. 문학 텍스트와는 달리 비문학 텍스트는 그 자체로서 완결편이라기보다는 전체 텍스트가 담고 있는 지식 중 일부분을 떼어낸 경우가 많지만 문학은 단편이라도 장편의 한 부분을 떼어낸 것이 아니라 그 자체로서 완결된 텍스트이다.

우리의 일상적 독서 상황을 보면 우리는 한 편의 수필이나 소설 등 완결된 텍스트를 읽지 조각조각 잘라진 글을 읽지 않는다. 독서의 실제 모습이 이러하다면 독서 지도 또한 실제의 독서 모습에 맞는 독서 상황에서 글읽기 지도가 이루어져야 하며, 이럴 경우 문학 텍스트의 읽기가 중요하게 된다. 문학 텍스트는 비문학 텍스트와는 달리 한편의 완전한 전체 텍스트 읽기를 지도하기에 유용하다. 수많은 문학 텍스트들은 이미 여러 경로(비평 활동 등)를 통해 검증을 받음으로써 좋은 텍스트와 나쁜 텍스트, 적절한 텍스트와 부적절한 텍스트의 선별이 용이하다. 또한 텍스트에 대한 연구가 활발하게 이루어짐으로써 교사들이 참고할 자료가 풍부하다. 비문학 텍스트의 경우, 전문적 분야의 지식을 다루는 경우에는 국어 교사들의 접근이 용이하지 않으나 문학 텍스트의 경우는 그렇지 않다. 국어교사들은 이미 어

---

9) R., Anderson, E., Hiebert, J., Scott. & I. Wilinson, *Becoming a nation of readers.* Washington, DC: The National Institute of Education, U.S. Department of Education, 1985.

느 정도 문학 이론과 감상의 전문가이기 때문에 텍스트의 형식과 내용 두 가지 측면에서도 비문학 텍스트보다는 문학을 다루기가 용이하다.

문학 읽기가 독서 지도에 도입되어야 하는 또 하나의 이유는 개인별, 수준별 학습 지도가 가능하기 때문이다. 이미 아는 바와 같이 7차 교육과정부터는 수준별 교육과정이 실시될 예정이다. 현재 한 교실에는 다양한 수준의 학생들이 한데 모여 있어 어떤 학생에게도 만족스럽지 못한 학습지도가 행해지고 있다. 읽기 수준에 비추어 보면 5학년의 경우 한 교실에는 2학년 수준에서 8학년(중2학년) 수준의 학생들이 모여 있다는 것이다10). 이들에게 교사들은 같은 교과서, 같은 내용과 방법으로 가르치기 때문에 어느 한 그룹의 학생들도 만족시키는 읽기 지도를 하지 못하게 된다. 학생들이 자신의 독서 능력 수준에 맞는 텍스트를 자신이 알맞은 속도로 읽을 수 있게 하는 방법은 그들이 자유로이 텍스트를 선택하게 하고 그들에게 맞는 읽기 속도로 읽게 하는 것이다. 더구나 근래의 학습지도는 학습자의 능동적 사고를 강조하고, 특히 문학교육에서는 독자 반응을 중요시하고 있는 만큼 독자인 학생 스스로 읽게 하는 독서지도가 필요한 것이다.

2. 언어발달과 문학 읽기

문학 읽기는 아동들의 언어 발달을 촉진시킨다. 일찍이 촘스키11)는 6살과 10살된 아동에게 이야기를 읽게 했을 때 언어 발달에 긍정적인 영향을 미침을 발견하였다. 그녀는 치밀하게 짜여진 제한적인 독서 프로그램의 읽기 자료보다는 풍부한 언어 경험(읽기)을 제공하

---

10) G. L., Bond, M. A., Tinker, B. B., Wasson, & J. B. Wasson, *"Reading difficulties. Englewood Cliffs"*, NJ: Prentice Hall, 1989.

11) C. Chomsky, "Stages in language development and reading exposure". *Harvard Educatioal Review,* 1972, *42, 1-33* 쪽.

기를 권하고 있다. 어휘 발달의 측면에서도 전편의 책읽기는 중요하다. Nagy 등[12]은 설명적인 글과 이야기 글을 읽히고 어휘습득과 어떤 관련이 있는가를 연구하였는데, 이 연구에서 그들은 어휘발달을 가져오게 하는 가장 효과적인 학습 지도 방식은 전편을 읽는 독서임을 밝히고 있다.

문학 읽기는 독해 능력 발달에도 영향을 미친다. 매일매일 문학을 읽게 한 학생들과 경우에 따라서 가끔 문학을 읽게 한 학생들은 독해력 측정에서 상당한 차이를 보였는데 전자의 학생들이 훨씬 좋은 점수를 얻었다[13].

현대의 언어학자들은 아이들이 수동적으로 언어를 받아들이는 것이 아니라 그들 자신의 언어규칙 체계를 생성함으로써 그들이 사용하는 언어를 능동적으로 구성(construct)한다고 한다. 아이들은 언어를 처리하며, 그들은 직관적으로 그들이 사용하는 언어에서 문법적 구조를 발견해 낸다. 그들은 언어 규칙을 학습하는 것이 아니라 언어의 패턴을 내면화하며, 언어를 구성할 때에 그 패턴을 사용한다. 이러한 언어 활동의 과정은 책 속의 언어를 접함으로써 활성화된다. 그들은 책을 읽으면서 풍부한 어휘를 만나게 되며 사용된 언어의 문맥 속에서 언어를 습득한다. 생동하는 언어를 습득하는 것이다. 그들은 책 속에서 대화하고 사고하며 느낀다. 문학 속의 언어는 생활하는 현장의 언어이다. 소설 속의 대화 언어는 살아가는 사람들의 언어이다.

문학 작품은 언어의 보고이다. '임꺽정'이나 '봄봄', '삼대', '태평천하' 등의 소설에서 이를 확인할 수 있다. 문학 작품에서는 아주 쉬운 언어부터 높은 수준의 언어까지 생생하고 다양한 언어의 모습을 만

---

12) W. Nagy, P. Herman, & R. "Anderson, Learning words from context. *Reading Research Quarterly*", 20, 1985, *233-253*쪽.

13) D. Cohen, "The effect of literature on vocabulary and reading achievement". *Elementary English*, 45, 1968, *209-213, 217*쪽.

날 수 있다. 문학은 언어의 예술이며, 아동의 언어는 문학과의 만남을 통해서 발달한다. 아동들은 자연적인 언어 환경 속에서 성장하게 되는데, 그들의 언어 환경이란 '듣는 것'과 '읽는 것'이다. 아이들은 성장하면서 점점 더 복잡한 언어의 세계를 만나게 되면서 그들의 언어를 풍부하게 살찌운다. 우리는 문학의 세계를 만나면서 삶의 세계를 만나고, 삶을 알게 되지만, 결국 그것은 언어를 통해서 만나는 세계이다. 우리는 문학을 통해서 조선시대의 언어, 1930년대의 언어, 여러 지방의 언어를 생생하게 만날 수 있다.

독서 능력 발달의 관건이 되는 배경 지식의 축적은 아동들에게 얼마나 많은 책을 읽어주었느냐에 달려 있다14). 아이들은 책 속의 내용을 들음으로써 이 세상에 관한 간접경험을 하게 되며 이 세상에 관한 다양한 세계를 발견하게 되며, 사람의 사는 모습을 이해하게 된다. 그것은 곧 현실 세계에 대한 풍부한 지식이 된다. 또 책을 읽어주는 것을 늘은 아이들은 책을 스스로 읽고 싶어한다. 아동들의 문식성, 독서 능력의 발달은 가정에서의 읽기 자료의 풍부함과 밀접한 관련이 있다. 읽기 자료가 많이 갖추어진 가정의 독서 환경은 아동들로 하여금 읽고 싶은 마음을 가지게 하며, 또 읽을 기회를 많이 가지게 한다.

3. 독서 동기와 문학 읽기

독서 교육의 궁극적인 목적은 평생 독서자가 되게 하는 데 있다. 독서의 동기화는 독서 학습을 지속시키는 주요 수단 중의 하나이다. 그러나 글을 읽을 수는 있으나 글을 읽지 않는 것이 현재의 상황이다.15) 독서 능력의 발달은 독해 기능이나 전략의 습득만으로 향상되

---

14) R., Anderson, E., Hiebert, J., Scott. & Wilinson, I., 1985, 앞의 책.
15) 한철우, 「사람들은 왜 책을 안 읽나?」, 『독서 연구』 제 3호, 한국독서학회,

지 않는다. 습득된 독해 기능이나 전략이 온전한 그리고 수많은 독서 활동을 통해서 내면화될 때 독서 능력이 발달된다. 독서는 물론 독해 기능 훈련의 장인 것만은 아니다. 많은 독서를 통해서 어휘력이 길러지고, 글 이해의 기반이 되는 세상에 대한 풍부한 지식을 얻을 수 있다. 문학 감상의 독서가 단순히 여가 선용이나 즐거움을 얻고자 하는 것은 아니다. 문학은 어떤 구체적인 주제에 관하여 독자에게 지식을 줄 뿐 아니라, 많은 것을 깨닫게 하고 눈뜨게 한다. 호기심 많은 어린이는 늘 마음속에 새로운 정보를 입수 저장하려고 한다. 문제는 많은 교사들이 이러한 사실을 망각하고 있을 뿐이다. 책은 지식뿐 아니라 즐거움을 제공한다. 그러므로 문학 작품은 좀처럼 독서를 하지 않으려는 학생들이 즐겁게 독서를 할 수 있게 하는 좋은 독서 자료가 된다. 독서의 동기화가 가능한 것이다.

문학 읽기는 기능을 습득하기 위한 단순하고 지루한 반복 훈련 혹은 문제풀이가 아니라 문학적 감동을 수반하는 읽기가 된다. 즉 독해 기능이나 전략을 학습하되 읽는 즐거움을 수반하는 학습이 가능하다는 것이다. 특히 초등학교 읽기 지도에서는 문학 읽기의 중요성이 더욱 강조될 필요가 있다. 초등학교 3학년까지는 비문학 텍스트를 사용하기가 어렵다. 아이들은 어릴 때부터 문학텍스트를 주로 접해 왔고 문학 텍스트의 내용과 구조에 친숙하기 때문이다. 초등학교 3학년 이후라도 아이들은 문학 텍스트를 읽는 것이 더 쉽고 즐거운 것이다.

문학 읽기의 또 하나의 중요한 기여는 읽기에 대한 태도를 변화시킨다는 것이다. 독서 교육의 목적이 독서 능력의 발달을 향상시키는 데 있지만, 보다 궁극적인 목적은 평생 독서자가 되게 하는 데 있다. 독서 능력은 있어도 독서를 하지 않는 경향이 점점 더 커지고 있는

1998.

현실에 비추어 볼 때, 독서를 하려는 태도와 동기는 독해 기능이나 전략의 지도에 못지 않게 중요하다. 또 독서 능력의 발달은 어휘 습득이나 독해 기능의 습득만으로 이루어지는 것이 아니라 실제 독서를 함께 했을 때 달성될 수 있다. 독서 능력의 발달은 실제의 '독서 연습'이 뒷받침될 때 독서 능력이 온전히 발달할 수 있는 것이다. 한 연구는 2학년, 4학년, 6학년 학생들을 대상으로 문학 읽기 중심의 읽기 학습과 기능 중심의 읽기 학습을 비교하였는데 문학 읽기 학습을 받은 학생들이 읽기 성적에서도 앞섰지만 독서 태도에서 긍정적인 변화를 보였다. 특히 글을 읽고 의미가 무엇인지를 파악하려는 의미 중심의 태도를 보였다. 또 다른 연구는 문학 읽기 중심의 학습 지도가 기존의 다른 읽기 프로그램보다 긍정적인 독서 태도를 갖게 한다고 밝히고 있다16).

Ⅲ. 문학과 독서의 통합적 읽기 활동

독서와 문학의 통합적 활동들은 먼저 책읽기를 중심으로 삼는다. 둘째, 책읽기를 통해서 문학교육의 목적인 삶을 총체적으로 이해한다. 셋째, 실제로 책을 읽고 토론함으로써 능동적 사고와 확산적 사고를 기른다. 넷째 책읽기를 함으로써 독서 교육의 목적인 언어 능력 발달을 기할 수 있고, 문학교육의 목적인 감상 능력 발달과 미적 감동을 얻을 수 있다. 다섯째, 책읽기 중심의 활동들은 세부적인 읽기 기능이나 문학적 요소와 지식 중심의 교수 학습을 지양하고, 전 작품의 독서와 토론을 지향한다.

---

16) H.K Yopp, & R.H. Yopp, *Literature-based reading activities.* Needham Heights, MA: Allyn & Bacon, 1996.

1. 독서 토론

최근에 독서교육에서 관심을 끌고 있는 것 중의 하나가 독자중심, 독자의 의미 구성, 독서 토론이다. 독서 토론은 독자가 읽은 것에 관해 서로 의견을 나누는 상호작용 활동이다. 우리의 교실에서는 교사가 학생의 반응을 통제하거나 교사와 학생, 학생과 학생의 상호작용을 제한시킨다. 독서 토론은 학생이 책을 읽는 방법을 구체적으로 안내하는 지침이다. 또 책을 혼자 읽는 것이 아니라 읽은 후 함께 토론하게 함으로써 공동으로 읽게 하는 독서 활동이다. 독자들이 토론을 통해 상호 보완함으로써 혼자 읽는 것보다 깊고 넓게 읽도록 한다. 독서토론은 독해 기능을 가르치는 미시적 독서 지도가 아니라 독서 경험 그 자체를 중요시하는 독서 지도 전략이다.

독서토론의 대상은 주로 문학텍스트이다. 문학에서 하나의 작품은 하나의 주제를 향해 통일되기 때문에 토론의 주제를 정하거나 토론의 줄기를 잡기가 용이하다. 그러나 사회, 과학 등의 책들은 한 권의 책 속에 수많은 내용이 흩어져 있기 때문에 토론의 주제를 하나로 잡기가 어렵다.

독서토론의 전략에는 '양서탐구토론', '대화식 독서토론', '토의망식 토론' 등이 있다.

양서탐구토론(Great Books' Shared Inquiry)은 미국 양서협회(GBF, Great Books Foundation)가 아동, 청소년, 성인 등의 독서를 촉진시키기 위해 제안한 방법이다. 이 협회에서는 작품의 의미에 대하여 구체적으로 하는 '질문'이 탐구토론의 핵심이라고 말한다. 좋은 문학 작품을 읽는 것은 작가와 독자의 마음이 만나는 것이다. 작가는 스스로는 완전한 작품을 완성하지만 독자에게 모든 것을 말해 주지는 않는다. 독자는 책을 읽고 해석하며 작가가 말하는 것이 무엇인지를 이해하려고 애써야 한다. 이 해석적 과정이 양서탐구토론의 중심활동이다17). 독서모임의 리더는 작품을 읽고 그 작품에서 논의될 수 있는 핵심 주제나 문제가 무엇인지를 찾아내야 한다. 그리고 독서모임의 구성원들에게 그들이 읽은 작품의 핵심 문제를 탐구해 갈 수 있는 질문을 만들어 제공한다. 리더는 문제의 답을 주지는 않는다. 문제의 답은 토론을 통하여 구성원들이 찾는다. 리더는 답을 찾아가는 길을 질문을 통하여 안내할 뿐이다. 구성원들은 자신의 생각과 느낌을 가지고 토론에 임하며, 다른 사람의 생각을 존중하고 서로의 생각과 느낌을 교환한다. 탐구토론의 과정은 크게 세 단계로 나누어진다. 첫 단계에서는 모임의 리더가 작품을 선정하고, 작품에서 토론이 될 수 있는 핵심 문제를 찾아낸다. 핵심 문제에는 주인공의 목표와 동기, 주요 사건 및 특별히 관심을 끄는 어구 등이 포함된다. 리더는 사전 토의를 통하여 질문을 명료하게 하며, 질문의 종류나 순서를 분류할 수도 있다. 두 번째 단계는 토론의 규칙을 정하고, 그에 따라 토론을 진행한다. 세 번째 단계는 핵심 주제나 문제의 해결을 찾아내는 단계이다.

대화식 독서토론(Conversational Discussion Group)은 야외 카페의 안락한 분위기에서 영화에 대해 자유로운 대화를 하듯이 읽은 책에 대하여 대화를 나누는 독서 토의이다18). 대화식 독서 토론은 교사의 개입과 통제가 빈번하기 쉬운 교실 상황에서 모든 학생들의 참여를 우선 강조한다. 토론의 구체적인 과정은 다소 비형식적이며, 사회구성원들의 상호협력학습을 강조하는 비고츠키77 학습 이론에 바탕을 둔다. 비고츠키의 구성주의는 학습자가 의미를 구성하는 것이며, 학습자 혼자보다는 구성원들끼리의 상호작용적 학습을 강조한다. 대화

---

17) R.J., Tierney, J. E., Readence, & E. K. Dishner, *Reading strategies and practices*. Needham Heights, MA: Allyn & Bacon. 1995, 1230쪽.

18) R.J., Tierney, J. E., Readence, & E. K. Dishner, 1995, 위의 책, 235쪽.

식 토론은 규칙 소개하기, 질문에 대해 토론하기, 반성하기의 세 단계로 진행된다. 이 토론 방식은 구성원들이 작품의 문제에 몰입하기, 독자 자신의 생각을 반성적으로 검토하기, 모든 독자들이 참여하기, 개인과 모임 구성원들이 작품 이해의 과정이나 토의 과정에 대해 반성적으로 생각하기 등을 특징으로 삼고 있다. 이 토론의 규칙을 보면, 한 번에 한 가지씩 말하며, 예/아니오로 대답하더라도 그 이유를 말하고, 조용히 있는 사람이 있으면 그 사람이 말하도록 질문을 한다. 이 토론의 모임 구성은 학생들의 수준이나 특성을 고려하여 이질 집단으로 구성하며, 학생들의 사고를 자극할 수 있는 질문을 교사가 만들어 제공한다. 교사가 준비하는 질문은 작품의 내용을 이해하는 데 관련되는 독자의 배경 지식을 묻는 질문, 작품의 내용에 대한 질문, 확산적 사고를 유도하는 질문의 세 가지로 구성된다.

토의망식 토론은 작품을 읽고 난 후 흔히 나타날 수 있는 견해의 불일치나 상반되는 의견을 보다 명료하게 하려는 데 목적이 있으며, 이 목적을 달성하기 위해 그래픽보조자료로서 토의망을 이용한다[19]. 토론은 작품에 대한 다양한 견해가 있을 때, 작품의 해석에 도움을 준다. 학생들은 다른 사람이 같은 작품을 어떻게 해석하고 이해했는지를 자신의 것과 비교해 봄으로써 그들의 해석을 보다 깊고 넓게 해석할 수 있는 것이다. 그러니까 학생들은 자신의 생각을 다시 한 번 검토하는 기회를 갖게 된다. 대부분의 토론에서 나타나는 문제는 일부의 학생이나 교사가 교실토의를 주도하는 것인데, 토의망이 그러한 문제를 극복할 수 있게 해 준다. 또 '짝과 함께 토의하기'에서 학생 개개인이 자신의 생각을 짝과 비교해 보도록 함으로써, 전체 토론에 참여할 때 할 말을 미리 준비하는 기회를 갖게 한다. 다음에는

---

19) D. E. Alvermann, "The Discussion Web: A graphic aid for learning across the curriculum". *The Reading Teacher,* 1991, 1991, *45:92-99*쪽.

다른 사람과 다시 짝을 이루어 서로 다른 점을 비교해 보고, 차이가 나는 견해의 이유나 근거를 찾아 의견의 차이를 좁힐 수 있다. 마지막으로 네 명이 한 조가 되는 그룹에서는 전체 토의에 참가할 때 발표할 의견을 조율하는 토의를 하고 대표가 그룹의 의견을 발표한다. 토의망은 분석적인 글을 쓸 때 도움을 주는 그래픽 보조 도구로써, 무엇이 일어났느냐 보다는 그것이 왜 일어났느냐 혹은 왜 그 행동을 했느냐에 초점을 맞춘다. 토론의 과정은 책의 선정 등 독서를 위해 준비하기, 토의망 설명하기, 소집단 토의하기, 전체 토의하기, 종합토론 등의 단계로 이루어진다.

2. 문학중심 독서

문학 중심 독서는 독서 교육에 문학을 중심으로 끌어들이는 것이다. 독서 지도 방안으로는 언어경험적 방법, 읽기-쓰기의 통합적 방법, 총체언어적 방법, 독본 중심 방법, 독서 토론 등의 여러 가지 방법이 있는데, 문학 중심 독서 지도 방법은 최근에 관심이 집중되고 있는 독서 지도 방법이다. 문학 중심 지도 방법은 문학 작품이 많이 포함되는 독본(Basal Readers) 중심의 방법과 유사한 점이 있으나 문학중심 프로그램에서는 교사나 학생이 학습자의 흥미나 욕구에 따라 읽고 싶은 문학 작품을 선택한다는 것이 다르다. 독본에는 이미 독본의 저자가 선정한 작품을 학습하게 되지만 문학 중심 방법은 읽을 작품의 선정이 자유롭다. 문학 중심 독서의 방법에는 중핵 작품(Core Book) 독서, 지정도서(Text Sets) 독서, 주제 중심(Thematic Units) 독서 등이 있다[20].

중핵 작품 독서는 교육적으로 좋은(교훈적인) 내용을 포함한 작품, 쟁점이 있어 토론하기에 좋은 작품, 인물·배경·시점 등을 가르치

---

20) Thomas G. Gunning, 1996, 앞의 책, 379-382쪽.

기에 좋은 작품, 사회나 삶을 이해하는 데 훌륭한 시사점을 제공하는 작품 등을 선정하여 지도한다. 중핵 독서는 아동 문학, 청소년 문학, 한국문학 작품 중 의미 있는 훌륭한 작품을 학습자가 경험하게 하는 것이지만, 또 학생들에게 공통의 문학적 경험을 제공하고 책에 대하여 함께 대화하거나 토의할 자료를 제공하며, 다른 책들과 비교 대조할 기회를 제공한다. 중핵 작품에 의한 독서 지도는 필독 또는 권장 도서에 의한 독서 지도라고 할 수 있다. 그러나 중핵(필독 또는 권장) 도서가 학생의 흥미나 욕구를 배제하고 지나치게 경직된 관점에서 선정된다면 많은 부작용이 있게 된다.

지정도서는 여러 가지 선정 기준과 방식으로 선정되어 묶여진 책들이다. 선정된 책들은 화제, 장르 등의 공통 기준에 따라 선정될 수 있다. 지정도서는 스포츠, 등산, 해양 등 화제에 관한 책, 영웅이나 동물 등 이야기의 등장인물이 유사한 책, 전기나 탐정 등 장르가 같은 책들로 구성되어 둘 또는 그 이상의 작품끼리 비교하고 대조하는 독서와 학습을 할 수 있다. 또 책을 읽은 후 토론이 활성화되도록 함으로써 보다 깊은 독서를 할 수 있도록 한다. 맞춤도서는 한 세트가 서너권의 책들로 구성되며, 학생들은 이들 세트를 다 읽고 그룹으로 토론하고 의견을 나눈다.

주제단원 중심 독서는 주제 또는 문학의 요소에 따라 단원을 설정한다. 단원의 주제는 작가가 될 수도 있고, 등장인물의 유형, 장르, 취미, 우정과 사랑 등 다양하다. 단원의 주제는 국어교과 관련 주제로 선정되지만 사회, 과학, 역사 등 다른 교과와 관련되어 선정될 수도 있다. 이 독서 지도는 말하기, 듣기, 쓰기, 문학 등을 통합하여 지도하기에 좋으며, 초등학교에서는 다른 교과와 통합할 수도 있다. 그러나 다른 교과와의 통합은 말하기와 듣기, 읽기와 쓰기 문학 등 국어 교과 내의 통합이 이루어진 다음에 하는 것이 좋다.

　독서와 문학의 통합은 독서 교육과 문학교육의 목적과 내용이 교집합을 이루는 영역에 있을 것이다. 독서와 문학의 교육이 완전한 통합이라기보다는 공통 영역을 이루는 부분을 통합하는 불완전한 통합일 것이다. 독서와 문학이 통합을 지향하는 이유는 무엇일까? 지금까지 독서 지도는 독해 기능의 지도를 중심 내용으로 삼아 왔다. 기능 중심의 지도는 텍스트가 담고 있는 내용에는 관심을 기울이지 않는다. 내용에 관심을 두지 않는 교수－학습은 끊임없는 기능의 훈련으로 흐르기 쉽고 학습자들을 지루한 반복 훈련으로 몰아넣음으로써 글을 읽을 수는 있으되 읽지 않는 사람으로 만든다. 문학의 교육은 문학을 읽고 감동을 하게 함이 일차적 목적임에도 불구하고 비문학 독서 지도에서 하고 있는 문학 요소와 기능, 문학적 지식의 교육에 치우쳐 왔다. 그리하여 문학에서 독서는 없었다. 학교 문학 교육에서 작품을 읽는 것은 사라졌으며, 작품을 읽는 독서의 감동은 없고 작품을 분석하는 지식 교육만 있게 되었다. 독서와 문학이 만나야 한다면 무엇보다 진정 실제로 글을 읽는 '독서'를 찾아야 하는 데에 의미가 있을 것이다. 독서와 문학은 모두 잃어버렸던 중요한 부분을 찾게 됨으로써 그들이 목적하는 바를 성취할 수 있는 것이다.

　독서는 심리적 과정과 기능이며, 문학은 과정과 기능을 작동하는 데 필요한 자료이다. 이들은 통합될 수밖에 없는 운명을 가지고 있다. 독서의 자료는 문학 작품만은 아니지만 적어도 국어교육에서 국어교사가 선호하는 읽기 자료는 문학이다. 한편, 문학 교육은 독서 행위를 포함시킬 수밖에 없음에도 그 동안 읽기 과정을 도외시하고 문학 지식의 주입에 비중을 두어 왔다. 국어교육에서 독서는 내용 자료가 없이는 불가능하다. 읽기 자료 중 비문학 읽기 자료는 다른 교과의 내용이므로 국어 교사가 다루기에 벅찬 경우가 많다. 이에 비해 문학 읽기 자료는 국어교육과에서 배우는 국어적 내용이므로 가르치기가 용이하다. 국어교육을 실천하는 국어 교사는 독서와 문학을 통합하여 지도할 때 독서와 문학을 올바로 가르친다고 할 수 있을 것이다.

참고문헌

교육부, 『국어과 교육과정』, 서울: 대한교과서 주식회사, 1977.

김태옥, 이현호 공역. 『담화·텍스트언어학 입문』, 서울: 양영각, 1991.

한철우, 천경록 공역, 『독서지도방법』, 서울: 교학사, 1996.

한철우 「사람들은 왜 책을 안 읽나?」, 『독서연구』 제 3호, 한국독서학회. 1998.

Alvermann, D. E. (1991). The discussion web: A graphic aid for learning across the curriculum. *The Reading Teacher 1991,*

Anderson, R., Hiebert, E., Scott. J., & Wilinson, I. *Becoming a nation of readers.* Washington, DC: The National Institute of Education, U.S. Department of Education, 1985.

Bond, G. L., Tinker M. A., Wasson, B. B., & Wasson, J. B. *Reading difficulties.* Englewood Cliffs, NJ: Prentice Hall, 1989.

Britton, B. K. and Graesser, A. C. *Models of understanding text.* Mahwah, NJ: Lawrence Erlbaum Associates, Inc., Publishers, 1996.

Chomsky, C.Stages in language development and reading exposure. *Harvard Educatioal Review, 42,* 1972.

Cohen, D. The effect of literature on vocabulary and reading achievement. *Elementary English, 45, 1968.*

Eldredge, J. & Butterfield, D. Alternatives to traditional reading instruction. *The Reading Teacher, 40, 1986.*

Gunning, Thomas G. *Creating reading instruction for all children.* Needham heights, MA: Allyn & Bacon. 1996.

Nagy, W., Herman, P., & Anderson, R. Learning words from context. *Reading Research Quarterly, 20,* 1985.

Tierney, R.J., Readence, J. E., & Dishner, E. K. *Reading strategies and practices.* Needham Heights, MA: Allyn & Bacon. 1995.

Weaver, Charles A. and Kintsch, Walter Expository Text. In *Handbook of Reading Research Vol. II.* New York, NY: Longman. 1991.

Yopp, H.K & Yopp, R.H. *Literature-based reading activities.* Needham Heights, MA: Allyn & Bacon. 1996.

비평교육에 대한 일 고찰
― 「낙동강」 논의를 중심으로

임 경 순*

I. 문제 제기

　문학교육의 대상은 교과의 성립을 위한 기본적인 전제이며, 교육의 실세가 그 테두리 인에시 이루어진다는 점에서 중요한 의미가 있다. 이런 점에서 문학교육의 대상을 지나치게 좁게 설정하는 것은 교육의 실제가 그만큼 좁아질 가능성이 크다. 따라서 문학교육의 대상을 '문학 작품'과 '문학에 관한 지식'으로 보는 현행 교육과정[1]이나, 혹은 문학텍스트로 한정하는 견해는 극복되어야 한다. 문학교육의 대상은 문학을 둘러싼 생산과 수용 그리고 문학에 대한 논의 등을 포괄적으로 포함하는 것이 되어야 한다.[2] 이렇게 볼 때 문학 텍스트

---

*인천교대 강사

1) 교육부, 「제6차 교육과정」, 중학교·고등학교, 교육부, 1994.
2) 구인환 외, 『문학교육론』, 삼지원, 1989, 우한용 외, 『소설교육론』, 평민사, 1993에서는 문학을 어떤 한 부분적인 시각에서 보는 것이 아니라 '의미 작용의 실천인 작용태'로 봄으로써 문학교육의 영역을 확장시킬 수 있는 가능성을 열어 놓았다는 점에서 의의가 있다. 이것은 결국 문학교육의 대상을 문학과 관련된 문화적 국면까지 확대시킬 필요가 있는 것으로 귀착된다.

에 대한 비평이나 혹은 그 비평에 대한 비평, 문학과 관련된 비평들이 문학교육의 대상으로 부각될 수 있다.3) 국문학에 있어서 비평이 차지하는 비중이 적지 않거니와, 이에 대한 연구도 상당한 수준에 와 있다고 볼 수 있다. 그러나 이러한 비중과 연구 성과에도 불구하고 문학비평이 문학교육에서 어떤 위치에 있으며, 교육의 대상이 되어야 하는지 그렇지 않은지, 만일 교육의 대상이 되어야 한다면 그 방법은 어떻게 이루어져야 하는지에 대한 연구는 충분히 이루어지지 않고 있다.

이 방면에서 본격적인 논의는 구인환 등에서 이루어졌다. 이 연구서의 저자들은 "문학교육이 문학텍스트의 이해, 감상, 평가의 능력을 길러주는 데 있다는 점에서 문학교육은 문학비평과의 이론상 또는 현상적인 구조동일성에 따른 상호교섭과 함께 도움을 받는"4)다는 입장에서 문학교육에서의 문학비평적 시각의 필요성을 강조한다.5) 우한용은 "소설교육 나아가서 문학교육은 비평행위의 일종"6)이라는 관점에서 문학교육을 넓은 의미에서 비평행위라는 입장을 견지한다. 그는 문학교육은 작품을 분석하고 평가하는 기준을 제공하고 그러한 기술에 익숙해지게 하며, 문학에 대한 사회적 인식을 제고함으로써 문학이 사회적 연관을 갖게 한다는 점에서 비평행위의 중요성을 강조한다. 김상욱은 "비평일반을 어떻게 가르치고 배울 수 있겠는가 하는 점에 대한 설득력 있는 논구가 필요하며, 이것이 제대로 해결되지 않고서는 문학교육에서의 비평적 논의의 수용은 한 걸음도 전진하기

---

3) 이 글에서는 학생들의 감상문 쓰기나 작품에 대한 평가 행위도 일종의 비평 활동으로 보고 비평이라는 용어를 포괄적으로 쓴다.
4) 구인환 외, 앞의 책, 341쪽. 이 글에서는 문학비평의 교육적 함의로 (1)비평의 과정과 감상과정의 구조 동일성, (2)독자로서의 개성과 창의성 발양, (3) 문화교육의 가능성 등을 들고 있다.
5) 구인환 외, 앞의 책, 341-352쪽.
6) 우한용, 「소설교육의 기본구도」, 『소설교육론』, 평민사, 1993, 36쪽.

힘들 것이"[7]라는 전제에서 작품이 문학의 전부라는 그릇된 이해를 벗어나 사고할 것을 주장하고 있다.[8]

이상의 글들은 문학교육과 문학비평의 관련성을 인식하고 비평교육을 강조하고 있다는 점에서 의의가 있다.

이 글에서 주목하고자 하는 것은 다음과 같은 점들이다. 같은 작품을 두고서 상이한 평가를 내린다거나 혹은 상이한 평가를 담고 있는 비평텍스트를 볼 경우 문학교사는 이것을 어떻게 바라보고 가르쳐야 할 것인가 하는 점이다. 그 비평텍스트의 비평 근거는 어디에 있는가? 그 비평 근거는 타당한 것인가? 그 비평 근거는 어떤 맥락에서 나온 것인가? 바람직한 비평텍스트를 생산하기 위해서는 어떻게 해야 하는가? 이런 문제는 비평교육에 있어서 본질적인 문제이다.

이 글에서는 이러한 문제들을 1920년대 후반, 우리 근대 비평사에 있어서 방향전환 논쟁 과정에서 조명희의 작품 <낙동강>을 둘러싼 상이한 평기와 그 이후 근자에 이른 상이한 평가에 주목힘으로써 논의의 실마리를 풀고자한다. 그리하여 비평텍스트를 보는 관점과 비평텍스트를 생산하는 관점을 제시해 보고자 한다. 이것은 한국 비평사를 문학교육의 장에 끌어오는 것으로 사고의 전환을 통해 가능한 것이다.

---

7) 김상욱, 「문학이념과 문학교육」, 『문학교육의 방법』, 민족문학교육회편, 한길사, 1991, 59쪽.

8) 또한 그는 「문학교육의 이념으로서의 주체 형성」이라는 글에서 문학교육 목표에서 '이해'와 '감상'을 비판하고 적극적이고 객관적인 면을 고려하여 '해석'과 '평가'라는 용어를 쓸 것을 제안한다. 나아가 문학텍스트의 해석과 평가를 하나의 체계화된 틀 속에서 수행하는 비평적 텍스트를 생산할 수 있어야 한다고 주장한다. 김상욱, 『소설교육의 방법 연구』, 서울대학교 출판부, 1996.

Ⅱ. 비평 교육을 보는 관점

1920년대 후반, 문학은 정치적 투쟁으로 발전해야 한다는 이른바 방향전환론이 대두되었던 시기이다. 이때 포석 조명희(砲石 趙明熙)(1892-1942)는 <낙동강>을 발표함으로써 평자들 사이의 논란의 대상이 된 작가이다. 1927년 <낙동강>이 『조선지광』(제69호, 1927년 7월)에 발표되자, 김기진은 "이만큼 감격으로 가득찬 소설이 ― 문학이 있었던가. 이만큼 인상적으로 우리들의 눈앞에 모든 것을 보여준 눈물겨운 소설이 있었던가. 이것은 개인의 생활 기록이 아니다. 이것은 현재 조선―1920년 이후 조선 대중의 거짓 없는 인생 기록이"며, "제2기에 선편을 던진 우리들의 작가가 나타난 것같이 생각된다."고 평하였다.9) 반면 조중곤(趙重滾)은 김기진의 견해 즉, <낙동강>을 제2기 작품의 효시로 보는 견해에 대하여 정면으로 반박한다. 그리하여 그는 <낙동강.이 "자연 생장기의 작품으로는 성공했는지는 모르겠으나 제2기 목적의식기의 작품이라고는 아무래도 할 수 없을 것 같다."는 결론에 도달한다. 같은 문학텍스트를 두고서 이러한 상반된 평가를 내린다는 것은 작품을 보는 평자의 시각의 차이를 드러낼 뿐 아니라, 문학교육의 차원에서 작품을 어떻게 바라보아야 할 것인가를 생각하게 해준다. 더구나 정한숙이 『現代韓國小說論』(1977)에서 기계적이고도 공식적인 이데올로기의 노예라는 점과 작품에 소설적인 단 하나의 사건도 없는 점을 들어 이 작품을 문학적인 자살의 표본이라고 평가하고 있는 것이나, 김윤식이 『韓國現代文學史論考』(1973)에서 최초의 서사양식적 골격을 갖추었으며, V.나로드 운동과 조합운동의 양상을 서술한 점, 프로문학의 공식성을 탈피한 점, 작품의 세련성을 근거로 <낙동강>을 20년대 한국소설의 壓卷으로 평가하고 있다는 것

___

9) 김기진, 「시감 2편」, 『조선지광』, 1927.8.

을 생각한다면 문학교육에서 문학과 비평교육과의 관계를 생각하지 않을 수 없게 한다.

문학비평가란 문학에 대해 자신의 논리에 따라 해석과 평가를 시도하는 존재이다. 그러나 문학교사는 문학비평가와는 달리 제재의 선택은 물론 작품의 해석에 있어 비평가처럼 자유로울 수는 없다. 문학교사는 학생들에게 문학을 가르치는 자로서, 문학에 대한 접근의 다양한 가능성과 그 평가의 다양함을 제시하여 학생들에게 문학에 대한 다방면적 접근능력을 함양시켜야 한다는 점에서, 문학비평가와는 달리 주관성을 배제해야 한다는 것이다.[10] 이럴 경우 한 작품에 대한 평가가 상이한 경우 어떻게 접근해야 할 것인가가 문제되는 것이다.[11] 이 글에서는 비평텍스트를 하나의 이데올로기적 담론으로 본다. 문학텍스트를 평가하는 비평텍스트야말로 비평가의 이데올로기를 선명하게 보여준다. 물론 문학텍스트를 비평할 경우에 세세한 부분에서는 견해차가 드러날 수 있다.[12]

바흐찐에 따르면 문예학은 광범위한 이데올로기학의 한가지에 속한다.[13] 세계관도, 신앙도, 심지어는 일시적인 기분도 인간 속에, 즉 그의 머리와 '영혼' 속에 존재하는 것이 아니라 그것들은 언어, 행위, 의복, 관습, 인간과 사물의 유기체라는 조직 즉 한마디로 일정한 기호적 소재가 됨으로써만 이데올로기적 현실이 된다. 이 소재를 통해

---

10) 구인환 외, 앞의 책, 342쪽.
11) 교사용 지도서에 제시된 방법은 논외로 한다.
12) 텍스트가 속해 있는 이데올로기는 텍스트 내부에서 텍스트의 심층구조로서 모습을 나타내는 것이 아니다. 동일한 이데올로기에 속하는 작품들조차도 동일한 방식으로 그 이데올로기를 나타내지 않는다. 실제로 다양한 방식으로 나타내므로 그것을 독특하게 구성된 표현의 세계로서 텍스트의 이데올로기라고 적절하게 말할 수 있다. 테리 이글튼, 윤희기 역, 『비평과 이데올로기』, 열린책들, 1987, 148쪽.
13) M. M. Bakhtin, P. M. Medvedev, Trans. Albert J. Wehrle, *The Formal Method In Literary Scholarship*, Harvard University Press, 1985, 3쪽.

서만 그것들은 이데올로기적 현실이 된다.[14] 모든 이데올로기적인 생산물은 모든(자연 그대로의) 물리적 사물, 생산도구, 소비재와 마찬가지로 그 자체가 현실의 일부분을 이룰 뿐 아니라, 여타의 것들과는 달리 이데올로기적 산물의 외부에 존재하는 현실을 반영하고 굴절시킨다. 곧 이데올로기적인 것은 자신의 외부에 있는 어떤 것의 기호로 되는 것이다. 기호가 없는 곳에는 이데올로기도 없다.[15] 이데올로기적 현상과 그 법칙은 사회적인 의사소통의 조건들과 그 형태들 모두에 견실히 결합되어 있는 것으로 이러한 기호의 특성과 역할이 가장 명료하고 완벽한 형태로 나타나는 곳은 언어에서이다. 말은 뛰어난 이데올로기적 현상인 것이다.[16] 말(담론)의 실천, 곧 의미 작용의 실천은 의미를 약호화하고 표현하는 주체에 의해 이루어진다. 물론 그 주체는 개별적 주체라기보다 사회적인 주체이다. 언어가 갖는 사회적 성격은 주체를 어떠한 개별적인 특성조차 언어적 실천을 통해 사회화되고 만다. 그리고 이들 사회적 주체가 드러내는 의미작용의 실천은 그 주체의 이데올로기를 통해 규정된다.[17] 따라서 주체의 의미작용의 실천의 구체적인 양상은 담론을 통해 드러날 수밖에 없다. 이런 점에서 이데올로기적 담론을 구체적인 텍스트 분석을 통해 비판하고 이데올로기적 담론 간의 반성과 대화를 시도함으로써 이론의 담론을 수립하고자 했던 지마의 일련의 논의는 주목된다. 이러한 논의는 독자가 비평텍스트를 대할 때 그 비평 관점에 흐르는 이데올로기를 분석하고, 그것에 대한 반성을 통해 다른 비평텍스트와의 대화

---

14) M. M. Bakhtin, P. M. Medvedev, 앞의 책, 7쪽.

15) 바흐찐은 어떤 물리적인 사물, 생산도구, 소비재 등도 그 자체의 고유성을 뛰어 넘어 하나의 의미과정이 요구되는 일종의 기호가 될 수 있다고 본다. M. M. 바흐찐, V. N. 볼로쉬노프, 『마르크스주의와 언어철학』, 송기한 역, 흔겨레, 1990, 15-18쪽.

16) M. 바흐찐 / V. N. 볼로쉬노프, 앞의 책, 22쪽.

17) 김상욱, 앞의 책, 159쪽.

를 시도함으로써 비평의 편협함과 편견에 빠지지 않을 수 있다는 점
에서 비평교육을 보는 관점에 시사하는 바가 크다.18) 이러한 논의는
독자가 비평텍스트를 해석하고 평가하는 차원 뿐아니라 비평텍스트
를 생산하는데 있어서도 유용하리라 판단된다. 이는 구체적으로 비
평 행위에 대한 반성과 비평텍스트들 사이의 대화로 나타난다.

　이제 <낙동강>을 둘러싼 비평가들의 논의를 구체적으로 분석해보
고자 한다.

---

18) 페터　지마/허창운·김태환　옮김, 『이데올로기와　이론』, 문학과지성사,
　　1996, 21-22쪽. 또한 지마는 이데올로기에서 벗어나는 것이 이론에의 지향
　　이라고 보면서 이데올로기와 이론의 본질적인 차이는 언어적, 술화적 차원
　　에서 드러난다고 본다. 이데올로기의 진술 주체는 자신이 사용하는 의미
　　적·통사적 처리 방식에 대해 반성하고 이를 공개적인 대상으로 만들 능
　　력도 의사도 없으며, 자신의 담론을 유일하게 가능한 것(참된 것, 자연스런
　　것)으로 내세우며, 그것이 지시하는 실제적 또는 잠재적인 현실 전체와 동
　　일시한다는 것이다. 반면 이론적 담론은 하나 혹은 여러 개의 사회 집단어
　　로부터 발생하며, 부분 체계로서 특정한 집단의 관점과 이해 관계를 대변
　　하지만 이론의 주체는 이데올로기적 언어의 이원론에 변증법적인 태도로
　　의문을 제기하며 자신의 사회적·언어적 입지와 의미적·통사적 처리 방
　　식을 반성하고 나아가 이러한 처리 방식이 우연적인 성격을 띠고 있음을
　　인정하면서 이를 열려 있는 대화의 대상으로 삼는다는 것이다. 또한 이론
　　의 주체는 대화적 객관화와 자신에 대한 거리 유지를 통해서 자기 입장의
　　특수성을 극복하려고 노력한다는 것이다.(페터 지마, 앞의 책, 93쪽) 이데올
　　로기적 관점과 이론적 관점의 명쾌한 구분 가능성을 주장하는 것은 막스
　　베버나 알뛰세르 학파뿐 아니라 칼 만하임, 게오르크 루카치도 이점에서
　　마찬가지이다.

Ⅲ. 〈낙동강〉에 대한 비평텍스트

1. 제2기 작품의 효시 대 자연생장기의 작품 :
김기진과 조중곤의 견해

<낙동강>19)에 대한 논쟁에서 주목하고자 하는 것은 김기진의 「시감 이편」(『조선지광』 제70호, 1927년 8월)과 조중곤의 「낙동강과 제2기 작품」(『조선지광』 제72호, 1927년 10월)이다. 김기진은 내용・형식 논쟁20) 이후 방향전환에 관해서 침묵을 지키고 있다가 1927년 8월 「시감 이편」을 발표하면서 이 논의에 끼어든다.21) 그는 여기서 무산 문예운동의 '제2기란 무엇'이며, '질적 전환이란 무엇'인가라는 질문을 던진다. 여기에 대한 답변으로 그는 종래의 빈궁소설의 문학에서 새로운 목적의식으로의 발전이며, 종래의 '행방불명의 소설' 문학의 '행방선명'으로의 비약이라고 답한다. 결국 그 핵심은 조선 무산계급운동이론의 일부분으로서의 문학이론의 확립 곧 조선무산 계급운동과 완전히 통일을 이루는 문예운동의 지도적 이론이 확립에 있다고 지적한다. 그러나 이러한 문학운동의 지도이론 가운데 수긍할 만한 이론을 보지 못했다는 것이며, 이러한 이론의 문학작품화된 것도 보지 못하였다는 것이 팔봉의 견해이다. 박영희의 근래의 논문도 이것을 보여주지 못했으며, 김영수의 「방향전환기에 입한 문예운동」(『중

---

19) 포석 조명희, 『낙동강』, 건설출판사, 1946.

20) 팔봉에 의하면 "形式과 內容 문제로 나와 朴영희가 논란을 거듭했을 때 李星泰와 金復鎭(내兄)은 나를 보고서 「네가 朴영희한테 「졌다고」해라.」고 권고한 것은 사실이었다."고 한다. 金八峰, 「우리가 걸어온 三十年(三)−우리들의 鬪爭期」, 『韓國文壇史』, 삼문사편, 279쪽.

21) 이 글은 팔봉이 방향전환론에 대해 최초로 나름대로 관심을 표명하고 있다는 점, 아울러 방향전환 이론 가운데 최초로 구체적인 작품을 들어 제2기의 시작을 알리고 있다는 점에서 주목할 만하다.

외일보』, 1927.7.17-20)도 근사한 노력을 보여주었으나 당위론자의 성급한 자기 폭로에 불과한 것이라고 평가한다.

팔봉의 이러한 평가는 이론의 확립에까지는 못 미치지만 그것이 수립되었다고 보는 조중곤의 견해와는 현격한 차이가 있다.

어째서 이러한 견해차가 드러나는 것일까? 팔봉이 언급하고 있는 회월의 글을 살펴봄으로써 그 단서를 잡고자한다.

회월의 「문예운동의 목적의식론」(『조선지광』 제69호, 1927년 7월)은 그 앞부분에서 「문예의식 구성과 계급문학의 진출」에 씌어진 내용을 상당부분 반복하고 있다. 이 반복의 요지 역시 무산계급운동이 이제 전선적·대중적 정치투쟁으로 진출하고 있다는 점, 이 속에서 마르크스주의 문예는 필연적으로 방향전환을 해야 한다는 점, 또한 무산계급운동 및 무산문예운동의 현재적 발전 단계 및 그 상호 관계 구명을 위한 이론 투쟁의 필요성 제시 등이다.22) 문예운동의 방향전환은 전선적 진출을 감행하는 방향으로 나아가야 한나는 것, 문예 운동의 방향전환기에 있어서 조합주의적 문학을 극복해야 한다는 것, 보수적 부르조아적 국민문학을 배척한나는 것, 소부르조아직, 보수적, 처세술적 문학을 지양하고, 역사적 필연적 과정인 민족××문학운동을 전개시켜야 한다는 것, 이것은 곧 맑스주의자의 문예운동이 되어야 한다는 것이다. 이때의 문예운동은 한계가 있음을 팔봉은 다음과 같이 지적한다.

> 문예운동의 진출의 한계가 그것이다. 방향전환이 시작되는 문예운동의 진출은 전무산계급운동과 동일한 것은 아니다. 문예는 문예의 특수성—이것은 장래 상론하려니와—으로써 문에는 그 자체와 분리할 수 없는 특수한 형태를 가지고—이 특수한 형태는 완전하면 할 수록 —문예운동의 효과를 고양케 하는 것이다. 그러므로 문예운동과 무산

---

22) 김영민, 『한국문학비평논쟁사』, 한길사, 1994, 140쪽.

> 계급운동은 동일한 양개(兩個)가 아니라 통일될 수 있는 - 통일되는
> - 전선적인 일익인 것을 생각해야 한다. 우리는 문예운동과 계급운
> 동을 분열적으로 생각하여 2개의 동리한 것으로 보는 - 비변증법적
> - 관찰을 배격한다.

　여기에 나타난 회월의 입장은 무산문예운동은 무산계급운동과 변증법적으로 통일될 수 있으며 그것이 계급해방운동에까지 도달할 수 있다는 것이다. 그런데 회월은 방향전환기에 있어서 예술의 특수성 즉 "문예운동의 절약된 한계와 제한된 효용"을 명확히 논급해야 한다고 하면서 예술은 무산계급운동의 '행진곡'이 되어야 한다는 논리를 편다. 이것은 정치운동의 보차적 임무로서의 문예운동을 주장하는 것과 맥을 같이한다. 팔봉과 회월과의 내용 형식 논쟁에서 확인한 바 있듯이 팔봉의 관점과는 어긋나는 것이었다.

　그렇다고 해도 팔봉이 현단계의 문학운동의 지도이론으로 수긍할 만한 이론을 보지 못했다고 회월을 비판하면서 그 이론에 대한 구체적인 모색은 시도하지 않고 있다는 점은 문제로 지적될 수 있다. 그러나 이 시기의 팔봉의 비평문(「문예시평」, 『조선지광』, 1927년 3월, 「내용과 표현」, 『조선문단』, 1927년 3월)을 보면 내용·형식 논쟁 이후 그의 비평관이 달라진 점이 없다는 점을 발견할 수 있다. 작가의 세계관의 경향성과 계급적 기초를 전제로 하면서도 내용과 형식의 양면을 모두 중요시하는 이론으로 지속된다. 김기진은 「내용과 표현」에서 내용과 표현 즉 내용과 형식은 분리해서 생각할 수 없는 것임을 단언하며 추상적 개념만으로 시종하는 것이 소설이 될 수 없음을 다시 주장한다. 박영희 역시 자신의 견해를 지속시켰던 바 「문학비평의 형식파와 맑스주의」(『조선문단』 제19호, 1927년 3월)에서도 예술의 내재적 가치와 외재적 가치를 분리하면서 그것을 병립의 문제보다는 선택의 문제로 파악한다. 이것으로 보아 박영희의 논리는 팔봉

으로서는 납득할 수 있는 논리가 되지 못했던 것이다. 이와 같은 맥
락에서 방향전환기에 최초로 구체적인 작품을 논한 것은 어쩌면 당
연한 이치인지도 모른다.23)

  앞에서 언급했듯이 팔봉은 <낙동강>을 두고 "이만큼 감격으로 가
득찬 소설이―문학이었던가"라는 말로써 낙동강에 대한 평을 시작한
다. 그에 의하면 <낙동강>은 1920년 이후 조선 대중의 거짓 없는 인
생기록이라는 것이다. <낙동강>을 높이 평가하는 팔봉의 첫 번째 견
해는 현재 생장하는 일 계급의 인생을 기록코자 했다는 것이다. 이
밖에 인물의 생생한 묘사,24) 사건 전개 곧 플롯의 측면,25) 작품의 효

---

23) 회월의 방향전환을 위한 이론적 노력은 그 선구적인 위치에도 불구하고
   제3전선파의 실질적인 당파성 획득의 노력에 비춰볼 때 다분히 형식적이
   고 수입적인 것으로 볼 수 있다. 그것은 내용 형식 논쟁을 통한 이론투쟁
   이 충실히 이루어지지 않았고 방향전환의 내용이 거의 타영역-비문예조직
   의 영역-의 것을 답습한 것에서 드러난다. 그는 프로예맹 조직의 특수성에
   맞춰 타영역에서 제기된 논점을 주체적으로 수용해보려 노력해 보지 못했
   다. 결국 그는 문예운동과 정치운동의 일원화라는 입장에서 물러나 문예운
   동은 전체 무산계급운동의 보조적 분야라는 인식을 갖게 된 것이다. 프로
   예맹의 정치적 투쟁은 문예창작 내에서만 가능하다는 입장이다. 그는 분명
   히 문학에 있어서 계급성·당파성 문제를 거론했지만 실제로 프로문학과
   당조직의 관련성에까지 이르지는 못했다. 회월은 그래서 프로예맹을 신간
   회 산하단체, 즉 비당적 조직의 상태로 이끌고 가려했지만 한설야 등의 반
   대로 실패하게 된다. 결국 회월의 논의들은 이론투재에 있어서 확실한 입
   지를 확보하지 못하였으며, 더욱이 방향전환기에 있어서 문학이 어떠한 모
   습을 갖추어야할 것인지에 대한 구체적인 언급이 전혀없다는 한계를 벗어
   날 수 없다고 판단된다. 신범순, 「프로문예운동의 방향전환에 있어서 레닌
   주의와 그에 대한 비판」, 『관악어문연구』 제12집, 1987, 141쪽.
24) 현재 생장하는 일 계급의 인생을 기록코자한 것임에도 불구하고 작자의
   놀라울만한 수완은 "작중의 개개인물에 그에 상응한 성격과 풍모를 부여
   하여 안전(眼前)에 방불케 하였다"는 것이다. 다시 읽어도 눈물겨운 한편의
   '시'이며 이때까지 가져보지 못하던 새로운 '감격'이라는 것이다.
25) 그에 의하면 이 작품은 기름진 낙동강이 어떻게 변하여 가는지를 간접적
   으로, 간단하고도 충분히 이해시키는 동시에 인생의 전 자태를 그리되 이
   곳에 나타난 것은 '절망의 인생'이 아니라 '열망에 빛나는 인생의 여명'이
   라는 것이다.

용을 들고 있다.[26] 그리하여 그는 <낙동강>은 재래의 공상적 행방불명의 빈궁소설의 무조직에 비하여 획시대적 작품이라는 결론을 내리면서 조명희는 <저기압>에서 <낙동강>으로 비약하였으며 제2기의 선편을 던진 작가라고 평한다.

조중곤은 「<낙동강>과 제2기의 작품」(『조선지광』 제72호, 1927년 10월)에서 무산문예운동은 방향전환을 하여 제2기로 비약했으며 그 이론을 실천시킨 작품이 있었느냐는 문제를 들면서 논의를 시작한다. 그는 "사실상 조선에 있어서도 아직까지 방향전환을 한 뒤에 소위 제2기 작품이 있었느냐하면 없었다고 하는 것이 누구나 거부치 못할 사실일 것이"라고 단언한다. 그렇다면 그 이론은 확립되었는가라는 물음에는 그는 확립은 아닐지라도 수립되었다고 대답한다. 그 근거로 첫째, 조선의 전운동이 방향전환을 한 것이 사실이라는 점. 둘째, 문예운동에 있어서도 프롤레타리아예술동맹의 방향전환이 있었고 규약, 강령의 개정이 있었다는 점. 셋째로 단편적으로나마 각지(各誌)에 약간씩 발표된 소논문을 종합해 본다는 점 등을 든다. 앞에서 언급했듯이 이 이론의 수립에 따른 작품이 없는 이유는 작가 개인의 수완이 없다든가 작가 개인의 이론적 근거가 엷다든가도 문제가 되겠지만 그보다는 객관적 정세 - 검열제도의 탄압도 잊어서는 안된다는 것이다.

여기에서 그는 <낙동강>에 대한 김기진의 평을 언급한다. 그는 팔봉과는 다르게 <낙동강>은 제2기적 요소를 가지지 못한 것이며 팔봉의 평적태도(評的態度)가 정(正)을 잃었다고 비판한다.[27] 그는 이 글

---

26) 그에 의하면 작자의 목적이 다수 독자의 감정의 조직에 있었으며, 과연 작가는 이 목적을 충분히 성취했다는 것이다. 그리하여 "우리들의 감정은 최후에 이르러서 어떠한 방향으로 향해야할 것인지를 지시 받았다"고 평한다.

27) 여기에서 조중곤은 내용·형식 논쟁을 의식한 듯 결코 재래의 부르조아 이데올로기의 소출인 개인의 모멸이라던가 혹은 투쟁을 위한 투쟁이 아니

에서 팔봉이 말한 '감격으로 가득한 소설'도 '인상'적으로 표현된 '눈물겨운 소설'도 아니라고 평한다. 또한 '조선 대중의 거짓없는 인생기록'이라고 제2기 작품이 될 수 있느냐 하면 그렇지도 않으며, '절망의 인생이 아니고 열망에 빛나는 인생의 여명'을 그렸더라도 제2기 작품은 될 수 없다는 것이다. 감격으로 가득차고 인상적으로 표현된 눈물겨운 소설이라도 좋지만 그렇지 않아도 좋으며, 조선 대중의 거짓없는 인생기록도 좋긴 하지만 일개인의 인생기록이라고 제2기의 작품이 되지 말란 법이 없으며, 절망의 인생이 아니고 열망이 빛나는 인생생활의 여명을 그렸다고 그것이 반드시 제2기 작품이 아니라는 것이다. 그 근거로 제1기 자연생장기의 제 작가(서해, 기영, 영희등)의 작품을 보면 감격을 찾을 수 있고, 인상적으로 표현된 눈물겨운 소설도 있고, 조선대중의 현실의 생활기록을 읽을 수 있으며, 열망에 빛나는 인생의 여명을 그린 것도 찾을 수 있다는 것을 든다.

　　그렇다면 조중곤이 제시하는 제1기 작품과 제2기 작품을 나누는 기준은 무엇인가? 그는 '그 근저에 흐르는 근본의식 여하에 표준이 서는 것'임을 주장한다. 이 제2기적 근본의식이란 방향전환에 입각한 마르크스주의적 목적의식을 말하는 것이며, 문예운동의 제2기도 이 투쟁이 규범하는 목적 의식적 문예행동을 말한다. 이런 원칙 아래 그는 제2기 작품이 가져야할 원칙으로 다섯 항목을 들었다.

　　1. 현단계의 정확한 인식[28] 2. 마르크스주의적 목적의식[29] 3. 작

라는 것을 거듭 말하면서 작가와 평자, 같은 진영의 동지들의 양찰을 바라고 있다.

28) 그는 조선에서는 조선으로의 특수성을 구명하고 인식할 것을 말함이니 방향전환 뒤의 조선의 단계는 민족****[해방운동-인용자]이라고 하면서 <낙동강>의 작자는 이것을 인식구명하고 그 작품에다가 그것을 나타내었는가 묻는다. 그는 다음을 인용하면서 팔봉의 견해를 비판하고 있다.

　　"아니다 그래도 여기 있어야 좋다. 우리가 우리 계급의 일을 하기 위하여는 중국에 가서 해도 좋고, 인도에 가서 해도 좋고, 세계의 어느

품 행동30) 4. 정치투쟁적 사실을 내용으로 할 것31) 5. 표현.32) 이러

나라에 가서 해도 마찬가지다. 하지만은 우리 경우에는 여기 있어서 일하는 편이 가장 편리하다. 그리고 우리는 죽어도 이 땅 사람들과 같이 죽어야할 책임과 애착을 가지고 있다."(22쪽)

이 부분은 <낙동강>의 주인공 박성운이 고향을 떠난 지 5년만에 다시 고향에 돌아와 야학, 조합운동 등을 하지만 극도로 어려운 상태에서 친구가 떠나겠다는 말을 하는데 이에 박성운이 한 말을 인용한 것이다. 그는 여기서 "우리는 '일하기에 편리를 위하여' 민족적 단일결성을 하자는 것인가. '같이 죽어야할 책임감과 애착' 때문에 조선에 있으란 말인가. 현단계가 이렇게 말하는가"라고 물으면서 "그것은 일하기에 편리하여서가 아니라 **민족으로 *****하여서다."라고 대답한다.

29) 이는 **[마르크스]주의를 의식적으로 그 작품에다가 주입할 것을 말한다. 그에게 있어서 맑스주의적 목적의식이란 곧 민족해방운동의식을 말한다. 그렇다면 <낙동강>에는 마르크스주의가 의식적으로 주입되었던가? 그렇지 않다는 것이 그의 견해이다.

"…… 그는 로사이다. 아마 그는 돌아간 애인의 밟던 길을 자기도 한번 밟아보려는 뜻인가 보다. 그러나 필경에는 그도 머지 않아서 다시 잊지 못할 이 땅으로 돌아올 날이 있겠지."(30쪽)

이 글은 <낙동강>의 마지막 장면이다. 백정의 딸로 태어나 여자고등보통학교를 나오고 사범학교까지 나와 여훈도가 된 로사가 여훈도를 포기하고 여성동맹원으로 활동하던 차에 성운이 죽자 구포역에서 기차를 타고 고향을 떠나는 장면을 인용한 것이다. 이 장면을 두고 그는 다음과 같이 말한다. "로사는 왜 낙동강을 버릴까. 돌아간 애인의 길을 왜 밟을까." 조선에 있어서 일하는 것이 편리하며 애착이 있어야할 로사가 왜 떠날까. 그리고 작자는 "그도 머지않아서 돌아올 날이 있겠지"라고 변명하니 이것이 목적의식이 될 수 있단 말인가." 또한 <낙동강>의 처음과 중간에 등장하는 팔봉이 인용한 노래 가락을 두고 향토애착에 대한 센티멘탈한 시구이며, 목적의 고조가 없는 것이라고 비판한다. 그리하여 그것은 "민족해방에 도움이 될 시가는 완전히 아니"라고 단정한다.

30) 그 작품이 가진 목적으로 하여금 독자의 사상의 전취내지 조직을 하게 하는 것을 말한다. 그는 「낙동강」이 팔봉이 말한 바와 같이 어느 부분까지는 성공하였다고 본다. 그러나 그 작품이 가진 다른 조건이 제2기적이 아닌데다 이 작품행동도 또한 실패로 돌아가고 말았다고 한다

31) 그 작품에서 행동하는 목적의식을 철저케 하기 위해서 정치투쟁의 사실을 주제로 하라는 말이다. 그는 박영희의 「비평의 표준과 전환」에서 언급한

한 고찰을 통해 그는 <낙동강>은 "자연생장기의 작품으로는 성공했을 지는 모르겠으나 제2기 목적의식기의 작품이라고는" 할 수 없다는 결론에 이른다.

2. 20년대 한국소설의 압권 대 문학적 자살 표본 : 김윤식과 정한숙의 견해

김윤식은 「韓國小說의 應戰力」(『韓國文學史論考』, 법문사, 1973)에서 최서해와 같은 사회문제를 관념적 차원에서 소설로 정착시킨 탁월한 작가로 한국문학사는 조포석을 갖고 있다고 말한다. 조포석은 <낙동강>, <농촌사람들>, <마음을 갈가먹는 사람들> 등의 단편을 썼으며, 그 대표적인 것이 <낙동강>이라 할 수 있다. 그는 <낙동강>이야말로 '20년대 한국소설의 압권'이고 평한다. 그 근거로 다음을 들고 있다.[33]

첫째, 작품 구조가 서사양식의 골격을 최초로 갖추었다는 점이다.[34] 둘째로, 이 작품 속에 이미 V. 나로드 운동과 조합운동의 양상,

───────────────

정치운동자의 사실 내지 일생의 역사를 거기에 있다고 그것이 정치 투쟁적 사실이라고 할 수 없다는 것이다. <낙동강>이 농촌의 몰락과정에 대한 설명이 있고 박성운이 형편사원과의 싸움에 중재하고 있다하여 정치적 투쟁 사실이라고 보기 어렵다는 것이다.

32) 형식은 내용이 규범하고 내용은 형식이 규범한다는 변증법적 교호작용에 있어서 제2기 작품에는 제2기적 형식이 있다고 말한다. 그런데 그것이 무엇인지는 구체적으로 밝히고 있지 않다. 다만 자연주의적 수법으로는 그 목적 의식적 작품을 담을 수 없다고 언급한다.

33) 김윤식, 앞의 책, 184-185쪽.

34) 그것은 낙동강이라는 향토적 실체를 민족사적 차원으로 승화시키는 기능과 관계된다는 것이다. 비록 압축되었으나 솔로홉의 『고요한 돈江』을 연상케 하는바 생명의식으로서의 이 배경의 선택은 국적 불명의, 혹은 대명사로 대치될 수 있는 여타의 포말적인 작품과 결정적으로 구분된다. 다시 말하면 이 작품은 민족어의 고유명사를 최초로 작품 배경에 포착한 것이라 한다. 팔봉이 <낙동강> 평하면서 작품 속의 노래를 두 번씩이나 인용했다

그 가능성과 한계의 맹아가 선명하게 각인되어 있다는 점이다.35) 셋째, 이 작품의 시대적인 의의는 당시 크게 요란했던 프롤레타리아문학의 공식성을 작품으로 비판했다는 데서 찾을 수 있다는 것이다.36) 넷째, 작품의 세련성을 들고 있다.37) 팔봉은 <낙동강>을 평하면서 이미 이 시적 응축을 어렴풋이나마 포착한 듯하다. 그러나 그것을 이론

거나, 서사적 골격에서 대해서 언급을 한 것은 김윤식의 논의에 근접했다는 점에서 주목할 필요가 있다. 그러나 조중곤이 "향토애착에 대한 시구"라고 비판한점, 정한숙이 "강물이 젖이 된다는 것은 그 속에 시적 비약을 내포하고 있"으며, "동시에 이것은 자연이 인간에게 젖과 꿀을 준다는 식의 유아적 발상"이라고 평한 것과는 거리가 자못 크다.

35) 이 운동은 조직력의 미비, 농민의 무지 때문에 실패하고, 형평운동의 맹아도 그 당사자의 무지로 실패하고 동지를 잃게 되었다고 보면서, 이러한 사실을 그는 V.나로드 운동이나 농촌 계몽운동 등이 1930년대 「조선일보」와 「동아일보」에서 크게 표면화되지만, 그리고 1935년 심훈의 <상록수>를 낳지만 실제로는 소설처럼 그렇게 낙관적인 것은 아니었다는 맥락에서 바라보고 있다. 팔봉 역시 "참패되는 인생의 전 자태를 그리되 망해가는 찌그러져가는 참패자를 기록하지 아니하고 ********한 자태를" 그린 것을 평가하고 있다.

36) 1927년이면 프로문학이 자연 발생적 상태에서 방향전환하여 목적의식기로 나아갈 때에 해당되는데, 기아와 살인 방화, 그리고 무턱댄 저항이라는 매너리즘을 작품 <낙동강>의 출현으로 완전히 무의미하게 만들었다는 것이다. 앞에서 살펴보았듯이 팔봉은 이점에 대하여 전적으로 견해를 같이 한다. 그러나 조중곤은 <낙동강>을 여전히 자연 발생기적 제1기의 작품이라고 평가하고 있는 것은 앞에서 살펴본 터이다.

37) 이 진술 속엔 시적 응축을 내포하고 이는 바, 이 점은 다른 프로소설과 비교해서 읽을 때 선명해진다는 것이다.

투르게네프의 <그 전날 밤>에 나오는 인사노프의 대칭인물보다도 로사·룩센부르크의 상징성은 백정의 딸인 이 여주인공의 위치를 현저히 詩的이면서 격렬성을 동반케 하며, 바로 이 점이 金祐鎭과 早稻田大學 주변에서 수업한 작가의 지적 세련성을 뜻하는 것이 된다. 이 지적 세련성은 이 작품의 구성과 행간에 담긴 암시성에 연결된다. 많은 언설이 생략되어 있고 그것은 당시 한국어의 사회 묵계에 의해 보장될 수 있었다는 데 이 작품의 현대성이 확보되었던 것이다.

의 수준에서 구체화하지 못하고 느낀 점을 피력하는 수준에 머물러 있다. 조중곤은 "감격으로 가득한 소설"도 아니며, "'인상'적으로 표현된 '눈물겨운 소설'도" 아니라는 것이다. 표현의 측면에서 제2기 작품에는 제2기적 형식이 있을 것인데, 자연주의 수법으로는 그것을 담을 수 없다는 것 외에는 별다른 언급이 없다.

정한숙은 "<낙동강>의 유치한 상징성이 어떻게 계급혁명을 부르짖는 본격적인 프롤레타리아의 문학작품의 성과를 높일 수 있는가" 하고 반문하면서, "이런 의문의 제기는 <낙동강>이 문학적인 자살의 표본적인 작품이라는 의미설정에 강력한 암시를 주고 있다."고 평한다.38) 그런데 김윤식은 조명희의 지식차원의 사회성의 발견은 개인과의 관계 개념에 징검다리를 놓았을 따름이라고 한계를 분명히 한다. 이것은 작가가 자신을 감쌀 수 있는 사회적 기반을 확고히 가지지 못했다는 개인적 신분에 관계된다는 사실이며, 다른 하나는 장르상의 문제로서 줄거리 있는 행위로서의 완결의 양식 신택에까지 나아가지 못한 역사적 제약성을 의미한다고 한다. 김윤식이 계층의식과 총체성이 문제되는 장편소설을 염두에 둔 것이다. 이상의 그의 소론을 볼 경우, 그의 비평적 이데올로기는 루카치 류의 리얼리즘에 닿아 있음을 어렵지 않게 간취해낼 수 있다.

정한숙은 「저항의 전개와 문학적 성과」(『現代韓國小說論』, 고려대 출판부, 1977)에서 <낙동강>과 이무영의 <農民>을 비교 평가하고 있다. 그에 의하면 목적을 위한 도구로서의 문학은 우리의 현대문학사가 말해주듯 문학적 자살의 결과에 봉착하는데 "문학사가들이 抱石의 <낙동강>을 프로문학의 대표작이라고 말할 때에 우리는 이를 프로문학이 문학으로서 실패한 것을 나타내는 가장 대표작으로 이해하는 것이 정당하다."는 것이다. 그는 <낙동강>이 프로문학의 1기 작품

---

38) 정한숙, 앞의 책, 80쪽.

이냐 2기 작품이냐 하는 문제는 차지하고 다음과 같이 평하고 있다.

　주인공 박성운은 기계적이고도 공식적인 이데올로기의 노예로 나타나며, 이 작품에는 소설인 단 하나의 사건도 없으며, 그야말로 이 작품이 소설일 수 있느냐 하는 의문을 품게 된다는 것이다. 여기에는 작가의 시인적인 기질의 노출, 즉 시적 문체가 많이 작용하고 있기 때문이라는 것이다. 이러한 견해는 정한숙의 견해가 김윤식의 견해와 썩 먼 거리에 있으며, 팔봉과 조중곤의 견해와도 거리가 있음을 알게 해준다.39)

　다음으로 <낙동강>에서 생활의 직접적 체험에서 우러나지 않은 저항의식이란 관념적이고 개념적이라는 점에서 비판을 가한다. 농업학교를 나와 군청농업조수로 일하던 성운이 저항의 길로 나가는 과정이 비약되었다거나, 성운의 로사에 대한 격려의 말이 반항을 위한 반항으로 요약되는 것은 "예술적 감동은 커녕 그 문학성조차도 의심하지 않을 수 없게"한다는 것이다. 그의 평가는 작가의 관념성을 지적했다는 점에서 주목을 요하지만 단편적인 사실을 두고 이로 인한 문학성조차 의심한다는 것은 예술성 우위의 그의 이데올로기의 소산에서 비롯된 것으로 판단된다. 앞에서 김윤식이 <낙동강>의 성과를 들고서 그 계층성과 총체성을 문제 삼은 것과는 대조적이다. 정한숙이 <농민>의 장쇠가 농민으로 설정되었다는 점에 시선을 보내기는 하지만, '장쇠'라는 인물은 개인적이며 사회적 모순을 인식하지 못하는

---

39) 이 점은 <낙동강>을 1954년에 지은 <농민>과 비교하면서 평하는데 더욱 선명히 드러난다. 두 작품은 계급적인 것에 대한 농민의 저항을 다루지만 <낙동강>은 침략자에 대한 민족적인 분노로 시작한데 비해 <농민>의 그것은 개인적인 데에서 출발하고 있다. 일제 하에서 땅을 잃은 인물과 구한말 인권을 박탈당한 인물 가운데 그는 후자를 높이 평가하고 있다. "<낙동강>에 비교하면 이무영의 <농민>은 농민사회에 대한 진지한 작가적 탐구를 보여주는 작품"(정한숙, 같은 책, 73쪽)이라는 것이다. 문학텍스트의 당대적 의미와 현재적 의미에 대한 고려 없이 세련된 형상화를 문제삼고 있다.

직접적 행위를 드러내는 인물에 불과하다는 점에서 잘 드러난다. 일제하 성운은 반체제적이라면 구한말 장쇠는 기존의 체제 안에서 그 변혁을 꾀하는 인물인 것이다.

정한숙은 일제하 프로문학이 일제와의 대결 양상을 보이는 민족적 계급투쟁의 모습임을 인식하지 못하고 "인간의 생존을 계급적으로 양분시키는 것은 <흙>의 허숭이 도시 농촌을 대립적으로 파악하는 것보다 한층 위험하다."고 본다. 여기까지 이르면 정한숙의 비평적 이데올로기는 문협정통파의 그것으로 이어짐을 알 수 있다. 문협(한국문학가협회)이 조직된 것은 1949년 12월 9일. 자유진영의 문학단체인 문필가협회와 청년문학가협회가 발전적 해소를 거쳐 창립된 문협은 보도연맹에 가입된 문인들이나 중간노선의 문인들을 포함한 대한민국 이념에 부응하는 단일문학단체라 할 것이다. 그 이념은 이른바 '구경적 삶의 형식'이란 명제로 김동리에 의해 정립되었던 것이다.[40]

Ⅳ. 반성과 대화로서의 비평교육

<낙동강>을 둘러싼 이러한 비평텍스트를 보면 비평가에 따라 견해차를 드러내고 있음을 알 수 있다. 이 근저에는 비평가의 이데올로기가 흐르고 있으며, 그것에 의해서 문학텍스트가 평가되는 것이다. 물론 같은 마르크스주의 이데올로기를 가졌다고 해도, 그 이데올로기에는 편차가 있는 것이며, 더구나 문학텍스트를 바라볼 때에는 더욱 그렇다. 문제는 자기가 딛고 있는 이데올로기의 뿌리를 도그마에서 어떻게 벗어날 수 있는가 하는 것이다. 이것은 비평가로서는 구체적

---

40) 김윤식, 『한국근대문학사상연구2-문협정통파의 사상구조』, 아세아문화사, 1994.

인 비평텍스트를 통해 드러나기 마련인데, 비평행위에 대한 반성과 문학텍스트와 다른 비평텍스트와의 끊임없는 대화를 통해서 극복될 수 있을 것이다.

문학텍스트는 작가의 관념이나 이데올로기를 그대로 표현하지는 않는다. 그것은 그 텍스트의 이데올로기가 작가적·전기적 요소들의 다중규정성에 의해서 이루어지고 생산된 만큼이나 일반적인 이데올로기가 미학적으로 작용한 결과이다.[41] 문학텍스트는 본질적으로 비완결적이며, 불균형적이며, 비일관적인데, 왜냐하면 그것은 상상적인 방식 이외의 다른 방식으로는 제거될 수 없는 부가되어진 현실 과정들이 가지는 갈등적이고 모순적인 효과이기 때문이다.[42] 복잡한 과정을 거쳐 문학은 어떤 현실의 생산물이 된다. 하지만 그것은 결코 자율적인 현실이 아니며, 어떤 물질적인 현실이고 어떤 사회적 효과의 창조이다. 따라서 문학텍스트는 허구들의 효과의 생산이다.[43] 또한 문학 효과들은 이데올로기 일반으로 환원될 수 없는 효과들로 분석할 수 있다. 문학적 효과들이란 다른 이데올로기들, 즉 문학적 효과들이 그들에 의존하는 동시에 그들로부터 차별적인 다른 이데올로기의 한가운데 존재하고 있는 특수한 이데올로기적 효과이기 때문이다. 문학적 효과는 문학텍스트의 특징인 '매력', '미', '진리', '가치', '심오함', '양식', '쓰기', '예술' 등 내에서 텍스트를 인식하는 것이다. 따라서 문학적 효과는 그 자체가 물질적 원인의 효과일 뿐만 아니라 동시에 사회적으로 규정된 개인들에게 강제함으로써 영향을 미치는 효과이기도 한 것이다.

문학텍스트가 이렇다면 인식 작용의 산물인 비평텍스트는 곧바로

---

41) 테리 이글튼, 윤희기 역, 『비평과 이데올로기』, 열린책들, 1987, 86-88쪽.
42) Etienne Balibar·Pierre Macherey, "On Literature as An Ideological Form", *Untying The TEXT*, Routledge & Kegan Paul Ltd, 1981, 88쪽.
43) Etienne Balibar·Pierre Macherey, 앞의 책, 91쪽.

자신이 입각한 이데올로기에 기반을 두고 있다. 문학텍스트와는 달리 비평텍스트는 비평가의 입장이 굴절되지 않는다. 따라서 비평가가 문학텍스트를 비평하는데 있어서 어떤 이데올로기적 입장을 취하는가가 중요하다. 물론 문학텍스트에 대한 비평가의 이데올로기는 비평텍스트를 통해 드러나게 된다. 따라서 비평텍스트에 드러난 이데올로기는 무엇이며, 어떤 기준에 의해서 문학텍스트를 평가하고 있는지 살펴봐야 한다. 대게 이런 비평텍스트는 어떤 편향된 관점에 입각해 있음이 드러난다. 그러나 앞에서 언급했듯이 문학텍스트의 효과는 어떤 한 관점에서 포착할 수 있는 성질이 아니다. 비평텍스트에서 한 관점의 선택은 곧 다른 관점의 배제를 통해서만 가능한 것이다. 이 배제야말로 문학텍스트를 협소하게 만들고 독자의 사고를 가로막는 장애로 작용할 수 있다. 그렇다면 이러한 도그마에서 벗어날 수 있는 방법은 무엇인가? 여기에서 반성과 대화를 통해 도그마를 벗어날 수 있는 가능성을 모색해보고자 한다.

이론적 개념으로서의 반성은 비판이론의 개인주의와 밀접한 관련을 맺고 있으며, 특히 호르크하이머와 아도르노는 개인의 자율성이 첨예한 위기에 빠진 사회 역사적 상황에서 반성의 개념을 부각시켰다. 따라서 반성이란 자유주의와 개인주의의 가치를 고수하는 비판이론이 자본주의 사회에 대한 승산없는 싸움을 벌이는 과정에서 개발한 수단에 지나지 않는다는 비판이 제기될 수 있다. 앤소니 기든스는 반성 전략이 실천적으로 무용하다고 비판한다. 왜냐하면, 하버마스에 의하면 반성을 통해 비판적 태도를 취해야 할 주체가 분명하지 않다는 것이다. 이렇게 주체가 분명하지 못할 경우, 이론이 사회적으로 실천될 수 없다는 것이다.44) 지마는 그 주체를 이론가와 이론가의 토론 상대를 꼽는다. 민족이나, 대중, 프롤레타리아 등은 반성의

---

44) 페터 지마, 앞의 책, 504-606쪽.

주체가 될 수 없다는 것이다. 왜냐하면 이러한 단위는 명확히 규정되기 어려울 뿐만 아니라 이론적인 토론자로 간주될 수도 없기 때문이라는 것이다. 그러나 어떤 도그마에서 벗어나는 교육 이념을 생각한다면 도그마에서 벗어나고자 하는 학습자의 지향은 적극적으로 모색되어야 하는 것이다. 비평교육이 차지하는 지점은 바로 이곳이다. 이것이 이론이 지향하는 방향과 벗어난다고는 볼 수 없다.45) 대상 구성의 컨텍스트를 이루는 사회어46)가 대상 구성과정에 큰 영향을 미

---

45) 지마는 반성을 담론적, 사회 기호학적 과정으로 기술할 수 있겠는가 하는 문제에 힘을 쏟는다. 지마에 의하면 반성은 몇 가지 담론 전략에 의거할 수 있다.

　우선 역사적 사회적 체계로서의 언어는 집단어와 독립적으로 존재할 수 없으며 일상어의 어휘와 의미구조가 이데올로기 등의 사회어에 의해 끊임없이 변화되고 있다는 점을 들어 담론의 진술 주체는 자신의 말이 초역사적인 이상적 구성물이 아니며, 당대의 사회 언어학적 상황에 대한 논쟁적이고 대화적인 대결의 산물임을 분명히 인식해야 한다는 것이다. 즉 언어적 상황을 가능한 한 철저히 반성해야 한다는 것이다.

　둘째로 담론의 주체는 언어간의 다양한 관계를 통해 형성되는 사회 언어적 망 속에서 의사소통이 이루어지고 있음을 인식하고, 자신의 비평적 담론이 다른 비평적 담론 혹은 이데올로기적 담론 등과 어떻게 상호 작용하고 있는지 반성해야 한다

　셋째, 판단 기준이 자연적으로 주어진 것이라거나, 대상 자체에서 도출된 것이라는 생각, 이론 일반이 자신에게 내려준 것이라는 생각에 대한 반성이 있어야 한다는 것이다. 특정 사회 언어적 상황 속에서 특정 진술 주체가 개념 A, B, C를 정의하게 되는 것은 어떤 이유에서이며, 진술 주체가 특정 의미론적 대립과 차이는 유관적이라고 주장하면서 다른 대립과 차이는 왜 무시하는가와 같은 문제를 제기할 필요가 있다는 것이다.

　넷째, 자기 자신, 사건, 행동, 진술을 관찰하고 해석하기 위해 동원되는 서술 도식에 대한 반성이 요구된다.

　다섯째, 담론 주체는 독자에게 모든 담론은 결코 현실 자체가 아니며 현실에 대한 한 가지 가능한, 우연적인 구성에 지나지 않음을 분명히 밝혀야 한다.

　여섯째, 대상은 주체에 의해 구성된 것이며 주체가 동원하는 의미론적 통사론적 처리 방식과 분리할 수 없다는 것을 인식해야 한다.(페터 지마/허창운 · 김태환 옮김, 『이데올로기와 이론』, 문학과 지성사, 1996)

46) 사회어란 어휘적 층위와 술화적 층위(의미론적, 통사론적 층위)에서 구조

친다는 것이다. 따라서 중요한 것은 누가 말하느냐, 이 이론적 구성물은 누구에게 유용한가의 문제이다. 이러한 면에서 담론의 대화적 개방이 필요하며, 개방적인 대화는 진술 주체에게 사실들을 다른 담론적 맥락 속에서, 다른 대상 구성의 테두리 속에서 바라볼 수 있게 한다.

지마는 이론가가 취해야할 입장으로 양가성을 들고 있다. 그것은 현대 시장 사회에서 자유, 정의, 민주주의, 과학성, 미적인 질과 같은 가치 개념 속에는 모순되는 이데올로기적 의미들이 동시에 담겨있다는 인식에서 출발한다. 이론가는 가치평가 자체를 포기하려고 해서는 안되며, 가치의 위기에 대응하는 이론가의 무기는 개념과 현상의 양가성을 출발점으로 하는 변증법적 비판이라는 것이다. 이는 헤겔처럼 타자를 지양해서 자기 체계에 통합시키기 위해서가 아니라, 열린 대화를 실현하기 위해서다. 열린 대화의 출발점은 양가성 즉 대립의 통일이다.

이상을 토대로 앞에서 언급한 비평가들의 비평행위는 다음과 같이 요약해 볼 수 있을 것이다. 팔봉은 자신의 비평에 있어서 가능성을 보였음에도 문학텍스트를 평가하는 구체적이고 명확한 개념적 도구가 형성되어 있지 못하였다. 그를 포함한 조중곤, 정한숙은 자신의 비평적 관점에 대한 근거를 제시하는데 있어서 편협성을 면치 못하고 있다. 조중곤이 이념의 과잉을 보이듯이 정한숙 역시 편향된 시각에서 이념의 과잉을 보여주고 있다. 특히 정한숙은 역사와 사회에 대한 시각이 결여되어 있어, 자신의 관점이 놓인 자리를 객관적으로 바라보지 못하고 있다. 이에 비하면 김윤식은 자신의 입론를 명백히 하

화되어 어느 정도 유기적인 이데올로기를 표현하는 이념소로서의 구조를 갖추게 되는 언어단위를 말한다. 사회어의 개념은 1, 어휘목록 2. 약호 3. 각기 사회어의 특수한 실현으로 간주되는 술화적 제구조라는 본질적인 요소로 구성된다. 페터 지마, 허창운 역, 『텍스트사회학』, 민음사, 1991, 98쪽.

면서 당대의 여러 작품의 검토를 통해 「낙동강」이 차지하는 의의를 현재성과 연관시키고 있다. 김윤식이 '비평 쓰기에 대한 자의식'과 '운명을 창조하는 원리'를 드러내고 있다는 것은 주목할 만하다.

V. 맺음말

비평텍스트는 비평가가 속한 비평적 이데올로기의 산물이다. 따라서 이 시대에는 비평텍스트를 몇 가지 유형으로 분류해 볼 수 있다. 그런데 문제는 비평텍스트 자체의 폐쇄적 성격에 있으며, 제도 교육권에서의 획일성에 있다. 우리 시대 어느 비평가의 말은 귀담아 들을 만하다.

> 우리 시대의 어느 동료 비평가가 이성복의 『그 여름의 끝』의 해설에서 지적했듯이 나 역시 대학 신입생 무렵 "서가에 꽂힌 이성복의 자괴와 비탄의 요설을 이해할 수 없었"다. 이성복의 『뒹구는 돌은 언제 잠깨는가』를 온몸으로 받아들여, 그리하여 나의 서투른 감수성이 그 시들의 속살 깊은 곳에 이르며, 그 결과 생성된 신선한 감동의 파문을 내 것으로 하기에는, 당시 나는 제도적인 문학 교육의 이데올로기적 유포로부터 전혀 자유롭지 않았었다. 말하자면 나의 시 읽기는 그 제도적인 문학교육이 내면화한 단아하고 정결한 한국 전통 서정시의 문법에서 거의 탈피하지 못한 상태였다.[47]

제도적인 문학 교육의 이데올로기적 유포로부터 자유롭고, 다양한 문학적 문화를 접할 수는 없는 것일까? 비평텍스트(교육)의 경우 폐쇄와 편향에서 벗어날 수는 없을까? 앞에서 반성과 대화로서의 비평

---

47) 권성우, 「비평이란 무엇인가?」, 『문학을 향하여 문학을 넘어서』, 문학과지성사, 1991, 47-48쪽.

(교육)에 대하여 언급했다. 여기에서는 대화로서의 비평 교육에 대하여 덧붙임으로서 이 글을 맺고자 한다. 반성은 비평텍스트의 표현과 이해의 양측면에 걸친 것으로 자기 비평 세계를 의미한다면, 대화적 비평은 비평텍스트 간의 대화적 국면을 중시한다. 대화적 비평에 있어서 중요한 것은 담론간 대화를 가로막는 언어 장벽은 어떤 것이며, 그 장벽은 어떻게 극복될 수 있을 것인가이다. 담론간 대화를 통해 이론과 정리를 비판적으로 검토하려고 할 때 문제는, 그것이 어떤 언어 상황 속에서 어떤 사회어로부터 생성되었으며 누구의 입장과 관심을 대변하고 있느냐이다. 담론간 대화에서 필수적인 것은 자신의 담론과 상대의 담론에 대한 스스로의 입장을 모두 성찰하는 대화 당사자의 반성적 태도이다.[48] 이러한 반성을 통해서만 서로 상대방의 대상 구성을 이해할 수 있고, 어디까지 합의가 유지되고 어디에서부터 견해가 갈라지는 지도 확인할 수 있을 것이다. 또한 대화적 비평은 문학텍스트와의 대화도 소홀히 하시 않는다. 비평은 각지의 비평가, 비평가와 비평가의 두 목소리의 만남이다. 대화적 비평은 문학텍스트에 관해서가 아니라 문학텍스트에게 혹은 문학텍스트와 더불어 말한다. 그것은 연루된 두 개의 목소리 중에 어떤 것도 제거하기를 거부한다. 연구되는 텍스트는 '초언어'에 의해서 다루어야 할 대상이 아니라, 비평가 자신의 담론과 만나는 하나의 담론이다. 작가는 '그'가 아니라 '당신'이며, 우리와 인간적 가치를 토론하는 대화자이다.

대화가 가능하기 위해서 진리는 하나의 지평으로서, 규율적 원리로서 가정되어야 한다. 독단주의는 비평가의 입장에서 독백으로 이끈다. 내재주의는 검토되는 작자의 입장에서 독백으로 이끈다. 많은 내재적 분석의 산술적 집적에 불과한 순진한 다원주의는 역시 귀기울임이 없는 여러 목소리의 공존만으로 이끈다. 즉 여러 주체가 자신

---

48) 페터 지마, 앞의 책, 683쪽.

을 표현하고 있지만 아무도 타인과 자신의 상이성을 고려하고 있지 않다. 진리를 향한 공통적 추구의 원리를 수용하는 사람이면 누구나 벌써 대화적 비평을 실행하고 있는 것이다.[49] 그러므로 이제 비평자(학습자)는 진리를 향해 나가면서 스스로 반성을 통해 자신의 세계를 성찰하고, 자신과 다른 비평적 입장을 고려하는 열린 대화적 비평교육이 되어야 한다.

---

49) 츠베탕 토도로프, 「바흐찐과 문학비평」, 『바흐찐과 문화이론』, 여홍상 엮음, 문학과지성사, 1995, 239-258쪽.

참고문헌

1차 자료

砲石 趙明熙,『낙동강』, 건설출판사, 1946.

2차 자료

구인환 외,『문학교육론』, 삼지원, 1989.

김기진,「시감 2편」,『조선지광』, 1927.8.

김상욱,「이념과 문학교육」,『문학교육의 방법』, 민족문학교육회편, 한길
　　　사, 1991.

――――,『소설교육의 방법 연구』, 서울대학교 출판부, 1996.

김영민,『한국문학비평논쟁사』, 한길사, 1994.

金允植,『韓國現代文學史論考』, 법문사, 1973.

김윤식,『한국근대문학사상연구2-문협정통파의 사상구조』, 아세아문화사,
　　　1994.

金八峰,「우리가 걸어온 三十年(三)-우리들의 鬪爭期」,『韓國文壇史』, 삼문
　　　사편, 1985.

우한용 외,『소설교육론』, 평민사, 1993.

鄭漢淑,『現代韓國小說論』, 고려대출판부, 1977.

페터 지마/허창운·김태환 옮김,『이데올로기와 이론』, 문학과 지성사,
　　　1996.

페터 지마, 허창운 역,『텍스트사회학』, 민음사, 1991.

테리 이글튼, 윤희기 역,『비평과 이데올로기』, 열린책들, 1987.

Bakhtin M. M., Medvedev P. M., Trans. Albert J. Wehrle, *The Formal
　　　Method In Literary Scholarship*, Harvard University Press, 1985.

Etienne Balibar·Pierre Macherey, "On Literature as An Ideological Form",
　　　Untying The TEXT, Routledge & Kegan Paul Ltd, 1981.

비평의 논리로 본 문학 수행 평가의 철학

김 성 진*

Ⅰ. 문제 제기

　최근 들어 국어 교육 평가에 대한 논의에서 두드러진 점은 급속도로 확산되고 있는 수행 평가에 대한 관심이다.1) 여기에는 국가가 정책 차원에서 보급하고 있는 수행 평가를 이론화해야 한다는 다분히 '현실적' 요구가 작용하고 있다. 순서가 뒤바뀐 듯한 이러한 모습에서 많은 문제점을 지적할 수 있을 것이다. 하지만 그렇다고 해서 수행 평가가 '선택형 평가'에 비해 가지고 있는 다음과 같은 여러 장점까지 섣불리 외면할 필요는 없다. 첫째, 학생이 문제의 정답을 선택하게 하는 것이 아니라, 스스로 정답을 구성하게 함으로써 학습자의 능동성을 강조한다는 점, 둘째, 교수·학습의 결과뿐만 아니라 교

---

*목원대 강사

1) 한국국어교육연구회 봄 학술발표대회의 주제는 '국어과 학습평가의 원리와 방법'이었으며, 자료집을 보면 주제 발표와 토론에서 수행 평가에 대한 논의가 빠지지 않았음을 확인할 수 있다. 한편 최미숙 역시 지금까지 국어교육에서의 평가를 반성하면서 수행평가를 적극적으로 수용할 것을 주장하고 있다. 최미숙, 「국어교육에서의 평가 : 수행평가를 중심으로」, 『국어교육연구』 5집, 서울대학교 교육종합연구원, 국어교육연구소, 1998.

수·학습의 과정도 함께 중시한다는 점, 셋째, 단편적 지식에 대해 일회적으로 평가하기보다는 학습자 개개인의 변화·발달 과정을 종합적으로 평가하기 위해 전체적이면서도 지속적으로 이루어지는 것을 강조한다는 점. 수행평가에 과감하게 '진정한 평가', '대안적 평가'라는 명칭을 붙이는 이유도 수행 평가가 가지고 있는 그러한 장점을 적극적으로 인정하기 때문일 것이다.[2]

일반적으로 수행 평가는 학생 스스로가 자신의 지식이나 기능을 보이기 위해 산출물을 만들거나, 행동으로 나타내거나, 답을 구성하도록 요구하는 평가 방식을 뜻한다.[3] 수행 평가의 실행을 위해서는 선결되어야 할 여러 과제가 있고, 그로 인해 실제 적용에서 적지 않은 문제점을 불러일으키고 있는 것도 사실이다. 그러나 수행 평가가 기존의 객관식·선다형 평가가 가지고 있는 한계를 극복할 수 있는 대안적 평가 모델의 하나라는 점만은 대부분의 사람들이 동의를 하고 있다. 그것은 수행 평가가 단순히 평가를 수행하는 기술적 절차나 기법이라기보다는 평가에 대한 나름의 새로운 관점을 제시하고 있기 때문일 것이다. 수행 평가는 단순히 평가 기술의 개선을 넘어서서, 학습 주체와 학습을 긴밀히 관련된 계열체로 파악하고 학습의 과정에서 학습 주체의 자발성과 능동성을 강조하는 철학을 바탕으로 한다고 할 수 있다.

원론적 차원에서 논의되고 있는 수행 평가의 장점은 국어 활동 능력의 성격에 비추어 볼 때 더욱 매력적인 것으로 다가온다. 어쩌면 선다형이나 단답식 문항으로는 국어활동 능력을 평가한다는 것은 불가능할 지도 모른다. 언어를 통해 자신이 속한 세계와 문화를 이해하고 자신의 사고와 정서를 언어로 표현하는 활동은 연속성을 갖는 인

---

2) 백순근, 「수행평가에 대한 이해」, 『1998년도 KICE 연구 포럼』, 한국교육과정평가원, 1998, 166쪽.
3) 백순근, 『수행평가의 이론과 실제』, 원미사, 1998, 34쪽

간의 고차원적인 정신 활동으로서, 단순한 정보의 입력·산출 과정과는 질적으로 다르기 때문이다. 그런 이유로 국어교육에서의 평가 = 수행평가라는 등식을 세울 수 있을 지 모른다. "모든 시험은 다양하고 자유롭게 쓰는 형식을 취해야 하며, 말하기/듣기는 교실에서 교사에 의해 발표며 토론 과정이 관찰되고 평가되어야 한다"4)는 발언 역시 국어 활동 능력 평가는 국어 활동 능력의 연속적인 정신 과정에 대한 고려 속에서 나왔다고 보아야 할 것이다.

그러나 국어과 수행 평가에 대한 이론적 논의의 수준은 여러모로 일천한 것이 사실이다. 각종 평가 도구의 소개 및 문항과 채점 기준 개발의 실천적 의미는 너무나 소중한 것이지만, 그것이 이론과 등치될 수는 없기 때문이다. 필자가 보았을 때 현재 평가 논의의 가장 큰 문제점은 교육학의 일반적 평가 이론을 도입함으로써 특수한 국어과 평가를 해결하려는 태도이다(사실 이 문제는 평가 논의에만 국한되는 문제점이라기보다는 교수·학습론, 교육과정론 등에 공히 해당되는 문제이다). 국어과 평가 이론이 평가 일반론의 단순한 부분 집합이 아니라면, 국어 활동의 특징에 기반한 평가 이론과 실제의 설계에서 출발하여 그것이 교육학에서 이야기하는 수행 평가 일반론과 맥을 같이하는 국면을 살피는 편이 좀더 정당한 논의의 경로일 것이다.

그러나 이 자리에서는 국어과 수행 평가 전반에 대한 논의를 펼치기보다는 논의의 대상을 문학 영역으로 좁히고자 한다. 사실 문학 영역에서 전술한 수행 평가의 '관점'과 문학 현상 자체가 본질적으로 상통한다고 해도 지나친 말은 아닐 듯 싶다. 수행 평가가 학습자의 자발성과 능동성을 전제하기 때문에, 독자가 여러 가지 작품을 읽고 세계의 다양한 면을 이해하고 그 속에서 다양한 정서적 만족을 느끼

---

4) 김대행, 「국어교육학의 목표와 영역」, 『선청어문』 25집, 서울대학교 사범대학 국어교육과, 1997, 44쪽

는 문학 독서와 맥을 같이 하기 때문이다.

이제부터 수행 평가의 중요한 철학이라 할 수 있는 '통합'의 관점이 비평의 논리와 연결되는 지점을 밝히고, 최근 중등학교 학습 수준에 맞는 비평 활동으로 중요하게 부각된 바 있는 '비평적 에세이 쓰기'의 내용을 살펴보고자 한다.

Ⅱ. 문학 수행 평가 철학으로서의 '통합'

국어과 수행 평가에 대한 이론적 논의가 부족한 가운데에서도 벌써 『국어과 수행평가』라는 이름을 단 한 권의 책이 나온 바 있다. 이 책에서는 문학 현상을 이해하고 경험하도록 하는 것이 문학 영역의 평가 전제가 된다고 주장하면서, 문학 영역 평가의 방향을 크게 다음의 네 가지로 설정하고 있다. 첫째, 문학 영역 평가는 구체적인 작품 해석을 기반으로 하되, 감상의 총체성을 중심으로 고려해야 한다. 둘째, 문학 영역 평가는 인지적 영역과 정의적 영역이 조화되는 방향으로 나가야 한다. 셋째, 학생의 문학 경험을 고려하는 방향이어야 한다. 넷째, 문학 작품 이해 과정에 대한 평가를 중요한 요소로 고려해야 한다.5)

말하기·듣기·읽기·쓰기의 국어 활동 영역과 문학 영역의 관계에 대한 논의가 없지만 일단 영역 구분을 인정한다면, 이를 문학 영역 평가의 원론적 방향으로 삼는 데는 큰 무리가 없을 듯하다. 그러나 실천태로 제시된 '동화 및 이야기의 수행 평가안'과 '감상·태도 범주 수행 평가안'은 '수행'(수행 평가에서 일반적으로 '수행'

---

5) 자세한 내용은 박인기 외, 『국어과 수행평가』, 삼지원, 1999, 302-312쪽를 참조할 것.

(performance)은 구체적인 상황에서 행동을 하는 과정이나 결과로 해석되고 있다)을 지나치게 강조한 나머지 학습자가 제시된 작품에 쉽게 접근할 수 있는 기법의 제공에 치우친 모습을 보여준다. 등장 인물을 나열하는 인물꽃 만들기나 인물의 성격 다발 만들기, 장면 그리기 등의 의미는 충분히 인정할 만하다. 이 책에서 주된 관심의 대상이 되는 학습자가 초등학교 학생이라는 점을 고려한다면, 학습자가 작품을 손쉽고 즐겁게 접할 수 있는 활동의 제공이야말로 수행 평가에서 말하는 '수행'의 구체적 모습과 직결되기 때문이다. 그러나 그것이 문학에 손쉽게 접근할 수 있는 '기법'의 제공에 기울어 있기 때문에, '수행'은 외적인 활동 자체로 좁혀지고 만다. 이 책에서 제공한 구체적 활동이 중·고등학교 문학 평가에서는 무의미하기까지 하게 보이는 이유도 여기에 있지 않나 싶다. 단지 이러저러한 활동을 하는 것으로 '수행'을 파악하기보다는 학습자의 능동성을 최대한 발휘할 수 있는 것으로 수행을 파악해야 할 것이다. 이는 문학 해석의 디양성을 고려하는 활동으로 나타날 수 있을 것이다.

한편 최미숙은 수행을 '통합적 언어활동'으로 규정하고 있다. '통합적 언어 교육'에 초점을 맞추어 문학 수행 평가의 방향을 모색하는 논의6)는 '통합'이라는 수행 평가의 철학을 제시하고 있다는 점에서 중요한 의미를 갖는다. 그런데 필자가 이 논의에서 주목하는 것은 언어와 문학을 수행의 범주에 속하지 않는 것으로 다음과 같이 명시

---

6) "국어교육의 성격으로 보아, '수행'이란 말하고 듣고 읽고 쓰는 언어활동의 과정이나 결과를 의미하며, 국어교육에서의 수행평가란 '언어활동 자료를 중심으로 말하고 듣고 읽고 쓰는, 언어활동 능력을 평가하는 것'이라 할 수 있다. 이렇게 본다면 국어교육에서의 수행평가는 말하고 듣고 읽고 쓰는 활동에 대한 지식을 평가하는 것이 아니라 그러한 언어활동이 실질적으로 이루어지는 국면을 중요시하며, 언어 활동 장면이나 결과를 직접 관찰하여 평가하는 것을 의미한다." 최미숙, 「문학교육과 수행평가」, 『문학과 교육』 1999년 봄호, 153쪽.

적으로 규정하는 대목이다.

> "말하기, 듣기, 읽기, 쓰기는 언어활동의 범주에 속하는 영역이지만, 언어, 문학은 활동의 범주에 속하는 영역이 아니기 때문이다. 실질적으로 말하기, 듣기, 읽기, 쓰기는 언어활동을 의미하며, 언어와 문학은 언어활동을 위한 지식, 제재 혹은 활동 자료로서의 역할을 하기 때문에 엄격히 말해 '언어'와 '문학'은 수행의 범주에 속하지 않는다는 뜻이다."7)(밑줄은 필자가 한 것임)

이에 기반해서 "문학교육에서의 수행평가는 문학을 중심으로 말하고 듣고 읽고 쓰는 능력을 평가하는 것, 다시 말하면 문학을 중심으로 이루어지는 통합적인 언어활동 능력을 평가하는 것"이라는 결론이 나오게 된다.

필자가 여기서 이의를 제기하고 싶은 것은 먼저 문학을 수행의 범주에서 배제하여 지식, 제재 혹은 활동 자료로 국한시키는 논의의 정당성이다. 물론 수행을 말하고 듣거나 읽거나 쓰는 '외적인 행동'으로 규정한다면 문학을 수행에 속하지 않는 것으로 파악할 수도 있다. 그러나 문학을 오로지 텍스트 자체에 국한시키지 않는다면, 문학은 또한 언어 활동의 자료에만 국한되지 않는 것임은 주지의 사실이다. 다시 말해 문학 역시 작가가 독자에게 일종의 메시지를 보내고 독자의 관점으로 그 메시지에 담긴 의미를 능동적으로 해석하여 전유하는 '기호론적 실천'의 과정 전체를 뜻하는 것이다.8) 그리고 그 속에는 말하기·듣기·읽기·쓰기가 인간의 사고 및 정서 작용과 총체적으로 결합된 '활동'이 들어 있다.9) 그런 점에서 언어 역시 단지 기호

---

7) 최미숙, 앞의 논문, 1999, 154쪽.
8) 우한용, 『문학교육과 문화론』, 서울대출판부, 1997, 182쪽
9) 서사에 존재하는 물리적이고 개인적인 상호 작용의 특성에 주목하여 서사체를 상호 행위와 실행으로 보는 논의 역시 이 대목에서 참조할 만하다. 마리 매클린, 임병권 옮김, 『텍스트의 역학 : 연행으로서의 서사』, 한나래, 1997.

체계를 뜻하는 것으로 협소하게 이해하지 않는다면, 활동으로 볼 수 있을 것이다. 물론 이렇게 문학과 언어를 활동으로 보자고 한다고 해서 그것을 말하기·듣기·읽기·쓰기와 동일한 층위에 놓아 교육과정을 구성하자는 주장으로 나아갈 수 있는 것은 아니다. 그러나 다만 문학을 수행의 범주에서 배제한 뒤 문학 수행평가를 문학을 중심으로 말하고 듣고 읽고 쓰는 활동 능력을 평가하는 것으로 한정시키는 주장의 문제점은 확실히 할 필요가 있다.

다음으로 지적하고 싶은 것은 '문학을 중심으로'라는 말에 담긴 모호성이다. 필자가 읽은 바로는 여기서 문학이 중심이 된다는 것은 문학을 읽기의 재료로 삼는다는 것을 뜻한다. 그러나 과연 문학을 제재로 삼아 읽은 뒤에 그것에 대해 여러 가지 말하기·듣기·읽기·쓰기 활동을 해보는 것을 '통합'이라고 볼 수 있는지에 대해서는 쉽사리 동의하기 어렵다. 작품을 읽고 그에 대해서 말하고 듣고 쓰는 활동을 한다는 것을 문학 수행 평가로 받아들여야 할 필연적 이유는 없다. 그러한 활동이 꼭 문학 작품을 대상으로 할 이유가 제시되지 않았기 때문이다. 대상으로 제시된 문학 작품의 어떤 측면을 가지고 무엇에 대해 토론하고 무엇을 주제로 글을 쓸 것인가에 대한 논의 없이, 다양한 언어 활동과 작품의 결합으로 문학 수행 평가를 대신할 수 있다고 생각하지 않는다.

최미숙이 통합의 방향을 첫째, 언어 능력들의 통합과 둘째, 내용 영역간 지식과 능력들의 통합으로 제시한 것 가운데 특히 전자는 엄밀히 말해서 통합이라기보다는 산술적 결합에 가깝다. 예를 들어 김동인의 <붉은 산>을 읽고 줄거리를 쓰고, 마을에서 익호의 행동에 대해 자신의 의견을 말하는 활동을 하는 것을 '통합적 언어 활동'이라고 보기는 어렵다. 차라리 이러한 활동은 이미 기초적인 국어 활동 능력을 전제로 한 상태에서 이루어지는 작품 이해와 감상의 활동이라고 보는 편이 좋을 듯하다. 더구나 최미숙 역시 이 논문의 본론 '문학교육에서의 수행평가' 장에서 '정서적 반응의 주체적 구성 능력 평가'와 '이해와 표현의 결합 능력 평가' 절을 설정하고 있다. 이를 통해 문학 수행평가가 '통합적 언어 활동 능력의 평가'와 동일한 것이 아님을 스스로 드러내고 있음을 알 수 있다.

반면 두 번째 통합의 축인 '내용 영역간 지식과 능력들의 통합'은 문학이 국어 활동 능력과 결합할 수 있는 좋은 원리가 될 수 있을 듯하다.10) "이 작품을 읽고, 인물의 성격 묘사에 나타난 글쓰기 방식을 활용하여 자신의 성격을 드러내는 글을 쓰라"는 활동은 소설에 나타난 묘사의 원리를 가지고 자신에 대한 글을 쓰는 활동을 함으로써 쓰기 능력의 신장을 꾀할 수 있기 때문이다.

그러나 이러한 통합의 원리 역시 문학 수행평가의 일부는 될 수 있을지언정 전체라고 말하기는 어렵다. 여기서 시나 소설 혹은 여행기를 읽는 평범한 독자의 상식적 경험에 의존해 보기로 하자. 평범한 독자가 말하기나 듣기 혹은 읽기나 쓰기 능력을 신장시키기 위해서 이러저러한 문학 작품이나 교양 서적을 읽는 경우는 드물다. 평범한 독자는 자신이 알지 못하는 타자의 체험이나 생각 그것도 아니면 느낌을 '엿보기' 위해서 <너무도 쓸쓸한 당신>을 읽는다. 그리고 아직 가보지 못한 낯선 땅을 체험하기 위해서 <괴테의 이탈리아 기행>을 읽거나, 혹은 뭔가 '한 수 배우기 위해서' <까라마죠프의 형제>를 읽는다. 아니 어쩌면 우리 시대의 소설 독자는 쇼파에 느긋하게 기대어 가상 현실(가상 현실 하면 곧장 사이버 스페이스를 떠올릴 필요는 없다. 소설이 제공하는 상상의 세계만큼이나 강렬한 가상 현실의 체험도 드물 것이다)을 즐기기 위해서 <삼국지>를 읽는다고 하는 편이

---

10) 이는 '속성'으로서의 문학이 국어교육에 기여할 수 있는 바에 대한 논의와 연결될 수 있다. 김대행, 「사고력을 위한 문학교육의 설계」, 『국어교육연구』 제5집, 서울대학교 교육종합연구원, 국어교육연구소, 1998.

문학 독서의 실상에 좀더 가까울 성싶다. 상상력이나 삶의 총체적 체험 혹은 민족 문화의 전수와 같은 목표가 운위되는 까닭도 왜 책을 읽는가에 대한 상식적 답변에 기반을 두고 있기 때문일 듯하다. 그런 점에서 문학은 '속성'으로서 국어교육에 기여할 수 있는 바를 가짐은 물론이요 동시에 한 권 한 권의 텍스트로 읽혀지면서 '개인의 성장'과 '문화 유산의 전수'에 기여한다고 보아야 할 것이다.[11]

그렇다면 최미숙이 유의미하게 제시한 문학 영역 수행 평가에서 '통합'의 철학은 단지 '통합적 언어 활동'의 측면에서 찾아질 수 있는 것만은 아닐 듯 싶다. 아니, 어떤 문제를 발견하기 위해 읽거나 듣고 무엇을 가지고 무엇에 대해 말을 하고 쓸 것인가가 제시되지 않는 통합은 공허하기까지 하다는 것이 필자의 판단이다. 차라리 '통합'은 인식과 정서의 통합, 읽기와 쓰기의 통합, 지식과 활동의 통합에서 찾아져야 할 것이다. 그리고 이러한 통합을 가장 구체적으로 잘 보여주는 문학 활동의 한 형태가 바로 비평이다.

Ⅲ. '통합'의 내용과 비평의 논리

범박하게 말해서 비평은 문학 작품의 의미가 어떻게 형상화되어 있는가를 밝히면서 작품을 해석하고 평가하는 담화의 형식을 뜻한다. 비평이 문학 연구와 맥을 같이하면서도 갈라지는 지점은 비평가의 주관성이 개입하는 정도에서 찾을 수 있다. 문학 연구는 비평가의 해

---

11) 그러므로 위계화의 문제가 재차 중요한 과제로 떠오른다. 여기서 영국의 A-level 시험 과목에서 영어에 관한 어학적 능력과 문학적 능력을 테스트하는 '언어'와 '문학'이 중요과목이 된다는 점을 참조할 수 있다. 김대행, 「영국의 문학교육」, 『국어교육연구』 제4집, 서울대학교 교육종합연구원, 국어교육연구소, 1997, 37쪽

석과 평가를 넘어서서 문학적 진술의 규칙을 찾아내는 것을 지향하기 때문에 개별 작품에 대한 해석보다는 일반화될 수 있는 '법칙'에 더 큰 관심을 보이기 마련이다.12) 물론 비평은 주관적인 것이요 문학 연구는 객관적인 것이라는 식의 양분법을 안이하게 받아들일 수는 없다. 연구자의 작품에 대한 '실감'과 비평적 안목이 결여된 문학 연구는 공허한 추상에 빠지기 쉽고 개별 작품의 해석에 머무르는 비평은 맹목적인 작품 찬양에 그치기 때문이다.13) 그런 점에서 차라리 비평과 문학연구는 상보적인 관계에 있다고 보아야 할 것이다.

비평은 문학 연구와 달리 단순히 작품 자체를 전문적인 비평 이론을 통해 분석하는 것을 목표로 삼지 않는다. 비평은 전문적이면서도 '전문주의적'이지는 않은, 달리 말해 비전문가적 지성을 기를 수 있는 훈련의 계기를 마련한다. 즉 비평은 문학 작품 자체에서 출발하면서도 작품에 대한 주관적인 해석과 평가를 통해서 비평가 자신에 대한 앎과 사회, 역사 전체에 대한 관심으로까지 사유를 확대해 나가는 자체 논리를 가지고 있다. 그러므로 비평을 통해 훈련될 수 있는 사유는 전문 연구자의 객관적이고 전문가적인 지성이 아니라, 자신과 자신을 타자와 연결해 주는 사회와 역사에 대한 총체적인 인식과 판단을 도와주는 일상인의 지성일 것이다. 비평을 통해 함양되는 삶에

---

12) 비평과 연구의 차이에 대한 자세한 논의는 토도로프, 곽광수 역, 『구조시학』, 문학과지성사, 1977, 14-30쪽을 참조할 것.

13) 그런 면에서 대학원 학생들이 시 작품 자체에 대한 이해 능력이 많이 떨어지면서도 시인론 같은 보고서를 엮어내는 일에는 상대적으로 유능하다는 유종호의 다음과 같은 지적은 적어도 필자 자신에게는 뼈아프게 들렸다.

"시읽기에 자신이 없을 때 학생들은 결국 이차문서에 의존할 수 밖에 없고 무량한 '연구논문'은 구두발표나 보고서 작성 때 그러한 필요를 충족시켜준다. …… 따라서 이차문서가 문학교육의 현장에서 발휘하는 위력은 크며 우리 문학교육의 병리현상 조성에 상당한 몫을 담당한다고 할 수밖에 없다." 유종호, 「서정적 진실의 실종」, 『창작과 비평』 1999년 여름호.

대한 총체적인 관심과 가치의식은 그 자체로서 현대 문명의 추세와 대립되는 성격을 지닌다는 식의 발언이 나오는 것도 비평의 이러한 특징 때문일 것이다.14)

이제 작품에 대한 주관적인 판단과 평가에 기대고 있으면서도 작품을 벗어나 세계와 사회에 대한 판단으로 나아가는 비평의 특징이 문학 수행 평가의 철학인 '통합'의 구체적 내용과 어떤 관련을 맺고 있는가를 살펴보기로 하자.

1. 인식과 정서의 통합

문학을 읽는 가장 큰 이유가 정서라는 점은 주지의 사실이다. 한때 정의적 영역은 평가가 어렵고 정서의 변화에 작용하는 변인이 워낙 다양하다는 이유로 그 중요성에도 불구하고 소홀한 대접을 받은 적도 있었다.15) 그러나 최근 들어 정서의 문제가 단순히 감정적 요인으로만 이루어진 것이 아니라 인식의 과정과 긴밀한 관련을 가지고 있으며 그런 이유로 인식과 정서는 통합적으로 교육되어야 함을 주장하는 논의가 늘어가고 있다.

문학 작품을 읽고 일어나는 정서적 변화는 단순한 호오(好惡)의 감정이 아니라 일종의 판단이라 할 수 있다.16) 따라서 소설에서 벌어

---

14) 김영희, 『비평의 객관성과 실천적 지평』, 창작과비평사, 1993, 68쪽.
15) 정의적 특성에 대한 평가는 다음을 이유로 불가능하다고 주장되어 왔다. 첫째, 정의적 특성은 만질 수도 볼 수도 없으며 장기적인 것이다. 둘째, 정의적 특성은 공적인 것이라기보다는 사적인 것이다. 셋째, 정의적 정보 수집이 불가능하다. 자세한 사항은 L. W. Anderson, 변창진·문수백 공역, 『정의적 특성의 사정』, 교육과학사, 1987를 참조할 것.
16) '전율'마저도 '진리의 계기'라는 논리적 차원을 담고 있는 것으로 이해하면서 심미적 차원에 개입하는 인식과 정서의 변증법을 설명하는 논의의 계보가 도움이 된다. 칼 하인츠 보러, 최문규 옮김, 「'장엄함':해결되지 않은 현대의 문제」, 『절대적 현존』, 문학동네 1998와 문영진, 「한국 근대 소설의 신체성 중심의 읽기에 대한 연구」, 서울대 박사, 1998, 137-141쪽을 참조할 것.

지는 어떤 상황에 대한 판단이나 인물에 대한 평가에는 항상 사건과 인물의 특징에 대한 인식이 들어 있다. 또한 시나 소설을 읽을 때 독자는 시나 소설의 어떤 측면에 정서적으로 반응하는데, 이러한 반응은 시나 소설 전체에 대한 가치 판단으로 나아가기 마련이다. 가치 평가는 자신이 알고 있고 작품 속에서 알게 된 것에 기반해서 이루어지는 것이다. 그러므로 작품에 대한 학습자의 정서적 반응을 분석할 때, 그 학생이 작품을 어떻게 읽고 있는가를 파악하는 것이 대단히 중요하게 된다. 각각의 학습작품을 다르게 느끼는 이유도 서로가 작품을 다르게 읽어 내고 있기 때문이다.

예를 들어 한 독자가 이문열의 <금시조>를 읽고 고죽이라는 인물의 개인적 상처를 두고 '불쌍하다'거나 '안타깝다'고 느끼는 일은 자연스런 정서적 반응이라 할 수 있다. 사실 소설에 등장하는 여러 인물들의 행동과 고뇌가 독자에게 주는 '정서'의 측면이 우리가 소설을 읽는 근본적 이유임을 부인할 수는 없다. 그러나 그러한 느낌은 각 개인의 운명에 즉물적으로 반응한 결과 나타난 것이라기보다는 전체로서의 작품 속에서 각 인물이 차지하고 있는 역할 속에서 그들을 평가하고 그들에 반응하고 그들의 고뇌를 느끼는 가운데 일어난다고 보아야 할 것이다. 그리고 후자가 바로 비평이 출발점이라는 점은 두말할 여지가 없다.

비평은 추상적 사유가 감수성에 의해 제어되지 않는 한 엄밀한 사유가 되기는 커녕 '두뇌에 주름만 생기게'할 뿐이며, '인간적인 가치들'에 대한 감각을 지니는 참다운 사유란 지성의 훈련이 곧 감수성의 훈련일 때 비로소 가능하다는 전제 하에 이루어진다. 그렇다면 인식과 정서의 통합에 대한 평가는 학습자가 작품을 읽고 비평 활동을 해보는 것에 의해 가장 잘 구현될 수 있을 것이다.

2. 읽기와 쓰기의 통합

문학 작품을 읽는다는 것이 작품에 고정된 의미를 독자가 수동적으로 발견하는 것이 아니라 의미를 능동적으로 재구성하는 활동이라는 점은 이제 문학 읽기 논의에서 일종의 공리가 되었다고 해도 지나친 말은 아닐 것이다. 문학 작품을 읽는 행위를 쓰기 활동과 결합하는 논의17)도 읽기의 능동성을 극대화하려는 취지에서 나왔다고 보아도 좋을 것이다. 그런데 여기서 한발 더 나아가 문학 읽기 자체에 일종의 '쓰기'가 들어 있다고 생각할 수도 있다. 즉 문학 읽기가 단순히 기호와 의미의 일차원적 연결이 아니라 자신의 안목과 판단을 통해 능동적으로 의미를 재구성하는 것이라면, 읽기는 그 자체로 '쓰기'인 것이다.18)

그렇다면 읽기를 그 자체로 쓰기를 내포하고 있는 행위로 파악하는 것의 이점은 무엇인가? 읽기는 일종의 소비 행위이고 쓰기는 생산으로서 창조적 활동이라는 식의 양분법을 벗어날 수 있다는 점이다. 이렇게 보았을 때 "문학 작품을 읽고 '무엇을 느꼈는가'보다는, 그것을 '어떻게 표현하고 있는가'에 평가의 중점이 놓여야 할 것"19)이라는 주장은 평가를 하기 위해서라면 어쩔 수 없이 외화된 산물을 대상으로 할 수밖에 없다는 현실적 고민에서 나온 것이기는 해도 읽기 자체의 능동성을 조금은 소홀히 취급하고 있는 것은 아닌가 하는 의구심이 든다.

문학을 대하는 창조적 태도가 반드시 '의사 창작'을 한다거나 작품을 읽고 반드시 한편의 글을 써서 모종의 '생산물'을 남기는 것으로

---

17) 김동환, 「비평적 에세이 쓰기」, 『문학과 교육』, 1999년 봄.
18) 모든 해석은 일종의 알레고리 행위로서 해석자가 해석 약호를 가지고 텍스트를 다시 쓰는 행위라고 하는 제임슨의 논의를 참조하였다. Jameson F., *The Political Unconscious*, Cornell University Press, 1981, 10쪽
19) 김중신, 『문학교육의 이해』, 태학사, 1997, 147쪽.

국한될 필요는 없다. 작품에 자신의 관점을 적극적으로 투사하여 해석해 내고 그것을 평가하고 자리 매김하는 읽기의 작업 역시 단순한 소비가 아니라 쓰기만큼이나 생산적인 작업이다.[20]

동시에 이러한 '생산'은 작품에 빠져들면서 충실하게 읽는 행위 즉 '소비'와 별개의 것이라거나 대립되는 것이 아니라는 점 역시 인정해야 할 것이다.[21] 그러한 읽기를 '비평적 읽기'라고 명명할 수 있을 것이며, 그러한 비평적 읽기를 활성화하는 활동 방안로서 실제 비평문 쓰기가 원용될 수 있을 것이다. 왜냐하면 비평적 읽기 과정에서 활성화된 자신의 사고와 판단이 글쓰기를 통해서 좀 더 일관된 틀을 갖추면서 구체화될 수 있기 때문이다.[22]

3. 지식과 활동의 통합

---

20) 다음의 인용문 역시 그러한 읽기의 생산성을 강조하고 있다고 보아도 좋을 것이다.

"문학 교육은 문학 작품의 최종 소비자를 길러내는 것이 아니다. 거칠게 말해 국어 교육으로서의 문학 교육은 창조적 언어 활동 능력의 신장을 지향하고 예술교육으로서의 문학 교육은 독창적인 언어 세계의 구현 능력의 신장을 지향한다. 즉 소비자가 아니라 생산자로 길러내야 하는 것이다. 이 경우 생산자는 전문적인 작가만을 지칭하는 것이 아니다. 작품의 의미를 자기 나름대로 해석하거나 창조적으로 활용하는 것도 생산이다. 작품의 의미가 고정 불변하는 독자적 체계를 갖고 있다고 보고 문학교육은 이것을 온전히 습득하는 것이라고 한다면 궁극적으로 그 교육은 획일적인 것이다. 반면 학습자의 개성적이고 창의적인 반응이 그 자체로 소중하며, 나아가 이를 바탕으로 자기 표현을 시도하도록 한다면 그것은 궁극적으로 다양성을 지향하는 것이다."

김종철, 김중신, 정재찬, 「문학 영역 평가의 이론과 실제 - 제7차 교육 과정을 중심으로」, 『98 국어교육연구소 학술발표회 자료집』, 서울대학교 교육종합연구원, 국어교육연구소, 3쪽

21) 졸고, 「국어교육의 대중문화 수용을 위한 시론」, 『국어교육연구』 제5집, 서울대학교 교육종합연구원, 국어교육연구소, 1998, 88-89쪽을 참조할 것.

22) 김동환, 앞의 논문, 1999, 54쪽.

　제임슨의 말처럼 읽기가 일종의 해석 약호를 가지고 텍스트를 자신의 관점에서 '다시 쓰는' 행위라면 읽기는 지식과 원리가 활동과 결합된 모습으로 나타나기 마련이다. 그런 점에서 문학교육에서 지식과 활동을 이원적인 것으로 바라보는 태도는 극복되어야 한다. 지식 교육을 단지 단편적인 지식의 암기에 국한시킬 필요는 없다. 다시 말해 작품 읽기나 작품을 읽고 난 뒤의 쓰기 활동과 무관하게 단편적으로 주어지는 지식을 암기하는 교육에 대한 비판이 지식 자체에 대한 비판으로 이어져서는 안 되는 것이다.23) 문학 지식은 작품 읽기와 쓰기를 풍요롭게 하기 위한 기본 전제의 역할을 한다. 동시에 역으로 작품 읽기를 통해 지식이 구체화되기도 한다. 그런 점에서 문학 수행 평가에서 지식과 활동은 상호보완적 관계에 있는 것으로 파악되어야 할 것이다.

　　"개별작품의 제대로 된 이해에는 단순한 작가와 작품의 연쇄 이상인 '살아 있는'실재로서의 영문학에 대한 통찰이 따라야 하는데, 이런 통찰은 또한 작품들의 이해를 통해서만 획득될 수 있다는 일종의 순환론적 문제이라는 개별작품에 대한 지식의 축적으로 해소되는 것도 아니요, '문학사적' 지식으로 해결되는 것도 아니라, 핵심적인 작가의 작품을 읽고 다른 작품들과의 관계를 파악하는 가운데 "살아 있는 원리"를 획득함으로써 감당해 나가야 하는 문제이다. 이 '원리'는 고정된 원칙을 적용하는 '방법'도 아니고, 그렇다고 무방법, 무원칙의 '정신'도 아니므로 '지혜'에 가까운 것이다."24)

　위에 제시한 인용은 바로 이러한 지식과 활동의 상호보완적 관계

---

23) 필자는 문학사를 '갈등적 지식'으로 바라보면서 지식을 기반으로 '지혜'에 도달하는 지식교육의 중요성을 논한 바 있다. 졸고, 「지식교육으로서의 문학사 교육의 위상」, 『99 한국국어교육연구회 봄 학술발표대회 자료집』, 한국국어교육연구회, 1999.
24) 김영희, 앞의 책, 1993, 100쪽.

가 비평에서 어떻게 구현되는지를 잘 보여주고 있다. 즉 '규범' '기준' '근본적인 가정들'로 등장하는 비평의 지식 차원은 실제적인 작품 읽기와 별개의 추상적 성찰이 아니라 구체적인 작품에 대한 이해와 평가에서 도출되는 것이다. 동시에 충실한 '실제비평'과 '이론적' 관심은 별개가 아니라, 이론 없이 충실한 읽기가 혹은 충실한 읽기 없이는 제대로 된 이론이 있을 수 없다는 것이다.

Ⅳ. 비평적 에세이 쓰기의 내용

지금까지 필자는 문학 수행 평가의 중요 철학이 '통합'의 원리이고 이는 다시 인식과 정서의 통합, 읽기와 쓰기의 통합, 지식과 활동의 통합으로 구체화될 수 있음을 논하였다. 그리고 이러한 통합의 철학이 비평의 논리와 직결되고 있음을 살펴보았다. 그렇다면 비평이 학교 현장에서 구체적인 수행 평가의 방안으로 전환될 수 있는 방안을 마련하는 일이 필요할 것이다.

여기서 먼저 선결되어야 할 문제는 비평이 빠질 수 있는 두 가지 편향이다. 그것은 작품에 대한 이론적 분석을 비평의 전부로 생각하는 '전문주의'의 편향과 작품을 읽고 모종의 교훈을 이끌어 내기에 급급한 '도덕주의'의 편향이다. 학생들에게 작품을 읽고 비평문을 쓰라고 할 때 가장 많이 접하게 되는 글이 다이제스트 수준으로 정리된 문학연구의 결과를 가지고 작품을 분석하는 내용의 글이다. 물론 작품의 형식을 살핀다거나 작가론적 측면에 주목하는 것이 그 자체로 잘못되었다고 볼 수는 없다. 그러나 비평의 출발점이 작품에 대한 자신의 '실감'이고 독자 자신의 주관적 해석과 판단이라고 할 때, 남이 해 놓은 전문적 연구에 의존하여 자신의 독서 과정에서 생각하고 느꼈던 여러 문제를 글쓰기에 반영하지 못하는 태도는 적절하지 못하다. 한편 자신이 책을 읽게 된 경위와 줄거리 요약 그리고 마지막으로 "이런 저런 점을 배웠다"는 식으로 정형화된 독후감 쓰기 방식도 앞에서 설명한 비평의 논리와 문학 수행 평가의 철학에 비추어 볼 때 이제는 넘어서야 하지 않을까 싶다.

이러한 문제를 나름대로 해결할 수 있는 글쓰기 방식이 김동환이 제시한 '비평적 에세이' 쓰기일 것이다. 문학 작품에 대해 자신이 사고한 바를 일정한 형식이나 절차 없이 써 나가는 '비평적 에세이'는 학습자로 하여금 전문적이거나 정형화된 패턴을 벗어나 자유롭게 자신이 하고자 하는 말을 할 수 있다는 점에서 문학 수행 평가의 한 활동 방안으로 적극적으로 활용될 만하다. 그러나 글읽기와 글쓰기에 능숙한 수준을 갖춘 독자라면 몰라도 무엇을 내용으로 하여 쓸 것인가를 제시하지 않은 채 그냥 아무 내용이나 자유롭게 자신의 생각을 쓰라고 할 경우 다시금 정형화된 독후감으로 되돌아가지 않는다는 보장은 없다. 그러므로 학생들에게 비평적 에세이를 쓸 것을 요구하기 위해서라면, 비평적 에세이에 들어갈 내용과 비평적 에세이 쓰기의 절차가 구체화되어야 한다. 즉 작품에서 어떤 문제를 발견해야 하며, 그 문제를 위하여 무엇에 주목하여 읽어야 하며, 어떤 사고를 거쳐 문제를 해결해야 하며, 어떤 형식의 글을 쓸 것인가가 드러날 수 있는 명확한 지시문을 제시할 수 있어야 한다.

여기서 비평적 에세이를 쓰기 위한 선행 단계인 비평적 읽기를 구성하는 두 가지 읽기 태도로 구심적 읽기와 원심적 읽기를 생각해 볼 수 있다. 구심적인 읽기는 한 텍스트를 그 텍스트의 중심에 본래의 의미가 있다는 가정 속에서 읽는 태도로 나타난다. 이에 비해 원심적 읽기는 텍스트의 주변이 끊임없이 확대되고 새로운 의미의 가능성을 포함하는 것이며 텍스트의 생명이 거기에서 생긴다고 생각하

는 태도로 나타난다.[25)]

　구심적 읽기는 텍스트를 작가의 의도나 반영하고 있는 역사적 현실이라는 핵(核)으로 환원하려는 경향 또는 텍스트의 구조나 형식을 분석하려는 경향으로 대별될 수 있다. 얼핏 보기에는 상호 이질적인 이 두 경향의 공통점은 모두 작품 자체에 머물며 꼼꼼한 읽기를 통해 엄밀한 해석을 지향한다는 점이다. 이로 인해 독자의 능동적인 읽기의 가능성을 차단하고 다양한 의미 해석을 가로막는 문제점이 발생할 수 있다.[26)] 그러나 작품을 즐기고, 작품에 담긴 현실을 읽고 그렇게 그려낸 작가의 관점과 목소리에 독자 자신의 목소리로 대화하는 가운데 비판적이고 창조적 사고를 펼쳐 나가기 위해서라면, 텍스트의 의미를 자신의 시각에서 잠정적으로나마 확정하는 활동이 필요하다는 것까지 부인하기는 어려울 것이다. 특히 평범한 독자들이 텍스트를 즐기고 그것과 대화하기 위해서라면 무엇보다 이해되어야 하지 않을까?[27)] 좀 도식적인 감은 있지만, 다양한 해석 가능성은 여러

---

25) 이는 Robert Scholes, *Protocols of Reading*, Yale University Press, 1989(유종호, 앞의 논문에서 재인용)에서 아이디어를 얻은 것이다.

26) 그러한 문제는 특히 신비평의 전제인 '꼼꼼히 읽기'(close reading)가 우리 교육에 가져온 폐해에 대한 논의 속에서 이미 자세하게 지적된 바 있다.
　　김상욱, 「신비평과 소설교육 방법의 재검토」, 『국어교육』 79・80, 한국국어교육연구회, 1992
　　정재찬, 「신비평과 시교육의 관련에 대한 비판적 검토」, 『선청어문』 20, 서울대학교 사범대학 국어교육과, 1992
　　우한용, 「문학교육론과 신비평」, 『문학교육과 문화론』, 서울대 출판부, 1998

27) 여기서 해체주의자들이 비평의 권위주의와 엘리트주의를 힘주어 비판했지만, 텍스트 내부에서 기표들의 미끄러짐과 충돌을 마음껏 '즐기고 있는' 그들의 해체적 읽기 또한 또다른 엘리트주의의 함정을 벗어나지 못했다는 사실은 우리에게 시사하는 바가 크다. 그런 점에서 예일의 해체주의를 '신(新) 신비평'(New 'New Criticism')이라 비판하는 렌트리키아의 지적은 전적으로 타당하다. Lentrichia F., *After the New Criticism*, Chicago University Press, 1980.

주체들 사이에서의 문제라면, 해석을 통한 의미의 잠재적 확정은 개별 주체의 독서 행위에 관련되는 범주라고 할 수 있을 것이다. 필자가 비평적 에세이 쓰기에서 구심적 읽기를 완전히 배척할 수 없다고 보는 이유도 여기에 있다.

한편 원심적 읽기는 숄즈의 원래 논의에서는 이른바 '해체적 읽기'를 뜻하는 듯하다. 그러나 전술한 문제점을 감안한다면, 여기서는 원심적 읽기를 작품 자체에 갇히는 것이 아니라 작품의 의미를 작품 바깥으로 확장시켜 나가며 읽는 태도 정도로 의미를 변화시켜도 좋을 듯하다. 그것은 구체적으로 독자가 자신의 사고와 체험에 조회하면서 작품을 읽는 태도와 작품과 작품을 관련시키며 읽는 태도로 나타난다. 예를 들어 작품에서 가장 흥미롭게 읽혔던 부분을 밝히고 왜 그랬는가를 쓴다거나 자신의 체험에 비추어 소설의 인물을 평가하게 하는 것이 전자에 속한다면, 지금 읽은 시를 다른 시 아니면 다른 장르의 글 혹은 주위에서 쉽게 접할 수 있는 대중 문화 텍스트와 연결시켜 나가며 각각의 의미를 연결시키는 상호텍스트적 읽기는 후자에 속한다.

여기서 이상적인 비평적 읽기라면 한 텍스트에 대해서 구심적 읽기와 원심적 읽기를 동시에 행해야 한다는 점은 두말할 여지가 없다. 그런 점에서 양자는 대립적인 태도라기보다는 상호보완적이고 상호의존적인 태도라고 보아야 한다.28) 그리고 학생들이 비평적 에세이를 쓸 수 있게 하는 구체적 지시문 역시 이 양자를 포괄할 수 있는 종류의 것이 되어야 한다.

예를 들어 김동인의 <붉은 산>을 읽고 익호에 대한 조사나 비문을 쓰라는 문제를 제시할 수 있다. 혹은 <삼대>를 읽고 이후 조덕기의

---

28) 그런 점에서 아도르노의 시 읽기를 예로 들면서 '꼼꼼히 읽기'를 '역사화'할 것을 주장하는 호헨달의 논의를 참조할 만하다. Hohendahl P. U., *Prismatic Thought*, Nebraska University Press, 1995, 151쪽.

삶을 예상해서 짤막한 평전 형식으로 쓰라는 문제를 제시할 수도 있다. 혹은 <햄릿>을 읽었다면 그가 자살하지 않고 감옥에 갇혀 있는 상황이라고 가정한 뒤 자신이 그의 친구라면 어떤 내용으로 법정에 탄원서를 쓸 것인가라는 문제도 가능하다. 이상의 <날개>를 읽고 정신분석가의 입장에서 주인공의 행동과 심리를 진단하고 적절한 '처방'을 내리는 글을 쓸 것을 요구할 수도 있을 것이다. '에세이'라는 말이 뜻하는 것처럼 쓸 수 있는 글의 형식은 편지, 평전, 처방 등으로 다양하게 주어질 수 있다.

햄릿에 대한 탄원서를 쓰기 위해서는 먼저 텍스트 자체에 대한 꼼꼼한 읽기가 전제되어야 한다. 그것을 바탕으로 해서 햄릿의 비극적 사건과 그의 고통을 자신의 시각에서 해석한 뒤 그의 상황과 고통에 공감하면서 그러한 공감을 설득력을 갖춘 글로 표현할 수 있어야 한다. 이 모든 것을 위해서는 단순히 작품을 꼼꼼히 읽는 것만으로는 충분하지 않다. 작품 내부의 특수한 문제를 인간사 일반의 문제로 확장하여 사고하면서 그것을 바탕으로 적절한 근거로 읽는 사람의 마음을 움직일 수 있는 설득적인 글을 쓸 수 있는 능력이 필요하기 때문이다. 다시 말해 구심적 읽기와 원심적 읽기가 동시에 요구되는 것이다.

V. 맺음말

지금까지 필자는 문학 수행 평가의 철학이 '통합'의 논리임을 밝히고 그 통합의 방향이 단순히 문학 텍스트를 자료로 해서 말하기, 듣기, 읽기, 쓰기를 병합하는 산술적인 의미의 통합이 아님을 밝히고 통합의 내용은 인식과 정서의 통합, 읽기와 쓰기의 통합, 지식과 활동의 통합에서 찾아야 함을 주장했다. 그리고 이는 비평의 논리 속에서 발견될 수 있으며 중등학교에서 비평 활동은 구심적 읽기와 원심적 읽기를 동시에 수행할 수 있는 구체적인 지시문에 입각한 다양한 형식의 비평적 에세이를 통해 가능함을 논했다.

그런데 편지나 평전 혹은 탄원서를 쓰기 위해서는 우리 글의 어법에서부터 전통이나 우리 문화에 대한 앎 나아가 쓰고자 하는 각 양식의 특징에 대한 체득이 필요하다. 그리고 작품 분석에 머무르는 것이 아니라 꼼꼼한 읽기를 바탕으로 인물에 공감 혹은 비판한다거나 작품 속의 사건에서 문제를 스스로 발견할 수 있는 능력도 필요하다. 이런 점에서 문학 영역 수행 평가는 국어교육의 수행 평가와 완전히 별개의 것이 아니며 긴밀한 관련을 맺는다. 결국 필자는 말하기, 듣기, 읽기, 쓰기와 문학의 통합 자체를 비판했다기보다는 '산술적' 통합을 비판한 것이다. 작품 자체에 대한 이해와 감상에 기반한, 아니 그것을 촉진시켜 줄 수 있는 활동은 과연 무엇인가에 대한 본질적 고민 없는 통합은 문학 영역의 수행 평가에 도움이 되지 않음은 물론이요 말하기, 듣기, 쓰기, 읽기 능력의 신장에도 별 도움이 되지 않을 것이다. 이런 점에서 작품 중심의 문학관이 속성 중심의 문학관과 더불어 국어교육과 문학교육에 기여할 수 있는 바는 여전히 유의미하다고 보아야 할 것이다.

참고문헌

김대행, 「국어교육학의 목표와 영역」, 『선청어문』 25집, 서울대학교 사범
        대학 국어교육과, 1997.
김대행, 「영국의 문학교육」, 『국어교육연구』 제4집, 서울대학교 교육종합
        연구원, 국어교육연구소, 1997.
김대행, 「사고력을 위한 문학교육의 설계」, 『국어교육연구』 제5집, 서울대
        학교 교육종합연구원, 국어교육연구소, 1998.
김동환, 「비평적 에세이 쓰기」, 『문학과 교육』, 1999 봄호.
김성진, 「국어교육의 대중문화 수용을 위한 시론」, 『국어교육연구』 제5집,
        서울대학교 교육종합연구원, 국어교육연구소, 1998.
김성진, 「지식교육으로서의 문학사 교육의 위상」, 『'99 한국국어교육연구
        회 봄 학술발표대회 자료집』, 한국국어교육연구회, 1999.
김영희, 『비평의 객관성과 실천적 지평』, 창작과비평사, 1993.
김종철, 김중신, 정재찬, 「문학 영역 평가의 이론과 실제─제7차 교육 과
        정을 중심으로」, 『98 국어교육연구소 학술발표회 자료집』, 서울대
        학교 교육종합연구원, 국어교육연구소, 1998.
김중신, 『문학교육의 이해』, 태학사, 1997.
문영진, 「한국 근대 소설의 신체성 중심의 읽기에 대한 연구」, 서울대 박
        사, 1998.
박인기 외, 『국어과 수행평가』, 삼지원, 1999.
백순근, 「수행평가에 대한 이해」, 『1998년도 KICE 연구 포럼』, 한국교육과
        정평가원, 1998.
백순근, 『수행평가의 이론과 실제』, 원미사, 1998.
우한용, 『문학교육과 문화론』, 서울대출판부, 1997.
유종호, 「서정적 진실의 실종」, 『창작과 비평』 1999년 여름호.
최미숙, 「국어교육에서의 평가 : 수행평가를 중심으로」, 『국어교육연구』 5
        집, 서울대학교 교육종합연구원, 국어교육연구소, 1998.

최미숙, 「문학교육과 수행평가」, 『문학과 교육』 1999년 봄호.
L. W. Anderson(변창진·문수백 공역), 『정의적 특성의 사정』, 교육과학사, 1987.
마리 매클린(임병권 옮김), 『텍스트의 역학 : 연행으로서의 서사』, 한나래, 1997.
제임스 그리블(나병철 역), 『문학교육론』, 문예출판사, 1987.
칼 하인츠 보러(최문규 옮김), 『절대적 현존』, 문학동네, 1998.
토도로프(곽광수 역), 『구조시학』, 문학과지성사, 1977.
Hohendahl P. U., *Prismatic Thought*, Nebraska University Press, 1995
Jameson F., *The Political Unconscious*, Cornell University Press, 1981
Lentrichia F., *After the New Criticism*, Chicago University Press, 1980

제 4부 소설교육의 제국면

존재에 대한 성찰의 소설교육적 의미

丘 仁 煥*

I. 인간의 욕망과 윤리적 현실 속의 교육

문학과 문학교육은 텍스트를 읽는데서 시작된다.

그것은 문학연구나 문학교육은 텍스트의 생산과 수용에 의해서 출발하기 때문이다. 이해와 감상의 텍스트비평이나 수용과 창작의 문학교육은 바로 생산적 텍스트와 수용적 텍스트의 연계성 속에서 진행됨으로 텍스트를 읽고 읽히는 것이 문학이나 문학교육의 첫발이 된다.

텍스트는 주인공의 욕망의 성취의 여정 곧, 그 갈등과 좌절, 성취의 서사 양식을 취한다.

인간은 언제나 많은 문제에 부딪히며 살아간다. 수많은 문제가 살아가는 길을 가로 막고 고통을 안겨 준다. 바로 가족의 갈등과 사회와의 갈등이 문제가 되고 사랑의 明暗의 갈등이 있는가 하면, 성취욕구의 갈등이 있고, 병과의 싸움과 죽음을 넘지 못하는 사람의 한계

---

* 서울대 명예교수, 문학과문학교육연구소장

에 부딪히게 된다. 그 모두가 인간이 인간으로서 살아가는 길을 방해하는 것들이며, 인간의 欲求를 다할 수 없게 방해하는 장애 요소들이다. 그 가운데서도 사랑과 죽음의 문제가 영원한 삶의 문제로 등장한다. 또한 개인의 成就나 권력의 욕구도 그에 뒤지지 않는다.[1] 古今의 영웅 호걸이나 절세 미인들이 결국은 이 인간의 삶의 욕구를 성취하려는 피어린 삶의 廣場의 주인공으로 화려하고도 처절하게 살아오면서도 결국 사랑과 죽음을 초극하지 못하고 초로인생의 삶을 아쉽게 마치고 마는 주인공이 되는 것이다. 초 나라의 西施와 당 나라의 楊貴妃가 그렇고, 크레오파트라나 잉그릿드 버그만 등 수 많은 美人들이 사랑의 현혹 속에서 황홀한 삶을 누렸으나 결국 죽음을 초극하지 못하고 한 줌의 흙으로 변하고 만 것이다. 천하를 통일하여 富貴榮華를 한 손에 쥔 秦始王도 아무리 불로초를 구해도 극복하지 못하는 죽음의 벽을 넘지 못하고 兵馬踊의 보호를 받으면서 西安의 진시왕릉에서 영면하고 있으며, 단구의 몸으로 천하를 호령하고 모스크바까지 넘보던 나폴레로옹도 외로운 섬에서 고고의 혼으로 변하고 만 것이다. 이런 인간 조건을 벗어나고 자유로운 선택에 의한 행동을 강조한 실존주의의 巨匠인 사르트르나 까뮈도 결국은 자유롭게 선택할 수 없는 죽음의 벽 앞에 무릎을 꿇지 않을 수가 없었다. 여기에서 "인간에게는 행복과 똑 같이 불행도 필요하다"라고 말한 도스토프스키의 말은 명언이 아닐 수 없다. 인간이 인간의 욕구를 성취하려는 욕구와 그것을 가로막는 요소와 갈등은 격동의 역사의 회오리 속에서 인간의 행복과 불행을 가늠해 가는 처절한 현실의 점철이 바로 인류의 역사다.

이렇게 인간은 어려서 형제간과 부모와의 葛藤 속에서 살아야 하고, 사회 생활을 하거나 權力의 회오리 속에서 인간이 서로 의지하고

---

1) René Girard, 김윤식 역, 『소설의 이론』, 삼영사, 1977.

안식을 느끼면서 살 수 있는 안락하고 편안한 생활 터전이 절대 필요하게 된다. 거기에는 서로 돕고 의지하여 살 수 있는 이웃이 있고, 따뜻한 부모의 손길이 있게 마련이다. 이러한 손길 속에서 어두운 삶의 현장에 밝은 빛이 비치고 영원히 안주할 수 있는 樂園을 형성해 나가게 된다. 그 낙원을 형성하는 核을 이루는 것은 사랑과 죽음이다.2) 사랑을 성취로 삶을 上乘的으로 신장하게 할 수 있고, 죽음을 초월하여 영원한 軌道에 올라 영생의 꿈을 실현할 수 있다. 하지만 사랑의 성취가 그렇게 쉽게 이루어지는 것이 아니고, 또한 인간이 죽음을 超越하여 새로운 삶의 광장을 찾을 수 없는 벽으로 嚴存하는 이상, 인간이 추구하는 사랑의 성취와 영원한 낙원의 완성은 실현될 수 없는 인간의 헛된 욕망일지도 모른다. 그것은 인간 역사에 나타나고 있는 인간의 獸性과 처절한 분쟁의 현실을 보더라도, 어떤 욕구를 성취시키기 위한 그 피비린내 나는 쟁투의 현장에 인간의 실체가 무엇인가를 의심하게 된다. 唯物史觀에 의한 이데올로기의 실현을 위해 2천 만 명을 죽게 한 스탈린이나 민족주의라는 명분을 걸고 6백 만 명의 유태인을 학살한 히틀러, 그리고 종교의 교리로 비참한 현실을 통치의 수단으로 삼고 있는 인도를 비롯한 많은 지역이 바로 이런 역사의 격동 속에서 인간의 행복할 수 있는 욕망을 유린하고 있는 현실이다. 제2차 대전 때보다 더 전상자를 낸 6·25 전쟁도 바로 이데올로기의 한국적 적용을 위해 저지른 인간의 욕심의 극대화에 지나지 않는다. 결국 인간은 그렇게도 모질게 자기 욕구를 추구해 가는 짐승과도 같은 존재라고 지탄을 받기 십상이다. 그것은 滅私奉公하여 이 지상에 낙원을 세우려는 천사와 같은 인간의 지향적인 지평을 가로막는 어두운 한 면이어서, "인간은 천사도 아니고 금수도 아니다"라는 파스칼의 말의 의미를 되씹게 한다. 여기에서 우리는 인간

---

2) 이인복, 『한국문학에 나타난 죽음의식의 사적연구』, 열화당, 1979, 10-64쪽.

이 본질이 무엇인가를 되묻게 된다.

인간이 착한가 악한가에 대한 인간관은 예로부터 많은 賢哲들에 의해 논의되어 왔다. 성선설과 성악설의 논쟁이 그것이다. 맹자를 비롯하여 전통적인 儒家의 많은 사람들은 인의도덕과 인간의 본성을 구별하여 "성은 선도 아니고 불선도 아니다"라고 말하면서 仁義禮智를 성의 본질이라고 성선설을 주장하고, 유교의 한 지류인 荀子는 인간은 원래 포악한 獸性을 지닌 동물이라 하여 성악설을 주장한다. 루소도 "인간은 태어났을 때는 착하나 이 사회가 인간을 악하게 만든다"라고 그의 명작 『에밀』에서 성선설을 주장하고, 칸트는 '머리 위에는 반짝이는 별이 있고 지상에는 나의 양심이 있다'라고 인간의 하늘의 질서에 대응되는 양심이라는 에티몬이 있어서 지상의 질서를 이끌어 간다고 윤리적인 지표를 제시하고 있다.

사실 인간이 착한가 악한가의 문제는 그 본질과 현상으로 보면 분명하다. 인간이 어떻게 그 유토피아를 성취하기 위하여 끊임없이 자연과 다른 생물과 쟁투해 왔는가를 보면 인간은 착하다는 성선설이 옳다고 보여진다. 하지만 눈을 뜨고 볼 수 없는 사건들이 일어나고 있는 것을 보거나, 王權이나 권력을 위하여 그 수를 알 수 없는 많은 사람을 무참하게 살육하는 것을 보면 인간은 악한 존재가 아닌가 하고 회의에 빠지게 된다. 서양에 있어서는 인간은 신과 자연, 理性과 情意의 양쪽을 왕래하면서 다윈의 進化論에 의한 약육강식하는 투쟁론이 그 바탕이 되어 있는 것으로 봐서는, 파스칼이 그의 『暝想錄』에서 "인간은 천사도 아니고 금수도 아니다"라고 말한 대로 인간은 중간자인지도 모를 일이다. 이와는 달리 동양에서는 언제나 인간이 중심이 되고 주체가 되어, 東學에서는 人乃天, 사람이 곧 하늘이라고 말하여 인간이 하늘과 같이 선한 것이라고 말하고, 孟子도 위대한 인간이란 자기의 본성을 최대한으로 실현하는 사람이라고 하여 인간성의 성취를 삶의 최고의 지평으로 삼고 있다. 弘益人間 理化世界 곧 널리 사람을 이롭게 하여 이상향을 이루려는 檀君思想도 인간이 하늘과 땅의 중심이요 그 인간과 더불어 살아가려는 한국인의 이상 추구의 사상을 말하고 있는 것이다.3)

이러한 인간은 민족이나 나라마다 이상적인 樂園을 설정하여 그것을 성취하는데 최선을 다하려고 한다. 또 그런 것을 소설로 쓰기도 하고 역사적으로 펼치기도 한다. 시인을 추방하는 플라톤의『共和國』이나 존재와 유토피아를 변증법적으로 보고 있는 만하임의『이데올로기와 유토피아』등이 바로 유토피아 추구의 한 구도요, 구체적으로 유토피아를 설계하고 그 안에서의 어떻게 살아가야 하는가를 구체적으로 그리고 있는 토마스 무어의『유토피아』와 케토릭 사상에 의한 낙원을 현세화 하고 있는 켄타베리의『太陽의 나라』, 그리고 새로운 천지를 그려 낙원의 빛을 보여는 헉슬리의『신세계』등은 물론 복숭아꽃 향기가 그윽하고 전일주를 마시며 신선들이 사는 도연명의『武陵桃園』, 세상의 모든 영화를 버리고 硨島國을 찾아가는 허균의『홍길동전』, 무인도를 낙원하는 박지원의『허생전』, 이어도의 피안에 영원한 낙원이 있을 거라는 착각에서 깨어나 女人과 술과 사랑이 있는 이 뭍에 낙원이 있음을 보여 주는 이청준의『이어도』등은 다 문학적으로 유토피아를 추구한 한 현상이다.

유토피아의 추구에서 문제가 되는 것은 결국 선과 악의 갈등과 싸움이다. 선과 악의 갈등과 악의 음해 속에도 어떤 신념이나 신앙을 가지고 전력을 다하여 한 작은 유토피아를 이루려는 피어린 노력과 봉사가 꽃을 피우고 있는 것을 보면 가슴 벅찬 감동을 느낄 때가 있다.

이같은 내용을 담고 있는 소설들은 교육적으로 매우 문제적이다.

---

3) 안창범 역술,『배달성전』, 삼성궁, 1995.

삶의 현실이 바로 선과 악의 소용돌이 속에서 인간들의 끊임없는 자
아실현의 도정이기 때문이다. 소설은 바로 이런 현실을 담고 있기 때
문에 소설 속에는 온갖 인간사가 들어 있다. 더구나 학습자 개인들도
이러한 사회 속에 존재하면서 자신의 욕망과 지속적으로 상호작용하
는 존재라는 점에서 소설교육의 중요성은 새삼 강조할 필요가 없다.
또한 소설은 현실 문제를 문제적으로 담고 있을 뿐 아니라 그것을
더욱 적나라하게 형상화하고 있다는 점에서도 교육적 의미를 끌어낼
수 있다. 따라서 이러한 문제를 담고 있는 대표적인 작가인 황순원의
장편 <人間接目>과 중편 <내일> 그리고 단편들을 살펴봄으로써 그
교육적인 의미를 살펴보고자 하는 것이 이 글의 의도이다.

Ⅱ. 인간 존재에 대한 물음과 낙원의식 : 황순원의 문학 세계

한국의 많은 작가 중에서 황순원과 같이 시종 일관으로 같은 문학
적 경향으로 창작 활동을 지속하는 작가도 별로 없다. 그것은 작가정
신의 숭고한 성취요, 구도적인 창작 생활이며, 문학의 새로운 지평을
여는 삶의 여로이다. 그것은 <골동품> 同人으로 시에서 출발하여 소
설로 그의 시적인 통찰로 투시된 삶의 서사화에 전력을 다하고 있는
그의 작가 정신의 소산이요, 자기 작품의 객관적인 自律性을 견지하
기 위하여 일체 評筆을 들지 않고, 자기의 인생관이나 세계관은 물론
작가적인 모습을 보이지 않기 위하여 수필을 비롯한 일체의 잡문을
쓰지 않는 작가적인 순수한 자세이다. 가끔 황순원의 문학이 피어린
현실을 외면한 상아탑의 순수문학이라고 비판을 받는 것도 이런 고
집스럽게 순수의 시각에 의한 텍스트의 자율성을 부여하여 문학적인
낙원의 광장을 구축하려는 투명한 작가 정신을 추구하고 있기 때문

이다.

황순원은 詩 <나의 꿈>(1931)에서 발표하여 시집 『放歌』(1934)『骨董品』(1936)[4]을 내고, 단편 『거리의 부사(副詞)』(1937)로 소설을 발표하기 시작하여 장편 <神들의 주사위>(1981)에 이르는 50년 동안 인간 존재를 해명하고 그 본질을 추구하며 인간을 옹호하는 흔히 말하는 순수문학의 지평을 추구하는 작가로, 김동리, 안수길과 같이 한국문학의 한 層位를 이루는 문학적 공간을 이루고 있다. 20년대에 사회의식을 추구하는 염상섭과 순수 지향의 나도향의 양축의 중간에서 중간축으로서의 현진건의 작품 세계가 있듯이, 이 시기에 와서는 <北間島>나 <제삼인간형>의 안수길의 사회의식을 추구하려는 축과 <인간접목> <내일> <움직이는 城> 등 인간의 본질을 추구하는 순수 경향의 황순원의 양 축 사이에 <巫女圖>, <까치 소리>, <사반의 十字架>의 김동리가 그 중간에서는 位相을 볼 수 있다. 염상섭과 안수길이 역사적 사회적인 삶을 조명하고, 현진건이나 김동리는 사회의식과 미적 추구를 통해 개인의 삶과 사회와 역사적인 삶을 동시에 추구하고 있는데 반하여, 나도향이나 황순원은 미의식에 의한 인간의 존재해명과 낙원 추구의 경향을 추구하고 있다. <말과 삶과 자유>에서

> 타자와의 관계에 속에서 나를 확인해 보려고 지금 여기까지 걸어왔다. 한데 지금까지 막막하기만 하다. 일단 활자화된 내 작품에 대해 이야기하지 않기로 하고 있다. 이유는 아주 간단하다. 작품으로 하여금 독립된 생명을 스스로 지니게 하기 위해서요, 작품에 대한 독자의 자유로운 감상을 작가로서 방해하지 말자는 생각에서이다.[5]

라고 한 말에서 황순원의 작품 세계와 그 작가적 자세를 볼 수 있다.

---

4) 안남연, 『황순원장편 소설연구』, 외국어대학교, 박사학위논문, 1992.
   장현숙, 『황순원소설연구』, 시와시학사, 1995.
5) 황순원, 『말과 삶의 자유』, 문학과지성사, 1987.

인간 관계의 존재적 해명과 그 본질의 추구, 그리고 창작된 작품의
독자성의 부여로 예술 자체의 의미를 강조한 이 두 말은 황순원의
문학 세계를 이해하는 지름길의 역할을 하고 있다.

   이러한 황순의 장편소설이 <인간접목>(1955)이요, 중편 <내일>
(1957)과 <두꺼비>(1946), <몰이꾼>(1947), <모자>(1948), <황노인>
(1949), <산>(1956), <언색오뚜기>(1966), <차라리 내 목을>(1967)에
공통적으로 나타나 있는 문학적인 공간이다. 그 가운데에서도 <人間
接目>은 토지개혁에 얽힌 북한의 이데올로기의 문제를 형상화한 <카
인의 후예>(1954)를 발표한 뒤에 나온 작품으로, 更生院의 비리와 왕
초의 사회적 비리를 고발하면서도, 짙은 휴머니티로 인간을 옹호하
고 독버섯과 같은 고아들을 순치하여 갱생원이라는 한 낙원을 세우
려는 피어린 삶을 그려, 리얼리즘에 관심을 두지 않고 순수한 소설의
미학을 구사하고 있는데 황순원 문학의 특색이 있다. 또한 <내일>이
나 <다시 내일>, <황노인>, <두꺼비> 등 단편이 거의 인간의 순수성
과 그 삶의 소중함을 그리고 있다. 이러한 작품은 선형적 지향과 문
학적 공간은, 인간의 원초적인 숙명을 조명한 <日月>이나 사랑과 종
교의 합일을 통해 인간 구제를 구도한 <움직이는 城> 그리고 다층적
이고 다양한 삶의 지양을 사회적인 시각으로 추구한 <神들의 주사위>
에 이르는 장편으로 이어져 황순원 소설의 정수를 이루고 있다.

Ⅲ. 낙원을 향한 도정 속의 인간들의 군상 : 〈인간접목〉

   <인간 접목>6)은 <별과 같이 살다>(1951), <카인의 후예>(1953)에
의한 세번째의 장편소설이다. 황순원은 그 뒤에 <나무들 비탈에 서

---

6) 황순원, 『인간접목』, 중앙문화사, 1957.

다>(1960), <일월>(1964), <움직이는 성>(1968), <신들의 주사위>(1978) 등 7편의 장편소설을 발표하고 있는데 <인간접목>은 버려진 독버섯과 같은 고아들을 인간애로 감싸고 동고동락하여 조그마한 낙원을 건설하려는 집요한 생활과 그 현장을 부각시키고 있다. 갱생원이라는 한 安息處를 가꾸고 만들어 가는데 얼마나 수다한 고난과 어려움이 가로막는가를 리얼하게 보여주면서 그것과 치열하게 대응하는 인간상을 형상화하고 있는 작품이다.

<인간접목>은 부상으로 한 팔을 잃은 종호가 김목사가 건내 주는 갱생아의 자술서를 읽는 데서 시작된다. 이 중에서 일하다가 떨어진 아버지를 여의고 고아가 된 차돌이, 불장난 하다가 동생을 죽이고 전쟁의 폭격으로 부모를 잃은 남준학, 평양에서 피난 오다가 부모를 놓치고 고아가 된 김배석, 어려서부터 거지와 쓰리 노릇을 한 짱구대가리 등 모두가 6.25 전쟁이 낳은 비극적인 환경에 처한 고아들이 중심이 되고 있다. 이 고아들을 갱생원이라는 이름으로 수용하여 미군부대나 정부의 지원을 받아 그들을 훈도하면서 잇속을 챙기면서 허울좋게 救濟事業을 내세우고 있다. 織造業을 하다가 6.25 때에 다 날려버린 뒤에 같이 일하던 홍집사와 김목사의 교회에 나간 인연으로 갱생원을 같이 하고 있었다. 종호는 병원을 하면서 대학에 나가는 정교수의 소개로 이 갱생원에 부임하여 무엇인가 원생을 새로운 천지로 이끌려고 최선을 다한다. 그러나 그 최선이 그대로 실천되는 것이 아니고 비리와 폭력과 부딪쳐 충돌하고 挫折하여 격분하면서 인간애의 정신으로 그것을 극복하여 다시 출발할 수 있는 樂園의 길목을 연다. 원생들의 갈등과 홍집사와 한 원장의 횡포, 이를테면 禁食의 수련을 쌓는다고 일요일에 점심을 굶겨 곡식을 착복하고, 공무원과 결탁하여 원생을 마구 잡아오는 일, 미군부대에서 현지 답사를 한다는 소식에 눈가림으로 시설이나 대우를 고치는 일 등 종호는 그 非理와 맞

서 싸운다. 또한 왕초를 주로 한 양아치 무리의 갱생원의 침투나 협
박을 전쟁에서의 투혼과 의지로 극복하면서 유선생의 무기력을 한탄
한다. 갱생원들의 몸에 벤 버릇으로 나타나는 否定的인 현실은 사랑
으로 다듬어 주고, 특히 전쟁 때에 아들을 잃은 식모 할머니의 개똥
(철수)에 대한 헌신적인 사랑이나 배석의 누나에 얽힌 비극적인 현실
을 쓰다듬어 준다. 보조 간호원으로 일할 수 있는 것을 마다하고, 더
럽혀진 씨가 나은 아이를 먼저 목 졸라 죽이고 자살한 배석의 누나
의 유언장은 가슴이 아파 더 볼 수 없을 정도이다.

> 저는 지금 말할 수 없이 행복하옵니다. 다시는 상봉치 못할 줄 알
> 았든 우리 배석이도 만나고 선생님 가튼 훌륭하신 어른을 만나게 되
> 었으니 무얼 더 바랄게 있겠읍니까. 더구나 저가튼 천하고 더러운 여
> 자에게 일자리까지 주시겠다니 백 번 죽어도 못잊을 일이옵니다. 하
> 오나 선생님 이 더러운 여자는 선생님의 은혜를 받을 자격이 업는 몸
> 입니다. 잘못하다가 선생님의 은혜에 먹칠하게 될지도 모를 몸 이대
> 로 선생님 곁을 떠나려고 하옵니다. 그리고, 제가 저질러 놓은 저 죄
> 덩어리도 가치 대리고 갑니다.

라는 편지와 동생 배석에게 남기는 편지를 남기고 이 고통스러운 현
실을 하직하고 만다. 종호는 정교수의 적극적인 후원으로 갱생원을
낙원으로 만들기 위해서 다시 한 번 손을 쥐고 일어선다. 여기에는
갱생원을 볼모로 한 이욕을 위한 비리와 왕초의 독버섯과 같은 暴
力[7]과 사창가의 비정한 物慾이 잘 반영되어 있으며, 정교수를 支柱
로 하는 휴머니티의 발현과 새로운 질서의 세계를 만들기 위한 피어
린 삶의 자세가 잘 부각되어 있다.
　이러한 <인간접목>은 6.25 전쟁의 처참한 현실을 반영하면서 그

---

7) <흙>의 한민교선생이 정신적인 지주나 <데미안>의 애마부인의 견인적 지
　주와 맥을 같이 한다.

폐허 속에서도 밝은 내일을 지향하는 인간애와 낙원 추구 사상이 짙게 나타나 있다. "인간애야말로 이 세상을 낙원화 할 수 있는 유일한 빛이다"라는 말과 같이 인간을 인간 그대로 살 수 없게 가로막는 모든 요건을 제거하고 또 그렇게 할 수 있게 순치하는 것이야말로 문학이 추구해야 할 낙원화의 지향적 地平이 되는 것을 <인간접목>은 형상화하고 있다.

산다는 宿命을 벗어날 수 없는 인간, 살아야 하는 숙명을 가지며 어딘가를 향하여 그 삶을 영위해야 한다. 그것은 <인간접목>에서 볼 수 있듯이 선에 의한 낙원에의 지향과 악에 의한 물욕과 폭력의 카인에의 墮落으로 나타난다. 하지만 인간이 아무리 천사도 아니고 금수도 아닌 중간자라고 해도 그 중간자로서 정체되어 있을 수 없는 것이 또한 인간이다. 인간은 중간자에서 天使 지향성으로 낙원을 추구하고 금수 하락성으로 타락하지만, 인간은 거기에 만족하지 않는다. 천사 지향의 인간은 <좁은 문>의 아리사와 같이 인간으로 나시 돌아오려는 인간 回歸의 양상과 <나나>와 같이 금수의 죄를 씻고 贖罪로서 인간으로 상승하여 중간자의 인간으로 복귀하려는 인간 회귀의 양상을 볼 수 있다. 그것은 결코 초극할 수 없는 인간 조건의 逸脫과 牽引 현상으로서, 인간으로서 인간답게 살 수 있는 낙원적 공간을 창조하는 것이 바로 소설이 추구하는 휴머니티의 지향적인 지평이다. <인간접목>은 바로 이런 낙원적 공간으로 가는 고행어린 修道의 도정을 개인과 사회의 순치의 논리로써 형상화하고 있다.

Ⅳ. 타자의 관계 속에서 존재의 확인 : <내일>과 단편소설들

<내일>은 낙오자라고 부를 수 있는 두 남녀의 순수 지고의 사랑을

그린 작품으로 황순원의 대표적인 중편으로 꼽힌다. 이 사이에 고추가루가 끼었다고 버림받은 남자와 倦怠와 무관심으로 약혼한 지 2년 만에 파혼하고 우연히 만나 순수한 삶의 의미를 찾으면서 同伴의 길을 걸어 '우리 집'의 꿈을 키워가는 중편이다. 이 소설은 <내일>과 <다시 내일>이라는 연작의 형태로 발표되어 거기라고 부르는 여인과의 꿈 같은 생활을 그려보는 순수한 연정을 그린 소설로서, 저승에 가 있을 어머니를 그리워하면서 별의 이미지를 찾는 <별>로 表象化되는 황순원 소설의 진수를 보여주는 작품이다.

> 이 속에 한 사람의 중년 사내의 소생된 생활이 숨을 쉬고 있다는 것이 얼마든지 귀한 것이다. 거기에는 젊은 여자의 알지 못할 힘이 관여되어 있었다. 원고 맨 겉장에다 적어 넣었다.
> '여기 서려있어라. 어느 젊은 여자의 고운 숨결은.'

라고 이쪽 사내가 기록하고 있는 것으로 보아 이 작품은 어딘지 체험적 요소가 깃들어 있는 것같이 보이는 理想鄕의 추구를 보여준다. 이쪽에서 그리는 '우리 집'의 꿈은 지극히 소박하고 단순하다. 남향으로 앉은 안방 한 칸에 부엌 한 칸, 그리고 서재가 될 방 한 칸의 세 간의 조촐한 집, 닭을 세 마리 정도 기르고 마당에 등나무가 한 그루, 거기는 내가 입을 스웨타를 짜고 나는 새로 나온 잡지책을 뒤지고 있는 꿈과 같은 나날을 보낼 수 있는 곳, 이것이 바로 이쪽인 내가 그리는 낙원이다.

'……아무튼 저는 이상해요, 웬만한 사람은 어린애같이 봬서 못견디겠어요.'라는 여인의 말에서 여심이 끌리고 있다는 것을 암시하고, 다음의 對話에서 서로 무엇인가 끌리고 서로 가까와지려는 심리를 잘 나타내고 있다. 草家三間집을 짓고 위로 부모를 모시고 아래로 妻子를 거느리고 살고 싶은 소박한 전통적인 꿈이 바로 이쪽이 그리는 유토피아다.

> "저번에 나는 대합실이구 거기는 다음 기차를 가다리는 손님이라
> 구 한 적이 있지?"
> "그래서요?"
> "기다리는 기차가 연착이 되었으면 좋겠어."
> "어째서요?"
> "대합실이 텅 빌 테니까."
> "그래 얼마 동안이나 연착이 되었으면 좋겠어요?"
> " 내 대합실에 새 손님이 들어와 앉을 때가지만,"
> "에고이스트."
> "좀더 에고이스트가 될까? 영 기차가 안왔으면 좋겠어."
> "그보다 기차가 와두 안타면 되잖아요?"
> "그럴 수가 있을까?"
> "방향이 다른 기차라면 안 타는거죠."

작가는 극적 구조를 구사하면서 두 사람이 가까워지는 것을 간접적인 기법으로 敍事化하고 있다. <내일>은 삶의 권태에 빠진 두 사람이 만나 서로 끌리어 흡인되면서 같이 그 날의 삶을 성취시키려는 과정을 抒情的으로 그리고 있다. 무엇인가 삶에 不安을 느끼면서 이 불안이 계속되는 한 생활은 지속되는 것이라면서 지나치게 淸教徒的인 데가 있기는 해도 서로 아끼고 서로 엔돌핀을 주면서 나와 너가 아니고 우리의 그 날을 성취시키려는 치열한 삶이 아로새겨져 있다.

사랑은 순수하고 아름다운 것이다. 사랑은 죽음을 超克하고 영원성을 획득할 수 있다. 이 숭고한 사랑의 다양한 層位와 그 양상이 갈등과 좌절의 인간 비극의 회오리바람을 일으킨다. <인간접목>은 이 사랑의 낙원의 可視的 空間을 창조하고 있는 황순원 소설의 진수이다.

초기에서 60년대까지의 대표작에 해당하는 다른 단편들도 거의가

소중한 옛것을 간직하고 그것을 성취시키려는 작품들이다. 아내 없이 회갑을 맞는 황노인의 쓸쓸함을 그린 <黃老人>이나 친구인 두껍이 같은 두갑이에 속아 거지꼴이 되어 나도 살아야겠다고 다짐하는 <두꺼비>의 현세, 모자의 횡재가 오히려 창피한 꼴이 되고마는 <帽子>의 장, 화통간 저 앞으로 달리면서도 오뚜기 모양 앞으로 굴러가는 것 같이 살으려는 <原色 오뚜기>의 윤노인 등 모두가 이 험악한 세상을 살아가기가 힘겨우면서도 소중한 그 무엇을 간직하면서 그날을 성취하려는 인간상을 간결한 문체로 형상화하고 있다. 하지만 늘 수모 당하거나 다른 사람의 웃음거리로만 지낼 수 있는 것이 아니다. 거기에는 삶에 대한 확고한 意志와 그것을 이룰 수 있는 행동이 있어야 하고 葛藤의 극복이 있어야 한다. 황순원 소설이 행동이 없는 존재론적인 인간의 해명의 문학이라고 말하는 이유도 여기에 있다.

또한 <山>은 1951년 10월 산 속을 헤매이던 낙오병이 처한 극한 상황에서 목숨과 여인을 둘러싸고 벌어지는 인간의 悲劇的現實을 묘파한 작품이다. 여군을 혼자 차지하는 포악한 소대장, 서로 살기 위하여 죽이고 당하는 총잡이, 노랑 수염, 배낭 메기, 그 속에서 길을 안내하고 먹을 것을 구해 오면서 목숨을 부지하는 바위, 어디선가 처녀를 끌고 와 극적인 사건이 벌어진다. 총잡이가 바위의 헌 옷과 군복을 갈아입고 바위마저 없애고 처녀를 끌고 도망가려고 한다. 바위는 총잡이를 때려눕히고 처녀를 차지하기 위하여 제비를 뽑자는 두 사람의 말을 등뒤로 처녀의 손을 잡고 달려가다가 처녀를 기절시키고 등에다 업고 달려간다. 이 종말 부분에서 極限狀況에서도 사람을 아끼고 구제의 길을 찾아 巨步를 내딛는 휴머니즘의 불빛을 볼 수 있다. 이것은 황순원의 他者와의 관계 속에서 나를 확인해 보려는 한 시도라고 볼 수 있다.

V. 인간 존재 성찰의 소설교육적 의의

황순원은 <인간접목>이나 <내일> 그리고 <산> 등의 작품에서, 인간의 존재론적 상황 속에서 현실에 대응하여 견디고 이겨내는 집요한 삶을 통해 인간성을 高揚하려는 강한 휴머니티의 지평을 추구하고 있다. 他者와의 관계에서 나를 확인해 보려는 작가 정신이 뿌리 없는 부초와 같은 인간의 '작은 안식의 집'인 갱생원이나, 나와 너의 아늑한 낙원이요 초가 삼간인 '우리 집', 그리고 인간에게 주어진 자유의 조건 속에 마음대로 살 수 있는 自由의 오늘을 찾아 굳세게 살아가는 인간의 존재를 해명하여, 간결한 문체로 서사화하고 있는데 황순원 소설에 우리의 관심이 집중된다.

인간 존재는 반드시 상징체인 언어를 매개로 자신을 성찰할 수 있다. 이는 철학자이자 서사연구자인 뽈 리꾀르 등도 주장하고 있는 바이지만, 인간은 언어를 사용하고 있는 한 그것을 통하지 않고는 자신의 존재를 해명할 수 없다. 이런 점에서 휴머니티를 추구하는 소설들은 학습자들에게 좋은 교육적 매개가 된다. 관계 속에서 존재하는 인물들의 삶의 모습들을 통해 피교육자들은 다양한 인간들을 대하게 되고, 그들의 존재론적인 갈등과 욕망 그리고 사회의 문제 상황을 깨닫게 된다. 소설 속의 인물들이 갈등으로 점철된 절망의 사회 속에서 그러면서도 희망을 잃지 않으려고 애쓰는 고투 속에서 살아가는 세계는 분명 인간 존재가 지닌 본질적인 모습을 그리고 있다고 할 것이다. 인간이 지닌 이러한 본질적인 존재론적 문제는 인간이 존재하는 한 지속될 수밖에 없다는 점에서 영원한 화두가 될 것이다. 이러한 점에서 황순원소설 등이 보여주고 있는 세계는 학습자들에게 주는 의미는 크다. 또한 삶이 파편화되고 인간성이 상실되어 가는 현실에서 관계 속에서 자신을 돌아보고 현실에 대응해 가는, 그리하여 인간성을 고양해 가는 교육적 도정은 아무리 강조해도 지나치지 않을 것이다.

참고문헌

곽종원, 『신인 류형의 探究』, 동서문화사, 1951.

구인환, 『황순원문학 序說』, 어문학논총 6, 1965.

구인환, 「별의 이미지와 공간」, 『현대소설의 비평적 성찰』, 국학자료원 1996.

안창범, 『배달성전』, 삼성궁, 1995.

이인복, 『한국문학에 나타난 죽음의식의 사적연구』, 전설당, 1979.

정한모, 『현대작가연구』, 일지사, 1959.

조연현, 『서사적단편』, 인간사, 1958.

황순원, 『말과 삶의 자유』, 문학과지성사, 1959.

Girard René , 김윤식 역, 『소설의 이론』, 삼영사, 1977.

Mootter, C., 이효상 역, 『문학과 종교』, 이문출판사, 1985.

소설 읽기의 방법과 국어교육

김 동 환*

I. 문제제기

우리가 일상생활을 하면서 자주 접하게 되는 말 중의 하나로 '이야기'를 들 수 있다. "너 그 이야기 좀 해 봐라." "이야기를 해야 알지, 이야기를 안 하니까 답답해서 견딜 수가 있나." "뭐 재미있는 이야기 없을까?" 등등 하루에도 십 수 차례 듣게 되는 단어가 바로 '이야기'이다. '이야기'를 국어사전에서 찾아보면 다음과 같이 설명되어 있다.

(명) ① 어떤 사물 또는 현상에 관하여 일정한 줄거리를 잡아 하는 말이나 글. ㉠ 지난 일이나 마음속에 있는 것을 다른 사람에게 일러 주는 말. ② 옛날 이야기.[1]

사전에서 설명된 바는 우리가 일상생활에서 사용하는 그것보다 의미가 축소된 것이라 할 수 있다. 앞에서 예로 든 사례들을 보면 사전

---

*한성대 교수

[1] 신기철·신용철 편, 『새 우리말 큰사전』, 삼성출판사, 1983.

에서 설명한 것 외에 보통의 대화, 생각의 표출, 의견 제시까지도 포함하고 있기 때문이다. 이를 두고 일상적인 용법이 본래의 용법과 달라지거나 사람들이 잘못 사용한 데서 오는 현상이라 볼 수도 있겠으나 필자의 생각으로는 한 단어의 의미가 실용적으로 확장되는 현상으로 설명하는 것이 좋을 듯 싶다. 하나의 단어를 자신의 경험이나 의식을 바탕으로 의사소통이 가능한 범주 내에서 변용해 사용하는 일은 언어를 규범적으로 사용하는 태도보다 창조적 언어활동이라는 측면에서 더 바람직하다고 보기 때문이다.

　여기에서 필자는 '이야기'라는 단어의 변용 즉 의미의 확장이 이루어지는 토대를 우리가 범박하게 '소설'이라 부르는 글쓰기 양식에 대한 지적·정서적 경험으로 보고자 한다. 즉 소설 작품을 배우거나 감상하면서 깨달은 소설의 다양한 속성을 의식적이든 무의식적이든 일상적 언어활동을 통해 발현시킨 것이라 판단하기 때문이다. 관점에 따라서는 이러한 논리가 순환논리에 불과하거나 자의적인 해석의 오류를 범하고 있는 것으로 볼 수도 있다. '이야기'라는 단어가 먼저 존재하고 이후에 '소설'이라는 대상을 그것으로 부르게 되었을 것이라든지 '이야기'와 '소설'은 우리말과 한자라는 관계일 뿐 그 선후를 따질 수 없는 차원에 속한다든지 하는 견해들이 제기될 수 있을 것이다. 그렇지만 본고에서는 우리의 일상적 언어활동을 논리적인 사고의 결과가 아닌 정서적 반응의 결과로 보는 방향에서 접근해 가고자 하기에 이런 논란들에 대해서는 잠시 접어두기로 한다.

　우리들의 일상적인 언어활동은 사실 논리적인 측면보다는 비논리적인 측면에 의해 이루어지는 경우가 더 많다고 본다. 때로는 감정의 영향을 받아 즉흥적으로 반응하기도 하고 충분한 사고과정 없이 즉각적으로 발언을 해야 할 때가 더 많다. 전문적으로 글을 쓰거나 교육의 과정에서 주어진 조건에 맞는 글을 쓰는 경우를 제외하고는 대부분 자신의 감정이나 생각에 충실하고자 하지 논리적인 속성을 더 고려하지는 않는다. 그러한 글쓰기에서는 글을 잘 쓴다거나 못 쓴다는 차원을 넘어 개성이라는 요소가 드러나게 된다. 여기에서 우리는 그 개성이라는 요소가 어떤 과정을 통해 형성되는 것인지 생각해 볼 필요가 있다. 성격, 교육정도, 환경, 가치관 등의 다양한 변수를 고려할 수 있다. 필자는 가장 중요한 변수로 언어적 형상물에 대한 정서적 반응을 들고 싶다.

어린아이들이 언어를 배우게 되는 과정 중 초기 단계의 한 특징으로 모방 행위를 들 수 있을 것이다. 부모의 언어, 다른 식구들의 언어, 좀더 커 가면서는 또래 집단의 언어를 모방하면서 자신의 언어를 구사하게 된다. 그렇지만 이 단계에서의 언어사용의 일차적인 목적은 가장 기본적인 의사소통을 차원에 속하기 때문에 개인간의 편차는 거의 드러나지 않는다고 보는 것이 타당할 것이다. 전달의 효과를 고려한다든지 의도를 관철시키기 위한 언어사용은 모방의 단계를 넘어 '선택'의 필요성을 느끼게 될 때 비로소 하나의 문제로 나타나게 된다.[2] 예를 들어 아양을 떨거나 거짓말을 하거나 말에 울음을 덧붙이는 행위들을 하게 되는 것은 '선택'의 문제에 속한다. 그리고 이후 단계의 언어활동에서는 이 '선택'의 속성이 점점 많은 비중을 차지하게 된다. 문제는 그 선택이 어떻게 이루어지는가 일 것이다. 선택을 하기 위해서는 평소에 선택 가능한 범주들을 설정해 두어야 할 터인데 그 범주들은 대개의 경우 체험을 통해 형성된다고 볼 수 있다. 다양한 양상의 체험을 하는 과정에서 "좋다"라든가 "멋있다", "쓸만하다" "인상적이다" 등등의 정서적 반응을 하게 되는 언어적 현상에 대해서는 더 많은 관심을 가지게 되고 그 결과 사고체계 내에 자리를 잡게 될 것이다. 이것들은 하나의 '모델'로 규정할 수 있을 것이

---

2) M. Holquist, *Dialogism - Bakhtin and his world*, Routledge, 1990, 77-78쪽.

다. 이러한 모델들은 이후 개인의 언어활동에서 중요한 몫을 차지하게 되며 그것이 바로 개성이자 자질로 발전하게 된다고 본다. 필자의 판단으로는 여러 언어적 현상 중에서도 특히 미적인 구조를 지니고 있는 언어적 형상물에서 이러한 모델을 발견하게 되는 경우가 많으리라 본다.

소설의 양식적 속성과 국어교육을 연관지어 보고자 하는 본고의 의도는 이러한 맥락에서 비롯된 것이다. 그동안 '문학교육학'을 정립하기 위한 지속적인 노력들이 있었고 많은 성과를 이루어 낸 것은 인정하지만 논의의 대부분이 자족적인 테두리에 머무르고 있지 않나 하는 아쉬움을 느낀 적이 많다. 문학이 국어교육에서 담당해 낼 수 있는 몫, 감당해야 할 몫이 매우 많음에도 불구하고 문학이라는 현상이 지니고 있는 독특한 속성을 애써 감싸 안으려는 태도 때문에 그 교육적 가능성을 스스로 제한한 것이 아닌가 하는 생각을 했기 때문이다. 문학작품을 철저히 열린 텍스트로 본다고 해서 문학의 가치가 훼손된다거나 속성을 잃는다고 생각하지는 않는다. 오히려 문학의 확대 재생산을 통한 존재가치의 상승이 이루어진다고 보고 싶다.

Ⅱ. 소설 읽기 방법의 문제

문학의 한 속성을 학습의 대상으로 삼게 될 때 다양한 차원의 접근이 가능하겠지만 무엇보다도 앞서 고려해야 할 점은 바로 효용성의 문제일 것이다. 문학의 한 속성에 대한 앎이 궁극적으로 무엇에 도움이 될 것인가 하는 문제를 고려하자는 것이다. 필자가 알고 있는 한 지금까지의 소설교육은 대체로 예술적 인식의 차원에서 크게 벗어나지 않았다. 소설교육은 어떤 소설작품을 통해 언어예술로서의 문학의 미적 가치를 알고, 삶의 태도와 방향에 도움을 줄 교훈을 얻고, 사회와 세계에 대한 인식의 폭을 넓히는 경험의 원천으로 삼는데 중점을 두고 있었다. 예술 일반에 적용될 수 있는 보편적 감상 방법이 주를 이룬 셈이다. 그러나 이러한 접근은 상당한 수준의 독자의 입장이 아니면 주체적으로 이루어지기 어려운 특성을 지니고 있다. 원리가 아닌 결과를 학습하는 것과 마찬가지이기 때문이다. 대부분의 학생들은 교과과정에서 배우지 아니한 새로운 작품들을 대하면 여전히 낯설고 어려운 존재로 다가온다고 토로한다.3) 교과과정 밖에서 주어지는 작품에 대해 어떻게 접근해야 하는지 난감함을 느낀다는 말을 들을 때마다 그간의 교육방법에 어떤 문제가 있는 것은 아닌가 하는 생각을 하게 된다.

소설교육을 받았지만 새로운 소설을 쉽게 '읽어 낼' 수 없다는 교육적 결과에 대해 문학교육 전공자들은 결코 자유로울 수 없을 것이나. 그와 같은 결과는 필연적으로 학교 현장의 문제보다는 교육적 이념과 방향의 문제에서 비롯된 것이기 때문이다. 그간 학교 교육의 방향을 결정하는 교육과정을 입안하는 일이나 교과서를 편찬하는 일은 전적으로 전문가로 인정받은 연구자들의 몫이었다. 그리고 다른 어떤 인문학보다도 국어교육학 또는 문학교육학은 그 실천적 성격에 관심을 두어야 한다는 점에서 전공자들의 폭넓은 책임의식이 요구된다고 본다. 필자는 그 책임의식의 기저에 기존의 전공 영역의 경계를 허물 수 있다는 발상이 자리잡아야 한다고 본다. 이러한 발상법은 이미 오래 전에 제시된 바 있고4) 그에 대해 긍정적으로 수용하는 분위

---

3) 이에 대해서는 졸고, 「현대문학교육의 목표와 방법의 문제」, 『민족문학사연구』 12호, 소명, 1998, 참조.
4) 그 선편이 되는 대표적인 논의로 다음을 들 수 있다.
　이용주 외, 「국어교육학 연구와 교육의 구조」, 『사대논총』 46집, 서울대학교 사범대학, 1993.
　김대행, 『국어교과학의 지평』, 서울대학교출판부, 1995.

기도 형성되었다고 판단된다. 그러나 전반적인 측면에서 볼 때는 그러한 분위기의 형성에도 불구하고 구체적인 논의의 장에 이르러서는 핵심적인 발상으로 자리잡고 있지 못한 것으로 판단된다. 여전히 대부분의 논의의 근저에는 기존의 전공개념이 자리잡고 있다. 문학교육학의 내부에서는 시나 소설, 고전문학과 현대문학 등의 경계가 온존하고 있으며, 국어교육학의 차원에서 볼 때는 문학과 비문학의 교섭은 아예 차단된 상태라고 해도 과언이 아닐 것이다. 물론 응용학문으로서의 국어교육학을 연구하는 입장에서 하나의 기초학문을 바탕으로 삼는 일은 지극히 당연한 일이다. 그러나 그 기초학문이 통합을 지향하기 위한 것이 아닌 차별성을 꾀하기 위한 것으로 자리잡고 있다는 데에 문제가 있다. 지금의 국어교육학은 그 정체성을 확립하기 위해 각 연구자들이 역량을 결집해야 할 때이지 세부 영역 간의 차별성을 위해 역량을 분산시킬 단계가 아니라고 보기 때문이다.

소설교육 나아가 문학교육에 대해 많은 관심을 가지고 있는 입장에서 앞에서 말한 발상법을 구체화할 수 있는 방안을 강구해 보면서 제일 먼저 떠올린 것이 '소설 읽기'라는 개념이었다. 소설을 읽는다는 활동은 무엇을 어떻게 하는 것을 말하는지 새삼스럽게 생각해 보게 된다. 현행 교육과정에서는 '이해와 감상'이라는 용어로 문학작품을 대하는 태도를 설명하고 있다. 교육과정을 면밀히 읽어보아도 문학작품을 바르게 이해하고 감상하기 위해 거쳐야 할 과정에 대해서는 언급이 없다. '인간의 다양한 삶의 방식을 이해'하거나 '아름다움과 정신적 가치를 이해'할 것 등을 요구하고 있지만 어떻게 읽어야 그러한 이해에 도달할 수 있는지는 알 길이 없다. 즉 '읽은 후'의 단계에 대해서만 관심을 표명하고 있다. 이런 구절은 있다. '작품을 즐겨 읽는 태도를 기르도록 하자'는 권유이다. 그렇지만 문학작품을 즐겨 읽을만한 대상으로 느끼게 하거나 그렇게 될 수 있는 구체적인 방법은 역시 없다. 다른 논설문이나 설명문을 읽는 것처럼 하되 읽은 후에 그것이 미적 구조물임을 염두에 두면서 감상을 하면 된다는 논리를 발견하게 된다. 문학작품은 다른 글들과 달리 특수한 것임을 전제로 하고 있으면서도 특수한 것이기에 학생들이 느끼게 될 어려움에 대해서는 애써 피하고 있는 인상을 받게 되기 때문이다. 정작 학생들에게 우선적으로 필요한 방법은 배제되어 있는 셈이다. 이를 두고 전공 영역의 경계를 굳건히 지키고자 하는 의식의 발로이자 결과라고 본다면 지나친 억측일까. 신중하게 생각해 보지만 지나친 억측만은 아닐 것이다. 국어 과목의 하위 영역으로서의 '문학'과 문학 과목의 '문학'은 어떻게 다른 것인지 살펴 보다보면 그렇게 판단할 수밖에 없다. '말하기' '듣기' '읽기' '쓰기'의 영역과 '문학' 영역을 분리시킴으로써 얻고자 하는 궁극적인 효과는 무엇이며 학생들은 그러한 체계를 통해 어떤 능력을 얻게 될 것인지 하는 의문을 던져 주는 것이 현행 교육과정5)의 가장 큰 특성이다.

소설을 읽는다는 행위는 일차적으로 그 작품을 특별한 대상으로 보는 관점에서 벗어나는 태도의 형성에서부터 이루어서야 한다고 본다.6) 자유로운 사고를 제한하는 관점에서 벗어나자는 말이다. "문학이 심미적 구조물임을 안다."라는 학습목표는 오히려 문학을 이해하고 감상하는데 걸림돌의 역할을 하게 된다. 정작 '미적인 것'이 무엇

---

5) 이 글에서 언급된 교육과정의 내용은 다음에서 인용했음.
   교육부, 『고등학교 국어과 교육과정 해설』, 대한교과서주식회사, 1995.
6) '소설을 읽는' 활동에 대해 주목한 논의로는 다음 글을 들 수 있다. 그런데 이 글의 필자는 소설이 '언어적 활동이 지닌 일반적인 속성을 여전히 내함하고 있다'는 전제하에 '문학교육과 국어교육이 공유하는 측면을 확인'하고자 하면서도 그 구체적인 분석의 과정에서는 '소설적 담론'이라는 개념에 치중함으로써 결국 '소설은 미적인 것'이라는 관점으로 되돌아가고 있다.
   김상욱, 「탐구로서의 소설교육」, 『소설교육의 방법연구』 서울대학교출판부, 1996.

이고 '생활적인 미'나 '정신적이 미'가 어떻게 다른 지도 충분히 인식하지 못하는 것으로 판단되는 학습자로서는 이 정체불명의 목표를 향해 자신의 사고활동을 수렴시키고자 의식적으로 노력해야 하기 때문이다. 그렇다면 누군가에 의해 의도된 감상 결과에 다가가는 과정이지 스스로의 감상 결과를 찾아가는 과정이라 말하기는 어려울 것이다.[7]

일반적으로 '미적인 것'으로 규정되는 대상을 논리적으로 설명하고 받아들이는 일은 인간의 여러 정신 작용 중에서도 매우 고차원에 속하는 범주에서 가능하다. 설명하기 어려운 것을 쉽게 가르쳐야 하고 그것을 논리의 차원에서 이해해야 하는 입장은 때로는 위태롭게 보이기조차 한다. 자칫 대상에 대한 무의식적인 거부감이나 거리감을 초래할 수도 있기에 그러하다. 중·고등학교 과정을 통해 문학교육을 받았으면서도 어떤 계기로 주어지거나 선택한 불특정 작품을 대할 때 우선 낯설고 어렵다고 느끼는 이유는 바로 이러한 무의식적인 거부감이나 거리감 때문은 아닌지 반문해 본다. 문학교육에서 가장 중요한 일은 작품이라는 것이 쉽사리 잡히지 않는 어떤 차원에 놓여 있는 대상이 아니라 내가 언제든지 접근할 수 있는 대상이라는 생각을 갖도록 해주는 것이라고 본다. 그러기 위해서 필요한 일은 문학작품도 다른 언어적 구성물과 마찬가지로 자신의 일상적 언어활동과 동일한 맥락에서 이루어지는 것이라는 생각을 전제로 삼을 수 있도록 해야 할 것이다.

소설이나 설명문이나 글쓰기, 글읽기의 관점에서 보면 동일한 대상이다. 다만 전달하고자 하거나 읽어 내야 하는 내용이 어떤 그릇에 담겨 있느냐 하는 점에서만 다를 뿐이다. 설명문이 단순하고 생겼고

---

7) 이와 관련된 문제의식에 대한 논의로는 다음 참조.
　　김중신, 『소설감상방법론연구』, 서울대학교출판부, 1995, 203-227쪽.

안을 쉽게 들여다 볼 수 있는 그릇이라면 소설은 모양도 복잡하고 입구가 좁거나 목이 이리저리 구부러진 그릇이어서 안에 담긴 내용을 들여다보거나 꺼내기가 수월하지 않은 그릇이다. 소설이라는 그릇에 담긴 내용을 누군가가 꺼내 주고 "이것은 이 복잡한 그릇에서 나온 것이니 그 점을 염두에 두고 내용물을 음미해 보라"고 한다면 그것만큼 무의미한 것은 없을 것이다. 빨대 같은 것으로 내용물을 조금씩 맛보면서 그것이 무엇일가를 생각해보거나, 갖은 기술을 다 동원해서 다른 그릇으로 옮겨 내는데 성공하는데서 오는 성취감, 정 안되면 복잡한 그릇을 깨트려서 기어이 그 내용물의 정체를 알아내는 과정에서 느끼게 될 발견의 기쁨 등을 스스로 얻도록 해 주는 것이 올바른 소설 교육일 것이다. 그래야만 자진해서 또 다른 그릇들을 찾아 나서고 싶은 의욕도 생기고 더 복잡한 그릇에서도 내용물을 섭취하는 능력도 함양될 것이다. 이렇게 본다면 가장 중요한 문제는 그 내용물에 접근하는 방법인 셈이다.

Ⅲ. 정보 찾기로서의 플롯 읽기

대표적인 서사양식인 소설과 타 양식과의 변별적 특성을 논할 때 그 첫머리에 내세우게 되는 것은 서사구조이다. 그리고 플롯은 이 서사구조를 설명하기 위해 고안해 낸 개념의 하나이다. 따라서 소설이라는 양식에 대해 가르치고자 할 때 대개의 경우 우선적으로 플롯을 앞세우게 된다. 이야기(story)와 플롯(plot)의 차이점에서 시작해서 플롯의 유형, 각 단계의 특성 등을 설명하는 것이 일반적인 과정이다. 이 때의 플롯은 당연히 미적 구조의 하나로 인식되고 있다.[8] 앞에서

8) 국정교과서를 비롯한 대부분의 문학 교과서의 학습목표 및 학습활동에서

말한 바와 같이 소설을 가르치고 배운다는 일의 어려움은 바로 여기에서 비롯된다. 일단 이러한 맥락에서 벗어나 소설 텍스트를 미적인 것에서 실용적인 것, 일상적인 것으로 전환시켜 보자.

일상적인 언어활동의 차원에서 본다면 이야기는 구어, 플롯은 문어로 볼 수 있다. 우리는 보통 어떤 사건을 남에게 말로 전달할 때 특별한 경우를 제외하고는 사건이 일어 난 시간 순서대로 말한다. "두서없이 말을 한다"고 할 때도 사건의 내용을 전달하는데 초점을 맞추기 때문에 '시간 순서'가 기준이 된다. 말을 하는 중간에 자신의 느낌을 보태거나 사건과 관련된 다른 이야기들을 슬쩍 끼워 넣기도 하지만 듣는 사람의 입장에서는 "그래서 어떻게 됐는데"라는 식으로 재촉을 한다. 듣는 상대방과 직접적으로 접촉을 하면서 말을 해야 하는 상황이기에 전달하는 사람은 말 그대로 전달자의 역할에 충실하게 한다. 듣는 사람들은 말하는 사람의 견해나 입장보다는 자신들의 호기심이나 궁금증을 충족시켜줄 수 있는지에 더 관심이 많기 때문이다. 기껏해야 "내가 직접 봤는데 말야" 정도의 말을 통해 신뢰성을 인정받으려는 의도 정도는 개입시킬 수 있을 것이다. 그렇다하더라도 말하는 이의 주체성이 매우 미미하다는 점은 부인할 수 없다.

이에 비해 문어적이라 할 수 있는 플롯의 상황은 구어적인 상황과는 사뭇 다른 성격을 지니고 있다. 우선 구어적인 상황과는 달리 전달받는 사람에 의해 영향을 받는 정도가 현저하게 줄어들게 된다. 일정한 시간이 경과된 뒤에 전달되기 때문에 전달방식에서 자유로울 수 있다. 따라서 전달하는 사람은 자신의 의도를 중심으로 글의 구도를 정하게 된다. 특별히 강조하고 싶은 점이 있다든지 자신의 관점을 반영하고 싶은 경우에 별다른 방해를 받지 않고 그 의도를 실현할 수 있다. 이런 측면에서 볼 때 일반적으로 플롯을 '인과관계에 따른

이를 확인할 수 있다.

사건의 전개'라고 설명하는 것은 재고할 필요가 있다. 인과관계는 사건을 전달하고자 하는 주체의 의도가 배제된 측면이 강하기 때문이다. 이는 소설을 비주체적인 글쓰기로 보게 되는 셈이다.[9] 우리가 일상생활에서 편지를 쓰거나 일기를 쓸 때에도 글쓰는 이의 의도에 따라 글의 전체적인 흐름이나 구성이 달라지기 마련임을 상기할 때 소설의 구성을 비주체적인 글쓰기로 규정하게 되는 이러한 접근법은 많은 문제점을 안고 있는 셈이다.

　그동안 소설을 바라보면서 학생들이 글쓴이의 치밀한 의도보다는 사건들의 선후관계나 인과관계를 중심으로 파악하도록 하게 만듦으로써 '배운 소설은 이해할 수 있되 그 이후에 맞닥뜨리게 되는 소설들은 쉽게 이해할 수 없는' 상황에 놓이게 되는 빌미의 하나를 제공했다고 판단된다. 소설은 일반적인 글과 같이 글쓴이가 어떤 원리와 방식을 통해 자신의 의도를 달성할 것인가를 중심으로 읽어 나가도록 유도하는 일이 무엇보다도 필요할 것이다. 그렇나변 그 원리와 방식은 어떻게 설명할 수 있을까?

　소설의 구성을 말할 때 흔히 사용하는 개념 쌍으로 스토리와 플롯의 관계와 유사한 fabula와 sujet를 원용해 보기로 하자. 원래의 설명 방식에 따르면 fabula가 a1, a2, a3, a4, a5로 구성되어 있다고 가정하면 sujet는 산술적으로 120개가 도출된다. 그러나 a1 - a5 가 모두 사용된다고 보는 데에 기존 견해의 문제점이 있다.[10] 이야기를 구성하는 요소들인 a1 - a5를 모두 적절하게 나열하여 작가가 말하고자 하는 주제를 구현하는 양식을 소설이라 보기에 구성의 원리보다는 구성 전체의 내용과 그 미적인 성격을 강조하게 된다. 본고에서 주목하고자 하는 바는 소설에서 플롯의 핵심은 이야기의 구성 요소가 모두

---

9) 신비평의 공과를 설명하면서 제기할 수 있는 하나의 문제점이 여기에 있다.
10) 그 대표적인 예로 다음을 들 수 있다.
　조남현, 『소설원론』, 고려원, 1985, 247-257쪽.

제시되는 것이 아니고 작가의 의도에 의해 취사선택된다는 점이다. 즉 작가는 독자들이 작품 속에서 전개되는 사건을 이해하는데 필요한 정보를 친절하게 제시하는 것이 아니라 특정한 정보들을 교묘하게 감추거나 아예 빼버리기도 한다.

정보의 은닉과 배제를 플롯의 가장 중요한 원리로 볼 때 소설 읽기의 일차적인 목적은 바로 이 정보 찾기에 있다고 할 것이다. 은닉되었거나 배제된 정보를 쉽게 찾아 낼 수 있는 소설인가 그렇지 않은 소설인가에 따라 난해한 소설인가 쉬운 소설인가도 구분될 것이다.11) 그렇다면 이 은닉과 배제의 원리에는 그 원리를 이끄는 어떤 법칙이나 기준이 존재한다고 보아야 할 것인가 아니면 전적으로 작가의 의중에 달려 있다고 볼 것인가. 대개의 경우 기본적인 틀이 존재하리라고 보는 것이 타당할 것이다. 소설 양식도 사회적 의사소통을 위한 하나의 언어적 기호이기에 소통 당사자 간에 합의된 어떤 약속이 존재해야 하기 때문이다.12) 여기에서 그 약속의 한 예를 들어보자. 소설이 사건을 다루는 양식이라는 점에서 그 기본 약속을 기사문의 원칙과 비교할 수 있다. '언제, 어디서, 누가, 무엇을, 어떻게, 왜'라는 6하원칙은 사건의 기본적인 요소이지만 소설 속에서는 다양한 조합이 이루어진다. 그 중 두가지 요소만 드러나는 경우도 있고 여섯 가지 요소가 다 충족되는 경우도 있다. 그렇지만 '누가, 무엇을'

---

11) 어떤 정보가 어떻게 감추어져 있고 전체적인 내용으로 볼 때 어떤 정보를 왜 제외했을까를 생각하면서 읽어 나가게 되면 소설 읽기의 재미도 느끼게 될 것이다. 소설교육이 재미를 동반해야 한다면 그 한 방법을 여기에서 찾을 수 있을 것이다.

12) 흔히 말하는 문학양식의 관습성이나 다양성도 이러한 약속의 측면에서 설명이 가능할 것이다. 예를 들어 문학사적으로 양식의 측면에서 문제적인 작품으로 평가받는 작품들은 기존의 약속을 최소한도로 반영하거나 전혀 새로운 약속을 만들어 낸 작품으로, 한 양식의 전형적인 것으로 평가받는 작품들은 그 약속을 가장 잘 지키고 최대한도로 반영한 작품으로 볼 수 있을 것이다.

이라는 요소는 생략할 수 없다는 것이 기본 약속이다. 그 두 가지 요소는 반드시 존재해야 소설로 인정받을 수 있고 독자들도 그렇게 믿기 때문이다. 생략된 나머지 요소들도 유추나 논리를 통해 채워 넣거나 상상을 통해 만들어 넣는 일이 가능해야 한다.

여기에서 소설 읽기와 다른 글 읽기와의 차이점과 공통점을 동시에 설명할 수 있다. 일반적인 글의 필자들은 중심 정보를 최대한 정확하고 많이 전달하고자 하지만 소설가는 그것을 최소화하거나 간접적이고 우회적으로 전달하고자 한다는 점에서 차별성을 지닌다. 그러나 이 두 유형의 읽기는 정보 찾기라는 측면에서는 동일하다. 그렇다면 일반적인 글을 읽는 능력과 소설을 읽는 능력은 서로 상보적인 관계에 있다는 논리가 성립될 수 있다. 일반적인 글을 읽어 내는 능력이 뛰어 나다면 소설을 읽어 내는 능력도 그에 못지 않다고 할 수 있을 것이다. 달리 말하면 소설을 잘 읽어 낼 수 있는 능력을 기른다면 일반적인 글 읽기의 능력도 신장될 수 있을 것이다.

Ⅳ. 정보의 성격 파악과 시점의 활용

소설의 플롯을 통해 정보 찾기라는 읽기 활동이 가능하다면 시점을 통해서는 정보의 성격을 파악하는 읽기 활동을 상정할 수 있다. 주어진 정보는 과연 믿을만한가, 믿을만하다면 그 신뢰도는 어느 정도인가, 역으로 주어지는 정보는 아닌가 하는 의문 등을 가져봄으로써 전달하고자 하는 의미를 정확하게 이끌어 내는 일이 시점을 통해 가능하다는 말이다. 이러한 읽기 활동은 어떤 글을 읽더라도 반드시 거쳐야 하는 과정이다. 그렇다면 이러한 활동을 가능케 하는 시점이라는 요소에 대해 어떤 측면에서 접근해 가야 할 것인가 하는 문제가 우선 제기될 수 있다.

기존의 소설교육에서는 시점을 어떤 고정된 장치로 보는 경향이 지배적이었다. 작품의 제목과 동일시가 가능한 것처럼 여기고 있다고 해도 과언이 아니다. 작품과 관련된 사전지식이나 마찬가지가 되는 셈이다. "이 작품은 어떤 시점을 통해 서술되고 있는가"라는 질문 하나면 시점에 관한 학습은 마무리된다. 그러다 보니 학습자들은 아예 시점을 한 작품이 지니고 있는 고유한 성질이나 으레 지니고 있어야 할 어떤 요소 정도로 치부하고 암기의 대상이나 단순 확인 대상으로 인식하게 된다. 그러나 시점이야말로 비슷한 주제나 사건을 다루고 있는데도 불구하고 전혀 다른 소설들이 가능하게 하는 일차적인 요소라는 점을 간과해서는 안될 것이다.

시점을 단순하게 '사건을 바라보는 관점이나 위치'와 관련되는 요소로 보아서는 그 역동적인 성격을 제대로 활용할 수 없게 된다. 특히 글 읽기라는 차원에서 시점에 접근하게 될 때에는 보다 다층적인 차원의 시각이 필요하다. "누가, 누구에게, 어떻게 전달하고 있는가"라는 차원은 물론 "왜 이런 단어나 구절이 필요한가"라는 차원에 이르기까지 다양한 접근이 요구된다. 이 점을 설명하기 위해 굳이 시점에 관한 이론들을 두루 살필 필요는 없을 것이며 익히 알려진 한 가지 이론을 예로 들어 논의해보기로 한다.

우리가 잘 알고 있는 <사랑 손님과 어머니>는 시점 이론과 관련하여 흥미있는 화제를 던져 주는 작품이다. 여섯살 난 꼬마 아이인 옥희를 화자로 내세워 '1인칭 관찰자 시점'을 구사하고 있는데, 바로 이 화자의 성격 때문이다. 논의의 핵심은 과연 옥희라는 화자는 믿을 만한 화자인가?하는 문제이다. 다음 부분을 통해 이에 대한 답을 구해보자.

(가) "그날 예배는 아주 젬병이었어요. 웬일인지 예배가 다 끝날 때까지 어머니는 <u>성이 나서</u> 강대만 향하여 앞으로 바라보고 앉았고, 이전 모양으로 가끔 나를 내려다보고 웃는 일이 없었어요. 그리고 아저씨를 보려고 남자석을 바라보아도 아저씨도 한 번도 바라다보아 주지 않고 <u>성이 나서</u> 앉아 있고 어머니는 나를 보지도 않고 공연히 꽉꽉 잡아 당기지요. 왜 모두들 그리 <u>성이 났는지</u>----."

(나) "집에 오니 어머니는 문간에서 기다리고 있다가 나를 안고 들어 왔습니다.
「그 꽃은 어디서 났니? 퍽 곱구나」
하고 어머니가 말씀하셨습니다. 그러나 나는 갑자기 말문이 막혔습니다. '이걸 엄마 드릴려구 유치원서 가져 왔어' 하고 말하기가 어째 몹시 부끄러운 생각이 들었습니다. 그래 잠깐 망설이다가,
「응, 이 꽃! 저 사랑 아저씨가 엄마 갖다 주라구 줘.」
하고 불쑥 말했습니다. 그런 거짓말이 어디서 그렇게 툭 튀어 나왔는지 나도 모르지요. 꽃을 들고 냄새를 맡고 있던 어머니는 내 말이 끝나기가 무섭게 무엇에 놀란 사람처럼 화닥닥하였습니다. 그리고는 금시에 어머니 얼굴이 그 꽃보다 더 빨갛게 되었습니다."13)

위의 인용문은 화자의 성격을 판단하는 근거로 삼을 수 있는 부분들이다. 우선 (가)의 부분만을 놓고 볼 때는 화자가 아직 판단 능력이 없거나 정확한 표현 능력이 없는 인물로 보인다. 옥희가 '성이 났다'고 지칭한 행위가 우리가 일반적으로 생각하는 경우와는 다른 것이기 때문이다. 따라서 독자들은 옥희가 다른 부분에서 구사한 어휘나 개념들도 그의 미숙함으로 인해 잘못 사용했을 가능성이 큰 것으로 생각하게 된다.

그러나 (나)의 부분까지 같이 고려하게 되면 문제는 사뭇 달라지게 된다. 미숙함이 아닌 의도적인 오용이 아닌가 하는 의구심이 들게 한

____

13) 주요섭, 「사랑손님과 어머니」, 『한국현대문학전집』 6, 삼성출판사, 1978, 29쪽 및 31쪽.

다. (나)에서 옥희의 행동은 당돌한 차원을 넘어서고 있다. 어쩌면 어머니나 사랑 손님보다 더한 노회함까지 지니고 있는 것처럼 보인다. 단순한 거짓말로 보기에는 그 영향력이 너무 크기 때문에 그 뒤에 누군가가 숨어있는 느낌을 지울 수가 없다. 일부러 사건이나 사실을 왜곡하거나 변형시키기 위한 화자의 설정 방식이라 할 수 있다. 한마디로 옥희는 '믿을 수 없는 화자'인 셈이다.[14]

옥희가 믿을 수 없는 화자라면 작품에 대한 전체적인 접근 방식도 달라져야 한다. 대체로 이 작품은 어린아이의 눈에 비친 탓에 통속적일 수 있는 소재가 아름답게 채색된 것으로 평가한다. 그러나 옥희가 천진한 아이가 아닌 노회한 '숨은 서술자'의 대리인이라면 사정이 달라진다. 상당히 전략적인 의도에서 '믿을 수 없는 화자'가 전해 주는 정보를 토대로 인물과 사건을 평가할 수는 없을 것이기 때문이다. 그렇다면 소설 읽기는 숨은 정보, 변형된 정보, 포장된 정보들의 원래의 성격을 찾아가는 과정이라 할 수 있다.

소설의 시점을 다른 측면에서는 정보의 성격을 결정하는 요소로 보고자 하는 발상은 바로 이러한 맥락에서 비롯된다. 이제 소설은 주로 정의적 영역의 활동에서 이루어지는 학습활동의 대상에서 벗어나 다른 활동영역의 대상으로까지 확대되어야 하는 이유를 여기서 찾을 수 있을 것이다.

Ⅴ. 게임으로서의 소설 읽기

소설 읽기는 글쓴이와 읽는이 사이에 지속적인 긴장관계 속에서

---

14) 이러한 유형의 화자에 대해서는 W.C. Booth가 헨리 제임스를 논하는 자리에서 거론한 바 있다. 『소설의 수사학』 제12장 참조.

이루어지는 특성을 지니고 있다. 작가는 자신이 말하고자 하는 바를 전달하되 독자들이 가능한 모든 능력을 동원해서 그것을 찾아내게끔 유도한다. 작가는 그렇게 함으로써 자신의 메시지가 좀더 오랫동안 음미되고 무게를 지녔으면 하는 의도를 달성하려고 할 것이다. 그리고 독자는 소설을 읽어 가는 과정에서 작가가 설정해 놓은 여러 장치들을 하나 둘씩 헤쳐 나가야하기에 세밀한 읽기 활동을 하게 됨으로써 어느덧 작가의 의도에 다가가게 된다.[15] 제대로 그 과정을 밟기 위해서는 일반적인 글을 읽을 때보다 더 많은 노력과 시간을 투자해야 하고 그러다 보면 자연스럽게 사고체계의 중심에 놓이게 되기 때문이다. 무척 인상깊고 매우 의미있는 글을 쓰고자 하는 것이 글쓰는 사람 모두의 욕망임을 감안하다면 소설쓰기는 글쓰기의 전형적인 예라 할 것이다. 이 점을 좀더 교육 현실과 관련된 차원에서 검토해 보기로 하자.

소설을 읽는 과정에서 작가와 독자의 관계는 여러 가지 면에서 게임과 유사하다. 우선 작품은 그 속에 작가와 독자 간에 관습적으로 이루어진 일종의 약속이 있다는 점에서 규칙을 필수 요건으로 하는 게임의 장이 된다. 또한 작품의 내용이 작가나 독자가 어디에서나 마주칠 수 있는 평범한 성질의 것이 아니라는 점에서 흥미진진해야 한다는 게임의 내용과 상통하고 있다. 그렇지만 이런 것들은 그리 중요하지 않다. 본질적으로 중요한 것은 상호작용이다. 게임은 일방적인 힘의 우열관계가 드러나면 더 이상 게임으로서의 의미가 사라지게 되는데 이는 작가와 독자 사이에 일방적인 관계가 형성되지 않는 소설 읽기와 대응된다. 물론 보기에 따라서는 작가는 정보를 독점하고 있고 독자는 그 정보를 어렵게 찾아야 하는 입장에 있다는 점에서

---

15) 롤랑 부르뇌프·레알 웰레, 김화영 역, 현대소설론, 현대문학, 1997의 1장과 2장에서도 이러한 작가의 의도에의 접근을 소설 이해의 한 축으로 상정하고 있다.

작가가 우위에 있다고 할 수 있다. 그러나 작가가 지나치게 정보를 움켜쥐고 있음으로 해서 독자가 많은 어려움에 봉착한 나머지 글읽기를 포기한다면 작가 또한 글을 읽도록 해야 하는 자신의 의도를 달성하지 못했다는 점에서 결과적으로 실패한 것이 되기 때문에 작가의 우위를 인정할 수 없게 된다.

그렇다고 해서 모든 독자가 별다른 노력없이도 끝까지 읽어 나갈 수 있는 소설이 의미를 가지는 것은 아니다. 독자의 상당한 노력이 수반되어야 읽어 낼 수 있는 소설일 때 그것을 읽는 행위가 의미를 가지게 된다. 소설이 그러해야 한다는 조건의 충족은 우리가 보통 사람과는 다른 능력과 감각을 지닌 존재로 인정하는 소설가의 몫으로 남겨 두기로 한다. 문제는 독자인데 독자들은 자신의 몫을 다하기 위해 많은 준비와 노력을 해야 할 것이다. 소설이라는 양식의 규칙을 이해하고자 하는 노력은 물론 작가가 고심 끝에 선택한 언어들의 형상물을 읽어 내는데 필요한 언어적 감각과 상상력을 키우려는 노력이 그것이다. 그래야만 작가와 독자 간에 정당하고 흥미있고 유익한 게임이 성립될 수 있기 때문이다. 소설 교육의 한 방향을 여기에서 찾을 수 있을 것이다.

하나의 소설작품을 당위적으로 배워야 하는 대상이 아니라 스스로 찾아 즐겨 배우고자 하는 대상으로 인식할 수 있도록 해 주는 일이 무엇보다도 중요하다. 그 방법을 탐구하는데 어드벤쳐 게임과 같은 전자오락게임을 즐기는 학생들의 심리구조에 대해 생각해 보는 것도 좋은 출발점이 될 것이다. 학생들은 처음에는 단순한 것에서 출발해서 점점 복잡한 게임으로 나아가는 과정에서 성취감을 느낀다. 그 과정에서는 원리를 깨닫게 되는 것이 핵심이 된다. 그리고 많은 시행착오를 거쳐 어느덧 매니아로 변모하게 되고 여유를 가지고 즐기게 된다. 여기에서 우리가 이끌어 낼 수 있는 것은 다음 두 가지 사실이다. 하나는 스스로의 활용할 수 있는 원리의 터득이고 다른 하나는 대상에 대한 거리감을 줄이는 일이다. 전자가 지식16)의 문제라면 후자는 태도의 문제라 할 수 있는데 두 가지 문제는 서로 밀접하게 연관된다.

흔히 소설교육 나아가 문학교육에서 지식의 문제를 거론하는 것은 바람직하지 못한 것처럼 비쳐 왔다. 이러한 경향은 대학수학능력시험이라는 제도가 시행된 이후 좀더 심화된 것으로 보인다. 그러나 소설교육에서 지식의 범주를 경시하는 경향은 소설작품을 추상적인 것으로 남게 만들 가능성이 크다는 점에서 경계해야 할 것이다. 어떤 범주와 관련된 지식은 그 범주에 포함되어 있는 구체적인 현상을 설명하는 과정에서 도출된 것이기에 사고 대상과 사고 주체를 긴밀하게 이어주는 매개체의 역할을 해 준다.17) 또한 지식은 한 사회나 민족의 집단적 사고의 종합체이기 때문에 그 지식과 관련되는 현상과 둘러 싼 개체들 사이이 공유된 인식을 표명하기도 한나. 문화라는 것도 따지고 보면 그러한 지식들의 특수한 발현체라 할 수 있을 것이다.18) 그래서 지식을 멀리하는 소설교육은 경우에 따라서는 소설작품을 우연적인 것으로 보게 하거나 매우 감각적인 것으로 대하게 만들 위험성을 안고 있다. 만일 소설을 우연적이고 감각적인 것으로 보게 된다면 소설교육, 나아가 소설을 대상으로 하는 국어교육은 교육의 속성상 이미 그 의미가 반감되는 것으로 볼 수 밖에 없기 때문이

---

16) 지식을 사실적 지식과 원리적 지식으로 나누는 일이 가능하다면 여기서는 후자를 가리키며 소설의 속성을 설명하는 개념들도 여기에 포함된다.
17) 지식에 대한 푸코의 관점도 넓게 보아 이러한 맥락에 속하는 것으로 판단된다.
18) 이와 같은 맥락과 관련이 되는 논의로는 다음을 들 수 있다.
   Diana George (ed), Reading Culture (Harper Collins College Publishers, 1995, 2-8쪽.
   우한용, 『문학교육과 문화론』, 서울대학교 출판부, 1997.

다. 그런 의미에서 지식의 체계화를 강조한 최근의 한 논의[19]에 주목할 필요가 있다.

한편 태도의 문제와 관련해서는 대상과의 거리감을 줄이는 것이 핵심임을 이미 말한 바 있다. 즉 하나의 작품을 특별한 능력을 지닌 개인의 창조물로 보게 함으로써 학생들 자신과는 매우 다른 차원에 놓여 있는 대상으로 여기는 것을 막아보자는 것이다. 작가는 우리와 같이 생각하고 행동하는 사람이며 그렇기에 그가 쓴 작품 역시 우리들이 얼마든지 써낼 수 있는 글과 다를 바 없다는 생각을 하게 될 때 소설에 주체적이고 능동적으로 다가갈 수 있을 것이기 때문이다. 이런 의식을 심어주는 데는 소설을 직접 창작해 보게 하거나 작품에 대한 비평적 에세이를 써보도록 하는 것이 좋을 것이다. 두 가지 활동을 통해 작가와 동등한 입장에서 작품을 바라볼 수 있는 나름대로의 안목과 자신감을 얻을 수 있을 것으로 판단되기 때문이다. 그렇게 해서 소설을 일상적인 차원의 글쓰기로 대할 수 있는 여지가 마련된다면 소설읽기를 통한 국어교육은 보다 효과적으로 이루어질 수 있을 것이다.

VI. 맺는 말

이 글은 소설 양식을 통한 국어교육의 한 방법을 모색해 보는 성격을 지니고 있다. 그래서 소설의 양식적 속성 일반을 전반적으로 다루기보다는 학생들에게 가장 친숙한 것으로 판단되는 플롯과 시점의 경우만을 예로 들어 살펴보았다. 그리고 그 초점을 '소설의 읽기'라는 방법적 개념에 두고 한 두 가지의 발상법을 제안하는 형식을 취

---

19) 김대행, 「영국의 문학교육」, 『국어교육연구』 4집, 서울대학교 국어교육연구소, 1997.

했다. 소설 이론의 측면에서 볼 때는 너무 낯익다 못해 진부해 보일 수조차 있는 이론을 내세운 감도 있다. 그렇지만 본고가 의도하는 바는 새로운 이론을 업고 그 이론에 기댄 발상을 해보자는 것이 아니라 익히 아는 것을 좀더 다른 각도에서 보자는 것이다. 소설 교육에 관심을 가지면서 늘상 떠올리게 되는 것 중의 하나가 소설 이론의 허망함이었음을 염두에 둔 탓이기도 하다. 몇 년간의 소설 교육을 받지만 소설은 여전히 너무 쉽거나 너무 어려운 존재라서 소설 읽기의 즐거움과 묘미를 느끼지 못한다는 대학 1, 2학년생들의 절박한 호소를 흘려 버릴 수 없었던 까닭도 있다.

그러나 보다 중요한 이유는 문학작품을 국어교육을 보다 효과적으로 수행할 수 있는 방법적 토대로 삼을 수 있을 터이며, 역으로 국어교육이 지금의 틀을 벗고 전향적으로 나아갈 때 문학작품은 자연스럽게 보다 친숙하고 의미있는 존재로 다가오게 될 터인데 왜 그것이 이려올까 히는 이쉬움이 발동한 때문이라 보고 싶다. 기존의 영여 간의 벽을 허물기가 그리 쉽지 않겠지만 다른 학문과의 비교우위나 경쟁력을 염두에 둔다면 지금이야말로 그 명분을 찾을 좋은 기회가 아닌가 싶다. 굳이 외국의 경우를 예로 들지 않더라고 지금 우리의 국어교육의 체계가 대내외적으로 얼마만큼의 설득력을 지니고 있는지 영역을 떠나 진지하게 논의하는 자리가 마련되었으면 하는 바램도 표해본다.

소설을 '미적인 것'으로 고집하고자 하는 의식을 조금이나마 희석시킬 수 있다면 많은 가능성을 찾을 수 있으리라 본다. 소설을 일상적인 언어활동의 연장선상에 있는 어떤 단계의 형상물로 본다고 해서 문학의 의미나 존재가치가 손상되는 것은 아니며 오히려 우리의 삶 속에서 소설의 위상이나 비중이 제고되리라 믿는다. 소설을 설명문이나 논설문, 신문기사, 광고문 등과 같은 맥락에서부터 읽어내야 하리라는 생각을 하게 된 것은 이러한 믿음을 드러내 보이고 싶었기 때문이다. 구체적인 작품들을 예로 들지도 않았고 발상의 구체화 방안도 체계적으로 제시하지는 못했지만 그 발상의 타당성과 가능성에 대해 우선 점검받고 싶어 이 글을 내놓게 되었다.

참고문헌

교육부, 고등학교 국어과 교육과정 해설, 대한교과서주식회사, 1995.

김대행,『국어교과학의 지평』, 서울대학교출판부, 1995.

김대행, 「영국의 문학교육」,『국어교육연구』 4집, 서울대학교 국어교육연구소, 1997.

김동환, 「현대문학교육의 목표와 방법의 문제」,『민족문학사연구』 12호, 소명, 1998.

김상욱, 「탐구로서의 소설교육」,『소설교육의 방법연구』 서울대학교 출판부, 1996.

김중신,『소설감상방법론연구』, 서울대학교 출판부, 1995.

우한용,『문학교육과 문화론』, 서울대학교 출판부, 1997.

이용주 외, 「국어교육학 연구와 교육의 구조」,『사대논총』 46집, 서울대학교 사범대학, 1993.

조남현, 소설원론, 고려원, 1985.

롤랑 부르뇌프·레알 윌레, 김화영 역,『현대소설론』, 현대문학, 1997.

시모어 채트먼, 김경수 역,『영화와 소설의 서사구조』, 민음사, 1990.

Diana George (ed), Reading Culture, Harper Collins College Publishers, 1995.

Edgar V. Roberts, Fiction-An Introduction to Reading and Writing, Prentice-Hall, Inc, 1987

M. Holquist, Dialogism - Bakhtin and his world, Routledge, 1990.

R. B. Ruddell (ed), Theoretical Models and Processes of Reading, IRA, 1994.

〈종생기〉의 글쓰기 방법론 연구

김 혜 영*

Ⅰ. 서 론

1930년대 모더니즘적인 경향을 첨예하게 실험해 간 작가 이상은 우리 문학의 근대성을 해명해 줄 수 있는 준서로서의 의미를 확보하고 있다. 이는 장르, 작가와 작중 인물의 경계, 전통적인 형식 등 기존의 문학적 문법을 해체하고 그 위에 새롭고 낯선 형식을 대체하려는 이상의 부단한 시도가 당대는 물론이고 근대의 패러다임 안에 있는 현재의 존재 조건을 해명하는 데에도 유의미하기 때문이다. 이상에게 있어서 궁핍, 결핵의 발병, 자살 충동, 고립 등의 여건은 그에게 육체적 구속에 상치되는 정신적 자유를 제시해 주면서 또한 19세기와 20세기의 틈새에 끼인 채 의식의 분열된 경계에 직면하도록 한다. 그가 강조하고 있었던 20세기의 정신은 그 실체가 무엇인지는 알 수 없지만 19세기 정신을 바라보는 하나의 비판적 시각을 형성하게 된다.

그러나 이상이 갈등하고 있었던 두 세기란 그가 어느 노선에 위치

---

*서울대 강사

하는가에 따라 맥락이 달라진다. 새로운 문학적 문법에 대한 실험에 있어 누구보다도 투철하고 치열했던 이상이기 때문에 19세기적 정신을 비난할 수 있었지만 기법적인 차원에서의 해체를 삶의 논리에 직접 적용하려고 했을 때에는 또 다른 모순에 봉착하게 된다. 어느새 이상 자신은 현실에 대해 의미 내재성을 요구하는 것으로 위치를 전환하는 것이다. 이상이 문학의 논리와 생활의 논리 사이의 매개성을 제거하고 그 두 차원을 직접적으로 연결하려고 한 점이야말로 문제적이라고 할 수 있다. 자신의 삶이 곧장 문학이 되는 현상은 작가 자신이 맨 얼굴을 드러내는 일이며 여기에는 미적 거리가 개입할 수 없기 때문에 사적인 글쓰기의 차원으로 추락할 위험성을 가지고 있다. 이상이 고심한 부분은 바로 이 지점이다.

　이상은 자신의 삶을 문학화하는 일을 포기할 수 없었고 그로 인해 그의 문학이 사적 차원으로 떨어지는 일도 마찬가지로 수용할 수 없었다. 그는 그의 문학이 사적이면서도 사적인 차원을 넘어설 수 있는 방법론을 모색했는데 그것이 기만술이다. 기만술은 가장 사적인 것을 보여주고 비밀을 모두 드러낸 것처럼 보이지만 본질적인 부분은 은폐하는 수법으로서 이상 문학의 전반적인 글쓰기 전략은 기만술의 활용에 둘 수 있다. 기만술은 망각, 제스춰, 수면, 게으름 등을 포함하는 개념으로 현실에 대한 의식적인 몰이해에 근거한 일종의 포즈이다. 망각은 무의 상태가 아니고 망각 이전의 것을 규정하는 일종의 태도로, 자신에게 드러나 있는 이전의 것을 스스로 보지 않도록 하려는 하나의 양상이다.[1]

　의식적으로 망각하는 이유는 망각한 것으로의 회귀에서 오는 충격효과를 위한 것이다. 망각된 것을 재인식하는 그 충격에 의해, 벌충

---

1) 훗설, 『현상학의 근본문제』, 여종현의 「시간지평에서의 '세계'의 이해」, 서울대학교 박사학위논문, 1993, 75쪽에서 재인용함.

할 수 없는 훼손된 시간과 조우하게 되는데, 그 순간은 근대적 존재의 불합리한 삶의 형식을 인식하게 하는 계기이다. 근대적 존재의 파멸상을 보여주면서도 환멸에 직면하지 않는 방법적 거리가 의식적인 망각이나 제스춰와 같은 기만술에 의해 확보된다. 이처럼 작품 내적인 측면에서의 기만술 외에도 글쓰기 방법상의 기만술을 구체화한 소설이 있는데 바로 <종생기>이다.

김윤식은 <종생기>를 홍안 미소년이 노옹으로 변해간 변신담의 일종으로, <날개>와 대칭 구조선상에 놓인 작품이라고 본다. 그는 <종생기>가 <날개>에 비해 졸작에 불과한 이유를 서술자 '나'와 정희의 균형감각이 만족스럽게 이루어지지 못했다는 것에서 찾고 있다.[2] 김윤식의 논의는 균형감각을 지나치게 강조하여 <종생기>를 엽기적이고 그로테스크하며 퇴폐적인 작품으로 폄하한다. 그러나 균형감각이라는 것이 작품 내적인 안정감의 기준이 아닌, 작품의 평가 기준으로 작용하기 위해서는 그에 합당한 논리적 근거가 뒷받침되어야 할 것으로 생각된다.

서영채는 이상의 화용론적 수사학으로서의 위티즘이 권태에 맞서는 무기이면서 자기 은폐의 수사학이라고 본다. 이러한 수사학이 갖는 의미는 근대성의 기본 원리로 등장한 주체성의 원리에 존재하면서 그것을 거부하는 주체, 즉 계몽양식을 거부하는 탈신비화된 주체를 생산하는 것에 있다고 본다.[3] 서영채의 논의는 <종생기>에 나타난 대결의 양상을 이상과 독자, 이상과 정희라는 구도로 설정하고 이 구도의 이중성이야말로 이상 소설의 창작 방법론이라고 보지만 이는 대결의 구도를 단순화시킨 결과이다.

---

2) 김윤식, 「<종생기>의 세계」, 「<종생기> 주석」, 『이상연구』, 문학사상사, 1993.
3) 서영채, 「이상의 소설과 한국 문학의 근대성-이상의 수사학에 관한 한 고찰」, 『민족문학과 근대성』, 문학과지성사, 1995.

<종생기>는 작가의 글쓰기 의도를 게재하면서도 그것을 부정해 버리는 조롱의 방식이 전면적으로 드러나며 구성면에서도 난삽하다는 이유로 긍정적인 평가에서 제외되어 왔다. 그러나 이 작품은 작중 인물의 '종생기'4) 쓰기를 내적인 구성 요소로 삼고 있다는 점에서 이상의 글쓰기에 대한 생각을 암시 받을 수 있다고 생각한다. 이상의 경우는 직접 독자를 상정한 글쓰기라는 점에서 수용 관계의 새로운 방향을 세울 수 있다. 본 논문은 <종생기>에서의 기만술이 의식적인 망각에 의한 것으로 생의 환멸에 직면하지 않으려는 의식의 산물이라고 본다. 환멸에 맞서는 기만술의 존재 방식은 죽음을 연기시키고 시간을 지연시키는 의식과 상응한다고 보고 산호채찍을 통해 이를 규명하고자 한다. <종생기>에 나타난 반복된 죽음을 글쓰기 방법론의 패러다임 안에서 설명하려는 것이다. <종생기>의 기만술은 산호채찍으로 표상되며 시간의식과도 밀접한 연관을 가진다. 시간 의식을 통해 기만술의 존재 방식을 살펴보는 일이야말로 이상 소설의 새로운 해석의 차원을 마련할 수 있을 것으로 보인다.

II. 거울과 권태, 산호채찍

원래 기만술은 속이는 주체와 속임을 당하는 대상을 필요로 한다. 이상의 소설이 주로 대결의 구도로 되어 있다는 점도 이 때문이다. <종생기>는 '종생기'의 실질적인 내용을 구성하는 부분과 '종생기'를 쓰고 있는 인물의 자의식을 그린 부분으로 구분된다. '나'/정희, '나'/독자의 대결을 추동하는 기제가 산호채찍이므로 산호채찍의 의미는

---

4) <종생기> 안에서 씌어지는 또 다른 종생기는 '종생기'라고 표기하여 <종생기>와 구분한다.

<종생기>에서의 기만술의 존재 방식을 해명하는 길이 될 것이다. 이상 문학에는 다양한 장르가 혼재해 있어 작품의 이해를 위해서는 장르간의 소통이 필요하다. 그레마스의 동위소(isotopie)[5]개념은 이상 문학을 형성하는 의미론적 범주를 해명하는데 유의미한 준거가 될 수 있다. 거울, 권태, 산호채찍은 이상문학을 형성하는 의미론적 범주에 해당한다.

1

나는거울없는실내에있다. 거울속의나는역시外出中이다. 나는至今거울속의나를무서워하며떨고있다. 거울속의나는어디가서나를어떻게하려는陰謀를하는中일까.

2.

罪를품고식은寢床에서잤다. 確實한내꿈에나는缺席하였고義足을담은軍用長靴가내꿈의白紙를더럽혀놓았다.

3.

나는거울있는室內로몰래들어간다. 나를거울에서解放하려고. 그러나거울속의나는沈鬱한얼굴로同時에꼭들어온다. 거울속의나는내게未安한뜻을傳한다. 내가그때문에囹圄되어있드키그도나때문에囹圄되어떨고있다.

4.

내가缺席한나의꿈. 내僞造가登場하지않는내거울. 無能이라도좋은나의孤獨의渴望者다. 나는드디어거울속의나에게自殺을勸誘하기로決心하였다. 나는그에게視野도없는들窓을가리키었다. 그들窓은自殺만을爲한들窓이다. 그러나내가自殺하지아니하면그가自殺할수없음을그는내게가르친다. 거울속의나는不死鳥에가깝다.[6]

---

5) 동위소는 그레마스의 용어로 텍스트의 동질성을 보장하고 애매모호성을 제거하여 한 가지 방향으로의 독서를 이끄는 의미론적, 범주의 반복성이다. 하윤금, 「그레마스의 기호학」, 『현대시사상』, 1991년, 여름호 고려원 참조.

이상의 문학에서 대칭점의 설정이야말로 안정감의 근원7)으로 보인다. 거울은 투명한 매개가 아니기 때문에 유리처럼 그 밖에 대칭점을 설정하는 것이 어렵다. 거울은 거울 밖으로 나가려는 대상을 차단시키고 거울 안에 모든 것을 봉쇄하는 경향을 가진다. 거울 앞에 존재하는 것은 거울을 넘어서지 못하고 거울 안에 갇히고 마는 것이다. 그런 의미에서 거울은 대상을 복제하는 역할을 하면서도 대상이 가진 지향성을 거울 안에 가두어 버린다. 거울 속에 비친 거울 밖의 '나'가 처음에는 능동적이고 주체적인 존재로 인식되지만 곧 거울이 가진 끝을 알 수 없는 반영효과에 의해 거울 밖의 '나'도 거울 속의 '나'와 마찬가지로 거울에 의해 구속된 존재가 되는 것이다. 이 때 주체는 투명하거나 불투명한 매개체를 사이에 두고 대칭관계를 형성하는 것과는 다른 위치에 놓이게 된다.

<詩第十五號>에서의 거울은 거울 밖의 '나'를 무서워 떨게 하며, 거울 밖의 '나'는 거울 속의 '나'를 두려워한 나머지 거울 속의 '나'가 거울 밖의 '나'를 어떻게 하려는 음모를 꾸밀 것이라는 생각까지 하게 된다. 또한 거울 속에는 '나'의 위조가 등장하지 않고 거울은 '나'의 고독의 갈망자이자 불사조이다. 문제는 거울 속의 '나'가 유리 밖에 있는 모조 대상처럼 수동적이고 고정되어 있는 존재가 아니라 자율적인 존재라는 데 있다. 즉, 거울 속의 '나'는 거울 밖의 '나'가 없는 곳에서도 거울 밖의 '나'를 음모할 수 있는 존재인 것이다.

거울 속의 세계를 발견하는 것이 처음에는 경이로운 일이었겠지만 그 거울이 존재의 표상은 물론 내면까지를 차압하는 일이 벌어지면서, 거울은 공포의 대상이 된다. 그러한 이유로 거울 밖의 '나'는 거울 속에 등장한 똑같은 모습에 연민과 공포를 동시에 느낀다. 거울 밖의 '나'가 참을 수 없는

---

6) 이상, 「詩第十五號」, 『전집』1, 문학사상사, 1994, 49쪽.
7) 김윤식, 「제 1차 각혈과 자살충동」, 『이상연구』, 문학사상사, 1993.

것은 거울 밖의 '나', 본래의 '나'가 등장하지 않는 꿈과 그 꿈에 상
응하는 거울 속이다. 거울 밖의 나, 본래적인 '나'는 자신의 꿈에서도
결석하거나 지각함으로써 자신의 꿈조차 지배하지 못한다. 거울 밖
의 '나'가 지배하지 못하는 꿈에는 "의족을 담은 군용장화"가 나타나
서 꿈 속을 더럽혀 놓고 간다. 꿈을 지배하지 못하는 '나'는 역시 거
울 속의 '나'도 지배할 수 없음을 깨닫는다. 거울 속에 반영된 '나'
속에는 거울 밖의 '나'가 결석해 있음을 알게 된다. 거울 속에 반영
된 '나'를 거울 밖의 '나'가 지배할 수 없음을 자각하게 되는 부분이
다.

　거울이 분리시킨 거울 밖의 자아와 거울 속의 자아는 각각 본래적
자아와 위조된 대리 자아에 상응한다. <詩第十五號>는 자신이 만들
어낸 대리 자아를 자신의 영향권 안으로 포섭하려는 의도가 좌절되
는 상황을 그리고 있다. 곧, 거울은 대칭점 만들기라는 속임수, 기만
술이 초래한 자기 분열의 상태를 의미한다. 본래적 자아의 의지가 개
입되지 않은 꿈이나 거울은 타자의 침입 또한 봉쇄할 수 없기 때문
에 그로 인해 본래적 자아가 심한 손상을 입게 될 수도 있는 것이다.
자신이 만든 대리 자아를 자신이 지배하지 못하고 오히려 대리 자아
의 속임수를 경계해야 하는 상황이 거울을 매개로 하는 의식의 상태
이다. 그런 의미에서 거울은 자아 분열의 극점을 형상화하고 있다.

　　나의 肺가 盲腸炎을 앓다. 第四病院에 入院. 主治醫盜難-- 亡命의
소문나다.
　　철늦은 나비를 보라. 看護婦人形購入. 模造盲腸을 制作하여 한 장
의 透明琉璃의 저편에 對稱点을 만들다. 自宅治療의 妙를 다함.
　　드디어 胃病倂發하여 顔面蒼白. 貧血.8)

---

8) 이상, 「一九三一年(作品第一番)」, 『전집』1, 문학사상사, 1994.

　유리는 자기 반영성을 가지지 않기 때문에 대칭점을 형성하는 주체가 균형을 유지할 수 있다. 유리 밖에 있는 모조 심장은 자율적인 존재가 아니고 주체의 구속력에 제한되어 있는 존재이다. 변화하지 않고 고정불변하며 주체에 의해 조정이 가능한 모조 세계는 아무런 공포도 야기하지 않는다. 거울이 본래적 자아가 대리 자아를 통제하지 못하는 분열상을 의미한다면, 유리라는 비반영적 매체는 직면하기 힘든 현실적 상황에서 탈출하기 위해 현실을 가장하기 위한 것이다. 비반영적 매체인 유리 너머의 현실이야말로 속이지 않는 순수 물질성의 세계이다. 속이지 않는 순수 물질성의 세계에 자의식이 동반할 때 권태가 된다. 그러니까 이상에게 있어서 권태는 자의적인 현실 인식의 태도에서 유발되는 것이다.

　이상을 권태의 극치로 내몰았던 성천은 사람들이나 풍경, 심지어는 개들까지도 변화를 보이지 않는 곳이다. 그들은 매일 똑같은 생활을 반복하고 있으며 그것에 대한 자의식도 없다. 성천은 거울을 갖지 않은 곳이며 속임수가 필요하지 않은 곳이다. 그러나 본래적 자아는 대리 자아의 준동에 의하지 않고서는 “공기는 수정처럼 맑아서 별빛만으로라도 넉넉히 좋아하는 ‘누가’복음도 읽을 수” 없으며, “청석 없은 지붕에 별빛이 나려쪼이면 한겨울에도 장독 터지는 소리”도 들을 수 없다. “똑같이 초록색 하나”로 된 산과 “모두가 그게 그것같이 똑같은” 사물들을 대할 뿐이다. 본래적인 자아와 같은 빛깔을 지니고 있어 구분할 수 없는 대리 자아의 존재 자체가 권태인 것이다.

　권태는 현실을 구분 불가능한 뭉치의 세계, 아무런 형태도, 색깔도, 의미도 갖지 않은 세계로 존재하게 만드는 방식이다. 현실을 개별체로 고찰하지 않고 모호하고 구분이 불가능한 무정형의 실체로 인식하는 것은 어떤 것도 의미 있는 것으로 인식하지 않겠다는 거부의 표지이다. 권태의 시각에 의해 현실은 무의미의 세계로 추락해 버리는 것이다. 권태에 대한 자의식만이 현실에 연루되어 있는 자신을 그 현실로부터 분리시킬 수 있다. 본래적 자아를 넘어선 대리 자아도 아니고 본래적 자아와 동류가 되어 버린 대리 자아도 아닌, 본래적 자아와 일정한 거리를 유지할 수 있는 대리 자아가 작가 이상에게는 절실한 것이었다. 분열과 권태를 넘어서 객관성을 확보할 수 있는 또 다른 시각에 대한 모색이 필요하게 된다. <종생기>는 그러한 질문의 답안 형식으로 제시된 작품이다.

　　가) 郤遺珊瑚9)

　　나) 죽는 한이 있더라도 이 珊瑚 채찍을랑 꽉 쥐고 죽으리라. 네
　廢袍破立 위에 褪色한 亡骸위에 鳳凰이 와 앉으리라.10)

<종생기>의 '나'는 정희에게 패배할 때마다 산호편의 본의를 떠올리고 자신의 경솔함을 자책한다. 산호채찍은 대리 자아가 본래적 자아를 속이는 거울이나 대리 자아가 본래적 자아와 같아져 버린 권태가 아닌, 본래적 자아와 대리 자아의 긴장감을 유지하도록 하는 것이다. 본래적 자아가 대리 자아로 자신을 위장하면서도 대리 자아와 구분할 수 없게 만듬으로써 자신의 기만술을 들키지 않아야 산호채찍의 본의는 완성된다. 기만술이 <종생기>에서는 산호채찍으로 구체화되는 것이다. <종생기>에 나타난 표면적인 속임수는 정희와 '나', '나'와 독자 사이에서 시작되지만 어떠한 관계에나 관여하고 있는 또 다른 '나'의 존재를 고려하지 않는다면 위의 두 축은 별 의미를 가지지 못한다. 또 다른 '나'란 바라보는 자, 관찰하는 자로서의 본래적 자아이다. <종생기>의 기만술은 속이는 자/ 속는 자/ 이를 관찰하는

---

9) 이상, 「종생기」, 『전집』2, 문학사상사, 1994, 375쪽.
10) 이상, 「종생기」, 위의 책, 378쪽.

자로서 구성되며 관찰하는 자로서의 시선은 주체가 속는 자이건 속이는 자이건 모두 관여적이다. 산호채찍의 의미는 바로 관찰하는 자로서의 본래적 자아를 어떻게 하면 속이는 자나 속는 자와 구분할 수 없게 만들면서 유지하는 가에 있다.

본래적 자아와 대리 자아의 긴장감이 이토록 중요하게 다루어지는 이유는 근대 사회의 존재적 조건에서 찾을 수 있다. 근대적 삶이 더 이상 본질적인 것과의 직접적인 교통을 허용하지 않는다는 것과 언어와 개념의 분리라는 현상은 매개된 자아의 설정을 필요로 한다. 시장경제 사회구조의 동력인 화폐가 가진 매개, 대체의 기능이 가치 담보적 언어와 단절하고 언어를 표상의 체계로 전이시키게 되는 것이다. 곧, 이미지와 개념, 단어와 사물 사이의 이러한 틈에 대한 인식에서 본래적 자아와 대리 자아의 분리가 시작된다. 분리된 자아의 다중성에 의해 일치와 화해라는 진정성의 허위가 탈은폐되고 현실의 환멸이 간접화된다.

산호채찍의 의미는 대리 자아 속에 본래적 자아를 위장하는 것이지만 이러한 기만술이 <종생기>에서는 단순한 유희 차원이 아니고 보다 심각한 내적 필연성에 의해 조정된 장치이다. <종생기>의 서두 부분은 두 개의 문장으로 전개된다. 하나는 "산호를 버리다"이고 다른 하나는 "죽는 날까지 산호채찍을 버리지 않겠다"는 것이다. 산호를 버린다는 것은 뒤의 빈 칸에 鞭자를 넣어 산호채찍을 버린다는 의미로 해석할 수 있겠고, 그렇게 본다면 두 개의 문장은 대립적인 의미를 갖는다고 할 수 있다. <종생기>의 이중적인 산호채찍의 존재 방식은 시간 문제와 연관된다.

'나'가 정희에게 패배하는 원인은 '나'의 의도를 정희가 간파하거나 정희에게 속고 있다는 것을 알게 되었을 경우이다. 정희는 일반적인 의미의 타자로 대체될 수 있는데, 그렇게 본다면 '나'가 타자에게 패배하는 이유는 타자의 시선이 나를 침투하거나 자신이 누리고 있는 시간이 진정한 것이 아니라는 것을 알게 되었을 때라는 것이다. 타자의 시선이 '나'의 속임수를 간파하는 순간은 타자에게 속고 있었다는 것을 인식하게 된 순간과 마찬가지로 '나'의 존재가 사물화된다. 타자에 의해 사물화된 '나'의 상태를 극적인 상태인 죽음으로 표현하고 있다. 그런데 '나'가 패배할 때마다 떠올리는 것이 산호채찍이라는 점에서 '나'의 패배가 산호채찍을 잃는 행위와 등가임을 알 수 있다.

산호채찍을 잃어 버린다는 것은 죽음과 같이 사물화된 상태로 '나'를 인식하는 일이다. 그것은 시간의 단절을 의미하며 시간에 대한 패배이기도 하다. 사물화된 '나'의 존재에 대한 거부의 의지는 죽는 날까지 산호채찍을 잃지 않겠다는 것으로 표명된다. 산호채찍은 인간 의식의 변질을 가져오는 것으로서의 시간과의 싸움을 방어할 수 있는 기제리고 할 수 있다. 시간의 단절을 극복하고, 그로 인한 자아의 물화 상태를 넘어선 다음, 시간의 연속을 갈망하는 시간과의 싸움이 <종생기>의 진정한 의미인 셈이다. 그렇게 본다면 산호채찍을 지키는 일이야말로 탕진된 시간으로부터 연속성을 회복하는 일이 되는 것이다. <종생기>는 산호채찍이라는 본래적 자아와 대리 자아의 거리 유지 기제를 통해 표면적으로는 정희, 독자 등과 대결하지만 실제로는 시간과의 대결을 수행한다.

Ⅲ. 시간 지연의 전략

1. 미래의 선취로서의 글쓰기

종생기는 생을 마감하는 기록으로 종생기를 쓴 사람 자신의 죽은

후에야 종생기로서의 본래성을 회복할 수 있다. 이상의 <종생기>는
종생기 쓰기의 방법적 절차를 제시함으로써 역설적으로 종생을 연기
하고 있다는 점에서 기존 종생기를 해체한다. <종생기>는 우선, 그
구성적 측면에서 다소 복잡한 형태를 지닌다. <종생기>에 등장하는
'종생'의 의미는 기존의 종생의 의미 맥락과는 다르다. '종생'의 의미
는 크게 두 가지 측면에서 다루어진다. 하나는 매일의 종생이다.

> 나는 지금 가을바람이 자못 蕭瑟한 내 구중중한 방에 홀로 누워
> 종생하고 있다.
> 　어머니 아버지의 忠告에 의하면 나는 秋毫의 틀림도 없는 滿二十
> 五歲와 十一個月의 「紅顔美少年」이라는 것이다. 그렇건만 나는 確實
> 히 老翁이다. 그날 하루하루가 「人生은 짧고 藝術을 기다랗다」하는
> 엄청난 平生이다.
> 　나는 날마다 殞命하였다. 나는 자던 잠-이 잠이야말로 언제 시작한
> 잠이더냐을 깨면 내 痛切한 生涯가 開始되는데 青春이 여지없이 蕩
> 盡되는 것은 이불을 푹 뒤집어쓰고 누웠지만 歷歷히 目睹한다.11)

　일생이 하루이며 하루가 일생이라는 등식에서 매일을 종생으로 인
식한다. 매일을 종생으로 맞기 위해서는 그만큼 새로운 자아의 생성
이 필요하다. 그러나 <종생기>에는 새로운 자아의 생성적인 측면, 즉
시간의 생성적인 측면에 고려되지 않고 있다. 다만, 자아는 자신의
일부를 끊임 없이 상실해 가는 것으로 존재할 뿐이다. 하나씩 상실되
어 가는 자아란 바로 회진해 가는 생명력을 의미한다.
　또 다른 차원의 종생이 있는데 그것은 정희와의 대결에서 패배한
자아의 종생이다. 정희와의 대결에서 실패한 대리 자아인 '나'는 연
이어 종생을 맞게 되고 남아 있는 본래 자아에 의해 '종생기'가 씌어
진다. 정희와 대결을 벌인 대리 자아는 모두 종생을 맞았기 때문에

---

11) 이상, 「종생기」, 앞의 책, 378쪽.

정희는 줄곧 다른 이상들과 대결을 벌인 셈이다. 그러나 남아서 '종생기'를 쓰고 있는 이상 역시 하루씩밖에 살 수 없기 때문에 '종생기'의 구성은 바로 분열된 자아의 합작품이라고 볼 수 있다.

  <종생기>는 매일 종생하면서 '종생기'를 쓰고 있는 '나'와 기억된 상황 속에서 정희와 대결하면서 종생하는 '나'의 내면 세계로 구성된다. 지금 '종생기'를 쓰고 있는 '나'가 처한 시간적 배경이 가을이고 나이는 25세 11개월로 되어 있다. '종생기'를 쓰면서 '나'는 그해 봄, 어느 날을 기억해낸다. 그 날은 정희에게서 편지가 온 날이다. 3월 3일, 정희와 약속한 장소에서 만나면서 '나'는 거듭 종생하게 되는데 그 첫번째 종생을 위해 남은 이상은 다음과 같은 묘지명을 만들어준다.

  墓地銘이라. 一世의 鬼才 李箱은 그 通生의 大作「終生記」一篇을 남기고 西曆紀元後 一千九百三十七年 丁丑 三月三日 未時 여기 白日 아래서 그 波瀾萬丈(?)의 生涯를 끝막고 문득 卒하다. 停年 滿二十五歲와 十一個月, 嗚呼라! 傷心커다. 虛脫이야 殘存하는 또 하나의 李箱 九天을 우러러 號哭하고 이 寒山 一片石을 세우노라. 愛人 貞姬는 그대의 歿後 數三人의 秘妾된 바 있고 오히려 長壽하니 地下의 李箱아! 바라건댄 瞑目하라.12)

  '나' 이상이 3월 3일 정희와의 만남에서 첫번째로 종생한 기록인데 37년이며 3월 3일로 '나'의 나이는 25세 11개월로 되어 있어 '종생기'를 쓰던 시기와 맞지 않는다. 더구나 <종생기>의 끝부분에서까지 '나'는 만 25세 11개월에 종생한 것으로 되어 있다. 그리고 만 26세 30개월을 맞이할 때까지 '나'는 노옹으로, 해골로 살아 있는 것으로 제시된다. <종생기>에서 제시된 시간은 연대기순으로 계산해 볼 때 합당하지 않으며 김윤식은 이를 정리하여 '종생기'를 쓰던 시기인 25

---

12) 이상, 「종생기」, 앞의 책, 384-385쪽.

세 11개월이 실제 <종생기>를 쓰던 시기인 1936년 8월경과 일치한다고 본다.13) 그렇다면 묘지명의 37년 3월 3일은 죽음을 예측해서 잡은 날짜가 된다. 그리고 마지막 종생에서 명부에서 나이를 묻자 25세 11개월이라고 한 대목은 잘못되었으며 '종생기'를 쓰기 시작한 시기는 36년 7월경이나 정희와의 만남은 36년 음력 3월 삼짓날이라는 것이다. 실제 <종생기>의 창작 시기와의 관련을 문제 삼은 결과, 작품의 내적인 시간을 무시하는 결과를 빚고 말았다.

<종생기>의 경우, 기본적인 시점은 작품 속에 제시되어 있는 1937년 3월 3일이며 이 때는 정희와 '나'가 만나게 되는 날이고 거듭 '나'가 종생한 날이며 '나'의 나이가 25세 11개월인 때이다. 이를 중심으로 본다면 '종생기'를 쓰고 있는 작품 속의 현재 시점은 37년 가을이 된다. 요약한다면, 작가 이상이 직접 <종생기>를 쓰고 있는 시점을 작품 속의 기준 시점으로 삼지 않고 작품 속의 시점은 그보다 일년 후의 시기라는 말이다. 그렇다면 왜 자신이 창작하는 시점보다 1년 후의 시점에 기준을 두고 창작했을까. 그 답은 26세 30개월이 되도록 죽을 수 없는 '나'의 존재 방식에서 찾을 수 있을 것 같다. 작가 이상은, 정희로 인해 이미 종생하였고 '종생기'를 쓰기 위해 살아 있는 회진한 미소년이 아니라, 앞으로 종생 할 것이지만 아직은 아닌 '나'를 내세우고 싶어한 것이다. 그의 작품 중 유일하게 미래를 전망하고 있는 경향을 띠는 작품이 이 <종생기>라는 점도 이를 반증해 준다고 하겠다.

이상의 작품이 작가적 생활과 밀접한 관련을 맺고 있기 때문에 대부분의 작품은 작가적 생애에 비추어 재해석할 수 있는 여지가 있었다. 그러나 이 <종생기>의 경우에는 오히려 미래의 시간을 선취하여, 실제 시간과 작품 내적인 시간을 비교해 본다면 작품 내적인 시간의 확장이 이루어진다. 이는 이상의 시간 구성 방식에 해당하는 것으로

---

13) 김윤식, 『이상연구』, 문학사상사, 1993, p.186.

자의적인 계산에 의한 것으로 보인다. 그러므로 <종생기>의 시간대는 <종생기>를 집필하던 당시를 기준점으로 삼을 것이 아니라 작품 내적 시간을 기준으로 하여, <종생기> 내에서 '종생기'를 쓰는 시기는 37년 가을이고 정희를 만난 시기는 37년 봄을 잡는다. 그리고 두 시간대에 모두 자신의 나이가 25세 11개월이라고 피력한 것은 이상의 실수로 보인다. <종생기>의 시간으로 모두 셋으로 나눌 수 있다. 37년 봄, 37년 가을, 26세 30개월이 그것이다.

시간대를 작품이 씌어진 시간보다 미래의 시간으로 설정함으로써 이상은 미래로 달려가 현재를 바라보는 방식을 취한다. 이는 속도의 문제와도 관련이 된다. 미래로 먼저 달려가 현재를 바라보는 일, 혹은 광선보다 더 빠르게 달아나는 일들은 현재가 주체에게 행사하는 구속력에서 벗어나기 위한 것이다.[14] 미래로 달려가 현재를 본다면 현재에 대하여 객관적 거리 확보가 가능해질 것이기 때문이다. 속도를 통해 미래를 선취하는 일은 현실의 구속감에서 벗어날 수 있을 뿐만 아니라 대리 자아에 대한 거리감도 유지할 수 있다.

2. 관계성을 통한 시간의 재생

시간을 지연시켜 죽음을 연기하려는 이상의 의도는 정희와 '나'의 관계와 '나'와 독자의 관계라는 두 차원에서 실현된다. 정희와 '나'의 대결은 <종생기>의 중심을 차지하고 있으면서 '종생기'의 주된 내용을 이룬다. '종생기'는 산호채찍이 지닌 윤리적 의미와 본래적인 자아의 객관화라는 이중성이 혼효되면서 의미를 형성한다. '나'가 쓰고 있는 '종생기'의 서장인 산호편을 장식하기 위해서 해동기의 시냇가에 서서 박빙을 밟고 있는 사치한 소녀를 묘사하고 있다. 그 소녀는

---

14) 광속보다 빠른 물체가 존재한다면, 그것은 인과율이 적용되지 않는다. 화이트레드는 현재라는 시간폭을 가지고 있는 영역을 통해 광속보다 빠르지 않은 물체 세계에서도 인과율이 성립되지 않음을 보여준다. 전병기, 「화이트레드의 지속과 머시세계:영역의 동적의미」, 『창조성의 형이상학』, 동과서, 1998, p.150.

자진해서 매춘을 시작한 정희임이 밝혀진다. 결국 '종생기'는 정희에 대한 기록이며 구체적으로 정희가 어떻게 사람들을 속여 왔는가에 대한 기록이다. 문제는 '나'가 정희의 속임수를 알고 있지만 저항하지 않고 오히려 그러한 속임수를 즐기고 있다는 점이다. 3월 3일 만나자고 한 정희의 편지가 속임수라는 것을 알지만 속아주기로 마음을 정하는 의도적인 망각의 방식이 그것이다. 정희에 대항하기 위해 '나' 역시 자신의 마음을 숨기고 대리 자아를 내보이는 것에서도 속임수의 의미가 통용적이며 없어서는 안될 것으로까지 변형되고 있음을 알 수 있다.

즉, 속임수는 일종의 게임의 역할을 한다. 성천에서 보았던 아이들의 똥누기가 실존적인 놀이 수준이었다면 속임수란 언어, 망각, 표정, 포즈 등의 위장을 통해 타자가 자신의 의도를 파악하지 못하게 하는 매개화된 게임인 것이다. 속임수의 시각으로 본다면 언어, 망각, 표정, 포즈 등은 단의적 의미를 지닌 것이 될 수 없다. '절약법'이니 '용심법'이니 하는 것도 자신의 의도를 최소화하고 상대방의 의도를 파악하기 위한 전략이다. 그렇게 본다면 정희와의 대결에서 거듭되는 종생은 존재의 역설을 말해 준다고 할 수 있다.

스스로 선택한 게임에서 자신의 목숨을 잃는 일이야말로, 모든 경험의 질서가 가진 공소성과 그럼에도 불구하고 그러한 게임의 장에 자신을 던지지 않을 수 없는 존재의 부조리를 말해 준다. 게임의 대상은 정희이지만 정희라는 대상은 '나'를 일치와 공감의 환각에 빠뜨리려고 하는 점에서 하나의 장치일 수 있다. 미문이나 풍경과 같이 정희의 존재는 '나'를 끊임 없이 일치와 공감의 세계로 유혹한다. 그러나 이러한 일치와 공감의 상태란 기만, 즉 속고 있는 상태일 뿐이라고 본다.

> 美文이라는 것은 저으기 措處하기 危險한 수작이니라.
> 나는 내 感傷의 꿀방구리 속에 靑山가던 나비처럼 麻醉昏死하기 자칫 쉬운 것이다. 조심 조심 나는 내 맵시를 고쳐야 할 것을 안다.13)

　　美文에 견줄 만큼 위태위태한 것이 絶勝에 酷似한 風景이다. 絶勝
에 酷似한 風景을 美文으로 飜案 模寫해 놓았다면 자칫 失足 溺死하
기 쉬운 웅덩이나 다름없는 것이니 斂位는 아예 가까이 가서는 안된
다.14)

　　貞姬, 간혹 貞姬의 후툿한 呼吸이 내 墓碑에 와 슬쩍 부딪는 수가
있다. 그런 때 내 屍體는 홍당무처럼 확끈 달으면서 九天을 꿰뚫어
슬피 號哭한다.15)

　　공감, 일치, 도취, 환각을 자기 황홀증에 기반을 둔 것으로 이해하
고 의식의 직접성을 경계하려 한다. 미문이나 풍경에 공감하고 향수
하는 것은 자기 자신을 다른 것에 몰입하는 상태에서 가능해진다. 이
러한 일치의 환각은 마치 미문이나 풍경과 자신이 하나된 것처럼 인
식하도록 한다. 그러나 그것은 환각일 뿐이며 그러한 환각은 주체를
노예의 상태로 만들어 버린다. 대상이 사람일 경우에도 마찬가지로
타자에 의해 구속되고 사물화된 자아를 확인하게 될 뿐이다. 미문,
풍경, 정희로 표현되는 대상과의 화해와 일치를 꿈꾸면서도 그것에
대한 갈망에 반하는 현실을 인식하고 자신을 방어하고자 하는 이중
적인 의식의 편린을 찾을 수 있다. 이러한 미적 대상이 제공하는 환
각과 그것에 대한 절망감이 죽음을 초래하는 것이자 죽음을 연기시
키는 힘이 된다.
　　<종생기>는 정희로 대표되는 미적 대상의 완벽한 속임수에 대한
절망감을 원한으로 표현하고 있지만 여기에서 삶에 대한, 그리고 탐
미적인 것에 대한 지향을 읽어낼 수 있다. 원한이란 정희라는 개인에

---

13) 이상, 「종생기」, 앞의 책, 379쪽.
14) 이상, 「종생기」, 앞의 책, 392쪽.
15) 이상, 「종생기」, 앞의 책, 397쪽.

대한 것이기 보다는 살아 있는 것, 변화하는 것, 타자의 마음을 움직일 수 있는 모든 것에 대한 감정이라고 하겠다. 가상적인 죽음의 상태에 있는 주인공으로서는 도달할 수 없는 상태가 바로 이러한 생동하는 것의 세계이기 때문이다. '나'가 회색의 관념에 세계에 갇혀 있는 수인이라면 "지금도 어느 삘딩 걸상 위에서 듀로워즈의 끈을 푸르는 중"의 정희야말로 생명의 푸른 색으로 인식되었을 것이기 때문이다. 생명을 향한 원한만이 죽음과 삶의 경계에 놓인 시간에 안착할 수 있게 해 준다. 이 원한으로 '나'는 죽음을 연장하면서 변화하는 시간 속의 존재도 아니고 영원 속의 존재도 아닌 시간 속에서 끊임없이 재생된다. '−에 대한 원한'이라는 관계적 양식 때문에 재생되는 시간은 삶의 생기를 갈망하면서도 영원의 눈으로 그것의 허망함을 자각하는 중립적인 시간을 형성한다.

<종생기>는 '종생기' 쓰기의 직접성을 보여줌으로써 독자를 작품 안으로 끌어들인다. "족하"나 "천하의 형안" 등의 독자를 작품 속으로 들여와 그들을 상대로 독백하는 형식이 그것이다. 이 과정에서 정희에 대한 '나'의 속임수가 탄로나는 것을 관찰하는 또 다른 '나'의 내면을 그리고 있지만 '종생기' 쓰기에서는 또 다른 '나'가 관찰하는 자가 아닌 관찰당하는 자의 위치로 전환하게 된다. 이러한 기만술은 독자를 속이려는 데에 목표를 두고 있다. 독자를 속이는 이유는 작품과 함께 살아남을 수 있는 작가의 생명력이 얼마만큼 독자를 속일 수 있는가의 정도에 달려 있다고 보기 때문이다. 독자가 작가의 기만술을 파악하지 못하는 한, 작가는 독자와의 기만적 관계에 의해 오랜 시간동안 살아남을 수 있다. 이는 바로 언어적인 문제와 연결된다.

> 도스토예프스키−나 고리키−는 美文을 쓰는 버릇이 없는 체했고
> 또 荒凉, 雅淡한 景致를 「取扱」하지 않았으되 이 의뭉스러운 어른들
> 은 오직 美文은 쓸듯 쓸듯, 絶勝景槪는 나올듯 나올듯, 해만 보이고

> 끝끝내 아주 활짝 꼬랑지를 내보이지는 않고 그만둔 구렁이 같은 분들이기 때문에 그 欺瞞術은 한층 더 進步된 것이며, 그런 만큼 效果가 또 絶大하여 千年을 두고 만년을 두고 내리 내리 부질없는 慰憮를 바라는 衆俗들을 잘 속일 수 있는 것이다. 그러나 – 왜 나는 미끈하게 솟아 있는 近代建築의 偉容을 보면서 먼저 鐵筋鐵骨, 시멘트와 細砂, 이것부터 선뜻하니 感應하느냐는 말이다.16)

'나'는 도스토예프스키와 고리키가 세월을 두고 살아남을 수 있는 것은 바로 미문과 절승경개를 내보이지 않는 것에서 찾고 있다. 그들처럼 미문과 절승경개를 내보이지 않아야 후대의 독자들에게 살아남을 수 있다는 것이다. 미문과 절승경개를 보이지 않는다는 의미는 자기 도취적인 글쓰기, 자기 위안적인 글쓰기가 아닌 객관적 거리감을 견지할 수 있는 측면에서의 글쓰기이다. '나'가 글쓰기 방법론으로 삼고 있는 부분이 바로 이 부분이다. 언어가 실체와 직접 관련을 맺고 있다는 사고에서 파생되는 미문의 표현 방식이 글을 쓰는 사람이나 그것을 읽는 사람 모두에게 현실에 대한 환상을 부여하고 그로 인해 삶을 호도하기 쉽다는 것이다. 자본주의적 사회의 언어가 지닌 매개적 속성을 자각할 때만이 미문의 유혹, 교감의 유혹에서 벗어날 수 있다고 본다. 이상 자신도 기만술이라는 글쓰기 방법론을 통해 전통적 서사문법을 지양하고 있는데 이는 언어에 의해 현실을 개념화하려는 시도의 한계를 인식했기 때문이라고 생각한다.

IV. 관계적 시간 설정의 의의

이상 자신은 죽음이 예정되어 있음에도 불구하고 거듭된 자살 충

---

16) 이상, 「종생기」, 『전집』2, 문학사상사, 1994, 392-393쪽.

동으로 죽음을 앞당기고 싶어했다. 자신의 죽음을 예감하고 쓴 <종생기>는 그런 의미에서 이상의 죽음에 대한 생각을 엿볼 수 있는 작품이다. 이상에게 있어서 죽음이란 물리적인 실체가 부재한 상태가 아니라 본래적인 자아가 현실에 무방비한 상태로 노출되었을 경우이다. 곧, 타인의 시선은 이 때 본래적인 자아를 하나의 대상으로 변형시키고 타락시킨다. 타인의 시선에 의해 대상으로 전락한 본래적인 자아의 사물화된 상태가 바로 죽음인 것이다. 타인의 시선이 행사하는 파괴적인 힘에 소유되고 사물화되어 파멸의 길을 걷는 상황을 죽음의 상태로 인식한다. 이 때 타자의 시선은 응시당하는 주체의 변화를 가져올 뿐 아니라 세계에 전체적인 변모를 가져온다. 곧, 주체는 하나의 응시당한 세계 속에 응시당하여 있게 된다.[17] 존재의 위기에 처한 주체는 자기 방어적인 수단으로 타자를 객체화하려는 시도를 하게 된다. 이상의 작품 속에 나타나는 기만술은 타자의 시선을 차단하고 도리어 타자를 객체화하기 위한 일종의 전략이다.

  타자의 개입이 죽음의 상태를 유발한다는 점에서 타자를 객체화하기 위한 기만술은 그 자체가 죽음을 연기시키고자 하는 의미를 담고 있다. <종생기>는 사물화의 극단적인 결과인 죽음을 실현해 보임으로써 충격 효과를 통한 인식의 확대를 꾀한다. 그러나 <종생기>의 죽음은 진정한 죽음을 연기시키기 위한 대체적인 죽음이다. 가상적인 죽음의 충격효과를 통해 오히려 망각된 상태를 자각으로 이끌며 죽음이 연기되는 것이다. 죽음을 연기하기 위해 시간을 지연시키는 방식을 취하는데, 그것은 직선적인 시간을 관계적인 시간으로 전화하는 방식에서 가능하다.

  관계적 시간과 시간이 두 조건 사이의 관계에 의해 파생되고 인식되는 경우를 말한다. 모든 시간 양태는 관계성을 그 속성으로 하고

---

17) 사르트르, 『존재와 무』 1, 손우성 역, 삼성출판사, 1993, 450쪽.

있지만 특히 <종생기>에 있어서 이러한 관계성은 시간을 지연시켜 죽음을 연기하는 데 기능적 구실을 하고 있다. <종생기>에 제시된 미래 시간 그 자체는 별다른 의미를 가지지 못한다. 그러나 <종생기>가 씌어진 시간을 기점으로 할 경우, 미래의 선취라는 점에서 시간 인식의 확장을 가져온다. 정희, 독자와의 관계에 있어서도 대리 자아의 죽음을 다중의 분열된 자아의 문제로 귀속시켜 본래적 자아의 온전성을 보존하거나 자신의 의도를 감추는 전략으로 독자들에게 구속되지 않는 정신을 보유하는 것으로 존재의 붕괴를 억제하고 있다.

참고문헌

김윤식, 『이상연구』, 문학사상사, 1993.

김윤식 편, 『이상』, 문학지성사, 1995.

김윤식, 『이상소설연구』, 문학과 비평사, 1988.

김윤식편저, 『이상문학전집』 4, 문학사상사, 1996.

서영채, 「이상의 소설과 한국문학의 근대성－이상의 수사학에 관한 고찰」, (민족문학사연구소 엮음), 『민족문학과 근대성』, 문학과지성사, 1995.

여종현, 『시간지평에서의 '세계'의 이해』 서울대 박사논문, 1993.

오영환, 『화이트헤드와 인간의 시간경험』, 통나무, 1997.

하윤금, 「그레마스의 기호학」, 『현대시사상』 1991년 여름호, 고려원, 1991.

한국화이트헤드학회, 『창조성의형이상학』, 동과서, 1998.

사르트르, 『존재와 무』, 손우성 역, 삼성출판사, 1993.

지마(이건우 역), 『문학텍스트의 사회학을 위하여』, 문학과지성사, 1987.

커미드(조초희 옮김), 『종말 의식과 시간』, 문학과지성사, 1993.

문학교육의 인식과 실천

인쇄일 초판 1쇄　2000년 04월 20일
　　　　　2쇄　2015년 08월 20일
발행일 초판 1쇄　2000년 04월 30일
　　　　　2쇄　2015년 08월 23일

지은이 문학과문학교육연구소
발행인 정 찬 용
발행처 국학자료원
등록일 1987.12.21, 제17-270호
서울시 강동구 성내동 447-11 현영빌딩 2층
Tel : 442-4623~4 Fax : 6499-3082
www. kookhak.co.kr
E- mail : kookhak2001@hanmail.net
ISBN 978-89-8206-491-3 *93810
가 격 13,000원

*저자와의 협의 하에 인지는 생략합니다.